EL PÍCARO DE LA 5ª AVENIDA

JOANNA SHUPE

EL PÍCARO DE LA 5ª AVENIDA

TITANIA

Argentina • Chile • Colombia • España
Estados Unidos • México • Perú • Uruguay

Título original: *The Rogue of Fifth Avenue*
Editor original: Avon Books
An Imprint of HarperCollinsPublishers, New York
Traducción: Ana Isabel Domínguez Palomo y M.ª del Mar Rodríguez Barrena

1.ª edición Marzo 2022

Plaza de los Reyes Magos, 8, piso 1.º C y D – 28007 Madrid
www.titania.org
atencion@titania.org

ISBN: 978-84-17421-60-1
E-ISBN: 978-84-19029-64-5
Depósito legal: B-1.236-2022

Fotocomposición: Ediciones Urano, S.A.U.

Impreso por Romanyà Valls, S.A. – Verdaguer, 1 – 08786 Capellades (Barcelona)

Impreso en España – *Printed in Spain*

Aceptaré, pero solo si me besas

La idea apareció de forma espontánea, como un susurro surgido de lo más profundo de su cerebro. Desvió la mirada hacia su boca, hacia esos labios carnosos que coqueteaban y la incitaban cada vez que se separaban. ¿De qué otras hazañas serían capaces su boca y sus labios en caso necesario?

«Para ya, Mamie. Le haces demasiado caso a Florence».

Entornó los párpados e intentó calmar su desbocado corazón. Chauncey. Él era su futuro marido, el único hombre al que debería desear. Desear a Frank Tripp era una complicación que no podía permitirse en ese momento.

Un dedo se coló bajo su barbilla para invitarla a volver la cabeza, de modo que abrió los ojos de golpe. Frank la observaba con detenimiento, con una mirada apasionada e intensa, mientras la presión de su dedo la mantenía inmóvil. El ambiente del carruaje se volvió muy cargado, como si una corriente eléctrica saltara de uno a otro. El corazón se le iba a salir del pecho, le latía con tanta fuerza que estaba segura de que él podía oírlo.

—¿Tenemos trato, Mamie?

Otra vez ese tono grave y ronco que no le había oído hasta esa noche.

—Sí —se oyó susurrar como respuesta.

Para Queen Bee y Drama Queen.
Gracias por todas las canas.

1

Casa de Bronce
Broadway con la calle Treinta y tres, 1891

Frank la vio de inmediato, como de costumbre.

Tenía una habilidad sobrenatural para detectar a Marion Green, conocida como Mamie, en cualquier estancia, por más abarrotada que estuviera. Era una belleza, siempre arreglada a la perfección con los complementos más caros. Esa noche, llevaba el pelo castaño cobrizo adornado con peinetas de diamantes, y su vestido de noche era tan escotado que resultaba indecente.

¡Por Dios! Ese canalillo era una preciosidad visto desde arriba.

Sin embargo, era su sonrisa lo que le llamaba la atención. Siempre su radiante sonrisa. Iluminaba una habitación mejor que las bombillas incandescentes de Edison. Sus carnosos labios oscuros contrastaban con la piel de alabastro y los blancos dientes que brillaban a la luz de gas. En ese preciso instante, ganó y empezó a dar palmadas, con la alegría pintada en la cara. Se reía y disfrutaba más de la vida que cualquier mujer a la que hubiera conocido, resultando mucho más atrayente que una llama para una polilla.

Al parecer, esa noche no era una excepción, a juzgar por la multitud que rodeaba a las hermanas Greene. Mamie y su hermana se habían convertido en el centro de atención esa noche en el lugar que ocupaban junto a la mesa de la ruleta.

¡Por el amor de Dios, la ruleta!

Mientras miraba hacia la planta baja del casino más lujoso de la ciudad, la Casa de Bronce, Frank lamentó el cariz que había tomado su noche. No era la primera vez que lo llamaban a un casino o a un garito de juego para rescatar a algún cliente. De hecho, la petición le llegaba más veces de las que le gustaría. Como abogado de muchos de los hombres más ricos e importantes de la ciudad, había hecho un sinfín de cosas para evitar que sus clientes se metieran en problemas.

Nada ilegal. Solo... maniobras creativas.

Su mente no trabajaba de forma lineal, no veía blancos y negros. Teniendo en cuenta cómo se había criado, había aprendido a planear y a maquinar. A esquivar y a tejer. A sobrevivir. Talentos que lo habían convertido en alguien muy rico después de sus estudios. Muy, pero que muy rico.

Así que no le importaba que lo llamasen para solucionar un problema y ser el salvador. Sobre todo cuando le pagaban bien.

Sin embargo, ese caso era distinto. Era el tercer rescate en cuatro meses; unos rescates que no le había confesado a su cliente.

Los había mantenido en secreto porque involucraban a la primogénita de la familia. Una hija que, para ser sincero consigo mismo, le caía bien. No le preocupaban las tarjetas de baile, ni sus pretendientes, ni las tonterías de la alta sociedad. En cambio, Mamie decía lo que pensaba y no dejaba que nada, ni nadie, se interpusiera en su camino a la hora de conseguir su objetivo.

La admiraba por eso. De hecho, él se comportaba de una forma muy parecida.

Sin embargo, el interés que sentía por ella era malsano. Él no pertenecía al tipo de hombres que cortejaban a una princesa de la clase alta neoyorquina. Era más bien de los que follaban con una preciosa corista hasta el amanecer. Mamie Greene no encajaba en la vida que tanto le había costado conseguir, una que se había labrado sobre secretos enterrados. Era hora de terminar con ella.

No volvería a rescatarla de esos establecimientos de mala reputación. Esa noche la sacaría de allí y la llevaría a casa junto a Duncan

Greene, su padre, para que él se encargase de ella a partir de ese momento. Que era justo lo que debería haber hecho en las dos últimas ocasiones que se la encontró en la parte menos recomendable de la ciudad. En cambio, su sonrisa y su descaro lo sorprendieron y lo encandilaron, y la creyó cuando le prometió que nunca volvería a hacerlo.

Todo mentiras.

Esa imprudente no tenía ni idea de los desastres con los que coqueteaba al visitar un casino, de los peligros que acechaban en cada esquina del distrito Tenderloin. El vicio y el pecado reinaban en ese lugar, con policías corruptos que hacían la vista gorda. Podría pasarle una infinidad de calamidades al sur de la calle Treinta y cuatro.

Sin embargo, no podía seguir haciendo eso, por más que lo apremiara el alocado deseo de vigilarla.

—Gracias por haber llegado tan pronto.

Frank se sobresaltó al oír una voz justo a su espalda. Se dio media vuelta y descubrió a Clayton Madden, el misterioso dueño de la Casa de Bronce. Era habitual que el hombre se escondiera entre las sombras; pocas personas lo conocían, ya que prefería pasar desapercibido en la ciudad. Madden le tendió una mano, que él se aprestó a estrechar.

—De nada —replicó—. Gracias por avisarme de su presencia.

Madden señaló la planta baja del casino con un gesto de la barbilla.

—Esta vez ha venido con una de sus hermanas.

Las mujeres no tenían permitida la entrada en la Casa de Bronce, pero Mamie se las había apañado para entrar.

—¿Por qué has dejado que entren? —le preguntó Frank sin apartar la vista de ella.

—Tengo mis motivos.

—Podrían perder mucho dinero. O peor, podrían perder su posición social.

A Madden le temblaron los labios.

—Te aseguro que ninguna de esas cosas me preocupa. Lo que sí me preocupa es la multitud que han atraído. Si los hombres están ahí plantados mirándolas embobados, no están jugando. Ese es uno de los motivos por los que las mujeres tienen prohibida la entrada el casino.

Frank miró de reojo a Madden.

—Era de esperar que tuvieses una razón monetaria para querer que se fueran.

Madden cruzó los brazos por delante del pecho. Era más o menos tan alto como él, algo más de metro ochenta, pero más corpulento. Más rudo. Una cicatriz le partía la ceja derecha, y tenía otra en la mejilla. Llevaba un impresionante traje negro con un chaleco del mismo color, su atuendo habitual.

—Digamos que Greene y yo no estamos de acuerdo en muchas cosas. Que me aspen si sus hijas ganan un centavo en mi club.

—Podrías negarles la entrada.

Madden se frotó la barbilla mientras observaba a las dos mujeres.

—Podría —repuso con deje críptico.

Frank no se molestó en buscar más respuestas. Madden era famoso por no soltar prenda, y tampoco tenía mucha importancia. A las hermanas Greene no se les había perdido nada allí, y él agradecía muchísimo que Madden le hubiera comunicado que Mamie había aparecido en su local.

—En fin, voy a por ellas. Greene te da las gracias.

—Vamos, Tripp. Los dos sabemos que no le hablas a tu cliente de estas escapaditas.

Frank apretó los dientes y pensó en negarlo. Claro que no tenía sentido mentir. Madden tenía razón.

—Esto se acaba esta noche. Se acabaron los favores. A partir de ahora, que la cuide él.

Madden se rio entre dientes.

—Tú sigue diciéndotelo. Por cierto, me gustaría contratar tus servicios para una consulta. Mis abogados me están dando quebraderos de cabeza por un tema en concreto, pero me han dicho que tú podrías ayudar.

Frank asintió con la cabeza.

—Tengo hueco mañana si te viene bien.

—Me viene bien. Pásate a las cuatro.

Mamie había ganado otra ronda y abrazó a su hermana con fuerza mientras la multitud aplaudía. Frank apretó los dientes y se planteó darle una paliza a cada hombre que alentaba ese comportamiento tan escandaloso.

En ese momento, sucedió. De hecho, si hubiera parpadeado, no se habría dado cuenta.

Unos elegantes y hábiles dedos se colaron en el bolsillo interior de la chaqueta de uno de los espectadores y agarraron una pinza para billetes. El fajo de billetes desapareció a continuación entre los pliegues del vestido de Mamie.

Madden silbó por lo bajo.

—No está mal. ¿Dónde habrá aprendido una chica de la alta sociedad a sisar de esa manera?

¡Por el amor de Dios! Frank no daba crédito. A su padre le daría una apoplejía.

—Tengo que bajar...

—Espera. —Madden le puso una mano en el brazo—. Traje oscuro, a su izquierda.

Y, cómo no, tenía razón. El hombre que estaba al lado de Mamie aprovechó que le había dado la espalda para verter el contenido de un frasquito en su copa de champán. Frank sintió que se le tensaba todo el cuerpo y que se le helaba la sangre en las venas.

—¿Qué demonios...?

—Cabrón de mierda. Déjamelo a mí. —Madden echó a andar hacia la escalera emplazada en el extremo de la galería.

Frank no pensaba esperar. Debía intervenir antes de que ella se bebiera ese champán. Sin pensar, pasó las piernas por encima de la barandilla y después se volvió para agarrarse al saliente con las manos. Fue bajando el cuerpo hasta quedar colgado por las puntas de los dedos. A unos dos metros y medio por debajo, estaban jugando una partida de dados con apuestas muy altas.

Se soltó.

Golpeó con los pies la mesa, que se tambaleó bajo su peso, pero aguantó. Se oyeron jadeos y salieron fichas volando en todas direcciones, pero hizo caso omiso de todo y no perdió de vista al hombre que estaba a la izquierda de Mamie, el que le había echado el líquido en la bebida. La furia le hacía casi imposible mirar hacia otro lado. Saltó al suelo e hizo una mueca al sentir el ramalazo de dolor en un tobillo antes de salir en tromba hacia la ruleta.

El hombre levantó la mirada justo cuando él se abalanzaba sobre el tapete. Chocaron y cayeron al suelo con un golpe, aunque el desconocido se llevó la peor parte.

—¿Qué querías conseguir? —rugió Frank mientras lo sacudía—. ¿Estabas esperando a que se mareara para después ofrecerte a llevarla a casa?

—Un momento. —El hombre levantó los brazos para cubrirse—. No he hecho nada...

Frank lo golpeó en la cara.

—¡Mentiroso de mierda!

De repente, unas manos lo levantaron del suelo. Frank se debatió para zafarse, para destrozar con sus propias manos a ese cabrón que iba drogando a la gente, pero quienquiera que lo estuviese sujetando era demasiado fuerte. Con el rabillo del ojo vio a Mamie y a su hermana a unos pasos, con los ojos como platos mientras lo observaban todo.

—Se acabó, Tripp. —Quien lo sujetaba era Jack el Calvo, la mano derecha de Madden—. Madden quiere que te vayas.

—Pero este hombre se merece...

—Y recibirá su merecido. Madden se encargará personalmente.

Frank se tranquilizó al punto. La justicia que Madden impartiera en privado sería cien veces peor que cualquier cosa que él pudiera hacerle allí, a plena vista. Jack el Calvo lo dejó con cuidado de pie, y Frank se pasó los dedos por el pelo e intentó recuperar el aliento. El cabrón del suelo gimió. Tenía un corte en una mejilla del que le brotaba la sangre. Resistió el impulso de darle una buena patada. En cambio, le hizo un gesto con la cabeza a Jack.

—Dale las gracias de mi parte.

—Lo haré. Y ahora será mejor que te lleves a estas damas de aquí...

—No pienso irme —dijo una voz femenina, interrumpiendo la conversación. Mamie. Frank reconocería su voz ronca en cualquier parte.

La miró con expresión elocuente.

—Desde luego que se va, señorita Greene. Y su hermana también. Este no es un lugar seguro para ninguna de las dos.

Mamie se acercó a él, echando chispas por esos ojos castaños.

—Voy ganando doscientos dólares, Tripp. No me voy.

Frank apretó los puños y recurrió a la paciencia. Esa mujer lo ponía de los nervios. ¿Acaso no era consciente del peligro del que se había librado por los pelos? Podrían haberla asaltado, violado... o algo peor.

Jack el Calvo intervino al ver que él no era capaz.

—El señor Madden quiere que tanto su hermana como usted se vayan de inmediato, señorita. También insiste en que no vuelvan a este establecimiento.

Ella apretó los labios y levantó la barbilla. Frank esperaba que discutiera con el hombretón, pero lo sorprendió al decir:

—Muy bien. Permítame recoger mis ganancias y me iré.

—Esto..., Mamie —dijo su hermana Florence a su espalda al tiempo que señalaba la mesa. Las fichas que tenían en el espacio que ocupaban habían desaparecido. Otro cliente había aprovechado la distracción para robar lo que hubiesen ganado las muchachas.

—¿Dónde están nuestras ganancias? —Mamie regresó a grandes zancadas a la mesa y empezó a buscar, como si las fichas hubieran cambiado de posición sin más—. Estaban justo aquí.

Florence se encogió de hombros.

Jack el Calvo levantó al hombre herido y le dio un empujón para dejarlo en manos de dos empleados de Madden, que enseguida se hicieron cargo de su presa y desaparecieron.

—Y ahora —dijo Jack, dirigiéndose a Frank y a las hermanas Greene—, fuera los tres. Vámonos.

—Pero nos han robado —protestó Mamie—. Nos han robado nuestras ganancias. Había acumulado más de doscientos dólares.

—Con todo el respeto, señorita, no podemos pagarle sin las fichas. De lo contrario, todos los hombres presentes asegurarían que han dejado las fichas en alguna parte. Olvídese del dinero y diríjase a la salida. De inmediato.

Nadie ganaba una discusión con Jack el Calvo, o al menos nadie había vivido para contarlo. Sin embargo, Frank sabía, a juzgar por el ángulo de la barbilla de Mamie, que ella estaba decidida a intentarlo. De modo que decidió intervenir, tal cual había sido su intención esa noche al acudir al casino.

Echó a andar, tomó a Mamie del codo y empezó a tirar de ella hacia la salida.

—Acompáñeme.

Ella intentó zafarse, pero la sujetó con fuerza.

—Suélteme ahora mismo, Tripp.

Una mano grande se posó en el hombro de Frank y lo sacudió con brusquedad desde atrás.

—Nada de manosear a las damas. Órdenes de Madden.

Frank resistió el impulso de zafarse. Lo último que haría en la vida sería hacerle daño a Mamie.

—No la estoy manoseando. —Levantó las manos para demostrar su inocencia mientras continuaban su camino—. Solo quería ayudarla a llegar a la puerta.

Mamie resopló con irritación y se adelantó, contoneando las caderas por debajo de las faldas de seda y agitando los pechos. Frank intentó no clavar la vista en la curva de sus hombros, en la línea de su espalda, ni en la redondez de su trasero.

Lo intentó, pero no lo consiguió.

Esa muchacha era un peligro en toda regla.

Mamie maldijo su espantosa suerte.

En primer lugar, Florence y ella habían estado a punto de no poder salir de casa esa noche. Su padre las descubrió escabulléndose por el pasillo, y ella se obligó a mentirle y a decirle que iban a la ópera. Detestaba mentirle a su padre. Su decepción sería insoportable si descubría la verdad.

Después, una vez en la Casa de Bronce, un desconocido se plantó a su lado en la mesa de la ruleta, y se pasó horas sintiendo su aliento en el cuello. Y, por último, sus doscientos dólares habían volado.

Lo peor de todo era que Frank Tripp había aparecido. Otra vez.

Se le puso la carne de gallina al percibir su presencia. Sentía su mirada clavada entre los omóplatos, pero se desentendió de él mientras bajaban los escalones de entrada para salir a la fresca noche neoyorquina. Lo odiaba, era un hombre tan pulido y elegante que dejaba en ridículo la puerta de bronce que tenían a la espalda. Sí, era guapísimo y encantador, pero blandía esas cualidades como armas, coqueteando con descaro con todas las mujeres con las que se cruzaba y ganándose los favores de los hombres. Siempre conseguía lo que quería, y todo el mundo se apresuraba a seguir sus órdenes en cuanto salían de su boca.

Era escurridizo. Esquivo. Desconcertante.

Y lo más irritante de todo: era el único hombre a quien no conseguía descifrar.

Tenía un don con los hombres, siempre lo había tenido. Resultaba fácil hablar con ellos, e incluso más fácil manipularlos si se sabía lo que se estaba haciendo. Por desgracia, la mayoría de las jóvenes de su edad no tenía ni idea.

En general, a las muchachas de la alta sociedad se les enseñaban confusas lecciones sobre el sexo opuesto:

«Sé amable, pero no demasiado o él creerá que estás desesperada».

«Sonríe, pero no demasiado o creerá que eres tonta».

«Préstale atención, pero no demasiada o creerá que eres ligera de cascos».

«Muéstrate firme, pero nunca discutas con él o creerá que eres una arpía».

Pamplinas todo, en su opinión.

Los hombres eran simples. Les gustaban los puros, los caballos y los pechos, aunque no por ese orden. En fin, les gustaban las mujeres que les prestaban atención y les hacían preguntas. Les gustaba sentirse importantes.

Por ejemplo, el que estaba a punto de ser su prometido, Chauncey Livingston. Se conocían desde siempre, y no podía ser más transparente aunque fuera el cristal de una ventana. Chauncey tenía la misma rutina todos los días. Comía lo mismo, iba siempre a los mismos sitios. No había el menor misterio, y ser su esposa conllevaría la misma predictibilidad.

Frank Tripp, en cambio, desafiaba todas sus reglas. Era todo un enigma. Después de investigar un poco, averiguó que no tenía una rutina. Era miembro de todos los clubes y asistía a ellos de forma aleatoria. Apenas fumaba o jugaba. Iba de fiesta sin importar en qué zona de la ciudad se celebrara. Además, la interrumpía casi siempre que ella abría la boca y ni una sola vez le había mirado el escote.

Un escote que, según le habían dicho, era bastante impresionante. Florence se inclinó hacia ella mientras se acercaban a la calle.

—Tu caballero andante no parece muy complacido.

Mamie resopló, un gesto muy poco adecuado para una dama.

—De caballero tiene poco. Es más un dragón que escupe fuego.

—Pues mejor dejo que te chamusques tú mientras yo busco un carruaje de alquiler.

—Cobarde.

Florence soltó una risita y continuó calle abajo, moviendo la cabeza de un lado a otro en busca de un carruaje. En cuestión de segundos, Tripp se colocó a su lado y vio que esa cara tan increíble había torcido el gesto. Hizo caso omiso de las mariposas que sentía en el estómago y saltó al ataque.

—¿Era necesario que nos arruinase la noche?

Él entrecerró los ojos al punto.

—¿Se refiere a si era necesario que la salvara de una agresión o de una violación? Un hombre le echó algún tipo de sustancia en la bebida, seguramente una droga para incapacitarla. De nada, por cierto.

—¿Se refiere al hombre que tenía a la izquierda y que se sacó un frasquito del bolsillo interior de la chaqueta? —Tuvo el placer de ver que Frank se quedaba boquiabierto por la sorpresa—. Sí, Tripp. Lo vi. No tenía pensado volver a tocar la copa de champán e iba a cambiar de mesa para escapar de él. Pero sí, gracias por salvarme.

Un carruaje de alquiler se acercó a la acera, de modo que Mamie se levantó las faldas e hizo ademán de rodear a Frank.

—Un momento —dijo él al tiempo que estiraba un brazo para bloquearle el paso—. No va a subirse a un carruaje de alquiler. Yo las llevaré a casa.

—No es necesario. Florence y yo somos más que capaces de...

—Esto no es negociable, Mamie. Suba a mi carruaje. —Señaló el reluciente vehículo negro que esperaba un poco más arriba en la misma manzana.

—¿Por qué?

Él ladeó la cabeza.

—Para que pueda llevarlas a usted y a su hermana a casa. ¿No me está prestando atención?

¡Por Dios! Ese hombre era insufrible. Emplear la fría lógica era la única manera de enfrentarse a él.

—Es la tercera vez que me ha sacado de la Casa de Bronce, ¿es correcto?

—Correcto.

—¿Y en alguna de las dos ocasiones anteriores me acompañó a mi puerta?

Vio que le temblaba la comisura de los labios.

—Pues no.

—Es más, ¿acaso no me llamó «niña mimada y aburrida» durante nuestro último encuentro?

Él no se molestó en ocultar su diversión mientras cruzaba los brazos por delante del pecho.

—Sí, señoría, lo hice. ¿Quiere llegar a alguna parte?

—No le importo en absoluto y el sentimiento es mutuo, desde luego...

—Eso no es verdad. ¿Habría renunciado a mis planes para la noche y habría venido hasta aquí por alguien que no me importase?

—Sí, si creía que iba a perder un cliente.

Vio que aparecía un tic nervioso en su mentón mientras la miraba con el ceño fruncido.

—Si cree que lo hago por su padre, entonces ¿por qué no lo he puesto al día de todas sus escapadas?

La verdad, ella también se lo preguntaba.

—Supongo que forma parte de algún elaborado plan que haya ideado. Nunca hace nada sin beneficio propio, o eso me han dicho.

—Y lo dice la mujer que le ha sisado un fajo de billetes a un hombre en mitad de la multitud.

En ese momento, fue ella quien se quedó boquiabierta. ¿La había visto robar el dinero?

—Sí, Mamie, lo he visto —dijo él en respuesta a su silenciosa pregunta—. Y aunque tengo la intención de averiguar exactamente por qué está robando a ricachones en los casinos, preferiría hacerlo en la comodidad de mi carruaje. Vamos.

Ansiaba decirle que no les robaba. Al menos, no como él creía. Más bien redistribuía la riqueza. Esos ricachones de la zona alta de la ciudad tenían más dinero que sentido común, mientras que los habitantes de los barrios bajos se morían de hambre y vivían en cuchitriles. Jóvenes de ambos sexos que vendían sus cuerpos por unas monedas. Cerilleras con la mandíbula brillante y necrosada. Bebés cubiertos de mugre y suciedad. Hombres furiosos y violentos por la falta de oportunidades.

Nunca se quedaba lo que robaba. Le entregaba el dinero a alguna obra benéfica o directamente a alguna familia que viviera hacinada en un piso de alquiler insalubre. Había demasiadas familias necesitadas en la ciudad, y las obras benéficas a menudo se preocupaban más de la mesura y de la conversión religiosa que de proporcionar ayuda. Ella prefería no sufrir las restricciones impuestas por la fe, razón por la que se desplazaba a los barrios del sur de la ciudad varias veces al mes.

Claro que no pensaba decirle nada de eso a Tripp. Solo su hermana estaba al tanto, y pensaba asegurarse de que siguiera así.

Alzó la barbilla y miró a Tripp por encima de la nariz.

—A menos que esté dispuesto a secuestrarme, y también a mi hermana, no pienso subirme. Ahora, gracias por arruinarme la...

Antes de que pudiera parpadear siquiera, Tripp se inclinó y la levantó en volandas, con esos brazos fuertes e inmisericordes a su alrededor. Mamie soltó un chillido y empezó a retorcerse.

—¡Tripp, por el amor de Dios, suélteme!

El puñetero no le hizo el menor caso y echó a andar hacia su carruaje. Otro hombre caminaba hacia ellos, mirando con curiosidad la escena: un hombre alto que llevaba en brazos a una mujer bien vestida por la calle Treinta y tres.

—¡Socorro! —exclamó, dirigiéndose al desconocido—. Me está secuestrando.

El hombre miró con preocupación a Tripp. Sin embargo, él ni se inmutó al decir:

—Me temo que mi esposa ha bebido más champán de la cuenta. Voy a llevarlas a ella y a su hermana a casa. Vamos, cuñada. —Dijo eso último por encima del hombro, y Mamie se quedó espantada al ver a una sonriente Florence que apretaba el paso para alcanzarlos.

El desconocido prosiguió su camino, sin intervenir.

—Está mintiendo —le dijo Mamie a su espalda—. Es un mentiroso compulsivo. Cada palabra que sale de su boca es un embuste.

—¿Qué le parece esto como verdad? Es usted peor que un dolor de muelas —masculló Tripp.

—Yo podría decir lo mismo de usted..., y suélteme. Soy capaz de andar. Le prometo que lo acompañaré.

—Perdóneme si no la creo.

Se tensó y le puso una mano en un hombro antes de hacer fuerza. ¡Por Dios, qué duro era!

—No he roto una promesa en la vida.

Él emitió un sonido muy desagradable.

—¿De verdad? Prometió no volver a jugar la última vez que la pillé. También prometió no visitar casinos, salones, salas de baile, burdeles, fumaderos de opio ni ningún otro establecimiento de mala reputación. Y, sin embargo, aquí está.

En fin, sí. Le había prometido todo eso..., pero solo porque no pensaba que la atrapase. Sorbió por la nariz.

—Tenía los dedos cruzados cuando hice esas promesas.

—Nada más que añadir.

—En ese caso, ya somos dos. Nunca creo una sola palabra de lo que usted dice.

«Te odia. Cree que eres una muchacha mimada de la alta sociedad que va de un lado a otro con el único propósito de causar problemas», se dijo.

Muy bien. Mejor que todo el mundo lo creyera. De lo contrario, jamás podría ayudar a los necesitados, a esos que tenían la desgracia de nacer en la zona fea de la ciudad.

Así que tal vez Frank y ella tenían más en común de lo que había creído en un principio. Los dos eran mentirosos.

Darse cuenta de eso no la inquietó tanto como debería.

Él se hizo a un lado para que Florence subiera en primer lugar.

—Traidora —le masculló a su hermana, pero solo oyó una carcajada en respuesta mientras desaparecía en el interior.

A continuación, Tripp la dejó en el suelo.

—Después de usted —dijo al tiempo que hacía una floritura con el brazo.

«No voy a hablar con él. No le debo lo más mínimo».

Con ese decidido pensamiento, subió los escalones y entró en el carruaje de Tripp.

2

Su resolución duró apenas unos segundos.

En cuanto las ruedas echaron a andar, Frank la miró con el ceño fruncido.

—¿Acaso desea morir? ¿Por qué tiene tantas ganas de buscarse problemas?

Florence se rio por lo bajo, pero Mamie no apartó la mirada de él.

—No tengo por qué darle explicaciones.

—Se equivoca. A menos que quiera que su padre se entere al detalle de lo que está haciendo, dígame por qué roba dinero en los casinos.

—¿Amenazas? Por favor, Tripp, tenía mejor opinión de usted.

Él se inclinó hacia delante, con semblante adusto y un brillo intenso en los ojos, que parecían relucir en la penumbra.

—Cuando se trata de conseguir lo que quiero, Mamie, soy capaz de recurrir a cualquier cosa.

Tal vez fueran las palabras en sí o la ronca promesa de su voz, pero la emoción le provocó un estremecimiento que la recorrió por entero. ¿Estaba coqueteando con ella? No, menuda ridiculez. Ese hombre la odiaba.

—Pues dígaselo a mi padre. Vaya a contarle todas mis aventuras. —Se inclinó hacia él—. Si lo hace, le informaré de las otras ocasiones en las que me sacó de ese casino; ocasiones de las que usted no lo informó.

Él comenzó a tamborilear con los dedos sobre las rodillas, con la mirada fija en los edificios del exterior mientras el silencio se alargaba. Florence le dio un codazo y le guiñó un ojo en señal de aprobación. Mamie intentó no sonreír. Era evidente que Tripp creía que podía ganarles la mano a las hermanas Greene, pero se habían enfrentado a enemigos más duros de roer.

Mamie, que tenía veintitrés años, era la primogénita y la más respetable de las Greene. Era su deber casarse bien y dejarse ver entre la alta sociedad, un papel que nunca había puesto en duda, dado que se lo asignaron antes de que pudiera andar siquiera. Su camino en la vida ya estaba decidido, y su matrimonio se concertó por el acuerdo entre las familias Greene y Livingston cuando Chauncey y ella eran bebés. Aunque convertirse en la señora de Chauncey Livingston no era su futuro ideal, Mamie había accedido con la condición de que sus hermanas pudieran elegir sus propios caminos; algo de lo que ellas no sabían nada.

Florence tenía dos años menos que ella y era una fuente constante de irritación para sus padres. No mostraba el menor interés por amoldarse a las normas de la alta sociedad, decía lo que pensaba, se escapaba de casa casi todas las noches y escondía un montón de libros picantes debajo de la cama. Hasta la fecha, había rechazado cuatro proposiciones de matrimonio.

Su hermana menor, Justine, era dos años más pequeña que Florence. Sería presentada en sociedad la primavera siguiente, aunque todavía discutía con su madre por semejante «desperdicio de tiempo y de dinero». Era una sufragista radical y una buena samaritana en el fondo, así que preferiría salir a protestar a la calle o recaudar fondos para obras benéficas antes que hacer visitas por la tarde a «esas viejas de mente cerrada».

Aunque todas eran distintas, las tres hermanas Greene eran una piña. Mamie haría cualquier cosa por sus hermanas, y ellas a su vez lo harían por ella.

—Tal vez se lo diga a su prometido —repuso Tripp, reclamando su atención.

¿Le importaría a Chauncey? En ese momento, aún llevaban vidas separadas, un último atisbo de libertad antes de que les colocaran los grilletes del matrimonio.

—Adelante, dudo mucho que lo crea.

—Mamie. —Tripp se pasó una mano por ese pelo perfecto—. Debe de saber que robar está mal. Si la pillan, la arrestarán. Su familia se sentirá humillada.

—No, porque si me pillan, lo mandaré llamar a usted. Cuando llegue, obrará su magia de abogado. —Agitó las manos en el aire como el ilusionista al que había visto actuar el año anterior—. Me soltarán en un abrir y cerrar de ojos.

—¿Cómo está tan segura de que acudiré en su ayuda?

—Porque mi padre se llevaría una tremenda decepción si su primogénita llamara a su abogado y dicho abogado no contestara al mensaje.

Tripp sacudió la cabeza y torció el gesto con una mueca casi de disgusto.

—No soy su abogado, Mamie. Le debo lealtad a su padre, no a usted.

—En ese caso, ¿por qué me sigue por toda la ciudad insistiendo en que no vuelva a estos elegantes establecimientos?

Él levantó las manos.

—Y vuelta la burra al trigo.

—¡Ja! ¿Qué se siente al estar al otro lado?

—Tal vez rechace a su padre como cliente y le pase el contacto de otro abogado. Tal vez me lave las manos de los Greene de una vez por todas.

Eso sí la sorprendió. ¿Lo haría de verdad? Seguramente su padre le pagaba a Tripp una buena suma, pero también lo hacían muchos otros ricachones, empresarios y cabecillas del crimen organizado de la ciudad. El dinero no le haría falta, desde luego.

—¡Ah! Mi palomita rebelde, ya veo que no se le había ocurrido esa posibilidad —dijo con un tonillo de superioridad que hizo que Mamie se clavara las uñas en las palmas de las manos.

—No soy nada suyo... Y creo que va de farol.

Él se encogió de hombros.

—Preciosa, creo que tiene delante al mejor farolero de toda Nueva York, tal vez de todo el estado. De hecho, hay quien dice que lo he convertido en un arte. Pero rara vez voy de farol con mis clientes. Mi sinceridad con ellos suele ser brutal cuando me pagan para aconsejarlos.

—Sin embargo, no es usted mi abogado, tal como ha repetido hasta la saciedad.

Vio que aparecía un tic nervioso en su mentón. Excelente. Si creía que iba a poder ganar una discusión dialéctica con un Greene, se equivocaba.

—Así no vamos a aclarar por qué actúa de carterista.

—Déjelo, señor Tripp —terció Florence, que por fin se sumó a la conversación—. Mamie siempre ha hecho lo que ha querido. Nadie es capaz de convencerla de que deje de hacer algo.

Pensó en darle un codazo a su hermana, pero no podía echarle en cara que dijese la verdad. Además, era mejor que Tripp se enterara de su testarudez en ese momento.

—Y supongo que usted es consciente —le dijo Tripp a Florence— de lo que está haciendo su hermana, de los peligros que corre, ¿verdad? Eso la convierte en cómplice.

La velada amenaza que transmitían esas palabras no le hizo ni pizca de gracia a Mamie.

—Aquí no se juzga a nadie, Tripp... —le recordó.

—Todavía no, al menos —susurró el abogado.

—Y se preocupa por nada. Soy muy buena en lo que hago.

Él resopló, ¡resopló!, y replicó:

—Madden y yo vimos su torpe maniobra desde la galería. No podría haber sido más evidente.

—¡Torpe! Es...

—Un momento, ¿conoce al señor Madden? —preguntó Florence, que se inclinó hacia delante con los ojos desorbitados—. ¿Cómo es?

Mamie se calló al tiempo que su rabia se transformaba en desconcierto por un segundo. ¿Por qué se interesaba su hermana por el infame dueño del casino?

—Apenas lo conozco —contestó Frank—, pero no es un hombre con el que se pueda jugar; razón por la que ninguna de las dos debe regresar a la Casa de Bronce.

La orden era innecesaria. A Mamie no le permitirían entrar en el casino en la vida, no después del chasco de esa noche.

—¿Me estaba espiando desde la galería?

—No la estaba espiando. Solo las estuve observando mientras Madden y yo charlábamos unos minutos. Después me di cuenta de que el hombre le echaba sabrá Dios qué en la bebida para drogarla mientras usted desplumaba a los clientes.

¿Alguna vez dejaría de darle la tabarra con eso?

—¿Cómo se llega a la galería? —preguntó Florence con voz muy inocente, pero Mamie la conocía demasiado bien.

—Florence —le advirtió—, deberíamos hablar de esto más tarde.

—¡Ah! Eres un muermo. —Florence volvió la cara hacia la ventanilla y clavó la mirada en los edificios que iban dejando atrás.

—¿Lo ve? —Frank señaló a Florence—. Está corrompiendo a su pobre hermana.

Mamie contuvo una carcajada por la idea. Florence no necesitaba que la corrompiesen. De hecho, ella era quien había corrompido a las otras dos hermanas Green.

—¿Por qué siempre presupone lo peor de mí? Lo cierto es que apenas me conoce.

—Digamos que es intuición guiada por la experiencia. ¿Tengo su promesa de que dejará atrás las escapadas y de que también dejará de robar a los demás?

Por una vez, Mamie le habló con absoluta franqueza.

—Desde luego que no.

—¡Maldita sea, Mamie!

—Casi hemos llegado —anunció Florence, al tiempo que señalaba con la mano.

La mansión de los Greene se alzaba al final de la calle. Mamie se llevó una ligera decepción. No se había divertido tanto una noche desde hacía mucho tiempo.

Sin embargo, toda esa diversión podría acabar en desastre si Tripp le informaba a su padre de lo sucedido.

Entrelazó las manos y mantuvo los hombros relajados al mirarlo.

—¿Qué piensa hacer?

Él la miró fijamente, con sus pensamientos ocultos tras un semblante impasible. Era incapaz de adivinar siquiera sus intenciones. El corazón le latía bajo el corsé, acelerado por el temor de que sus esfuerzos para ayudar a los demás acabaran en nada por culpa de ese hombre tan irritante. Tal vez debería confesárselo todo, apelar a su sentido de la justicia en vez de enfrentarse a él.

Sin embargo, en lo tocante a Frank Tripp, parecía incapaz de contenerse. Sacaba lo peor de sí misma.

«Es porque te resulta atractivo. E intrigante. E inteligente. Y...».

¡Ay, por el amor de Dios! Debería dejar de pensar en eso de inmediato. Se le acaloró la piel y volvió la cara, incapaz de sostenerle la mirada.

Era el abogado de su padre y una espina en su costado. Nada más.

Un puño golpeó el techo y Tripp le dijo a su cochero:

—Llévanos a la entrada de servicio.

Lo miró de reojo y se dio cuenta de que él seguía observándola. Tripp lucía una sonrisa satisfecha en los labios.

—Vivirá para robar otro día, señorita Greene. Sin embargo, conseguiré que me dé las respuestas que quiero mañana por la noche. ¿Digamos que en Sherry's a las diez en punto?

Ella parpadeó.

—¿Me está chantajeando para que cene con usted?

—Sí, eso parece.

—Eso es caer muy bajo incluso para usted, Tripp. No lo haré.

—Desde luego que lo hará. —Desvió la mirada hacia su boca antes de clavarla de nuevo en sus ojos—. Siempre consigo lo que quiero, Mamie. Que no se le olvide.

Sin duda alguna, pretendía que sus palabras fuesen una amenaza. Sin embargo, en vez de miedo, Mamie sintió que la calidez se apoderaba de su estómago mientras se colaba poco después por la entrada de servicio.

La Casa de Bronce parecía muy distinta a la luz del día. Con la luz vespertina entrando por las claraboyas, no se podían pasar por alto los caros muebles de cerezo, los toques dorados y las alfombras exóticas. Frank había visto salones de la zona norte de la Quinta Avenida más desarrapados.

Siguió a Jack el Calvo por el casino y dejaron atrás las ruletas silenciosas. Esas mesas solo consiguieron recordarle a Mamie. ¡Por Dios, menuda mujer! Borrarla de su mente ese día había sido casi imposible. Por suerte, algunas peticiones urgentes de varios clientes lo habían distraído..., hasta ese momento. ¿Qué llevaba a una mujer despampanante de una familia rica e importante a convertirse en carterista? ¿Lo hacía por la emoción? ¿Y dónde habría aprendido semejante habilidad? Que él supiera, no se impartían clases de robo para damas de la alta sociedad.

A lo largo de los años, había representado a todo tipo de clientes en todo tipo de aprietos. En ese momento, se concentraba en clientes de la alta sociedad, lo que quería decidir que se encargaba en su gran mayoría de asuntos personales delicados y de casos económicos. Pero había defendido de asesinato, de robo, de secuestro y de cualquier cosa que estuviera entre esos extremos. Incluso había defendido a una mujer a la que habían demandado porque, supuestamente, su gato mantenía despierto a todo el vecindario por las noches. Lo había visto todo en sus ocho años como abogado en la ciudad de Nueva York.

Al menos, eso creía.

Una mujer de la procedencia y la alcurnia de Mamie, ¿una ladrona? No tenía sentido. Duncan Greene era un hombre generoso, algo de lo que él había sido testigo una y otra vez. Si Mamie necesitaba dinero, ¿por qué no pedírselo a su padre?

«Porque el dinero debe mantenerse oculto», se contestó.

Así que, ¿sería adicta al opio? ¿La estaría utilizando algún amante? ¿Se trataría de algún chantaje? Se juró obtener una respuesta esa noche durante la cena; una cita que esperaba con tanta expectación que rayaba lo ridículo.

La verdad, dicha emoción tenía más que ver con la mujer en sí misma que con obtener información sobre sus actividades delictivas. Lo desafiaba de un modo que lo enfurecía y lo intrigaba a la par. En un mundo de diamantes rutilantes, Mamie era un fiero rubí, una llama que brillaba con más fuerza que cualquier otra a su alrededor.

También era del todo inalcanzable. Estaba casi comprometida con el vástago de los Livingston y pertenecía a un exquisito círculo social que incluía a muy pocos y excluía a la mayoría. Su futuro no estaba con un abogado nacido en la zona fea de la ciudad. Se había esforzado mucho por ocultar que sus orígenes estaban en Five Points, en crear una historia aceptable para sus elegantes clientes. Una mujer como Mamie, que desde luego nunca hacía lo que le decían, podría derribar todo lo que había construido.

Aun así, y pese al recordatorio, la llevaría a cenar. Tal vez era el niño que llevaba dentro, el que había crecido rodeado de suciedad y violencia, el que había ansiado escapar a la zona alta de Manhattan, quien quería sentarse en el mejor restaurante de la ciudad con la debutante más deseada y que todo el mundo se diera cuenta.

O tal vez era el hombre que llevaba fantaseando con ella casi tres meses.

Jack el Calvo se detuvo delante de una recargada puerta de madera. Se habían internado en el edificio y habían dejado muy atrás las estancias del casino. Jack hizo girar el pomo y abrió la puerta, tras lo cual le hizo un gesto para que entrara.

Clayton Madden se sentaba a una enorme mesa de madera de nogal, con la cabeza inclinada mientras escribía con una pluma.

—Siéntate, Tripp.

Frank obedeció mientras Jack retrocedía en silencio y cerraba la puerta. Madden soltó la pluma y alzó la mirada.

—Gracias por venir. Espero no hacerte perder mucho tiempo.

—No pasa nada. Me encanta prestar consejo cuando me lo piden.

—Iré al grano: tu reputación te pinta de solucionador de problemas. Tengo un problema que necesita una solución.

—¿De qué se trata?

Madden apoyó los codos en la mesa y unió las manos por las puntas de los dedos.

—Deseo construir otro casino, un poco más al norte, en el East Side. He encontrado el lugar perfecto y he comprado los terrenos necesarios, salvo una parcela. La dueña se niega a vender. Algún buen samaritano la ha convencido para que se aferre a la propiedad. —Pronunció las palabras con mucho desdén, y Frank contuvo una sonrisa—. Necesito esa parcela —siguió—. Está justo en mitad de la dichosa manzana.

Frank levantó un hombro.

—Pues hazle una oferta mejor.

—Mi oferta sobrepasaba el valor de mercado. Me niego a subirla. —Se inclinó hacia delante—. Quiero llevarla a juicio.

—¿Y denunciarla por...?

—Esperaba que tú lo sugirieras.

Frank sacudió la cabeza. No podía inventarse las leyes.

—Si es la propietaria de la casa y no ha violado las normativas urbanísticas, no tienes caso.

—¿Y si la amenazo con emprender acciones legales, por más ridículas que sean, para hacerle perder tiempo y dinero? Por no mencionar, causarle vergüenza. Tendría que defenderse, aunque fuera una demanda sin fundamento.

¡Ah! Con razón los abogados de Madden ponían reparos.

—En teoría, sí. Sin embargo, lo que le cueste a ella también te costará a ti. ¿Por qué no empezar la construcción a ambos lados? Es de suponer que no soportará el caos y el ruido y que se mudará.

La expresión de Madden pasó a ser esperanzada y maliciosa.

—¿Construir alrededor de su casa?

—Claro. Encarga los planos, consigue los permisos. Luego empieza con la demolición. Te aseguro que se mudará antes de que hayas rebajado siquiera el terreno para el casino.

—Me gusta. Habré ganado incluso al molestarla. —Lo señaló con un dedo—. Me gusta cómo piensas, Tripp.

—Gracias. Por cierto, conozco a una gran arquitecta. Es la mejor.

—¿Arquitecta?

—La señora de Phillip Mansfield. Responsable del nuevo hotel Mansfield.

Madden abrió la caja esmaltada que había en su mesa y sacó dos puros.

—¡Ah! He oído hablar de ella. Me gustan las mujeres que hacen tambalear las cosas. Hablando de mujeres, ¿cómo se tomó Greene las noticias anoche?

Frank se limitó a apretar los labios.

Madden esbozó una sonrisilla mientras cortaba los puros.

—No se lo contaste. La sorpresa me ha dejado mudo —dijo, aunque su voz indicaba lo contrario.

Mientras Madden encendía un puro, Frank intentó defenderse.

—Solo he pospuesto la conversación. La señorita Greene y yo vamos a cenar esta noche, momento en el que averiguaré a qué vienen estas salidas.

—¿Supones que hay un motivo detrás? —Madden le ofreció el puro sin encender—. A estas muchachitas aburridas de la alta sociedad les encanta venir a los barrios bajos. Ver cómo vive la otra mitad de la ciudad.

—Tú no estás precisamente en los barrios bajos —replicó él mientras se guardaba el puro para más adelante—. Si quisieran hacer eso, irían hasta Bowery. —Él había crecido no muy lejos de allí, donde había conocido de primera mano la miseria de esa zona. Los recuerdos seguían atormentándolo y eran el motivo que lo impulsaba a hacer cualquier cosa con tal de no regresar.

Madden soltó una gran voluta de humo blanco.

—La hermana es una experta en la ruleta. También con los dados. Según conté, llevaba ganados doscientos treinta dólares.

Un gran halago en boca del dueño del casino.

—Así que la historia de las fichas robadas era verdad.

Madden se encogió de hombros.

—No vi las fichas desaparecer.

Menudo mentiroso. Ese hombre estaba al tanto de todo lo que sucedía en su club.

—¿Dónde habrá aprendido Florence Greene a jugar así?

—No sabría decirte. Parece que las dos hermanas Greene tienen secretos.

—¿Hay alguna posibilidad de que me cuentes a qué se debe la enemistad que tienes con su padre?

Madden le dio una calada al puro antes de darle unos golpecitos sobre el cenicero.

—Teniendo en cuenta que lo representas, creo que será mejor reservarme los motivos.

—Me parece justo. No necesito que me acusen de conflicto de intereses. —Comprobó la hora en su reloj de bolsillo y se levantó. Lo esperaba otro cliente, en esa ocasión en la zona baja de la ciudad, antes de volver a casa y bañarse para su cita con Mamie. Desterró la emoción que lo asaltó al pensar en verla y dijo—: Tengo otra reunión, a menos que haya algo más.

Madden se puso en pie.

—No, has sido de gran ayuda. —Abrió un cajón y sacó un buen fajo de billetes que le ofreció—. Gracias por tu tiempo.

Frank agitó una mano para rechazar el dinero.

—Te mandaré la factura...

—Tonterías. Detesto estar en deuda con alguien, aunque sea por poco tiempo. Acéptalo, y si no es suficiente, ve a ver a Jack para que te dé más.

Frank aceptó el pago. Había trabajado con suficientes hombres de la clase de Madden como para saber que discutir era inútil. Rechazar su generosidad solo los enfurecía, una complicación que no le hacía falta en ese momento.

—Gracias. Buena suerte con el proyecto.

—No necesito suerte. —Madden se llevó el puro a los labios y lo sostuvo entre los dientes—. Soy el dueño de un casino. Yo soy la puñetera suerte.

Se suponía que las mujeres no jugaban al billar. En fin, no había ley que se lo prohibiera, pero como si la hubiese. Las salas de billar en casi todas las mansiones estaban bien lejos de las zonas comunes usadas por las mujeres. El objetivo era, al segregar esos ambientes masculinos, proteger a las damas del olor del tabaco y del lenguaje soez y permitirles a los hombres el uso de un lugar lejos de la familia, donde podrían beber y fraternizar con otros hombres.

Sin embargo, en casa de los Greene, las tres hermanas pasaban más tiempo en la sala de billar de estilo morisco que en cualquier otra estancia. Su padre nunca jugaba, y ellas se habían adueñado del lugar.

Esa tarde, Mamie no acompañó a su madre a hacer las rondas de visitas para jugar un torneo de billar al quince con sus hermanas. Las reglas eran sencillas: quien primero llegase a los sesenta y un puntos ganaba la partida, y quien ganara tres partidas se llevaba la porra de setenta y cinco dólares. En ese momento, estaban enfrascadas en la segunda partida, y Justine iba en cabeza con mucha diferencia. La benjamina de las Greene, de no ser por su amor a las obras de caridad y por haber nacido del sexo equivocado, podría disfrutar de una estupenda carrera como jugadora profesional de billar.

Sin embargo, Mamie todavía no se había rendido. Estaba decidida a ganar la porra y a repartir el dinero entre las numerosas familias pobres que conocía en la zona sur de la ciudad.

Florence observó la mesa y se pensó su jugada.

—¿Meto la nueve o intento la carambola de la diez? —Justine abrió la boca, pero Florence la miró con cara de pocos amigos—. No contestes. Solo estoy pensando en voz alta.

Justine levantó las manos y permaneció callada. Florence se preparó e intentó embocar la diez con carambola, pero falló.

—¡Demonios! —masculló.

Justine se bajó del taburete y se acercó a la mesa.

—Serías incapaz de hacer una carambola ni aunque te fuera la vida en ello. Nunca mides bien la distancia.

—Por favor, deja de dar consejos. —Florence se dejó caer en una silla—. Las sabelotodos nunca caen bien.

—Ni las malas perdedoras —terció Mamie antes de meterse lo que quedaba de un *macaroon* de almendra en la boca.

Florence estiró el brazo para agarrar el último *macaroon* de la bandeja.

—¿Por qué me has dejado que apueste mis últimos veinticinco dólares? Los estaba guardando para una cosa.

—¿Para otra escapada a un casino?

—¡Ah! Por cierto... —Justine apuntó e hizo su jugada, haciendo que la bola saliera disparada por el tapete verde—. ¿Qué tal la escapada de anoche?

Mamie no contestó, ya que no sabía por dónde empezar, y Florence aprovechó la oportunidad para decir:

—Ganamos doscientos dólares, se montó una pelea, alguien intentó drogar a Mamie echándole algo en la bebida y nos robaron las fichas.

Justine metió otra bola.

—¡Por Dios! Me alegro de que no sufrierais daño. ¿A qué vino la pelea?

—Frank Tripp saltó desde el techo para atacar al hombre que había intentado drogar a Mamie.

—¿Frank Tripp? —Otra bola cayó en su tronera—. ¿El abogado de papá?

—El mismo. Se llevó a Mamie en volandas a su carruaje y...

—Ya basta, Florence. Justine no tiene por qué enterarse de todos los detalles.

La aludida se colocó al otro lado de la mesa de billar.

—Sí, Justine tiene que enterarse, ya lo creo. ¿Por qué diantres te llevó en volandas?

—Insistió en traernos a casa. Yo me inclinaba por alquilar un carruaje.

—Deberías haberlo visto —dijo Florence—. Tripp saltó desde la galería como un ángel vengador, dispuesto a hacer papilla a ese hombre. Luego se negó a alejarse de Mamie. Creo que está coladito por nuestra hermana mayor.

Mamie sintió un millar de mariposas en el estómago.

—¡Qué tonta eres!

Justine falló el siguiente tiro.

—Te toca. Anótame veinticuatro puntos.

Mientras analizaba la mesa de billar, Mamie vio que Justine ya había embocado las bolas de mayor valor. Eso dificultaría la tarea de ganar. Apuntó primero a la bola siete.

—De tonta nada —protestó Florence mientras su hermana se inclinaba sobre la mesa—. Vi cómo te miraba mientras tú no prestabas atención, como si fuera un lobo hambriento y tú, la tierna corderita a la que pensaba hincarle el diente.

Al oírla, a Mamie se le escapó el taco, de manera que clavó la punta en el tapete.

—¡Diantres, Florence!

Sus dos hermanas se rieron entre dientes, algo que hizo que le hirviera la sangre. Se apoyó en el taco y las miró.

—No me interesa. Solo he accedido a cenar con él esta noche porque era la única manera de evitar que se lo contase a papá.

—¿Que evitara que quién me contase el qué?

Mamie se dio media vuelta al oír esa voz grave y se encontró a su padre en el vano de la puerta. ¡Ay, por favor! ¿Cuánto había oído?

—Hola, papá. Creía que hoy estabas en el distrito financiero.

Con su metro ochenta de alto y sus más de noventa kilos, Duncan Greene dominaba cualquier estancia en la que entrase. Su familia, una de las más antiguas e importantes de Nueva York, había erigido un imperio naviero que en ese momento abarcaba todo el mundo y que él dirigía. Antes de casarse con su madre, había sido jugador de béisbol *amateur*, boxeador, lanzador de martillo y nadador. Su madre dijo que Duncan era el único hombre que había sido capaz de conseguir que perdiera el sentido, literal y figuradamente.

Su padre entró en la sala y se metió las manos en los bolsillos.

—He vuelto antes de tiempo. Se me ha ocurrido que podríamos tomarnos un té juntos. He echado de menos a mis niñas.

Florence fue la primera en correr hacia él, y su padre estiró los brazos para estrecharla con fuerza.

—Hola, Flo. —Justine la siguió, recibiendo el mismo abrazo abrumador.

Mamie esperó a ser la última. Su padre y ella siempre habían tenido la relación más estrecha, posiblemente porque no tenía un hijo varón a quien mimar. Así que la mimaba para asegurarse de que ella hiciera perdurar el legado de los Greene.

La abrazó con fuerza y la besó en la coronilla.

—Marion, ¿tienes algo que contarme? Tal vez podrías empezar por el motivo de que me mintieras al decirme que anoche ibais a la ópera.

Soltó el aire que había contenido. La ópera había sido una mentira desesperada que se inventó en aquel momento.

—Porque fuimos a una fiesta, papá. Mamá no habría aprobado a la familia, y ya sabes cómo detesto inmiscuirte en las ridículas discusiones sociales que tenemos.

Él gruñó.

—Deja que yo me preocupe de tu madre. No me gustan las mentiras, da igual el motivo. Ahora, ¿qué vas a hacer esta noche?

—Voy a cenar con el señor Tripp en Sherry's. —Sin duda alguna, alguien los vería y avisaría a su padre de todas formas. Lo mejor era decirle la verdad en ese instante.

—¿Frank Tripp, mi abogado? —Ladeó la cabeza para mirarla a la cara—. No sabía que manteníais algo más que una relación superficial.

Encogió un hombro con la esperanza de que pareciera un gesto de indiferencia.

—Estaba en la fiesta de anoche y me invitó a cenar. No tenía motivos para negarme. —«Porque me chantajeó».

—Niñas —les dijo su padre a Florence y a Justine—, dejadnos solos.

Olvidada la partida de billar, sus dos hermanas salieron al pasillo a toda prisa, desde donde Florence la miró con preocupación antes de desaparecer. Sin duda, su hermana menor temía que le contase toda la verdad a su padre. Debería conocerla mejor. En la vida le hablaría de la escapada al casino.

Su padre la soltó y se acercó a la bandeja con sándwiches y dulces. Tomó dos sándwiches de salmón ahumado y se metió uno en la boca.

—Conozco a Frank Tripp desde hace mucho —dijo después de tragar—. Y me cae bien..., como mi abogado. Eso no quiere decir que me gustaría tenerlo de yerno.

—¡Papá!

—Mamie, eres lo bastante mayor como para comprender cómo funcionan estas cosas. Pero Frank no pertenece a nuestro mundo. No es Chauncey. —Se terminó el otro sándwich de un bocado—. ¿Entiendes lo que te digo?

Sí, perfectamente. Su padre creía que Frank Tripp era un abogado brillante, pero no lo bastante bueno para su primogénita. Sin embargo, sus miedos eran infundados.

—No tienes motivos para preocuparte. No me interesa Frank Tripp.

—Querida mía, ese hombre sería capaz de venderle agua a alguien que se esté ahogando, es así de persuasivo.

—En fin, a mí no me persuadirá. Sabes que Chauncey y yo estamos comprometidos.

Su padre sacudió la cabeza.

—Eso le dará igual a Tripp. Si te desea, moverá cielo y tierra para tenerte, aunque yo no daré mi consentimiento. Te casarás con Chauncey pase lo que pase.

—Lo sé. Lo hemos hablado cientos de veces.

—Solo quería asegurarme de que no se te olvida. Les hicimos una promesa a los Livingston, y no creo que deba recordarte lo que esa promesa significa para mí.

Puso los ojos en blanco y repitió como un loro las palabras que había oído tan a menudo.

—«Es la unión de dos de las familias más prestigiosas de Nueva York como favor al hombre que me salvó la vida en la guerra».

—No es una deuda menor, Marion. Y Chauncey será un buen marido. Lo conoces desde siempre. No te estoy enviando a Inglaterra para que te cases con un duque decrépito o con un conde libertino.

La idea le provocó un escalofrío. Al menos, viviría cerca de su familia después de casarse.

—No te preocupes, papá. No te decepcionaré.

—Esa es mi niña. —Se inclinó hacia ella y la besó en la coronilla—. Que sepas que eres mi favorita. Pero no se lo digas a tus hermanas.

Sonrió y le dio unas palmaditas en el pecho a su padre.

—No me atrevería. Tu secreto está a salvo conmigo.

—Quiero a Florence y a Justine con locura, pero me da igual con quién se casen. Tú, en cambio, eres distinta. Tú continuarás el legado de los Greene al casarte con Chauncey. No dejes que Frank Tripp, ni ningún otro hombre, intente convencerte de lo contrario, porque no cederé en este asunto.

3

Frank había llegado primero.

«¡Maldición!», pensó Mamie mientras la conducían por el abarrotado comedor principal de Sherry's. Había llegado un cuarto de hora antes a propósito con la esperanza de adelantarse a Tripp. Ese tiempo le habría permitido recuperar la compostura y calmar los nervios antes de verlo.

El muy astuto le había robado la oportunidad de hacerlo.

Él se puso en pie, se enderezó los puños y la miró con una enorme sonrisa. El elegante traje negro, obligatorio para la noche según las reglas de la etiqueta, resaltaba su apostura. El chaleco y la chaqueta destacaban sus anchos hombros y su abdomen plano, mientras que la pajarita blanca y el cuello de la camisa, del mismo color, contrastaban con el pelo oscuro. Sus ojos azules eran penetrantes e inteligentes, pero nunca fríos. No, ardían y refulgían, como si su afamada ambición y su inteligencia avivaran una forja interior visible a través de su mirada.

Una multitud de miradas curiosas seguían los movimientos de Frank Tripp por todo el comedor, y algunos comensales se volvieron para verlo mejor. Era un hombre en el que se fijaban las mujeres y al que los hombres admiraban o temían.

«Si te desea, moverá cielo y tierra para tenerte».

Tragó saliva al recordar las palabras, ya que de repente se le había quedado la boca muy seca.

«¡Ay, menuda ridiculez!», pensó al tiempo que se acercaba a él. No dejó de mirarla a la cara en ningún momento, y ni una sola vez bajó la mirada para apreciar el esfuerzo que había hecho esa noche al arreglarse. El vestido de noche de seda color crema, llegado de París hacía pocos días, estaba adornado por unos preciosos bordados tanto en las faldas como en el escotado corpiño.

En una ocasión, le preguntó a su madre por qué se arreglaban en todo momento, aunque no hubiera nadie para apreciarlo. Su madre le contestó: «Nos arreglamos para nosotras mismas, por cómo nos hace sentir, no para impresionar a nadie».

En fin, esa noche ella se sentía guapa, poderosa y más que capaz de enfrentarse a ese astuto abogado.

—Estaba seguro de que no vendría —fue lo primero que dijo él—, al ver que incumple sus promesas con regularidad.

Los nervios desaparecieron. Intercambiar insultos y alimentar la rabia resultante en su interior era territorio conocido.

—¿Eso quiere decir que empezamos con insultos? Había supuesto que esperaríamos hasta que nos sirvieran el primer plato.

Aunque no parecía contrito ni mucho menos, él se llevó una de sus manos enguantadas a los labios y la besó en los nudillos.

—Señorita Greene, está preciosa esta noche.

Se le puso la piel de gallina.

—Le agradecería la invitación, pero en vista de que no tuve alternativa...

Él rio entre dientes y apartó la silla de la mesa a fin de que se sentara.

—Parece que los dos tenemos problemas para contener la lengua. ¿Qué le parece una tregua?

Se sentó con mucho cuidado para no aplastar ni el polisón ni la cola. Los camareros empezaron a revolotear alrededor de la mesa, y pronto descorcharon una botella de champán y sirvieron dos copas. Tripp levantó la suya, y ella lo imitó.

—Por una tregua —repitió él.

—Por una tregua —aceptó a modo de brindis.

Ambos bebieron un sorbo, y Mamie apartó la mirada mientras él lo hacía. No necesitaba ver sus labios pegados al delicado cristal, ni el movimiento de su garganta al tragar... ¿No hacía mucho calor en el comedor?

Frank soltó la copa en la mesa.

—Esta noche he recibido un telegrama muy interesante de su padre.

Ella intentó contener la sorpresa, aunque le ardían las orejas.

—Le pido disculpas. Me oyó hablar de la cena de esta noche con mis hermanas.

—No tiene que disculparse. Estoy acostumbrado a las bravuconadas de Duncan. ¿Qué les ha dicho usted?

—¿Decirles qué a quién?

—A sus hermanas. ¿Qué les ha dicho de esta noche?

—Que me chantajeó para venir.

—¿Nada más?

Buscaba algo, pero Mamie no sabía el qué.

—Si esperaba que ensalzáramos sus numerosos encantos de forma poética, puede quedarse tranquilo porque no lo hicimos.

—Eso es porque todavía no ha experimentado mis encantos.

«¿Todavía?», se preguntó. ¿Qué quería decir exactamente? Agarró la copa de champán, desesperada por enfriar su interior. ¿Acaso no había aire fresco en ese dichoso restaurante?

—Dejemos de lado sus encantos de momento, ¿qué pasa con el telegrama de mi padre? ¿Qué decía?

Tripp se encogió de hombros.

—Que está comprometida con Livingston desde hace años según acordaron las dos familias. Que valora mi pericia como su abogado y blablablá. Justo lo que cabría esperar.

Ella apuró la copa de champán.

—Me dijo que sería capaz de venderle usted agua incluso a alguien que se estuviera ahogando.

Tripp soltó una carcajada al oírla, y la tensión de su rostro desapareció, haciendo que pareciera más joven y despreocupado. Y sí, más guapo, ¡maldito fuera!

—Nunca lo he intentado, así que no lo sé. Dígame una cosa, ¿qué la atrae de Livingston?

—No puede hablar en serio.

Frank levantó las manos mientras el camarero les rellenaba las copas.

—¿La idea no es mantener una conversación educada? Me gustaría saber el motivo, la verdad. ¿Qué tiene un hombre como Livingston que le interese?

Aquello no se podía considerar una conversación educada.

—No es de su incumbencia. Y conozco a Chauncey de toda la vida. La decisión de que nos casáramos se tomó hace años.

—¿Y nunca se ha quejado? ¿Nunca se le ha pasado por la cabeza negarse?

Por supuesto que sí, años antes. Pero su padre nunca cedería.

—Es un buen matrimonio. Nuestras familias mantienen una estrecha relación, y él es la clase de hombre con el que se espera que me case.

Lo vio quedarse boquiabierto un instante, aunque después cerró la boca.

—Jamás he oído semejante apoyo incondicional a algo. ¿No le molestan los rumores sobre actrices y fumaderos de opio?

¿Actrices? ¿Fumaderos de opio? No parecía nada propio del Chauncey que ella conocía, un hombre más interesado en la vela y en los caballos que en el vicio. Observó detenidamente la cara de Tripp para comprobar la veracidad de esas ridículas acusaciones, pero no vio indicios de que estuviera mintiendo.

«Este hombre es un mentiroso consumado. No te creas nada que salga de esa boca», se dijo.

—El compromiso todavía no está formalizado legalmente. Chauncey es libre de pasar su tiempo como crea conveniente.

—¡Ah, sí! Eso nos lleva a cómo pasa usted su tiempo...

Los camareros ataviados con chaquetas negras regresaron con los platos y le sirvieron a ella en primer lugar. Detuvo al camarero con una mano.

—¿Qué es?

—Sopa de gambas.

—No la he pedido.

El camarero miró a Tripp antes de mirarla a ella de nuevo.

—El caballero ha pedido la cena con antelación para usted, señorita.

¿Sin preguntarle primero? Mamie tomó una honda bocanada de aire.

—Por favor, lléveselo. Detesto las gambas. El señor Sherry conoce lo que prefiero para cenar. Dígale que es para la señorita Marion Greene. Si le dice que me sirva lo que me gusta, se lo agradeceré mucho.

El camarero asintió con la cabeza y se llevó la sopa.

—¿Y para usted, señor?

Tripp se frotó el mentón con una mano.

—Llévese la mía también y traiga dos platos de todo lo que le guste a la señorita Greene.

Los camareros desaparecieron, y Tripp cambió de postura en la silla y la miró con expresión contrita.

—Me disculpo. No sabía que detestara las gambas. Solo pensé en ahorrar tiempo al pedir antes.

En ahorrar tiempo... y en tomar decisiones por ella.

—Soy más que capaz de decir lo que pienso.

—Empiezo a verlo —susurró él—. Mire, es evidente que hemos empezado con mal pie. Me disculpo. ¿Empezamos de cero?

¿Dos disculpas? Eso no se lo había esperado.

—Si accedo, ¿dejará de inmiscuirse en mis asuntos?

—¿Se refiere a sus robos?

Jadeó con fuerza y les echó una miradita a las mesas cercanas. Por suerte, nadie estaba lo bastante cerca para oír su conversación.

—Cuidado, Tripp. Todavía no he accedido a empezar de cero.

—Ni yo. Recuerde que conozco su secreto. Y si desea que le guarde dicho secreto, será mejor que se explique.

No lo haría ni por asomo.

—¿Se creería que soy cleptómana?

—Ni aunque lo jurase delante de un tribunal.

Lo miró con los ojos entrecerrados.

—¿Qué objetivo tiene esta cena? ¿Inmiscuirse en mi vida? ¿O juzgarme y difamarme? Porque creía que habíamos firmado una tregua.

El rostro de Tripp se tensó mientras se inclinaba hacia delante. Mamie se imaginó que ese era su aspecto cuando se enfrentaba a un testigo hostil en un juicio.

—Le dije que quería respuestas, Mamie, y pienso obtenerlas.

¡Por Dios! Menuda arrogancia la suya. El corazón le latía con fuerza en el pecho, y cada furioso latido era un recordatorio de lo mal que le caía ese hombre.

—Nadie me está juzgando, Tripp, y no le debo absolutamente nada.

Frank se echó hacia atrás en la silla, furioso, mientras veía a Louis Sherry deshacerse en halagos con Mamie. El dueño del restaurante acababa de llegar con el primer plato para disculparse por el error en la comanda. Después, prometió llevarle todos sus platos favoritos esa noche. Por supuesto, él había asumido toda la culpa para absolver al hombre de cualquier error, pero Sherry se negaba a aceptarlo. Se enorgullecía del servicio que daba y no soportaba que ningún cliente se marchara insatisfecho. Si bien respetaba la dedicación de Sherry hacia sus comensales, estaba molestísimo por la interrupción.

Molesto porque aún no había obtenido respuesta sobre el motivo de sus robos.

Molesto porque se había equivocado muchísimo esa noche, y detestaba equivocarse.

Molesto porque ella estaba guapísima.

Molesto porque había preferido guardar las formas antes que pedir que los sentaran en un reservado.

Apuró el resto de la copa. ¿En un reservado con la hija soltera de su cliente que detestaba todo lo que él era? ¿Acaso había perdido la cabeza por completo?

Sería imposible negar la fascinación que sentía por Mamie. Fascinación... y atracción. Sí, lo atraía. Aunque no podía hacer nada al respecto, ella encendía una chispa en su interior. Nunca había experimentado nada semejante, esa obsesión candente, y desde luego nunca con una mujer que lo odiaba. Que se enfrentaba a él a cada paso. Así que, ¿por qué ella?

Tenía que olvidarla y pasar página. La ciudad de Nueva York estaba llena de mujeres, de todas las formas y colores. Encontrar a una compañera o dos para la noche nunca le había supuesto un problema, aunque ya llevaba un tiempo sin hacerlo. ¿Tal vez un mes? Necesitaba dedicarle más tiempo a esos menesteres, pensó mientras su mirada se posaba por voluntad propia en el escote de Mamie.

«¡Joder!», exclamó para sus adentros. Esa visión no lo ayudaba en absoluto.

Apartó la mirada de inmediato hacia las ventanas.

«Deja de mirarla».

Era la hija de un cliente y no una cualquiera que se pavoneaba en una sala de baile.

Tenía que visitar el establecimiento de la señora Wright en la calle Veintisiete oeste y sacarse esa inquietud del cuerpo. Esa noche.

—¿Qué lo ha puesto de tal mal humor? ¿Hoy no ha podido mentirle a ningún juez?

Enfrentó la mirada guasona de Mamie.

—No estoy de mal humor.

Ella tomó la cuchara para la sopa mientras suspiraba y probó la crema de alcachofas.

—No voy a responder sus preguntas. Supongo que eso nos deja en un punto muerto.

Frank casi resopló. No había acabado en un punto muerto en la vida. No, le pagaban, y bastante, por esquivar dichas situaciones. Y menos mal. Al ver que un ataque frontal no funcionaba con Mamie, comprendió que debía emplear la creatividad para lidiar con ella. Ser paciente. Habilidoso.

Cualidades en las que sobresalía.

Dado que había crecido sin nada, había aprendido a centrarse en los objetivos a largo plazo. Se había pasado años hincando los codos, aceptando todos los trabajos que le salían, ahorrando dinero, trabajando mientras estudiaba en la universidad. Las buenas notas le habían conseguido un trabajo como aprendiz con un abogado ya establecido, durante el cual tuvo que ahorrar y estudiar todavía más. Nadie daba nada gratis en la vida, y las mejores recompensas llegaban tras el esfuerzo.

De modo que podía esperar para obtener las respuestas. Derribaría poco a poco las defensas de Mamie y se ganaría su confianza hasta que se lo contara todo.

—Supongo que sí —mintió antes de empezar a comer—. Hábleme de su familia. De sus hermanas. ¿Cómo son?

Ella parpadeó, sin duda desconcertada por la súbita rendición, pero contestó.

—En fin, ya ha conocido a Florence. Mi padre dice que es una polvorilla.

—¿Por qué?

—Porque cree que las normas no van con ella. Es intrépida.

—¿Y usted sigue las normas?

Mamie esbozó el asomo de una sonrisa que solo se apreció en las comisuras de los labios, antes de llevarse otra cucharada de sopa a la boca.

—Para usted, puede parecer que no. Sin embargo, se lo crea o no, soy la más responsable.

—Pues no me lo creo. —Estiró el brazo para alcanzar la copa de champán—. Nada de lo que he visto a lo largo de los últimos seis meses demuestra responsabilidad.

—Me ha sorprendido en sitios inesperados en tres ocasiones. El resto del tiempo, interpreto el papel de obediente hija, de debutante de la alta sociedad y de voluntaria de obras benéficas.

—Algo que está por demostrar —replicó sin poder contenerse. Ella lo fulminó con la mirada, de modo que levantó las manos—. Me disculpo. Sin duda tiene razón y la he juzgado mal. —Ni por asomo. «Paciencia, Frank», se recordó y añadió en voz alta—: ¿Y qué me dice de la benjamina de las Greene, la que todavía no ha sido presentada en sociedad?

—Justine. —Una sonrisa tierna suavizó su expresión—. Es la mejor de todas. Esa muchacha cambiará la ciudad de Nueva York algún día.

—¿Cómo?

—Ve la bondad en todas las personas. Una buena samaritana por naturaleza. Desea convertir el mundo en un lugar mejor.

Ladeó la cabeza y la observó con detenimiento.

—La admira.

—Pues sí, la verdad. Aunque es difícil no hacerlo, aunque me ganó veinticinco dólares en una partida de billar hoy mismo.

—¿Juega usted al billar? —Eso lo sorprendió.

—Un poco. Nuestro padre apenas usa la sala de billar, así que se ha convertido en una especie de club para nosotras. ¿Y usted? ¿Juega?

—He jugado alguna que otra vez. —Una mentira. Prácticamente se había pagado sus estudios universitarios gracias a su habilidad como jugador de billar. No había necesidad de contar esas historias tan sórdidas, sobre todo cuando les había dicho a todos que procedía de una familia rica.

Los camareros regresaron para llevarse los platos de la crema de alcachofas cuando ella le preguntó:

—¿Qué me dice de su familia?

Sintió que se le cerraba el estómago, una sensación que nada tenía que ver con la comida.

—Viven plácidamente en Chicago —mintió.

—¿De verdad? ¿A qué se dedica su padre?

Les dejaron unas tostadas untadas con caviar en la mesa, pero Frank casi ni se dio cuenta.

«Murió alcoholizado después de darles palizas a su mujer y a sus hijos durante años».

—Mi abuelo amasó una fortuna en Dakota. Una mina de cobre. —La mentira brotó de su lengua con facilidad después de tantos años.

Ella entrecerró un poco los ojos.

—¿Y a qué universidad fue?

—A Yale.

—¿Hay algo de verdad en lo que acaba de decir?

Se quedó petrificado. Nadie había conseguido ver más allá de las historias que contaba para protegerse. Ni un alma.

—¿Por qué diantres iba a mentir?

—No lo sé. —Ella sacudió la cabeza—. Pero sus ojos se han ensombrecido cuando estaba hablando. Me ha dado la impresión de que no me estaba contando la verdad.

El pánico le atenazó el pecho, provocándole una opresión. Se imaginaba muy bien qué pasaría si le contaba la verdadera historia de su infancia.

«En fin, verá, crecí en una chabola cerca de Worth Street. De hecho, un piso de alquiler habría sido un palacio a su lado. Vivíamos siete dentro, casi unos encima de otros, en medio de la suciedad y la mugre. Uno de mis hermanos murió en las calles durante una pelea entre pandillas. Otro casi murió en un accidente en una fábrica de maquinaria. Mis dos hermanas... Dejémoslo en que las pusieron a trabajar desde muy pronto. ¿Yo? Timaba y estudiaba. Y gracias a la generosidad del dueño de una taberna que me tenía lástima, salí de allí. Me cambié el apellido y logré que me aceptaran en un internado como caso de caridad. Una vez allí, jamás miré atrás».

Clavó la mirada en la crema como si la estuviera memorizando.

—Es que tengo pendiente una visita, nada más. Mi madre lleva atosigándome para que vuelva a casa casi seis meses.

Ella soltó un hondo suspiro.

—Puede que los Greene seamos ricos, pero no somos tontos.

Empezaba a darse cuenta de eso. Claro que nunca la había considerado tonta como tal, pero sí era más complicada de lo que había pensado en un principio. De todas formas, no pensaba contarle la verdad.

Nadie conocía su historia, y nadie la sabría jamás.

—Pero lo dejaré estar —dijo ella al tiempo que se metía una tostada con caviar en la boca—. De momento.

No pudo contenerse, soltó una risita.

—Empiezo a creer que es usted la abogada de esta mesa. Me siento como si estuviera en el estrado de los testigos.

—Sin proponérmelo siquiera, debo añadir. Imagine que me esfuerce en la tarea. —Parecía muy complacida consigo misma: los ojos le brillaban y tenía una enorme sonrisa en la cara. La pelea dialéctica entre ellos también la había excitado, y saberlo le provocó una emoción en las entrañas que lo calentó por entero. Si no fuera la hija de un cliente ni una dama de la alta sociedad soltera de veintitrés años, los dos podrían pasárselo muy bien en la cama.

Sin embargo, era ambas cosas, y fingir lo contrario sería una tontería.

Se había esforzado mucho por alejarse de su infancia, de Five Points y de los demás Murphy. ¿Qué se suponía que debía hacer, invitar a todos esos maleantes a la Quinta Avenida para tomar el té? Sí, los vigilaba en secreto. Le enviaba dinero a su madre de forma anónima. Unos años antes, incluso había pagado la fianza de su hermano para que saliera de Las Tumbas, el centro de detención de Manhattan. Aunque esa parte de su vida estaba cerrada. Se había creado un futuro muy distinto, en el que no estaba incluido un grupo de ladrones, malhechores y alcohólicos.

Ni tampoco una mujer de la alta sociedad. Una mujer que esperase sinceridad y fidelidad. Él descendía de una larga lista de hombres incapaces de permanecer con una sola mujer. Había visto de primera mano lo que las infidelidades le hicieron a su madre, cómo la habían humillado y avergonzado. Las mujeres que habían acudido a la chabola en busca de su padre, algunas con bebés de corta edad. Solo Dios sabía cuántos hijos había engendrado Colin Murphy.

¿Qué familia rica lo contrataría si se enterase? Su carrera profesional se acabaría si salían a la luz sus humildes orígenes. Sus clientes y sus colegas del bufete de abogados creían que había crecido rodeado de privilegios, como ellos. Se había inventado una enrevesada historia que incluía dinero, internados privados y una universidad de élite. Ya no podía echarse atrás, no a menos que planeara alejarse de todo lo que se había labrado.

Y le gustaba demasiado esa vida como para alejarse de ella, o como para permitir que alguien la destruyera.

A Mamie le costó la misma vida contenerse para no seguir indagando en busca de información. Era evidente que Frank había mentido; había pasado el tiempo suficiente con él para reconocer los indicios. Pero ¿sobre qué había mentido? ¿Sobre Yale? ¿Sobre Chicago? ¿Sobre la mina de cobre? ¿Sobre todo?

Quería asegurarle que las historias sobre infancias que poco tenían de perfectas no la escandalizarían. Si bien ella se había criado rodeada de amor y de comodidades, sus visitas a los barrios bajos le habían abierto los ojos a las calamidades a las que tenían que enfrentarse otras familias.

Hacía poco más de un año, le pidió a Justine que le sugiriese una obra benéfica en la que participar. Había llegado al límite en cuanto a los bailes, las excursiones a Newport y las óperas a las que asistir. Ansiaba algo más, una manera de ayudar a los más desfavorecidos. Justine le sugirió el Comité para la Mejora del Distrito Sexto, que asistía a las familias necesitadas de Five Points.

A través del comité, descubrió las espantosas condiciones en las que vivían las familias en los bloques de alquiler, hacinadas en esos reducidísimos espacios. Aunque eran los niños quienes le rompían el corazón. Aparentaban mucha más edad de la que tenían, porque los obligaban a ganarse el pan desde muy pequeños. La mayoría no escapaba, sino que continuaba en una sucesión de trabajos mal pagados y peligrosos de adultos. La desesperación impregnaba cada callejón, cada farola y cada adoquín.

El Comité para la Mejora deseaba convertir al protestantismo a quienes ayudaba, aunque muchas familias profesaban otra religión. Ella había protestado y había preguntado por qué no se podía ofrecer ayuda gratis, por qué debía imponerse una religión para recibir caridad.

En respuesta, le pidieron que no volviera a las reuniones del comité.

De modo que comenzó a prestar ayuda por su cuenta. Escogió a familias a las que el Comité de Mejora había rechazado, y Florence le enseñó a robar carteras. Sí, robaba para conseguir dinero con el que ayudar, pero ¿qué mal había en agarrar algo que nunca se echaría de menos para dárselo a alguien que lo necesitaba con desesperación?

Los que estaban en la cima de la pirámide tenían demasiado, mientras que los que estaban en la base no tenían nada. Se trataba de subsanar un mal provocado únicamente por un accidente de nacimiento.

Observó a Frank por encima del borde de la copa. Iba vestido a la perfección; hecho un pincel de la cabeza a los pies. Nada fuera de lugar. La tela y los complementos más caros. Sin embargo, no era Chauncey, que se vestía de forma parecida, pero que había crecido en la holgazanería y el privilegio. Frank era más tosco, con una perspicacia nacida de la determinación y el instinto.

Era esa perspicacia lo que había despertado su interés.

—¿Por qué estudió derecho?

Él se echó hacia atrás, con la copa de champán entre los dedos. Los comensales seguían charlando a su alrededor, provocando una alegre algarabía en el comedor. Ella apenas se percató porque solo tenía ojos y oídos para Frank, casi como si estuvieran solos esa noche. Era una situación muy extraña e íntima, aunque estaban cenando en un lugar muy público.

—Supongo que quería marcar la diferencia.

—¿Y lo ha hecho?

—Eso creo, al menos en las vidas de mis clientes.

—¿Como mi padre?

—Sí.

—¿Qué clase de ayuda legal ha necesitado a lo largo de los años?

—Sabe que no puedo contestarle a eso, Mamie.

—¡Buenas noches, Tripp!

Una pareja estaba de pie junto a la mesa. Iban bien vestidos, pero Mamie no los reconoció como miembros de la alta sociedad. La mujer, una despampanante rubia, parecía tener treinta y pocos años, mientras que el caballero era bastante mayor.

—Phillips. —Frank se puso en pie y le estrechó la mano al hombre antes de volverse hacia su esposa. Ella levantó una mano, y Frank le besó el dorso como era de rigor—. Señora Phillips.

—Frank —dijo la susodicha—, ¡qué alegría verte! Ha pasado una eternidad.

—Desde luego. —Frank retrocedió un poco y se dirigió al marido—. Permítanme presentarles a la señorita Greene.

El señor Phillips miró a Mamie con una sonrisa amable y le hizo una reverencia.

—Señorita Greene, espero que este pícaro la esté tratando bien.

—Tan bien como cabría esperar —repuso ella—. Claro que estamos hablando del señor Tripp. Buenas noches, señora Phillips.

La mujer miró a Mamie con el ceño fruncido y la saludó con una leve inclinación de cabeza antes de mirar a Frank con una sonrisa enorme. El recelo hizo que a Mamie se le erizara el vello de la nuca. Ya había presenciado antes los celos de otra mujer. ¿Había habido algo entre la señora Phillips y Frank en algún momento?

—¿Qué tal Viena? —le preguntó Frank al señor Phillips.

—Aburrida —contestó la esposa antes de que él pudiera hacerlo—. Nos alegramos muchísimo de regresar a Nueva York.

—Vamos, no fue tan malo. —El señor Phillips se inclinó hacia Frank—. Tuve bastantes reuniones. Ya conoces a las mujeres. Detestan tener demasiado tiempo libre entre manos.

La mirada que le dirigió la señora Phillips a Frank con los párpados entornados dejó muy claro cómo había pasado dicho tiempo libre. La reacción de Frank fue casi imperceptible, pero ella captó el leve tic nervioso de un ojo. Lo vio meterse las manos en los bolsillos y alejarse un poco de la mujer. Fue un gesto muy sutil, pero también un distanciamiento muy deliberado. Interesante.

—Tengo que hablar contigo —le dijo el hombre a Frank—. ¿Podría ser mañana?

—Sí, por favor, ven a casa —añadió su esposa—. A los dos nos encantaría recibirte.

Frank mantuvo la mirada clavada en el señor Phillips.

—Mañana tengo el día completo. Sin embargo, si viene a mi despacho al mediodía, podría colarlo entre dos citas.

—Eso haré. Gracias, Tripp. —Se estrecharon la mano, y el señor Phillips le sonrió a Mamie—. Disfrute del resto de la velada, señorita Greene.

—Lo intentaré. Buenas noches a ambos.

La esposa no añadió nada, se limitó a permitir que su marido la alejase por el atestado comedor. Ella los siguió con la mirada mientras Frank se sentaba de nuevo y agarraba la copa de champán para beber con más ganas de la cuenta.

—Bueno, entiendo que la señora Phillips y usted fueron amantes.

Frank se atragantó con el champán, y el líquido le chorreó por la barbilla.

—¡Maldición, Mamie!

¡Ah! Así que era verdad. Se alisó la servilleta que tenía en el regazo e intentó no sentirse decepcionada. Al fin y al cabo, Frank y ella no eran nada el uno para el otro, ni siquiera amigos. Frank coqueteaba y engatusaba a la gente con la misma facilidad con la que respiraba, y desde luego que era muy apuesto. Era normal que las mujeres se acercasen a él. Aunque nunca había oído su nombre asociado a una en particular, desde luego que no pasaba las noches solo.

—¿Le molesta? —A esas alturas, se había recuperado de la sorpresa y la observaba con detenimiento—. ¿Conocer a una mujer a la que yo he conocido de forma íntima?

—No diga tonterías. Me dan igual sus mujeres. Sin embargo, me escandaliza que sea capaz de arruinar el matrimonio de otro hombre.

Él dejó la copa en la mesa y esbozó una sonrisa traviesa.

—Para que conste, nuestra amistad terminó antes de que se casara. Por regla general, intento evitar relaciones con mujeres casadas, sobre todo cuando hay clientes de por medio. Pero se está volviendo muy insistente, y cuesta mostrarse educado mientras represento a su marido. Bueno, ¿restaura eso su fe en mi persona?

Un poco, aunque nunca se lo diría.

Enarcó una ceja.

—¿Busca cumplidos por resistir algo que cualquier persona decente sabría que está mal? De ser así, me temo que se va a llevar una decepción.

Él se inclinó hacia delante y apoyó un brazo en la mesa.

—Mi querida señorita Greene —su voz ronca le acarició todas las terminaciones nerviosas—, ya hemos establecido que ninguno de los dos es una persona decente. Eso quiere decir que estamos al otro lado, con los pecadores. Y le prometo que es mucho más divertido.

4

¿Era una pecadora?

Mamie no dejó de darle vueltas a la idea en la cabeza mientras el carruaje de Tripp se acercaba a la zona alta de la ciudad. Había insistido en acompañarla y se había negado a que ella detuviera un carruaje de alquiler al terminar la cena. Sin embargo, en vez de su habitual pique dialéctico, se habían sumido en sus pensamientos durante el trayecto.

Sobre todo, se preguntó por el estado de su alma. Sí, robar estaba moralmente mal, y robaba. Pero ¿era malo si robaba por una causa noble? Había justificado sus actos del último año como benevolentes, pero en ese momento Frank Tripp hacía que dudara de sí misma.

¡Maldito fuera!

Alzó la barbilla, impulsada por la determinación. Que pensara lo que quisiera. Ella estaba del lado de la justicia y hacía lo poco que podía para ayudar a los menos afortunados. Si Frank alguna vez le prestase atención a alguien que no fuera él mismo o a sus elegantes clientes, sin duda vería que sus actos estaban justificados. El dinero extra suponía una enorme diferencia para esas familias.

—Se ha quedado callada —comentó. Tenía las largas piernas relajadas e iba repantingado en el espacioso carruaje. El pelo oscuro le caía por la frente y le otorgaba un aire muy libertino. Le recordaba a un rey de otros tiempos, muy seguro y elegante en su trono. Solo le faltaba una mujer a su lado que le diera de comer uvas—. ¿Tanto le molesta que me negara a que volviese en un carruaje de alquiler?

—Pedir la cena por mí, no permitirme que vuelva a casa sola... No deseo que me controlen. No soy una ingenua a la que hay que mantener entre algodones.

—Algunos consideran ese comportamiento como caballerosidad.

—Tenemos el siglo XX casi encima, Tripp. Las mujeres trabajan y viven solas. Pronto tendremos derecho al voto.

Él silbó por lo bajo.

—Una sufragista. ¡Qué progresista!

Casi puso los ojos en blanco. Sí, era sorprendente que una mujer quisiera los mismos derechos que un hombre.

—Al parecer, no lo sabe todo sobre mí.

—Cierto, pero me gustaría averiguar más.

Su forma de decirlo, con una voz ronca y grave como el susurro de la seda sobre la piel, le provocó un escalofrío que le recorrió la espalda. ¿Por qué tenía que afectarla de esa manera ese hombre en concreto? Chauncey era un té flojo al lado del complicado y rico burdeos que era Tripp.

Tenía que ponerle fin a eso, en ese mismo momento. Si seguía coqueteando con ella, sentiría la tentación de coquetear a su vez, y a saber dónde conduciría eso. A un lugar peligroso, sin duda.

—Me temo que va a tener que aguantarse con la decepción —replicó—. Exigió una cena, que ya ha terminado. No hay motivos para que nuestros caminos vuelvan a cruzarse en el futuro.

—¡Ah! Pero esta es una ciudad pequeña. Sin duda volveré a verla.

¿Pequeña? ¡Qué idea más ridícula! La ciudad solo parecía diminuta porque Tripp no dejaba de perseguirla por sus calles.

—Debe dejar de seguirme. Estoy harta de que me arruine la noche cada vez que aparece.

—Intento protegerla. Es evidente que no es consciente de lo peligrosa que es esta ciudad para algunas personas.

—¡Vaya! Soy más que consciente de los peligros de la ciudad. —Había visto peleas entre borrachos y niños viviendo en las calles. Mujeres sin más alternativa que vender sus cuerpos en sucios callejones.

Razones todas por las que sus visitas a la zona sur de la ciudad eran tan importantes.

Él soltó el aire y clavó la mirada al otro lado de la ventanilla mientras tamborileaba con los dedos sobre el mango plateado de su bastón. De perfil destacaban más su afilado mentón, los altos pómulos y esa nariz tan elegante y bien formada. Aunque detestaba mirarlo embobada, costaba no prestarle atención.

—Muy bien. Mi intención solo era mantenerla a salvo, pero retiro mi ayuda. A partir de ahora, estará sola.

¿Tripp capitulaba? No había esperado que se diera por vencido, al menos, no sin otra discusión. ¿Lo decía en serio?

—Gracias, y también le agradezco que no vaya a decirle a mi padre nada de esto.

—A eso no he accedido.

Parpadeó, sin saber si lo había oído bien.

—Yo he mantenido mi parte del trato. He venido a la cena. Mantenerse en silencio es lo menos que puede hacer usted.

—Se equivoca. Si quisiera librarme de usted, Mamie, se lo habría contado a su padre hace mucho. Lo que me gustaría es hacer otro trato.

Otro trato... ¿con el abogado más astuto de Manhattan?

—¿Por qué diantres iba a hacer otro trato con usted?

—Porque desea continuar con sus aventuras. Creo que ya sabe lo que pasará si no accede.

Su padre. ¡Por Dios! La amenaza empezaba a perder efecto.

—¿De qué trato habla?

Se volvió hacia ella y clavó su intensa mirada en sus ojos.

—Si se encuentra en una situación peligrosa, váyase. De inmediato. No ponga en peligro su seguridad, Mamie. Sin importar lo que esté haciendo, no merece acabar herida o muerta.

¡Vaya! Eso no se lo esperaba. Sintió que la calidez la abrumaba por entero, que el calor cobraba vida bajo su piel y la derretía por dentro. Cualquiera diría que estaba colado por ella. No era así, por supuesto. Apenas se conocían, y su vida estaba llena de coristas y de viudas si las columnas de cotilleos eran de fiar. Tal vez se veía más como una especie de hermano mayor.

¡Qué lástima! No necesitaba un hermano mayor. Y sus sentimientos hacia él eran de todo menos filiales.

«Aceptaré, pero solo si me besas».

La idea apareció de forma espontánea, como un susurro surgido de lo más profundo de su cerebro. Desvió la mirada hacia su boca, hacia esos labios carnosos que coqueteaban y la incitaban cada vez que se separaban. ¿De qué otras hazañas serían capaces su boca y sus labios en caso necesario?

«Para ya, Mamie. Le haces demasiado caso a Florence».

Entornó los párpados e intentó calmar su desbocado corazón. Chauncey. Él era su futuro marido, el único hombre al que debería desear. Desear a Frank Tripp era una complicación que no podía permitirse en ese momento.

Un dedo se coló bajo su barbilla para invitarla a volver la cabeza, de modo que abrió los ojos de golpe. Frank la observaba con detenimiento, con una mirada apasionada e intensa, mientras la presión de su dedo la mantenía inmóvil. El ambiente del carruaje se volvió muy cargado, como si una corriente eléctrica saltara de uno a otro. El corazón se le iba a salir del pecho, le latía con tanta fuerza que estaba segura de que él podía oírlo.

—¿Tenemos trato, Mamie?

Otra vez ese tono grave y ronco que no le había oído hasta esa noche.

—Sí —se oyó susurrar como respuesta.

Vio que le temblaba la comisura de los labios y que en sus ojos aparecía un brillo de satisfacción masculina. Le soltó la barbilla y, antes de que ella pudiera parpadear siquiera, golpeó el techo del carruaje.

—¡Para!

Las ruedas aminoraron la marcha, y el carruaje se detuvo junto a la acera. ¿Iba a apearse?

—¿Y lo de acompañarme a casa?

—Mi cochero se asegurará de que llega sana y salva. Recuerde nuestro trato. Buenas noches, señorita Greene.

Y salió por la puerta y se perdió en la oscura noche de Manhattan.

Con catorce respetados abogados trabajando para ellos, el bufete de abogados Thomas, Howe, Travers & Tripp era un hervidero de actividad durante el horario laboral. El bufete ocupaba tres pisos de un edificio de nueve plantas de ladrillo y terracota en el centro, cerca del edificio del juzgado federal. Dado que era uno de los bufetes más prestigiosos de Nueva York, THT&T se encargaba de todo, desde juicios por asesinato a demandas de paternidad. Frank era el socio más reciente y joven, pero también el más conocido en la ciudad. Que se moviera con facilidad en los círculos de la alta sociedad y que tuviera amigos periodistas en casi todos los periódicos de la zona ayudaba bastante.

Cuando salió del ascensor, saludó con un gesto de la cabeza a varios empleados de camino a su despacho. En ese piso se tramitaban la mayoría de los casos civiles, mientras que los casos penales más graves los llevaban Thomas y Howe en el siguiente. Él evitaba los casos de asesinato en la medida de lo posible; bastantes cosas había visto en su juventud. No había necesidad de revivir todos aquellos horrores.

Su secretaria, la señora Rand, se puso en pie al verlo.

—Buenos días, señor. Le he dejado los periódicos matutinos en su mesa.

—Gracias. ¿A qué hora es mi primera cita?

—El señor Jerome vendrá a las nueve y media. Tiene la documentación para revisar en su mesa.

—Es usted una joya, señora Rand. —Siguió hasta su despacho, se quitó la chaqueta y se dejó caer en el sillón de cuero. Uno de los periódicos estaba abierto por una página en concreto que su secretaria quería que viese. Al fijarse bien, descubrió que era una crónica de sociedad, una de las bromas de la señora Rand. Le gustaba asegurarse de que nunca se perdía una columna que mencionara su nombre.

La Bella y el Picapleitos... Anoche se vio juntos en Sherry's a dos de las estrellas más rutilantes de la ciudad. La señorita G. y el señor T. La dama devolvió el primer plato y pidió que le llevasen otro. ¿No era de su gusto o cambió de idea? Uno se pregunta si tal vez también vaya a cambiar de idea con respecto a su prometido.

¿Picapleitos? ¿De verdad? Si lo hubieran llamado «letrado», habría sido más justo. No daba crédito a la falta de imaginación de los cronistas de sociedad. Eran tan tontos que no recordarían ni la dirección de sus domicilios.

Se preguntó si Mamie habría visto ese párrafo. Por supuesto, su padre se pondría furioso por la atención. Ya se las apañaría él para explicarlo en caso de necesidad. Además, tenía cosas más graves de las que preocuparse esa mañana.

Como el hecho de que casi la hubiera besado.

Y lo peor era que ella deseaba que lo hiciera.

Se había acostado con mujeres desde Brooklyn al Bronx, desde Morristown a Massapequa, y más allá. Desde los doce años, era capaz de reconocer el deseo en la cara de una mujer, la pasión cuando asomaba a sus ojos. La forma en la que se le aceleraba la respiración y le latía el pulso en el cuello. Mamie le había mirado los labios como si fueran un helado de pistacho en pleno agosto.

Sin duda alguna, él la había mirado igual.

A medida que la noche avanzaba, su ansia fue empeorando. Lo que empezó como un leve calentón durante la cena se convirtió casi en una erección completa en el carruaje. ¡Por Dios! Temía lo que podría haber sucedido de no apearse a mitad de camino de su casa. ¿Se habría corrido en los pantalones al llegar a la calle Setenta y dos?

Mamie había sentido celos de Abigail Phillips, aunque lo había ocultado con una mentira. Sin embargo, él detectaba las mentiras con la misma facilidad que tenía para respirar. Suponía que era cosa de su crianza, con el abuso y el abandono como las únicas constantes de su sórdida vida.

Por eso tenía que dejar tranquila a Mamie. Ya no la seguiría por la ciudad, ya no acudiría a su rescate al primer indicio de peligro. Se estaba convirtiendo en una obsesión malsana, y no había futuro para ellos. Mejor olvidarla y pasar página. Aunque visitara cada garito de juego, casino o sala de baile. Le daba igual.

«Debe dejar de seguirme. Estoy harta de que me arruine la noche cada vez que aparece».

Ella tenía razón. Había llegado el momento de que aquello terminase.

Dejó el periódico a un lado. El trabajo lo aguardaba, incluyendo documentos que tenía que leer para su primera cita. Mamie Greene era su pasado.

Estaba casi preparado para esa primera cita cuando alguien llamó a la puerta. Su secretaria asomó la cabeza.

—Señor, el señor Greene quiere verlo.

¡Mierda!

Era imposible negarse a la reunión, y tampoco lo sorprendía. Se quitó las gafas para leer y las guardó en el primer cajón de su mesa.

—Hazlo pasar.

Mientras esperaba, se levantó y se puso la chaqueta.

Duncan Greene era un hombre imponente de porte atlético. Se había criado en un entorno privilegiado, pero nadie lo consideraría «blando». Si alguna vez se veía en una pelea de bar, desde luego que querría a Greene en su bando. Sin embargo, él había crecido rodeado de muchos hombres más aterradores que Duncan Greene. Si el padre de Mamie quería intimidarlo, se iba a llevar un chasco.

Greene entró con un bombín de color marrón en las manos. Llevaba un traje impecable de confección perfecta. El hecho de que hubiera ido a verlo en vez de mandarlo llamar dejaba bien claro el trasfondo de la conversación.

—Buenos días, Duncan —lo saludó al tiempo que le tendía la mano.

Duncan se la estrechó con tanta fuerza que casi hizo una mueca.

—Frank. Gracias por recibirme.

—De nada. Sabe que mi puerta siempre está abierta para usted. Siéntese y dígame qué lo trae por aquí. —Como si no lo sospechara ya.

—Tenía cosas que hacer por esta zona y se me ha ocurrido venir a charlar un rato. —Duncan se sentó en uno de los sillones emplazados delante de la mesa de Frank—. Ambos estamos muy ocupados, así que no te haré perder el tiempo. Deseo saber cuáles son tus intenciones con mi hija.

¿Intenciones? ¡Por Dios!

—Solo fue una cena, Duncan.

—Una cena reseñada en todas las columnas de sociedad esta mañana. Ya he recibido una visita del señor Livingston, el padre del prometido de Marion. También está preocupado.

Los dos hombres deberían preocuparse por la costumbre de Mamie de robar a desconocidos en los casinos. Una cena en Sherry's difícilmente podía equipararse al juego y al latrocinio.

—Una preocupación que es del todo infundada en mi opinión. Nos encontramos, y mencionó que sentía predilección por la crema de alcachofas de Louis. Me ofrecí a acompañarla. —Las mentiras brotaron solas.

Duncan lo observó con detenimiento, y tuvo que contener el impulso de revolverse en la silla como un acusado culpable.

—La historia de Marion es más o menos la misma. —Tamborileó con los dedos sobre el reposabrazos del sillón—. Puede que ya lo sepas, Frank, pero merece la pena que te lo repita. No me gusta llamar la atención, ni sobre mí ni sobre mi familia. El apellido Greene siempre se ha asociado a la respetabilidad y, como mi primogénita, espero que Marion siga décadas de tradición.

Frank estuvo a punto de resoplar. Mamie se saltaba tanto las tradiciones que a Duncan le daría vueltas la cabeza si algún día llegaba a descubrirlo. Pero no era su trabajo informarlo de eso. Necesitaba tranquilizarlo, acceder a todo lo que le pidiera y continuar con su dichoso día.

Duncan era uno de los hombres más poderosos de Nueva York. Bastaría una palabra suya para que nadie más allá de la calle Treinta y cuatro volviera a solicitar sus servicios. Podría despedirse de su carrera como abogado. Y no se había arrastrado ni había ahorrado desde que escapó de la pobreza de su infancia para perder su vasta fortuna por una mujer.

Sí, podría encontrar clientes (matones de los bajos fondos que siempre parecían necesitar representación legal), pero el prestigio residía en representar a los miembros de la alta sociedad. En cenar en los mejores restaurantes. En que su nombre apareciera en las columnas de cotilleos. En recibir invitaciones a las mejores fiestas.

Todo eso desaparecería si no hacía caso a los deseos de Duncan.

¿Eso lo convertía en alguien vano y superficial? Sí. Lo admitía sin el menor problema. Le gustaba el dinero, le gustaba tener una gran casa en la Quinta Avenida. Ser miembro de los clubes de caballeros y tener un palco en la Ópera de Nueva York. Las ranas criarían pelo antes de que volviera a una vida de pobreza.

—No tengo intención de seguir en contacto con su hija, Duncan. Le doy mi palabra.

Duncan asintió con la cabeza.

—Excelente. Ya que estoy aquí, quiero que te ocupes de algo. Livingston y yo hemos decidido darles un empujoncito a los niños y fijar una fecha. Redactar las capitulaciones matrimoniales y añadir una cláusula que le dé dinero a Marion en caso de que Chauncey lo eche todo a perder. También otra sobre la infidelidad. Me da igual lo que haga él después de que yo tenga varios nietos, pero será mejor que siente cabeza y cumpla su deber durante los diez primeros años.

Frank experimentó un dolor agudo en las costillas, aunque asintió con la cabeza y lo anotó todo.

—Sin problema.

Duncan se puso en pie, dando por terminada la reunión. Echó un vistazo a las paredes desnudas.

—Me sorprende que no tengas cuadros y que no hayas colgado tu título. ¿Dónde dices que estudiaste?

—En Yale —contestó—. Es que nunca he llevado el dichoso título a que lo enmarquen.

—Lo entiendo. El mío de Harvard está en un baúl en el ático. Aunque a algunos de tus clientes podría impresionarlos. De esa forma, sabrán que no estudiaste en la Universidad de Delaware o en el Boston College.

¡No lo quisiera Dios! Solo había tres o cuatro universidades lo bastante buenas para los hombres de la alta sociedad, razón por la cual él nunca admitiría que había obtenido su título en el Allegheny College.

—Bien visto. A ver si lo enmarco —mintió.

—Excelente. —Duncan lo miró fijamente a los ojos—. Y no quiero decir que no seas lo bastante bueno para Marion. Sin embargo, lleva años comprometida con Livingston. Su padre es un buen amigo mío. Nos gustaría que las dos familias se unieran de forma permanente.

La repulsión hizo que se le pusiera la piel de gallina. Duncan hablaba de Mamie como si fuera un objeto. Algo con lo que negociar y que canjear. Era una práctica habitual en los círculos de Greene, pero repugnante de todas formas. Tal vez también fuese lo que Mamie quería. ¿Quién era él para jugar con el destino?

—Lo entiendo. No se preocupe, me aseguraré de atender bien sus necesidades. Legalmente hablando, por supuesto.

El recelo asomó al rostro de Duncan.

—Sí, legalmente hablando. Porque cualquiera que intente interferir en el futuro de mi hija es hombre muerto. —Se caló el sombrero—. Y detestaría que dicho hombre muerto fueras tú.

Mulberry Street recorría algunas de las peores zonas del Lower East Side, con el famoso cruce de Five Points en el extremo sur. Mamie intentaba evitar la zona en la medida de lo posible, incluso a plena luz del día. El Distrito Sexto era peligroso a todas horas, razón por la cual se quedaba en la zona norte.

Las calles eran muy diferentes a sus homólogas de la zona alta, anchas y limpias. En los barrios bajos, las calles estaban atestadas de personas de todas las procedencias, junto con carritos, caballos y productos a la venta. Los papeles en descomposición y los trapos sucios se apilaban en los callejones, proporcionando camastros improvisados a quienes no tenían refugio permanente. Las coladas colgaban de las ventanas, y en verano no era raro ver que se usaban las salidas de incendios como camas.

Cuando empezaron a llegar grandes grupos de personas, los bloques y las calles pronto se convirtieron en barrios según la identidad religiosa o cultural. El inglés no era la lengua principal entre los vecinos y los tenderos de esas zonas; en cambio, se podía oír alemán, hebreo, ruso, italiano, chino y muchos más. Había pieles de todas las tonalidades, y todos intentaban encontrar su sitio en esa nueva era. Muchos niños corrían descalzos, y en la cara y en la ropa se reflejaba que pasaban casi todo el tiempo a la intemperie. Y cuando se vivía con cinco o seis personas en un diminuto piso de una sola estancia, ¿cómo culparlos por no quedarse dentro de casa?

Mamie visitaba a familias que vivían en cinco bloques diferentes de Mulberry Street y sus alrededores. Había elegido con cuidado. Las mujeres cuidaban de los niños pequeños, normalmente mientras se ocupaban de lavar o de remendar ropa por centavos cada día, y los hijos mayores trabajaban en fábricas, en tiendas o en las calles. Los maridos de esas familias en concreto estaban enfermos, eran unos borrachos o se habían marchado. Eso dejaba a las mujeres luchando por mantenerse a flote solas, y cualquier dinero que ella les diera suponía una gran diferencia para sus presupuestos mensuales.

Estuvo mucho tiempo en su primer destino, un piso situado en una cuarta planta donde vivía una familia polaca. El marido se estaba recuperando de una herida en una pierna, y la mujer tenía a dos hijos enfermos que le impedían terminar el trabajo al que se había comprometido. De modo que ella les dio de comer y calmó a los niños mientras la mujer cosía como una posesa. Cualquier ofrecimiento de ayudar a remendar la ropa lo rechazó con firmeza; la mujer no quiso oír ni una sola palabra al respecto.

Las siguientes dos paradas fueron más rápidas. Una mujer tomó el dinero a través de una rendija en la puerta, le dio las gracias y cerró con llave. La otra susurró que su marido estaba durmiendo y aceptó el dinero en silencio.

Dos policías deambulaban delante del edificio adyacente. No era raro ver a la policía en el Distrito Sexto, pero no era habitual verlos por parejas. Ni siquiera la miraron cuando entró, ocupados como estaban en su charla y en sus cigarros como para prestarle atención.

Subió con cuidado la escalera medio derruida hasta la tercera planta. Una bombilla parpadeaba en el techo, y las paredes estaban manchadas por la humedad. Esa familia en concreto, los Porter, la preocupaba desde hacía tiempo. El marido trabajaba en el muelle, pero el dinero que ganaba se lo gastaba casi por entero en su adicción a la ginebra, no en su familia. La señora Porter se las apañaba lavando ropa, pero eso no bastaba para alimentar a sus tres hijos pequeños. Habían rechazado la proposición del Comité de Mejora del Distrito Sexto para convertirse al protestantismo y, por tanto, no podían recibir ayuda, de modo que Mamie los añadió a su lista de distribución.

Lo que más le preocupaba eran los moratones que veía con frecuencia en la cara y en el cuello de la señora Porter, como si la hubieran golpeado o intentado asfixiar. Cuando le preguntaba por ellos y le ofrecía ayuda en caso de que quisiera abandonar a su marido, la mujer insistía en que se había hecho daño al caerse y que solo su torpeza era la culpable.

Mamie no se lo creía.

Al llegar a la tercera planta, la recibió el llanto de los niños. Había cuatro pisos en esa planta, de modo que los llantos no eran nada nuevo, pero había algo distinto en ellos. Estaban llorando con una desdicha absoluta, como si algo les doliera o los hubieran abandonado.

Mamie corrió hacia el piso de los Porter. La puerta estaba abierta, y el llanto procedía del interior. Llamó antes de asomarse para ver...

Había tres policías dentro, todos alrededor de un cuerpo en el suelo. ¿Era el señor Porter? ¡Ay, por Dios! ¿Qué había pasado? ¿Estaba muerto?

En el extremo más alejado de la estancia, otros dos policías rodeaban a la señora Porter, que estaba sentada en una silla, con la cara blanca por completo.

Mamie no se lo pensó siquiera y entró sin más.

—Señora Porter, ¿necesita ayuda?

La mujer alzó la vista y la miró parpadeando antes de que en su rostro quedara patente que la había reconocido. Unos cortes feísimos le sangraban en la sien izquierda y también en un lado de la boca, y tenía la piel hinchada y enrojecida. Intentó hablar, pero no le salió la voz.

Los policías se volvieron hacia ella. El mayor del grupo, seguramente el agente de mayor graduación, se acercó a ella.

—¿Y quién es usted, señorita?

Mamie se irguió.

—Soy la señorita Marion Greene, hija del señor Duncan Greene.

El hombre frunció el ceño y la miró con evidente escepticismo.

—¿De la Quinta Avenida? ¿Espera que nos creamos que la hija de Duncan Greene vendría aquí, al Distrito Sexto, con toda la porquería que hay? ¿Qué pasa, hoy no estaba disponible la señora Astor?

Los hombres presentes se echaron a reír, haciendo que a ella le hirviera la sangre.

—De todas formas, soy la señorita Greene.

Él sacó pecho y la miró de arriba abajo con una mirada intensa, íntima y lenta, pensada para humillarla y avergonzarla.

—Pues sin ánimo de ofender, señorita Greene, pero no vemos a muchas muchachas como usted por estos lares.

Cierto, pero eso no importaba en ese momento.

Se había topado antes con hombres como ese agente: hombres poderosos que creían que las mujeres eran criaturas frágiles y tontas. En su experiencia, la mejor manera de lidiar con semejantes idiotas era mostrarse tan directa y segura de sí misma como fuera posible. No demostrar debilidad alguna.

Uno de los niños pequeños de la señora Porter estaba sentado en el suelo, solo, llorando. Se acercó para tomarlo en brazos y mecerlo contra su cuerpo mientras le susurraba para calmarlo. Cuando el niño se calló, Mamie regresó junto al agente.

—¿Va a decirme qué ha pasado, señor?

—Soy sargento, señorita, y no creo que sea algo apropiado para la delicada sensibilidad de una dama de alcurnia como usted. Tal vez debería buscarse un carruaje y volver a casa. No creo que a su padre le guste que esté usted aquí.

—Me temo que todavía no puedo hacerlo, sargento. La señora Porter es amiga mía. Deseo saber si puedo ofrecer mi ayuda en este asunto.

—¿Amiga suya? —le preguntó con un resoplido que hizo que le temblara el mostacho. Después soltó una risotada y echó un vistazo a su alrededor para saber si sus agentes también la habían oído—. ¿Lo habéis oído, chicos? La señora Porter se ha buscado elegantes amistades de la alta sociedad.

La rabia hizo que se le pusiera la piel de gallina; una rabia candente y abrasadora, y se recordó que debía mantener la calma. Esos hombres suponían que se pondría histérica y que empezaría a gritar, que se pondría colorada y no atendería a razones. Porque así podrían despacharla.

—Deseo ayudarla si es posible. —El niño que tenía en brazos empezó a lloriquear de nuevo, de modo que lo meció.

—Es un gesto muy noble por su parte, señorita Greene. Sin embargo, me temo que no se puede hacer nada por la señora Porter. Verá, acabamos de arrestarla.

—¡Arrestarla! —Mamie miró a la mujer. La señora Porter tenía la mirada vacía y atormentada, como si estuviera viviendo una pesadilla—. ¿Por qué?

El sargento agitó un brazo para señalar el cuerpo del suelo.

—Por asesinato, señorita Greene. Ahora, si no le importa, tenemos trabajo que hacer.

—Pero... —No terminaba de creérselo. ¿Acaso no veían lo que había pasado?—. Es evidente que la señora Porter ha recibido una paliza. Si el señor Porter ha muerto a sus manos, sin duda se estaba defendiendo.

—Esa no es excusa para matar a un hombre, señorita. Lo que sucede entre marido y mujer en la intimidad de su hogar no es asunto nuestro y no tiene la menor importancia en este caso. El hecho es que un hombre está muerto y que la esposa es la responsable. —Les hizo un gesto a los policías que estaban con la señora Porter—. Muchachos, lleváosla.

Pusieron en pie a la señora Porter de un tirón y la condujeron hacia la puerta. Mamie observó con absoluto espanto cómo se llevaban a la cárcel a esa mujer abnegada y amable a quien conocía desde hacía un año. ¿No tenían compasión esos policías? ¿No tenían el menor interés en averiguar la verdad de lo que había sucedido allí?

Al pasar a su lado, la señora Porter se resistió a avanzar.

—Mis hijos. Por favor, lléveselos a mi vecina. Dígales que los quiero.

Mamie asintió con la cabeza.

—La ayudaré. No se preocupe, señora Porter.

—Vamos —masculló el sargento a su espalda—. Metedla en el carro. Y decidles a los otros que suban una camilla para el cuerpo.

El hijo mayor y la hija de la señora Porter empezaron a llorar cuando su madre desapareció, y su llanto le rompió el corazón. ¡Por Dios! El dolor de una madre y de sus hijos al ser separados debía de ser totalmente insoportable. Le susurró al pequeño que tenía en brazos y lo meció sin parar.

—En fin, debo insistir en que se marche, señorita Greene. Tenemos que mover el cuerpo, y no es algo apto para ojos delicados.

Que Dios la librara de los misóginos.

—¿Qué le pasará ahora a la señora Porter?

El sargento se encogió de hombros.

—Esperará el juicio en el cuartel general de la policía, al final de la calle. Luego supongo que la mandarán a Las Tumbas.

No si ella podía evitarlo. Había una persona que podía ayudar a la señora Porter, una a la que daba la casualidad de que ella conocía muy bien.

Y a quien le debería un favor enorme si la ayudaba.

5

꩜

—Que necesita que haga ¿qué?

Frank miró por encima de la mesa a Mamie, que había entrado en tromba en su despacho hacía un momento. Estaba despeinada y colorada, alterada a todas luces. Intentó contener la felicidad que lo embargó al verla llegar, sobre todo si estaba alterada. Aquella no era una visita social.

Sus palabras así lo confirmaban.

Mamie chasqueó los dedos enguantados delante de su cara.

—Frank, preste atención. Necesito que represente a una amiga a la que han detenido.

¿Una detenida?

—¿De qué amiga se trata?

—No la conoce. Está retenida en el cuartel general de la policía en Mulberry Street.

Al menos, se trataba de una mujer y no de un hombre.

—Eso no tiene sentido. Solo la llevarían allí si residiera en el Distrito Sexto.

—Es que reside en el Distrito Sexto. Vive en Bayard, entre Mulberry y Mott.

Frank se enderezó en su asiento.

—Eso está casi en Five Points. ¡Por el amor de Dios! ¿Cómo es posible que conozca a alguien que vive allí?

Ella puso los brazos en jarras.

—Pregunta equivocada. Debería estar tomando notas de su nombre, los cargos que se le imputan y cómo piensa conseguir que desestimen dichos cargos. Deprisa. Tiene tres hijos que dependen de ella.

Frank se frotó los ojos con gesto cansado. Eran casi las seis de la tarde. Había quedado para cenar con un cliente a las ocho en punto. No tenía tiempo para Mamie Greene, para su descaro, para su fogosidad, ni tampoco para su cuerpo arrollador con ese vestido sorprendente por su vulgaridad. Tampoco tenía tiempo para representar a una mujer que vivía en un piso de alquiler insalubre que jamás podría pagar su minuta y que, de todas formas, seguramente fuera culpable.

Aun así...

Era Mamie quien se lo pedía. Había sido incapaz de olvidarla. Habían pasado tres días desde que cenaron juntos, y la tenía tan metida en la cabeza que se excitaba solo con pasar por delante de Sherry's.

Iba cuesta abajo y de cabeza.

—Mamie...

—No puede negarse, Tripp. Se está cometiendo una gran injusticia con esta mujer, y tiene que arreglarlo.

Mmm... Por más alterada que hubiera visto a Mamie en varios momentos desde que se conocían, nunca la había visto así. Parecía que por fin necesitaba algo de él, algo que la tenía desesperada y que la incitaba a darle órdenes.

El corazón le latía desbocado en el pecho, y el deseo lo hacía vibrar como si un enjambre de abejas le corriera por las venas. Solo era un hombre; un hombre que intercambiaba favores y conocimiento para ganarse la vida. Los consejos legales eran su moneda. Así que, ¿hasta dónde estaba dispuesta a llegar para conseguir su ayuda? ¿Y qué quería él a cambio?

«No esa clase de favor, Frank. Recuerda que es una dama».

En ese caso, nada inapropiado. Pero sí podía pedirle algo a cambio. Al fin y al cabo, no podía esperar que él ofreciera ese tipo de servicio solo por su corazón caritativo, ¿verdad? La caridad no tenía cabida en su corazón; se la arrancaron hacía mucho.

Aquello requería una negociación.

Hizo girar la pluma entre los dedos mientras pensaba.

—Antes de decidir si ayudo a esta mujer, si corrijo la gran injusticia en sus propias palabras, deseo saber qué saco yo de todo esto.

Ella apretó los labios y frunció el ceño.

—¿Qué saca usted?

—Sí, ya sabe. Qué voy a sacar de este acuerdo para que el esfuerzo me merezca la pena.

—¿Saber que le ha salvado la vida a una mujer inocente no le basta?

Soltó una carcajada seca al oírla.

—Mamie, las cárceles de la ciudad están llenas de personas inocentes. No puedo salvarlas a todas.

—No pido que las salve a todas. Solo a una mujer que da la casualidad de que es amiga mía.

—Tengo la agenda llena de casos. —Se frotó el mentón con gesto pensativo—. Tal vez si habla con mi secretaria, podría encontrarle un hueco la semana que viene...

—¡De acuerdo! —Levantó las manos antes de dejarlas caer a los costados—. ¿Qué quiere a cambio, Frank?

La miró fijamente, sin decidirse. En parte, no se esperaba que se rindiera tan pronto. Y también esperaba que ella sugiriese el pago, no que se lo dejase a él.

¡Por Dios! Las cosas que quería a cambio... Cosas obscenas, inapropiadas, escandalosas...; cosas que le pondrían los pelos de punta a una princesa de la Quinta Avenida. ¡Joder!

Carraspeó. La verdad, deseaba pasar tiempo con ella. Por ridículo que pareciera, le gustaba estar con Mamie. Era lista y graciosa, más profunda que las damas a las que conocía. Si le preguntaban por qué la había perseguido todos esos meses, la respuesta era para estar cerca de ella sin más.

Tal vez no tuvieran un futuro romántico juntos, pero podrían ser casi amigos. Haría que la velada fuera respetable.

Aunque no demasiado respetable.

Al recordar su cena, el trueque le quedó claro.

—Una velada de billar. Usted y yo.

Ella se balanceó sobre los talones, con el desconcierto pintado en la cara.

—¿De billar? ¿Quiere jugar una partida de billar conmigo?

—Una partida no, un torneo. Al mejor de siete partidas. Y en mi casa.

—Yo... Frank, no pueden verme jugando al billar con usted en su casa. Eso sería...

—¿Emocionante? ¿Maravilloso? ¿La noche más memorable de su vida?

Vio que le temblaban los labios y por un instante creyó que Mamie iba a sonreír. En cambio, dijo:

—La modestia no es su fuerte, por lo que veo. Y a lo que me refería es que sería escandaloso, y nada bueno.

—¿Le preocupa lo que pueda decir Chauncey?

—Me preocupa más lo que diga mi padre y el resto de la alta sociedad.

—¿Y si le prometo que nadie la verá entrar ni salir de mi casa? Mi personal de servicio es el colmo de la discreción.

—Fruto de la amplia experiencia, sin duda —masculló—. ¿Tengo elección? ¿Hay alguna posibilidad de que pueda ofrecer otra cosa, algo menos... íntimo?

Se la imaginó inclinada sobre la mesa de billar, con el largo torso estirado mientras preparaba el tiro... Lo recorrió un escalofrío.

—No, nada de nada. A menos que quiera buscarse otro abogado para que ayude a su amiga.

—Es usted el mismísimo diablo, Frank Tripp. —Clavó la mirada en la pared un momento y empezó a golpear el suelo con la punta de un pie mientras apretaba los dientes.

Él levantó los brazos y entrelazó los dedos detrás de la cabeza, dispuesto a esperar a que se decidiera. Al final, Mamie se daría cuenta de que no tenía sentido marear la perdiz. Ese era el precio por su ayuda, sin más.

Finalmente, ella lo miró con la barbilla en alto.

—Muy bien, accedo a su ridículo torneo de billar. Ahora, muévase. Necesita ir enseguida al cuartel general de la policía y conseguir que liberen a mi amiga.

La satisfacción lo inundó; era una victoria tan dulce que tuvo que contener la carcajada alegre que le brotaba del pecho. Se puso en pie y se abrochó la chaqueta.

—Eso haré, alteza, y la informaré de inmediato. ¿Cómo se llama su amiga?

—Lo hablaremos en el carruaje. Lo acompaño.

Eso hizo que la mirase.

—¡Y un cuerno! Mamie, no va a pasearse por los barrios bajos entre ladrones y maleantes. Deje que yo lo haga por usted.

Ella puso los ojos en blanco antes de darse media vuelta.

—Está perdiendo tiempo. Y que me parta un rayo si me quedo a esperar sentada en casa a que decidan su destino.

La siguió a ciegas, distraído un segundo por esa última frase. «La has visto sisar dinero. Seguramente sepa tanto de criminales como tú». Tal vez más.

¡Mierda!

—El mejor de nueve —le dijo a su espalda. Ella lo miró con desdén por encima del hombro, algo que le arrancó una sonrisa de oreja a oreja.

Desde luego, estaba condenado.

De niña, Mamie conoció a Edwin Booth. El famoso actor fue muy amable con ella, le estrechó la mano e intercambió unas palabras que a esas alturas se habían perdido en la neblina del tiempo. Lo que sí recordaba era cómo trataban al actor las personas que lo rodeaban, como si fuera un dios que hubiera bajado a la Tierra desde el Monte Olimpo. Todos intentaban llamar su atención, le gritaban y decían su nombre, extendían los brazos con la esperanza de tocar la grandeza. Solo les había faltado lanzar pétalos de rosa para que caminara sobre ellos.

Entrar en el cuartel general de la policía de la ciudad de Nueva York con Frank fue una experiencia parecida.

Nada más apearse del carruaje, lo bombardearon los agentes, otros abogados y varios detectives que decían su nombre a voz en grito mientras le estrechaban la mano. Era incesante. Frank daba palmadas en la espalda y aceptaba puros, con una sonrisa enorme en la cara mientras entraban. Era el centro de atención, el amigo de todos.

«Le encanta esto. Ha nacido para esto», pensó ella.

Frank Tripp era toda una celebridad de la ciudad de Nueva York.

Si bien eso la sorprendió, no debería hacerlo. Leía los periódicos y conocía su reputación tanto dentro como fuera de los juzgados. Era socio de un bufete de abogados, pero él era el abogado que todos los hombres, ya fueran culpables o inocentes, deseaban contratar. Sin embargo, no se había percatado de hasta qué punto eso afectaba a su vida diaria, hasta qué punto la gente normal lo adulaba para llamar su atención.

Era desconcertante.

Él la sostuvo del codo con gesto caballeroso mientras entraban en el edificio. Una mujer allí era algo inusual a menos que llevara grilletes. La policía de Chicago hacía poco había permitido que una mujer se uniera a sus filas, pero la policía metropolitana de Nueva York era exclusivamente masculina, salvo por algunas mujeres que actuaban como gobernantas y que se encargaban de las reclusas. De modo que Mamie pasó por alto las miradas extrañadas que le dirigieron y mantuvo la barbilla en alto. Nada importaba salvo obtener la libertad de la señora Porter.

Una vez dentro, se encontraron con un hervidero de actividad. Había personas de todas clases y estratos sociales, un ejemplo de la población tan diversa de la ciudad. Mucho más diversa que la zona norte de la Quinta Avenida.

Se acercaron al mostrador principal. Un policía ya mayor con gruesas patillas castañas se sentaba tras la partición de madera. Cuando alzó la mirada, le temblaron los labios.

—¡Vaya, vaya! Pero si es Frank Tripp que viene a bendecirnos con su presencia. ¿Cómo estás, Frank? Hace mucho que no nos vemos. —Hablaba con un ligero acento irlandés.

—Hola, McDermott. —Frank sonrió de oreja a oreja mientras se apoyaba en el mostrador—. ¿Cómo le va a tu mujer? ¿Ya está mejor?

El hombre se puso serio.

—Pues sí, desde luego. Su hermana se vino a vivir con nosotros para cuidarla, pero el médico dice que ya se está recuperando, loado sea el Señor.

—Me alegro de oírlo. Por favor, dale recuerdos de mi parte. Ahora, la dama —dijo al tiempo que la señalaba— y yo hemos venido para ver a la señora Porter de Bayard Street. La trajeron esta mañana con cargos de asesinato. —Lo había puesto al día en el carruaje.

—Señorita —saludó el agente a Mamie antes de mirarlo de nuevo—. No la representarás tú, ¿verdad? Has bajado un poco el listón, ¿no?

Mamie abrió la boca para decirle al hombre lo que pensaba de ese comentario tan grosero, pero Frank le dio un apretón en el brazo, de manera que cerró la boca con fuerza y permaneció callada, aunque la irritaba hacerlo.

—Soy el abogado de la señora Porter —contestó él—. Hice una promesa, y mi intención es cumplirla.

McDermott sacudió despacio la cabeza.

—Bueno, tú sabrás lo que haces, supongo. —Bajó la mirada y repasó el libro de registro del mostrador—. La señora Porter... A ver... La trajeron a eso de la una. Haré que una de las gobernantas la traiga del otro edificio.

—Excelente, gracias. Nos sentaremos allí a esperar. —Frank señaló un banco contra la pared.

McDermott le hizo un gesto a un agente mientras seguía hablando con ellos.

—No, no, no. Ve a una sala vacía del fondo. Como si no te supieras el camino. La mandaremos allí.

Frank le estrechó la mano a McDermott, le dio las gracias y condujo a Mamie a través de una serie de pasillos.

—Adentro —dijo Frank al tiempo que abría la puerta—. Aquí es donde traen a los sospechosos para interrogarlos. Esperaremos aquí a la señora Porter.

Mamie se encontró con una estancia sin ventanas, de paredes blancas y sucias. Había dos sillas pequeñas de madera, una a cada lado de la mesa. Se sentó en una. Sentía el agotamiento como si de un peso se tratara. El día había sido largo y estresante. Teniendo en cuenta lo mal que se sentía, solo atinaba a imaginarse cómo lo soportaba la señora Porter. La mujer debía de estar asustadísima.

—Cuando llegue la señora Porter, intentaremos que nos cuente su versión de los hechos —dijo Frank en voz baja—. En su vista preliminar, le pediré al juez que la deje en libertad bajo fianza. Sin embargo, hablamos de un delito capital, así que la fianza queda a decisión del juez.

—¿Por qué me lo cuenta?

—Porque debe templar sus expectativas. Es un proceso largo, y gran parte queda fuera de nuestro control.

—No fuera de su control —replicó sin poder contenerse—. Teniendo en cuenta su reputación.

Él levantó las manos con las palmas hacia arriba.

—Haré lo que esté en mi mano, Mamie. Pero mató a su marido.

—Supuestamente.

Frank se metió las manos en los bolsillos de los pantalones y sacudió la cabeza.

—Según lo que me ha contado, no pinta bien. Por no mencionar que casi siempre es el cónyuge en estas situaciones.

Aunque tal vez eso fuera cierto, no pensaba hacer suposiciones todavía.

—Todo es circunstancial como mucho. No sabemos si hay pruebas.

—Mamie, la mayoría de asesinos son condenados con pruebas circunstanciales. —Cuando hizo ademán de protestar, Frank se inclinó hacia ella y colocó las manos en la mesa arañada—. Preste atención, me da igual si lo hizo o no. La inocencia o la culpabilidad de mi cliente es irrelevante. Mi trabajo es representarla en el juicio.

—¿Y cómo escoge a sus clientes?

Él se enderezó y esbozó una sonrisa torcida.

—Si digo que por el dinero, ¿empeorará su opinión de mí?

Mamie se esperaba esa respuesta, pero tenía un significado total-mente distinto en ese momento. La vida de una mujer pendía de un hilo, de una buena mujer con tres hijos pequeños a los que criar.

—¿Así que solo los que tienen mucho dinero se pueden permitir buenos abogados? —Como su padre.

—Se comporta usted como si desconociera el privilegio que otorga el dinero en esta ciudad. No puede ser tan inocente. La descubrí roban-do en un casino, ¡por el amor de Dios!

¡Ah! Otra vez con eso.

—Por no mencionar que es la hija de Duncan Green —siguió él—. Existe una ciudad entera que usted desconoce, con personas de todo tipo.

Abrió la boca para decirle que conocía a esos menos afortunados, pero la puerta se abrió en ese momento. Una de las gobernantas, ata-viada con un vestido gris, llevaba a una despeinada y pálida señora Porter. Se puso en pie de un salto y entrelazó las manos con fuerza para no correr hacia ella y abrazarla. La gobernanta abrió los grilletes que rodeaban las muñecas de la señora Porter y la condujo a la mesa.

—Siéntate aquí —le ordenó.

Después de que la señora Porter se sentara, la gobernanta le dijo a Frank:

—Esperaré en el pasillo. Avíseme cuando terminen.

—Gracias.

Una vez a solas, Mamie estiró los brazos por encima de la mesa y agarró las manos de la mujer.

—¿Está bien? ¿La han tratado bien?

La señora Porter tragó saliva.

—Estoy bien. ¿Cómo están mis niños?

—Con su vecina. Me ha asegurado que con la ayuda de las demás mujeres del edificio no les faltará de nada.

—Pero no tienen suficiente dinero para...

—No se preocupe por eso. Yo me he encargado de todo. Sea lo que sea lo que necesiten, lo tendrán, se lo prometo.

A la señora Porter se le llenaron los ojos de lágrimas.

—Gracias, señorita Green. No sé cómo podré pagarle su bondad además de todo lo que ha hecho por nosotros este último año.

Mamie le dio un apretón en las manos.

—No tiene que pagarme nada. Sé lo mucho que trabaja. Vamos a ayudarla a salir de esta. —Tras soltarse de sus manos, señaló a Frank—. Señora Porter, le presento a su abogado, Frank Tripp.

Era evidente que Mamie no había mentido en lo de que la señora Porter y ella eran amigas. Sin embargo, había algo más que amistad. Mamie le ofrecía a la mujer ayuda económica y apoyo. Se había encargado de que las vecinas cuidaran de sus hijos.

«No sé cómo podré pagarle su bondad además de todo lo que ha hecho por nosotros este último año».

¿Qué quería decir eso? ¿Qué había hecho Mamie por ella en el último año?

¿Comprendería alguna vez a esa mujer?

Estiró el brazo para estrecharle la mano a la mujer.

—Hola, señora Porter. Soy Frank Tripp, trabajo de abogado en la ciudad. Tengo que hacerle unas cuantas preguntas. ¿Le parece bien?

Ella asintió con la cabeza, pero no contestó y lo miró con expresión desconfiada. Frank solo había representado a dos mujeres en casos criminales a lo largo de los años, y a ninguna en un juicio por asesinato. De repente, agradeció muchísimo la presencia de Mamie, la facilidad que tenía para lograr que las personas se relajasen. Eso le ahorraría tiempo a la hora de establecer una relación de confianza con una clienta desconocida.

—En primer lugar, quiero que entienda que todo lo que me diga es información confidencial. Eso quiere decir que yo no se lo puedo contar a nadie, jamás. Lo que usted diga no puede ser usado en su contra en un tribunal. La señorita Greene está aquí en calidad de mi empleada, de modo que rigen las mismas normas. Puede hablar con total sinceridad delante de nosotros.

—Pero no tengo dinero para pagar un abogado. Dijeron que me representaría un abogado de oficio.

—No se preocupe por eso —dijo Mamie antes de que él pudiera replicar—. El señor Tripp es amigo mío. Yo me encargaré de que sea recompensado por aceptar su caso.

¡Ay, por Dios! La miríada de pensamientos libidinosos que acudió a su mente era vergonzosa. ¿Acaso sabía ella cómo lo afectaba?

Seguramente no, porque de lo contrario jamás hablaría de recompensarlo.

—¡Ay, señorita Green...!

Mamie levantó la mano.

—Por favor, insisto. Si no lo hace por usted, por favor, acepte mi ayuda por sus hijos.

Los hombros de la señora Porter se relajaron un poco. Asintió de nuevo con la cabeza.

Frank lo aprovechó para preguntar:

—Bueno, ¿qué sucedió esta mañana?

La mujer miró a Mamie y lo miró a él antes de clavar la mirada en la mesa, de manera que enarcó las cejas y le lanzó a Mamie una mirada elocuente antes de señalar a la señora Porter con la barbilla.

«Ayúdela», quería decir ese gesto.

Mamie le tocó el brazo a la señora Porter.

—No pasa nada. Puedes confiar en...

—Lo maté.

Frank se quedó inmóvil por la abrupta confesión, pero se recuperó al punto. Bien sabía Dios que no era la peor confesión que había oído en una de esas salas. Sin embargo, Mamie era harina de otro costal. Puso los ojos como platos y se echó hacia atrás en la silla, de modo que le colocó una mano en la rodilla para que no se cayera.

—Díganos qué pasó. —Habló con voz tranquila, sin juzgar.

La señora Porter asintió con la cabeza mientras una lágrima se deslizaba por su mejilla.

—No... no era un buen hombre. No conmigo. Había veces que... —Se detuvo de repente y soltó un suspiro entrecortado.

Mamie estiró la mano una vez más y la tranquilizó acariciándole el brazo.

—Había veces...

—Que empleaba los puños conmigo. Delante de los niños. Acabé por esperarlo, ¿sabe? Después de que volviera a casa de las tabernas de ginebra, al menos. No me importaba mucho, a menos que tuviera que meterme en la cama para recuperarme. —Miró a los ojos a Mamie—. Verá, se enfadaba por mi culpa, porque le insistía para que dejara de beber y para que ayudara más en casa. No dejaba de darle la tabarra.

—Eso no justifica el uso de la violencia —replicó Mamie en voz baja—. Nada justifica que alguien le pegue.

La señora Porter se encogió de hombros.

—Trabaja... Trabajaba mucho en los muelles. Cuando volvía a casa, quería que lo dejaran tranquilo. A veces, eso me costaba.

Mamie se secó la cara con la mano libre, para limpiarse las lágrimas que habían brotado al enterarse de esos detalles de la vida familiar de la señora Porter. Frank detestaba tener que decirle lo frecuente que era, lo habitual, que algunos hombres se creyeran con el derecho de pegarles a sus mujeres y que estas los excusaran. Su propia madre, de hecho, siempre defendía a su padre y sus tendencias violentas. Había escogido a ese malnacido una y otra vez en detrimento de sí misma y de sus hijos.

Se desentendió de esos recuerdos que había enterrado hacía mucho y se concentró en la conversación.

—¿Y esta mañana?

—Estuvo fuera toda la noche, volvió a casa borracho. Yo... no pude impedir que los niños llorasen. —La señora Porter lloraba a lágrima viva en ese momento, con la desdicha pintada en la cara—. Hice todo lo que se me ocurrió para que estuvieran callados. Él...

Mamie siguió agarrándole la mano, ofreciéndole su fortaleza. Esperaron, todos callados, hasta que la mujer pudo continuar.

—Empezó a pegarle a nuestra hija mayor, Katie. Tiene cinco años. Estaba llorando en la cocina, e intenté decirle que se callara. Se lo supliqué. —La señora Porter tenía la mirada perdida, ya que el espanto de esa mañana la había abrumado de nuevo al contarlo—. Como siguió llorando, Roy le dijo que se callara o habría consecuencias. Pero ella siguió haciendo ruido. Él le levantó la mano. No... no pensé. Solo...

Frank casi vio la escena a la perfección en su cabeza. ¿Cuántas veces había pasado en casa de los Murphy? ¿Cincuenta? ¿Cien? Siempre esos enormes puños desplegando violencia y vergüenza.

—¿De modo que estaba defendiendo a Katie? —preguntó Mamie.

La instó a que lo mirara y sacudió la cabeza. Lo último que deberían hacer era poner palabras en boca de un cliente. Era mejor que la señora Porter contara su historia a trompicones, sin importar el tiempo que necesitase.

—No tuve elección —contestó la mujer con expresión suplicante, pidiéndoles que la entendieran—. La habría matado. Era tres veces más grande que ella por lo menos. No podía dejar que le pegase.

—¿Y qué sucedió después?

—Agarré la sartén más pesada del fogón y lo golpeé en la parte posterior de la cabeza. Se tambaleó, cayó sobre una rodilla y entonces lo golpeé de nuevo. Luego se cayó al suelo.

—¿En la cocina?

Se secó más lágrimas.

—Sí, señor. Casi en mitad del piso.

Frank no había estado en el escenario del crimen, pero no le hacía falta. Había estado en tantos pisos de alquiler de pequeño que había perdido la cuenta. Todos eran de una o dos habitaciones, y se cocinaba, se comía y se dormía en el mismo lugar, todos juntos.

—¿Su marido volvió a levantarse?

—No, señor. Se quedó allí tendido. Los policías llegaron poco después.

Eso era raro. Un altercado doméstico no solía suscitar la intervención de la policía. Así que, ¿cómo había sabido alguien que debía llamarlos? Tenía que hablar con los vecinos. Establecer un patrón de violencia habitual con el que poder alegar defensa propia era su mejor opción para conseguir la absolución.

—¿Qué le ha dicho a la policía? ¿Le ha contado lo que a nosotros?

Ella cerró los ojos y tragó saliva.

—No, señor. Estaba demasiado asustada, incluso cuando me gritaron.

—Excelente. Son buenas noticias —dijo él—. No hable con ellos a menos que yo esté presente. Pueden intentar coaccionarla para que admita la culpabilidad.

—Pero soy culpable.

—Solo porque estaba defendiéndose y defendiendo a su hija —terció Mamie—. El señor Tripp es el mejor abogado de la ciudad. Conseguirá que la absuelvan, se lo prometo.

Si bien apreciaba la fe que tenía Mamie en su capacidad, siempre era mejor preparar a los clientes para el peor resultado.

—Señora Porter, el siguiente paso es su vista preliminar. Nos presentaremos ante el juez, oiremos los cargos e intentaré que la dejen en libertad bajo fianza. Eso debería suceder en las próximas horas.

—¿Y si no me liberan? ¿Qué pasará con mis hijos?

—Yo me encargaré de ellos —contestó Mamie antes de que él pudiera replicar.

Frank rodeó la mesa y ayudó a la señora Porter a ponerse en pie. Era una mujer menuda, con poca carne sobre los huesos. Todavía tenía la cara hinchada y dos feos cortes que apenas si habían creado costra. Seguramente obra de Porter. Con expresión amable, dijo:

—Recuerde, no hable con nadie de su caso salvo conmigo. Voy a decirle a la gobernanta que entre para llevársela. Luego la trasladarán al juzgado. ¿Tiene alguna pregunta?

La mujer sacudió la cabeza. De repente, Mamie apareció y lo apartó de un empujón para abrazar a la señora Porter. No pudo oír lo que le decía, pero sí captó una disculpa y una letanía de frases tranquilizadoras. Le prometió una rápida puesta en libertad. Esperaba poder cumplir esa promesa.

Sin embargo, antes Mamie tenía muchas cosas que explicar.

6

Inmediatamente después de que se llevaran a la señora Porter, Mamie observó a Frank mientras caminaba hacia la silla del otro lado de la mesa donde se sentó, tras lo cual se echó hacia atrás y colocó los pies sobre la mesa, con las piernas cruzadas a la altura de los tobillos.

—El mejor abogado, ¿no?

¡Vaya! Lo había oído. En fin, no iba a explayarse en el comentario. Bastante creído se lo tenía ya ese hombre.

Mamie puso los brazos en jarras.

—Lo he dicho por el bien de la señora Porter, no por el suyo.

Lo vio sacudirse los pantalones, como si quisiera librar el paño azul oscuro de unas pelusas imaginarias.

—Sin embargo, lo ha dicho. Y las palabras no se pueden retirar. ¡Caray, Mamie! No sabía que me respetara y me admirara tanto.

¡Por Dios, ese hombre era insufrible! Y guapo. Aunque la segunda observación no era relevante, eso fue lo que pensó después de haberlo observado y escuchado durante los últimos minutos con la señora Porter.

—¿Pretende que siga halagándolo ahora que estamos solos?

Frank entornó ligeramente los párpados, y sus pestañas ocultaron en parte esos brillantes ojos azules.

—Eso depende. ¿Hasta qué punto necesita mi ayuda?

Mamie tragó saliva. Era un hombre intenso. Seductor. La tentación personificada y vestida con un traje de tres piezas hecho a medida.

Se dejó caer en la otra silla vacía, se colocó bien las faldas y trató de calmar su acelerado corazón.

—Seamos serios, Frank. Ya se ha comprometido con la causa de la señora Porter. Está claro que actuó en defensa propia.

—No hay nada claro y no hay ningún compromiso... hasta que obtenga algunas respuestas.

Eso era lo que se temía, que él insistiera en descubrir más sobre su vida secreta y sobre cómo llegó a conocer a la señora Porter. Sin embargo, no dudaría en responder a sus preguntas a fin de conseguirle ayuda a la mujer. Sin un buen abogado, sabría Dios qué le depararía el destino a una madre de tres hijos en los tribunales de la ciudad.

—Ya tiene mi palabra de que jugaré al billar con usted en su casa una noche. ¿Qué más quiere?

—Bastante, en realidad. Empecemos por cómo conoció a la señora Porter.

—A través de un amigo de un amigo.

Vio que le temblaban los labios al tiempo que sacudía la cabeza.

—Mamie, querida, parece creer que las evasivas y las mentiras seguirán funcionando, pero se equivoca. Las cosas no funcionan así conmigo. No después de haber conocido a la señora Porter y de haber escuchado lo que tenía que decir. Así que, ¿qué tal si es honesta conmigo por una vez en su privilegiada vida?

—No he mentido. Tal vez haya usado una evasiva, pero no he mentido.

Frank empezó a tamborilear con los dedos sobre la mesa, sin pronunciar palabra. Su silencio hizo que la aprensión le recorriera la piel. ¿De verdad se negaría a prestarle su apoyo a la señora Porter si no le decía la verdad? Aunque no acababa de creerlo, tampoco estaba segura. No merecía la pena correr semejante riesgo.

Si la revelación de sus secretos conseguía la liberación de la señora Porter, no tenía alternativa.

—De acuerdo. Una de mis hermanas estaba al tanto de una organización benéfica que trabaja en los barrios bajos. Hace un año y medio, me enteré de que rechazan a algunas mujeres que buscan ayuda porque se niegan a la conversión religiosa. Pedí algunos nombres de las que se negaban a recibir ayuda para poder ofrecérsela yo. Las visito una o dos veces al mes y les llevo dinero.

Frank dejó caer los pies al suelo y se inclinó hacia delante, colocando los codos sobre la mesa.

—Un momento... ¿Me está diciendo que usted...? —Cuando por fin lo entendió, puso los ojos en blanco—. El dinero del casino. Por eso le robó a aquel hombre lo que llevaba en el bolsillo. Les roba a los ricos para dárselo a los pobres.

—A las familias pobres. Estas mujeres sobreviven a duras penas y crían a sus hijos en las peores condiciones imaginables. Los ricos de la ciudad tienen más dinero del que podrían gastar en tres vidas.

—Eso no significa que su dinero le pertenezca a usted. El dinero es de ellos, y pueden hacer lo que quieran con él. Si quisieran donarlo a los necesitados, lo harían. ¿Quién se cree, una especie de Robin Hood moderna?

—Tal vez lo sea. No sabe usted lo que estas mujeres... —Cerró la boca de golpe. ¿Cómo iba a saberlo Frank? Era un hombre que se había criado en Chicago en una familia privilegiada y que había estudiado en una prestigiosa universidad. Un hombre con una brillante carrera en la abogacía que vivía en un casoplón en la Quinta Avenida.

—Lo que sé es que robar a los demás no es la forma de ayudar a estas familias. Necesitan mucho más que unos cuantos dólares de vez en cuando.

Mamie negó con la cabeza.

—Se equivoca. El dinero lo controla todo en esta ciudad, y los hombres controlan todo el dinero. Las mujeres como la señora Porter no pueden mejorar. ¿Cree que con tres hijos puede permitirse estudiar? ¿Conseguir un trabajo de secretaria bien pagado? Está prisionera de las circunstancias que nuestra sociedad perpetúa.

—Ella fue quien eligió casarse con él y tener hijos, Mamie. Las circunstancias son fruto de sus propias decisiones.

—Se equivoca. Las mujeres no tienen representación en nuestra sociedad. No podemos votar, carecemos de derechos. No somos nada.

Ella estaba a merced de ese... monstruo. Se gastaba el dinero en ginebra y mujeres. Volvía a casa y la trataba a puñetazos. ¿Qué clase de hombre es ese? No el que la cortejó, se lo garantizo.

—Los hombres como el señor Porter son tan comunes como las ratas en el Lower East Side. Ella debería haberlo sabido.

Mamie se echó hacia atrás en la silla.

—¡¿Debería haberlo sabido?! ¿Así que esto es culpa suya por haberse enamorado de un hombre que era débil y cruel?

Frank torció el gesto, y su expresión delató una incomodidad que Mamie no le había visto antes.

—No quería decir eso. No me acuse de algo que no he dicho.

Esa era una faceta totalmente nueva de Frank Tripp. Sí, era astuto y esquivo, pero siempre lo había considerado inteligente y justo. Esa opinión sobre las mujeres en apuros y sus familias la dejó perpleja. Solo podía haber una explicación.

—Sin embargo, soy capaz de interpretar lo que no se dice. Es un arrogante.

—No sea ridícula —le soltó, aunque sin mirarla a los ojos—. No soy un arrogante. Sé muy bien lo que son las dificultades.

—¿Está seguro de eso?

—¿Por qué estamos hablando de mí? —La señaló—. Deberíamos estar hablando de su decisión de pasearse por Five Points repartiendo dinero robado.

—Supuse que habíamos terminado de hablar de eso.

—Se equivoca, ladronzuela. —Se apartó de la mesa y se puso en pie, tras lo cual se metió las manos en los bolsillos del pantalón—. ¿Se hace una idea de los peligros a los que se enfrenta en esas calles? La tasa de asesinatos de Nueva York es la más alta del país. Violaciones, asaltos, carteristas... Su padre sufriría un ataque al corazón si se enterase.

Otra vez habían vuelto a lo mismo e iban a darle más vueltas a la amenaza que suponía Duncan Greene. Era como un carrusel que nunca dejaba de girar.

—En ese caso, menos mal que no va a enterarse.

—A menos que un periodista descubra por casualidad la historia de una princesa de la Quinta Avenida implicada en un juicio por asesinato en Five Points.

«¡Caramba!», pensó. Eso no se le había ocurrido. Abrió la boca y la cerró. ¿Por qué no se le había ocurrido antes? Levantó la mirada hacia él.

—¿Me llamarán a declarar?

—Definitivamente no lo harán si trabaja para mí..., que es la única razón por la que estaba usted hoy el centro si se lo preguntan. ¿Entendido?

—¿Por eso le ha dicho a la señora Porter que trabajaba para usted?

—Sí, y porque quería que hablara con libertad.

—¿Nunca se cansa de tergiversar la verdad para adaptarla a sus propósitos?

—No, francamente. ¿Preferiría que le dijera a la prensa la verdadera razón por la que acepté el caso? ¿Que es un favor a la señorita Marion Greene?

—Preferiría que no lo hiciera.

—En ese caso, no hay más que hablar. Por cierto, debo señalar que he vuelto a salvarla después de que se precipitara a actuar sin considerar las consecuencias de sus actos.

—Si el mundo descubre lo que he estado haciendo, que así sea. Lo que importa es salvar a la señora Porter de la horca.

—Ya no ahorcan a los condenados en el estado de Nueva York. Ahora la pena es muerte por electrocución.

¡Por Dios, qué espanto! Morir de una descarga eléctrica.

—Sea como sea, lo único que me importa es salvar a la señora Porter.

Frank esbozó una sonrisa torcida y aparecieron unas arruguitas en los rabillos de sus ojos. ¡Ay, Señor, era un truhan muy apuesto!

—Marion Greene librando su cruzada. En fin, déjeme pedirle un carruaje, señorita Buena Samaritana. Tengo que preparar la vista preliminar.

—¿No debería quedarme? Podría necesitar mi ayuda.

—No es necesario. Me encargaré de todo esto yo solo. Será mejor que vuelva a casa antes de que la echen de menos.

Aunque no le gustaba la idea, seguramente fuera lo más prudente. No solo porque su familia podría notar su ausencia, sino porque el tiempo que pasaba con Frank Tripp era peligroso para su bienestar en general. El mero hecho de mirarlo (ese pelo tan bien peinado, esas facciones clásicas, esos hombros anchos y esas extremidades tan largas) hacía que se le disparara el pulso. El aire crepitaba y chisporroteaba entre ellos cuando estaban juntos, y esa electricidad circulaba también por sus venas, creando un deseo tan intenso que no podía librarse de él.

¿Lo sentiría también Frank? ¿Por eso había insistido en librar un torneo de billar con ella como compensación?

La estaba observando en silencio desde el otro extremo de la estancia con un rictus un tanto malhumorado en los labios. Seguramente pensaba que iba a protestar por tener que marcharse y no participar en la vista preliminar. En cambio, echó a andar hacia la puerta. Cuanto menos tiempo pasaran juntos, mejor.

Frank se acercó para abrirle la puerta. Justo cuando su mano rozaba el pomo, se detuvo, y Mamie estuvo a punto de darse de bruces con su espalda.

—¡Ah! Y no hable del caso absolutamente con nadie; recuerde que es mi empleada. —Echó un vistazo por encima del hombro para fulminarla con la mirada.

Apenas los separaban unos centímetros, y ambos se vieron sorprendidos por la proximidad. Mamie captó el asomo de barba que le oscurecía el mentón y vio al detalle sus largas pestañas. También se percató del latido de su pulso en el cuello. ¿Reaccionaba a su cercanía o solo era la irritación que sentía al estar junto a ella? Con suerte sería lo primero, porque no deseaba sufrir sola al desear a un hombre que tanto la exasperaba.

Se apartó a fin de poner más distancia entre ellos.

—No se preocupe, señor Tripp. Y puesto que ahora soy su empleada, espero un gran aumento.

A la mañana siguiente, la puerta del despacho de Frank se abrió de golpe. Charles Thomas y James Howe entraron sin molestarse en llamar ni en preguntar si estaba ocupado, tras lo cual se dejaron caer en las sillas situadas al otro lado de su mesa.

Howe y Thomas eran dos de los socios de Frank, dos caballeros entrados en años. Sus despachos se encontraban en la planta superior, donde llevaban la mayoría de los casos penales más importantes. Frank no acostumbraba a verlos fuera de la reunión semanal de los socios del bufete.

—¿Has perdido la cabeza? —le preguntó Howe, que arrojó la edición matutina del periódico sobre su mesa—. ¿Has aceptado un caso de asesinato del Distrito Sexto?

Frank ya había visto el artículo. ¡Caray! Él mismo se había puesto en contacto con el editor la noche anterior para asegurarse de que la historia apareciera en la edición de la mañana. Transmitir la información significaba que podía controlarla.

—Sí, lo he aceptado.

Thomas entrecerró los ojos por detrás de los cristales de sus gafas.

—¿De forma altruista? Sabes que no hacemos ese tipo de trabajo.

—No es exactamente altruista. Van a pagarme. —Mamie iba a compensarlo. De la manera que él había elegido. Un acuerdo que equivalía al valor de cien casos. Claro que no pensaba decírselo a ella. De esa manera solo la animaría a seguir rescatando a más desgraciados de esas pocilgas—. No veo el problema —mintió.

Howe enarcó una ceja gris.

—Hemos trabajado mucho para labrarnos nuestra reputación. Representamos a algunos de los hombres más ricos de la ciudad. Ahora bien, nunca nos hemos quejado de que se acepten a uno o dos clientes de los barrios bajos.

Porque dichos clientes eran todos más ricos que Creso y detestaban cualquier tipo de notoriedad. Frank los ayudaba de forma rápida y discreta, una situación que todos valoraban. No eran clientes de los que el bufete presumiera abiertamente.

No, el bufete presumía de clientes como Duncan Greene y los Astor. Los Fish y los Cutting. Los Livingston y los Van Rensselaer. En otras palabras, de las familias más ricas y prestigiosas. Y la publicidad funcionaba porque aquellos que tenían sangre azul se seguían los unos a los otros como borregos. Los mismos arquitectos, los mismos sastres, los mismos restaurantes, los mismos abogados.

Por eso Frank no podía permitirse alterar el orden establecido.

Sin embargo, esas ataduras lo molestaban cada vez más de un tiempo a esa parte.

—¿Pero? —preguntó cuando los socios guardaron silencio.

—Pero esta... mujer. Una mujer casada que vive en uno de esos cuchitriles. —Thomas se echó hacia atrás como si fuera algo francamente horroroso—. Eso hace que todos parezcamos venidos a menos.

—No entiendo que algo así vaya a suceder con un solo caso. No perderemos ningún cliente por ello.

—¿Quién te compensa por el tiempo? —quiso saber Howe.

—Eso es confidencial.

Howe ladeó la cabeza, como si no lo hubiera oído bien.

—¿Qué quieres decir con confidencial?

—Quiero decir que el pago queda entre la parte interesada y yo.

Thomas se sentó un poco más recto.

—Sabes muy bien cómo funcionamos, Frank. No podemos aceptar casos por nuestra cuenta. Todos los pagos deben ser...

—No habrá pago monetario. El pago es de otra índole.

—¡Ah! —exclamó Howe—. ¿Esto tiene algo que ver con la mujer que te acompañó ayer al cuartel general de la policía?

Interesante. Esa información no había aparecido en los periódicos. ¿Lo habrían seguido?

—¿Y cómo supiste de ella?

—Mantuve una reunión a primera hora con un ayudante del fiscal por otro caso. Al parecer, se ha convertido en la comidilla de la ciudad. No todos los días se llega al cuartel general de la policía para representar a una asesina.

Suspiró. Aquello era una pérdida de tiempo que no podía permitirse.

—Si dejáis de criticarme por hacer una buena obra, me vendría bien vuestra ayuda. Hace tiempo que no defiendo a un acusado por asesinato.

Howe y Thomas intercambiaron una rápida mirada. Se conocían desde hacía más de treinta años y a menudo se comunicaban sin palabras. Fuera cual fuese el mensaje intercambiado, debieron de decidir ayudarlo, porque Howe le preguntó:

—¿Has ido ya a ver al forense?

—He enviado a mi investigador. Sin embargo, no espero descubrir nada nuevo.

—Nunca se sabe —replicó Thomas—. ¿Qué juez te ha tocado?

—Smyth.

—¿Quién es el fiscal?

—McIntyre. No esperaba encontrarme en la vista preliminar, os lo aseguro.

—Eso es bueno —le aseguró Howe—. Sin duda, esperaba que la defendiera un abogado de oficio. ¿Se ha fijado la fianza?

—Denegada. La fiscalía argumentó que su estado mental es frágil y que es un peligro para sus hijos. —A Mamie no le haría ni pizca de gracia. Lo había intentado, pero el juez no le permitió refutar el argumento del fiscal con ningún hecho.

—Probablemente sea cierto —replicó Thomas—. Esa gente no valora la vida humana.

«¡Esa gente!», repitió para sus adentros mientras se revolvía en su sillón. ¿Eso era lo que él le había parecido a Mamie la noche anterior, un arrogante estirado e insensible?

—¿Qué ha pasado con eso de que todos somos inocentes a los ojos de la ley hasta que se demuestre lo contrario?

—Tú mejor que nadie sabes cómo funciona la ley, Tripp. La inocencia casi no tiene cabida en lo que hacemos.

Sí, era consciente de ese hecho. Muchos de sus clientes se movían en la cuerda floja, eludiendo la ley cuando les convenía. Él se había forjado una reputación a base de tergiversar los hechos para excusar dicha evasión cuando pillaban a los clientes ricos. No era un camino especialmente noble el que se había abierto, pero sí era muy lucrativo.

—Que se declare culpable, y así lo zanjas cuanto antes —le aconsejó Howe—. Consigue que admita lo que hizo, y podremos olvidarnos de todo esto.

—No, tengo la intención de librarla. Pienso argumentar que los largos períodos de maltrato mental y físico la llevaron a asesinar a su marido. —Se le había ocurrido esa estrategia durante su charla con la señora Porter y le parecía el argumento perfecto. Por no mencionar que era la verdad—. El jurado la absolverá.

—Tal vez, pero la imagen del bufete se resentirá por la publicidad —le recordó Thomas.

—Además, ¿has considerado la pérdida de tiempo y recursos? —apostilló Howe—. No creo que de verdad te importe lo que le ocurra a esta mujer.

A Mamie desde luego que le importaba. Y aunque las circunstancias de la señora Porter eran trágicas, él había aprendido hacía mucho tiempo a no involucrarse emocionalmente en los casos que llevaba. Ese no era diferente.

—Deja que yo me preocupe por la publicidad y por mis recursos, ¿te parece bien?

Howe y Thomas intercambiaron otra mirada, que prometía que esa no sería la última conversación sobre el tema. Después de que se despidieran y se marcharan, la señora Rand entró en su despacho con unos documentos.

—¿Qué es esto?

—Me dijo que le trajera las capitulaciones matrimoniales de la señorita Greene en cuanto estuviesen listas. —Le ofreció los documentos—. Aquí están. Lo he cotejado con sus notas, y está todo tal como lo me lo indicó.

Frank miró los papeles como si fuera veneno. El contrato prematrimonial de Mamie. Para casarse con otro hombre. Una parte de él esperaba que el documento tardara más tiempo en redactarse. ¡Maldita fuera la eficiencia del bufete!

—Gracias, señora Rand. Déjelo en mi mesa.

—¿Quiere que le envíe una copia al señor Greene a su casa?

—No —contestó Frank. La señora Rand frunció el ceño, así que mintió—: Yo me encargo. No hace falta que usted se moleste.

—Muy bien, si eso es lo que quiere...

La mujer salió de su despacho, y él siguió con la mirada clavada en las capitulaciones matrimoniales que descansaban en su mesa. No se atrevía a tocarlas, todavía no. Tocarlas significaba que el compromiso era real, no un producto de la imaginación de la sociedad.

«El compromiso es real, idiota», se dijo.

Además, ¿a él qué le importaba? Mamie y Chauncey estaban destinados el uno al otro. Él no tenía ningún derecho sobre ella. Nunca lo había tenido. La idea de obligarla a pasar tiempo con él, ya fuera jugando al billar o compartiendo una cena, era terrible. ¿En qué había estado pensando?

Ese asunto con Mamie tenía que terminar. Por más que se divirtiera con ella, las princesas neoyorquinas no acababan casándose con hombres de la zona baja de la ciudad, aunque fueran ricos. Se casaban con vástagos de la alta sociedad que no tenían ni dos dedos de frente, como ese imbécil de Chauncey Livingston.

Frank siempre había antepuesto su carrera profesional a todo lo demás. El éxito, el poder y el dinero, esa era la tríada en Nueva York. Y él había conseguido las tres cosas. Ninguna mujer, ni siquiera una tan intrigante e inteligente como Mamie Greene, pondría eso en peligro.

—Señora Rand —dijo. Cuando su secretaria abrió la puerta, señaló los documentos—, al final he cambiado de opinión. Envíele una copia de las capitulaciones a Duncan Greene para que las revise.

El sol de la tarde empezaba a descender hacia el horizonte cuando Mamie se bajó del carruaje en la entrada de Central Park. Agarró su sombrilla y se dirigió a la puerta, por la que entró.

Ese día había pocos transeúntes, de manera que localizó fácilmente a su acompañante, que la esperaba junto a un banco. Chauncey

Livingston. Su futuro prometido. Chauncey parecía un poco pálido y tenía el rostro demacrado. ¿Estaba enfermo?

«¿No le molestan los rumores sobre actrices y fumaderos de opio?».

Frank debía de haber estado bromeando. Chauncey no era un depravado. Tal vez se mostrase un poco esquivo, pero no era una manzana podrida. Lo conocía casi desde siempre.

Y lo más importante, no necesitaba un recordatorio de parte de Frank Tripp. No lo había visto ni había sabido de él desde la noche del arresto de la señora Porter, hacía cuatro días. No lo echaba de menos en absoluto, ni a él ni a su ridículo encanto. Ni mucho menos las discusiones con él. Pero ¿que no se hubiera puesto en contacto con ella? Le parecía una grosería por su parte.

Tampoco se sentía ofendida. Eso sería ridículo.

Simplemente se trataba de que, en calidad de jefe, dejaba bastante que desear.

En ese momento, Chauncey la vio y le hizo un gesto con la mano. Iba ataviado con un traje de lino de color tostado y un sombrero de paja, la viva imagen del joven adinerado de la ciudad, tan a gusto en su privilegiado entorno.

Siempre era amable. Educado. Casi aburrido, la verdad. Detestaba las actividades deportivas y no le gustaban ni el teatro ni la ópera. Visitaba su club todas las tardes y cenaba en los mismos restaurantes. Pasaba ocho días en Newport todos los veranos. Iba a Londres para las vacaciones de Navidad.

Con él no había sorpresas. Todo era predecible.

Al igual que su futuro.

«No tiene por qué serlo. Puedes tener más», se dijo.

No, no podía. Lo había decidido hacía años, cuando su padre y ella llegaron a un acuerdo. Él quería que se casara con Chauncey, y ella no lo decepcionaría, ya que no tenía ningún hijo varón que continuase el legado familiar. Mamie era el legado. Lo tenía muy claro, se lo habían repetido hasta la saciedad durante toda la vida. Se casaría con Chauncey para que Florence y Justine pudieran casarse con quienes quisieran. La felicidad de sus hermanas merecía ese pequeño sacrificio.

Además, tampoco odiaba a Chauncey. No lo quería, pero le tenía cariño. Y eso era más de lo que podía decir la mayoría de los matrimonios de la alta sociedad.

Lo más importante era que no había prisa. A Chauncey no parecía importarle el tiempo que tardaran en llegar al altar, y a ella tampoco.

—Hola, Mamie. —Chauncey se inclinó y la besó en la mejilla.

—Hola, Chauncey. Me alegro de verte. —Y se alegraba.

No le guardaba rencor a su futuro prometido.

—Me sorprendió recibir tu nota.

—Hace tiempo que no nos vemos, supongo. Me disculpo por ello. —Le ofreció el brazo, que ella aceptó, y comenzaron a caminar juntos por el sendero.

Mamie llevaba la sombrilla en la mano libre.

—Esperaba verte en el baile de disfraces de los Vandermeyer —le dijo él.

¡Ah! Esa fue la última noche que Frank la encontró en la Casa de Bronce.

—No me sentía bien y decidí no ir. ¿Lo pasaste bien?

—Fue muy divertido, sí. Tippy llevó un gato vivo en un saco y lo soltó en el comedor. —Se rio—. Divertidísimo.

Mamie frunció el ceño. Ese era el mundo de Chauncey: bromas y fiestas. Clubes y yates. ¿Había bajado alguna vez de la calle Catorce? ¿Era consciente del sufrimiento de la mayoría de los neoyorquinos?

Por supuesto que no lo era. Y sin la influencia de su hermana menor, ella tampoco lo sería. Las damas de la alta sociedad hacían colectas para diversas causas benéficas, pero no eran testigo de la pobreza de primera mano.

—Pobre gato —dijo sin poder contenerse.

—¡Ah! No sufrió el menor daño. —Chauncey le acarició la mano—. Se me había olvidado lo delicada que eres.

¿Delicada? Frank se reiría mucho con eso.

—Bueno, mencionabas un asunto del que hablar en tu nota. ¿De qué se trata?

—¿Has hablado con tu padre últimamente?

Un pájaro se posó en el sendero junto a ellos y batió las alas sobre la tierra.

—Lo vi hace unas cuantas noches a la hora de la cena. ¿Por qué?

—¿Ha...? En fin, me preguntaba si ha mencionado nuestro compromiso.

—No —respondió Mamie, que lo miró—. ¿Ha pasado algo?

—Hay rumores. Comentarios. Al parecer, estuviste cenando con el abogado de tu padre.

Chauncey guardó silencio a la espera de su respuesta, de manera que se lo confirmó.

—Pues sí.

—En fin, nuestros padres decidieron hacer firme el compromiso después de eso. Me sorprende que no te lo haya dicho.

Decir que estaba sorprendida era quedarse corta. Más bien se sentía aturdida. Traicionada por que no se lo hubieran consultado. Desesperada porque su futuro había llegado.

¿Cómo había podido su padre hacerle eso sin avisarla?

—Pues, efectivamente, no me lo ha dicho.

—Mi padre me enseñó anoche las capitulaciones matrimoniales. La mayoría es lo de siempre, ya sabes. Tu padre ha sido muy generoso. Planea comprarnos la vieja propiedad de los Huntville que está en venta en la calle Setenta y tres como regalo de boda.

A Mamie se le revolvió el estómago y sintió náuseas por la idea de adoptar el papel de esposa de la alta sociedad. Supervisar un hogar, criar a los niños, tutores e institutrices, vacaciones en París... Era como si una fuerte corriente la arrastrara hasta el fondo del océano.

—Sí, eso parece generoso —murmuró mientras su cerebro trataba de asimilarlo todo.

—Efectivamente.

Siguieron caminando un poco más, acompañados por los tranquilos sonidos de la naturaleza que los rodeaba. Mamie percibía que Chauncey estaba intentando llegar a algo concreto.

¡Por Dios! ¿Cómo era posible que hubieran llegado por fin a ese punto? Siempre había supuesto que su padre hablaría primero con ella, que le daría algún indicio de lo que iba a ocurrir. Que le pediría su opinión sobre los detalles de las capitulaciones matrimoniales. Pero que hubiera seguido adelante sin que ella lo supiera le parecía fruto del temor. Del pánico. ¿Estaría su padre preocupado?

Por supuesto. A su padre no le había gustado la idea de que Frank y ella cenasen juntos. Era demasiada casualidad que las cosas se hubieran precipitado desde entonces. ¿Creía su padre que Frank estaba interesado en ella? La idea era absurda. Tendría que hablar con él y aclarar eso, de inmediato.

—Mamie, resulta que... —siguió Chauncey— que hay algunas cláusulas en el contrato prematrimonial que no son... habituales.

Detestaba que fuera su prometido quien la informara sobre el documento más importante de su vida. ¿Por qué los hombres acordaban esos asuntos sin que la mujer, la novia, aportara su opinión? ¿Acaso no debería opinar sobre la forma en la que se sellaba su futuro?

Contuvo la irritación que le provocaban las tradiciones patriarcales y le preguntó:

—¿Ah, sí?

—Cosas como los niños.

—Eso no es inusual, Chauncey.

—Quiere un nieto cada dos años durante los próximos ocho años.

Mamie se detuvo de repente, obligándolo a hacer lo mismo.

—¿Les ha puesto fecha a los nietos?

Chauncey se metió las manos en los bolsillos.

—Sí. Quiere cuatro.

Mamie se quedó boquiabierta. Eso era abominable. Realmente ridículo. Su padre no ocultaba el deseo de tener nietos, pero aquello se pasaba de castaño oscuro. ¿Y si Chauncey y ella decidían esperar unos años, para acostumbrarse el uno al otro antes de formar una familia?

Se le escapó una amarga carcajada.

—¿Por qué no estipular también el sexo de los nietos?

Chauncey torció el gesto.

—¡Ah! También lo ha hecho. Es una petición, por supuesto, pero espera tres niños y una niña.

—¡Por el amor de Dios!

—Exacto.

Su padre había perdido la cabeza. Esa era la única explicación para semejante cláusula.

—¿Y todo esto está redactado en las capitulaciones matrimoniales?

—Sí, de mano del abogado de tu padre.

Tripp.

Cerró los ojos para asimilar el espanto de todo aquello. ¡Por Dios! ¿Qué habría pensado cuando tuviera que redactar todo aquello? ¡Qué vergüenza más grande! Y lo peor de todo: ¿por qué no se lo había dicho? Era obvio que lo sabía. Así que, ¿por qué no lo había hecho? ¿Por qué no se lo había advertido al menos?

«Porque le debe lealtad a tu padre, no a ti», se recordó.

¿Cómo era posible que lo hubiera olvidado? Lo importante para su padre y para Frank Tripp era el dinero y el prestigio. No los deseos de una boba de veintitrés años.

Se le ocurrió una cosa de repente. Si Frank lo sabía, ¿por qué le había pedido que jugaran al billar en su casa? Visitar la casa de un caballero soltero por la noche podría arruinar su reputación y poner en peligro su compromiso. ¿En qué estaba pensando para sugerirlo?

—Y hay más —añadió Chauncey, haciendo que Mamie sintiera una opresión en el pecho.

—Casi me da miedo preguntar.

—Hay cláusulas incluidas sobre, ¡ejem!, la infidelidad.

Mamie solo atinó a mirarlo fijamente.

—¿La infidelidad? No lo entiendo.

—Si se descubre que cualquiera de los dos tenemos una relación con alguien ajeno a nuestro matrimonio durante los primeros diez años, sufriremos una importante penalización monetaria.

—¿Cómo de importante?

—Más de lo que podría pagar sin recurrir a mi padre.

Mamie suspiró y se frotó los ojos con los dedos enguantados. Todo aquello le resultaba muy embarazoso.

—¿Es por mí? ¿Te preocupa que pueda buscarme un amante?

7

A Chauncey se le escapó un siseo y miró a su alrededor con desesperación.

—¡Mamie! No puedes decir esas palabras en público.

Ella señaló hacia el desierto sendero.

—No nos oye nadie, Chauncey. Y vamos a casarnos. Podemos hablar de estas palabras en privado.

—Supongo, si es necesario. Además, todos sabemos que, en este caso, la preocupación recae sobre mí en concreto.

—¿Te buscarás una amante?

Otro siseo.

—No deberías conocer esa palabra.

¿Hablaba en serio? Todo el mundo conocía esa palabra. ¿Y por qué su infidelidad no era una preocupación y la de él sí? Las mujeres acostumbraban a meter en sus camas a hombres que no eran sus maridos. Ella no planeaba traicionar sus votos matrimoniales siendo infiel, pero ¿por qué estaba Chauncey tan seguro de que no lo haría?

Hizo un gesto con la mano.

—No discutamos sobre la extensión de mi vocabulario. ¿Debo suponer que esta cláusula es un problema porque ya hay un conflicto?

Vio que el rubor se extendía por la cara de Chauncey hasta llegarle al cuello y que agachaba la mirada.

—Sí, tengo un conflicto.

Así que Chauncey tenía una amante. Mmm... Esperó que apareciera el aguijonazo de los celos o que se le revolviera el estómago, pero no sucedió nada de eso. La existencia de la amante de Chauncey (o de sus amantes, que también era posible) no la molestaba en lo más mínimo.

—¿Y no estás dispuesto a renunciar a ella?

Él se caló más el sombrero de paja.

—No me parece justo cuando todos los caballeros de Nueva York tienen una. Eres una mujer práctica. Sabes cómo funcionan estas cosas. Nuestro matrimonio no será diferente de cualquier otro matrimonio de la alta sociedad. Seremos felices, pero respetuosos. Nunca haré alarde de ella para avergonzarte.

¿Estaba enamorado de esa mujer? Ella siempre había supuesto que las amantes eran tan intercambiables como los pañuelos. Sin embargo, si Chauncey sentía algo por su amante, eso podría afectar de forma negativa a su matrimonio.

—Quieres que hable con mi padre. Para que modifique esa cláusula.

—Sí —confirmó él, visiblemente aliviado—. Como miembro de nuestra clase social, comprenderá que no es realista pedirle a un caballero que someta a su esposa a la totalidad de sus atenciones en el dormitorio.

Y entonces sí que se le revolvió el estómago. Mamie luchó contra la reacción visceral que le provocaba la idea de lo que supondrían las «atenciones» de Chauncey en el dormitorio. Era incapaz de imaginar una mínima parte de lo que eso conllevaba, mucho menos la «totalidad».

«Ese es el trato. Este es tu camino», se recordó.

Tomó una honda bocanada de aire.

—Creo que te preocupas sin motivo. Es difícil que mi padre nos obligue a aceptar semejante estipulación.

—Tal vez, pero no deseo comenzar nuestro matrimonio con una mentira. Ya sabes que estas cosas pueden salir a la luz. Y carezco de fondos para pagar una penalización tan elevada.

Niños... Intimidades... Amantes... Su vida se había vuelto surrealista de repente. Lo tomó del brazo y echó a andar de nuevo por el sendero.

—¿Cómo es ella?

Chauncey trastabilló, pero recuperó pronto el equilibrio.

—¡Mamie!

—Si no estás dispuesto a renunciar a ella, debe de significar mucho para ti. Me gustaría saber quién es la dueña del afecto de mi futuro marido.

—Esta no es una conversación apropiada...

—Chauncey, por favor. Tengo veintitrés años, no soy una jovenzuela de dieciocho. Tú y yo nos conocemos desde que éramos niños. Sé que besaste a Penélope van der Meer en los acantilados de Newport.

—Teníamos nueve años, Mamie. Esto es distinto.

No del todo. A esas alturas, sentía por él lo mismo que entonces, una amistad sin más. Su matrimonio sería una asociación basada en objetivos comunes: estabilidad, crianza de los hijos y mantenimiento del orden establecido.

—Debemos confiar el uno en el otro si queremos que nuestro matrimonio funcione.

—De acuerdo. Es cantante de un club del Tenderloin.

—¿Es guapa?

—Preciosa —respondió al instante, como si no se hubiera parado a pensarlo. Acto seguido, se corrigió—: Lo siento. No debería haber insinuado...

—¿El qué? ¿Que encuentras atractivas a otras mujeres? —A su mente acudió una imagen de Frank, con su aspecto impoluto y sus anchos hombros. Su forma de rellenar los trajes de tres piezas debería considerarse peligrosa en los cuarenta y cuatro estados—. Eso sería un poco hipócrita por mi parte, ya que yo también tengo ojos.

Chauncey se detuvo bruscamente.

—¿Encuentras atractivos a otros hombres?

¿Eran todos los hombres tan inconscientes, o solo los que nacían al norte de la calle Cuarenta y dos?, se preguntó.

—Sí, por supuesto que sí.

—No sé qué pensar de esta nueva faceta tuya. Te has vuelto muy atrevida en los últimos años.

¿Atrevida? Más bien ilustrada. Se le habían abierto los ojos y por fin veía los privilegios y el despilfarro de su círculo social; la injusticia y la desigualdad de su ciudad. ¿Cómo no iba a cambiar sus prioridades después de haber visto la necesidad y la desesperación en los ojos de una madre que no podía alimentar a sus hijos?

—Siempre tienes la opción de no firmar las capitulaciones —le dijo—. Nuestros padres superarán la desilusión.

Chauncey adoptó una actitud contrita al instante.

—No deseo retractarme. —La miró en silencio un buen rato—. ¿Y tú?

«Sí», dijo para sus adentros.

—No, por supuesto que no.

—Bien, en ese caso, está todo dicho. Hablarás con tu padre para cambiar esos detalles del contrato prematrimonial y después todo avanzará como debe avanzar.

«Como debe avanzar. Para mantener el orden establecido», se dijo. ¡Cómo odiaba la simple idea!

Tal vez su padre reconsiderara el matrimonio si eran incapaces de resolver ese problema. Tal vez todo se cancelaría. Duncan Greene no era conocido por ceder cuando se proponía algo.

Después de todo, era posible que hubiese una salida para todo aquello, y ella no tendría que ser la culpable. Intentó disimular la sonrisa provocada por la esperanza.

—Hablaré con él en cuanto vuelva a casa.

—Pero con cuidado —le advirtió él—. No quiero disgustarlo. Que no sospeche que no deseo seguir adelante con el compromiso.

—¿Sabe tu padre que nos hemos reunido?

—No. Después de que protestase, mi padre me dijo que me casara contigo, engendrara algunos hijos y luego hiciera lo que quisiera.

¡Por Dios, qué deprimente!

—Pero ¿cómo se supone que voy a protestar por esa cláusula sin explicarle el porqué?

—Eres inteligente, Mamie. Ya se te ocurrirá algo.

Eso esperaba, porque la boda se acercaba a una velocidad vertiginosa. Seguro que había una manera de evitar la colisión sin romper la promesa que le había hecho a su padre, aunque eso significara arrojar a Chauncey a las ruedas del tren que se aproximaba.

Mamie no acostumbraba a visitar el gabinete de su padre. Él prefería estar solo en ese lugar, ya que era una de las pocas estancias de la casa que podía reclamar como propia, según decía. Así que la tibia acogida que recibió al llamar a la puerta no la sorprendió.

—Mamie. —Su padre bajó los documentos que tenía en la mano y la miró a través de sus gafas—. ¿Es urgente?

—Hola, papá. Sí, me temo que sí.

Su padre suspiró y arrojó los papeles a la mesa.

—En ese caso, entra pues. Siéntate.

Ella quería a su padre, pero había que tratarlo con cuidado. En los negocios, se mostraba decidido y despiadado, no le temía a nada ni a nadie. En casa, quería que las cosas se hicieran a su manera. Por lo tanto, y según su experiencia, lo mejor era dejarlo pensar que las buenas ideas que se le ocurrían a ella procedían de él, aunque no fuera así.

Conseguir que su padre rompiera el compromiso no sería fácil, pero tenía que intentarlo.

—¿Estás muy ocupado? —Se sentó en el sillón emplazado frente a su mesa.

—Como siempre, pero me alegra dedicarte mi tiempo cuando me necesitas. Cuéntame el problema.

—Acabo de volver de dar un paseo con Chauncey.

—Excelente. —Se le iluminaron los ojos por la noticia y le tembló el mostacho—. Me complace saber que pasáis tiempo juntos.

—Sí, siempre le he tenido cariño. Sin embargo, me sorprendió saber que las capitulaciones matrimoniales ya están redactadas.

—El contrato prematrimonial es responsabilidad mía, Mamie, y ya lo había postergado demasiado tiempo.

—¿Hay algún motivo por el que hayas precipitado el tema tan de repente?

—No. —Apoyó los codos en los reposabrazos de su sillón y entrelazó los dedos, uniendo los índices—. Ya es hora de que te cases. Preferiría no apresurarte, pero han pasado casi cinco años desde tu presentación en sociedad.

No lo creyó. Su presentación en sociedad y su edad no tenían nada que ver con todo aquello. Algo le decía que se trataba de Frank Tripp.

—¿No debería ser yo partícipe de lo que voy a aceptar?

—Eres consciente de que así no es como se llevan a cabo estos asuntos. Pero no debes preocuparte. He reservado una enorme suma de dinero para ti que Chauncey no podrá tocar. Jamás.

Era interesante que Chauncey no hubiera mencionado ese punto. Lo único que le importaba era seguir manteniendo a su amante.

—Es un detalle muy tierno por tu parte, papá. Gracias.

Él inclinó la cabeza.

—Ninguna hija mía se quedará sin dinero. Chauncey es un buen hombre, pero no todos los hombres son de fiar. Por desgracia, es frecuente no ver la manzana podrida hasta que es demasiado tarde.

—¿Y las demás cláusulas?

—Lo habitual en estos casos. Nada de lo que tengas que preocuparte.

—Según Chauncey, sí que hay motivos para preocuparse. ¿Has puesto fecha para la llegada de tus nietos?

Su padre se revolvió en el sillón, y ese enorme cuerpo se acomodó hasta hundirse más en el asiento de cuero.

—Es algo de lo más razonable. Es mejor zanjar ese asunto al principio, como hicimos tu madre y yo.

—Pero estás suponiendo que deseamos una familia de inmediato y que soy capaz de concebir.

—No hay necesidad de ser grosera, jovencita. Puedes hablar así con tu madre, pero preferiría que entre nosotros no habláramos de temas tan delicados.

Mamie se esforzó por ocultar su irritación. Su padre actuaba como si hubiera descrito el acto en sí al detalle. Ansiaba que algún día las mujeres pudieran hablar abiertamente de estos temas con sus familias. Los secretos solo conducían a la ignorancia.

—Papá, no quiero que me impongan cuándo debo formar una familia. Esa decisión es mía y de mi marido, de nadie más.

—A veces, es mejor zanjar estas cosas cuanto antes. Hazme caso.

—Los matrimonios ya no son iguales que cuando mamá y tú os casasteis. Ahora preferimos tener más tiempo para conocernos...

—¡¿Para conoceros?! Si os conocéis desde que nacisteis. No seas ridícula. Tened hijos enseguida y después podréis hacer lo que queráis.

Ese era el pie que necesitaba.

—¿Por eso has incluido una cláusula sobre la infidelidad, porque no confías en nosotros?

—No, la he incluido porque no confío en Chauncey, más concretamente.

—¿Te ha dado motivos para que dudes de su fidelidad?

—Por supuesto que no. No tengo detalles concretos de sus preferencias al respecto. Pero sí conozco a los hombres. —Agitó un índice en el aire—. Son incapaces de ser fieles.

—¿Tú te incluyes?

Su padre se puso en pie de golpe y la fulminó con la mirada.

—Ten cuidado, Marion. Sigues siendo mi hija y yo sigo siendo tu padre. No me faltes al respeto ni se lo faltes a tu madre mientras estés en esta casa.

—No ha sido mi intención faltaros al respeto. Me he limitado a señalar que estás generalizando demasiado. Chauncey no es un libertino mujeriego. ¿Alguna vez has oído su nombre relacionado con un escándalo, como haber engendrado un hijo natural o haber destrozado la reputación de alguna muchacha?

—No, no lo he hecho. Pero no es ajeno a los casinos y a los salones de baile del Tenderloin.

—Lo cual tiene poco que ver con su futuro como marido.

—¿Estás dispuesta a arriesgar tu matrimonio por eso?

No, en realidad esperaba evitar el matrimonio por completo. Para conseguirlo, había llegado el momento de llevar la conversación a lo inadecuado que era su prometido.

—Chauncey se ha sincerado conmigo. Me ha dicho que tiene muchas amigas y que no tiene intención de dejarlas solo porque nos casemos. Me ha pedido que suprimamos directamente la cláusula sobre la infidelidad.

Su padre apretó los labios mientras la miraba fijamente.

—¿Esto es por Frank Tripp?

Mamie tomó una honda bocanada de aire. ¿Cómo había llegado su padre a esa conclusión?

—Por supuesto que no —balbuceó—. Apenas conozco al señor Tripp.

—Entiendo. Empiezo a entenderlo. Estás tratando de culpar a Chauncey de este asunto de la cláusula de infidelidad cuando en realidad eres tú quien desea suprimirla.

—¡Papá! ¿Cómo puedes decir eso?

—Porque conozco bien a Frank Tripp. Es de él de quien no me fío, no de ti. ¿Te ha llenado la cabeza de todo tipo de promesas para después de tu boda?

Solo atinó a mirar a su padre sin hablar. ¿De dónde había sacado esas acusaciones?

—No está haciendo tal cosa. Me has malinterpretado.

—No creo haberlo hecho. Si se tratara de Chauncey, me estarías exigiendo que esa cláusula permaneciera en el contrato. ¿Qué esposa quiere que su marido le sea infiel?

Aquello había tomado un giro desastroso.

—Chauncey tiene una amante, a la que mantiene. Y me ha dicho que no piensa renunciar a ella después de la boda.

Su padre se echó hacia atrás en su sillón y unió las manos sobre el abdomen.

—Conozco al padre de Chauncey desde hace más de cuarenta años. Él y yo servimos como oficiales en el regimiento Sesenta y seis de infantería durante la guerra. Fue el padrino de mi boda, y yo de la suya. Confío en él para que enderece a Chauncey a tiempo para la boda.

—¿Y si no lo hace?

—En ese caso, Chauncey será acusado de incumplimiento del contrato prematrimonial y añadirás el montante del pago a la cantidad de dinero que te he reservado.

—Pero ¿por qué arriesgarse? Quizá deberíamos...

—Mamie, no voy a prescindir de esa cláusula. Ni por ti, ni por Chauncey, ni mucho menos por Frank Tripp. ¿Está claro?

—El señor Tripp no tiene nada que ver con esta conversación.

—Si tú lo dices... —replicó su padre con tono poco convencido.

Lo había embrollado todo. En vez de que las sospechas recayeran sobre Chauncey, habían acabado recayendo sobre sí misma. Había llegado el momento de retirarse y de replantearse un nuevo plan de ataque.

Se puso en pie.

—Te dejaré para que vuelvas al trabajo.

Su padre hizo lo propio e irguió la espalda para enderezarse el chaleco.

—Un último comentario antes de que te vayas. Te creo cuando dices que Tripp no tiene nada que ver con esto. Pero Marion... —hizo una pausa para darle más dramatismo a sus palabras— procura que siga siendo así.

La luz de la tarde ya se desvanecía cuando Frank cruzó Mott Street. Pasó por encima de un charco que definitivamente no era de agua e hizo una mueca. Le alegraba ver que Five Points no había cambiado mucho desde que salió de allí. La mugre y la suciedad eran los pilares del Distrito Sexto, una zona que fue abandonada a su suerte después de que los ricos se trasladaran más al norte.

En esas calles reinaban los bares que servían ginebra, las tabernas y las pensiones de mala muerte, de los que surgían carcajadas estridentes o peleas a cualquier hora del día o de la noche. La vida era dura al sur de la calle Veintitrés, tal como demostraba la desesperación que se respiraba en el aire.

«Eres demasiado listo para acabar muerto, Frankie. Estudia. Sal de este barrio antes de que te mate».

Si el señor Stone no le hubiera dado dinero para que se pagara los estudios, ¿qué habría sido de él? ¿Había acabado convirtiéndose en un pilluelo que robaba y mataba para sobrevivir, o vendiendo periódicos en la calle soportando las inclemencias del tiempo? Con el paso del tiempo se habría convertido en un criminal profesional o en obrero de alguna fábrica. Todavía seguiría en ese barrio, sumido en una vida miserable y casado, obligado a mantener a la prole como le fuera posible.

Sintió una opresión en el pecho. El alivio era tan intenso que no podía respirar. No quería recordar lo que sintió durante aquellos días, lo que oyó. La inseguridad y el miedo. Los gritos de su madre y los gruñidos de su padre mientras tomaba lo que quería, contra viento y marea.

«Ella estaba a merced de ese monstruo. Se gastaba el dinero en ginebra y mujeres. Volvía a casa y la trataba a puñetazos».

Las palabras de Mamie eran ciertas en muchos sentidos. Nunca se lo diría, por supuesto, pero entendía el deseo de rescatar a una mujer en esa situación. Lo había intentado con su propia madre durante catorce años.

—¡Eh, Tripp!

La voz lo hizo mirar a su alrededor y vio a Otto Rosen, el muchacho que solía usar como investigador. Era fuerte, seguramente no mediría más de metro y medio, y era muy avispado. Había solicitado varias veces hacer el examen para entrar en la policía, pero se lo habían denegado por su fe judía. Él se había ofrecido a hablar a su favor con el comité de la policía, pero el muchacho se negaba a que «moviera los hilos».

Frank no alcanzaba a entender su lógica. En Nueva York todo se hacía moviendo los hilos. ¿Imparcialidad? Eso era para los imbéciles. Sin embargo, Otto prefería seguir la ley al pie de la letra. O se examinaba por méritos propios, o no se examinaba. Frank lo respetaba por eso, aunque no estuviera de acuerdo.

Al final, Otto acabó trabajando para la Agencia de Detectives Pinkerton. Algo que, de todos modos y a menos que un policía se llenara los bolsillos gracias a los sobornos, era la opción profesional más lucrativa.

—Hola, Otto —lo saludó al acercarse a él, mientras le tendía la mano.

El muchacho sonrió y aceptó el apretón.

—Parece que ha pisado alguna boñiga. —Su acento apenas delataba sus orígenes rusos, ya que sus padres emigraron al Lower East Side hacía unos treinta años—. Ya veo que le tiene cariño a nuestro pequeño barrio.

—No tengo nada contra este barrio. —El problema eran los recuerdos que lo perseguían, de ahí que se hubiera propuesto no visitarlo nunca—. Estaba distraído pensando en un caso.

—¿En un caso o en una mujer?

En ambas cosas, sinceramente. ¿Por qué era tan astuto?

—Gracias por reunirte conmigo —dijo Frank mientras se dirigían a los edificios—. ¿Has visto las notas?

—Las he leído esta mañana. Ya he ido a ver al forense.

—Bien. ¿Qué ha dicho?

—Exactamente lo mismo que dijo ella. Dos golpes en la cabeza por detrás. El hígado hecho un desastre. El doctor Dobbs dice que en la vida ha visto uno así. Calcula que Porter llevaba empinando el codo a lo grande durante más de una década.

—Eso concuerda con lo que la señora Porter le dijo a la policía. Excelente. —Señaló con un pulgar el edificio que tenía detrás—. Tenemos que hablar con los vecinos, averiguar lo que vieron, lo que oyeron. Cualquier cosa que la señora Porter pueda haberles contado sobre su situación. Heridas anteriores, etcétera.

—Claro, sin problema. ¿Quiere que empiece y lo informe dentro de unos días?

Frank torció el gesto. Por regla general, sí. Lo normal era que dejase todo eso en manos de Otto y esperase a que la investigación concluyera. Sin embargo, Mamie estaba involucrada en ese caso. Casi podía oírla diciéndole que se diera prisa, que sacara a la señora Porter de ese mísero lugar. Ayudar a Otto significaba que la investigación iría un poco más deprisa.

Que era lo que más le importaba. Cuanto antes resolvieran ese caso, antes podría volver a su vida de fiestas, mujeres y juzgados. Mamie Greene formaría parte de su pasado, convertida en una muchacha a la que ayudó. Y a la que deseó.

¡Maldita fuera!

Se centró en Otto, que lo miraba fijamente.

—No, yo te ayudaré. Será más rápido.

—Usted... ¿piensa ayudarme? No se lo tome a mal, pero los habitantes de esas viviendas son distintos de sus elegantes jurados.

—Lo soportaré, no te preocupes. La mujer que me contrató para este caso está ansiosa por que la acusada sea puesta en libertad.

—Entiendo. ¿Se parece en algo a esa mujer que viene hacia aquí, la que tiene pinta de dama de la alta sociedad?

Frank se dio media vuelta para mirar hacia la calle. ¡Por el amor de Dios! Allí estaba Mamie, subiendo los escalones del edificio de la señora Porter. Su vestido era sencillo pero estaba limpio y nuevo, no manchado y remendado como la ropa que se solía ver por allí. Sus zapatos no estaban desgastados, sino que estaban flamantes. Tenía la piel como la fina porcelana francesa, algo que solo podían conseguir los que vivían en el interior de sus casas. Mamie no pasaba desapercibida en ese lugar, ni de lejos. De hecho, muchos ojos se volvieron para seguirla.

¡Maldición! ¿Qué estaba haciendo allí?

Salió corriendo tras ella antes de ser consciente siquiera de lo que hacían sus pies. La alcanzó en el interior del vestíbulo, la agarró del codo y la arrastró hacia un lado. Ella empezó a forcejear, gritando y pataleando para soltarse. Frank apretó los dientes, ya que estaba demasiado enfadado por su imprudencia como para saludarla siquiera. ¿Acaso quería que la mataran?

Cuando llegaron a la escalera, la soltó y ella se volvió de inmediato para cruzarle la cara de un bofetón.

—¡Cómo se atreve...! —Soltó el aire con brusquedad—. ¡Frank, por Dios! Me ha dado un susto de muerte. —Una vez recobrada del susto y tras recuperar la compostura, le dio un empujón en el hombro—. ¿Qué le pasa? ¿Intentaba asustarme a propósito?

—No. Intentaba invitarla a tomar el té. —Se frotó la mejilla, que le escocía por el bofetón—. Buen gancho de derecha, Mamie.

—Se merece algo peor. —Se enderezó las mangas del vestido y lo miró con gesto acusador—. ¿Me está siguiendo? ¡¿Otra vez?!

—Lo crea o no, estoy trabajando en su caso. ¿Recuerda eso para lo que me contrató? Bueno, pues eso significa que usted se queda en casa y que yo la pongo al día de los acontecimientos a medida que suceden. No puede venir a Five Points y vagar por su cuenta.

—En caso de que se le haya olvidado, puedo hacer lo que me plazca. He venido para ver cómo están los niños de la señora Porter y para hablar con otros vecinos. Contratarlo no me impide intentar descubrir información por mi cuenta.

—Pues sí, se lo impide.

—No, porque soy su empleada.

¡Por Dios! ¿Por qué se le habría ocurrido decir eso? Hasta como broma era una idea terrible.

—Es mi empleada solo de nombre, Mamie. Es la empleada que debe volver a la zona alta de la ciudad. Sana y salva.

Ella se acercó y oyó el frufrú de sus faldas al rozarle el pantalón. Le tendió una mano.

—Necesito un dólar, Frank.

El aire le quemó de repente los pulmones, y tuvo la impresión de que las paredes se cernían sobre él. El olor a azahar y a especias dulzonas se coló en sus pulmones; un aroma misterioso y complejo que se parecía mucho a la mujer que lo llevaba. ¿Por qué demonios se había acercado tanto? Intentó retroceder un paso, pero la pared se lo impidió. Tragó saliva y le preguntó:

—¿Para qué?

—Se considera de mala educación preguntarle a una dama por asuntos de dinero. Se supone que debe proporcionármelo, sin hacer preguntas.

Tenía su generoso pecho alarmantemente cerca. Haría cualquier cosa para terminar esa conversación antes de ponerse en evidencia diciendo algo ridículo. O postrándose de rodillas frente a ella para confesarle el molesto e inconveniente deseo que lo embargaba.

Tras meterse una mano en el bolsillo de la chaqueta, sacó la cartera y tomó un billete que casi le arrojó a la mano.

—Ahí tiene. ¿Contenta?

Mamie se guardó el billete en las profundidades del corpiño y eso hizo que le flaquearan las rodillas. El crujiente billete que acababa de estar en la palma de su mano se encontraba oculto en algún lugar de ese magnífico busto. Rozando esa carne tan suave y tersa. ¡Por el amor de Dios!

Era posible que jamás se recuperara.

Mamie se alejó y puso una saludable distancia entre ellos.

—A partir de este momento, soy su empleada de forma oficial. Vamos.

8

—Es una idea terrible —refunfuñó Frank entre dientes.

—Al contrario, señor —replicó Otto con una sonrisa desde el primer rellano de la escalera—. Creo que la señorita Greene tranquilizará a algunas de las mujeres. Su presencia podría ayudarlas a hablar.

—¿Lo ve? Se lo dije —repuso Mamie, que estaba detrás de él—. Deje de quejarse, señor Tripp.

Otto se rio.

—Ya veo cómo va el asunto.

—Lo que ves —le soltó Frank— es una mujer que algún día se llevará un disgusto porque no sabe cuándo parar.

—Señor Rosen, ¿le ha dicho el señor Tripp dónde nos conocimos?

Empezaron a subir el segundo tramo de escalera.

—Dudo que Otto desee escuchar...

—¡Ah, claro que lo deseo! Por favor, siga, señorita Greene.

Mamie pasó junto a él y lo empujó para acercarse a su público. Aunque estuvo a punto de protestar, Frank decidió que las vistas mejoraban sustancialmente de esa manera. Contuvo la sonrisa mientras observaba el contoneo del trasero de Mamie durante la subida.

—Me encontraba en la Casa de Bronce. Jugando —añadió—. Unas habilidades que había perfeccionado en los antros de juego de Tenderloin durante meses con mi hermana, Florence. Tal vez se sorprenda al descubrirlo, pero fui capaz de cuidar de mí misma durante años antes de que el señor Tripp apareciera para criticarme.

—No lo dudo. Parece usted una mujer muy competente. —El rictus de los labios de Otto cambió, y su mirada se tornó alegre mientras trataba de contener la risa.

Frank miró fijamente al investigador, pero no dijo nada. Podría marcharse, por supuesto, buscar a alguna mujer dispuesta con la que pasar la noche en la cama. Dejar que Otto y Mamie se encargaran de la investigación y así ahorrarse la molestia.

Sin embargo, no se atrevía a abandonarla. El barrio era peligroso para las damas de alcurnia, y no dejaría de preocuparse hasta que estuviera de regreso en la zona alta de Manhattan.

—¿Cómo nos repartimos esto? —preguntó Otto cuando los tres estuvieron en el rellano—. ¿Yo me encargo de los dos pisos superiores mientras usted y la señorita Greene se encargan de los dos inferiores?

—Creo que deberíamos empezar por los vecinos de ambos lados de los Porter —contestó Mamie—. Es más probable que ellos hayan oído algo a través de las paredes. Conocí a la vecina de la derecha cuando le llevé a los hijos de la señora Porter. Deberíamos hablar con ella.

—Iremos más rápido si nos separamos, Mamie —terció Frank—. Así cubriremos más terreno.

—La cuestión no es que esto termine con rapidez —replicó ella—. La cuestión es que descubramos lo máximo posible para ayudar a la señora Porter. Si desea perder el tiempo en la cuarta planta, como guste. Sin embargo, yo empezaré en la planta de los Porter.

Frank suspiró para sus adentros. Era inútil discutir con Mamie. Además de ser muy testaruda, tenía razón. Si hablar con los vecinos directos no daba resultado, podían seguir con las otras plantas.

—Bien. Empecemos por la tercera.

La primera vecina era una mujer mayor que hablaba poco inglés. Por suerte, hablaba yidis, uno de los idiomas que Otto conocía bien. El investigador la interrogó rápidamente y comprobó que la sordera le había impedido oír a los Porter. Según ella, eran una familia tranquila que no causaba problemas.

—Espero que tengamos más suerte con los otros vecinos —dijo Mamie en voz baja mientras avanzaban por el pasillo.

Otto llamó con brusquedad. Se oyeron ruidos al otro lado de la puerta, pero nadie respondió. Después de un minuto, Mamie estiró la mano y llamó.

—¿Hola? ¿Señora Barrett?

Sonó el pestillo, y la puerta se abrió de golpe. Una mujer joven los miró con recelo.

—¿Sí?

Mamie dio un paso hacia ella.

—¿Se acuerda de mí? Me llamo Marion Greene y le traje a los niños de los Porter.

—¡Ah, sí! Lo recuerdo. —La mujer conservaba aún el acento irlandés—. ¿Ha venido a por los niños? Están en la cuarta planta, con mi hermana.

—No —respondió Mamie—. Nos gustaría hablar con usted, si no le importa. ¿Podríamos entrar?

La expresión de la mujer no cambió. Se oía a un niño llorar en el interior del piso.

—¿Qué es lo que quieren? No hemos maltratado a los niños ni...

—¡Ay, por Dios! No es por eso. Me gustaría verlos antes de irme, pero no estamos aquí por eso. Solo queríamos hablar con usted. Es sobre la señora Porter y su caso.

Las señora Barrett enarcó las cejas.

—¿Esto es por Bridget?

—Sí. ¿Podemos entrar?

La mujer se apartó y abrió la puerta. Frank se quitó el bombín y siguió a Mamie al interior. Otto hizo lo mismo. La señora Barrett los llevó a una reducida cocina donde un niño pequeño lloraba, sentado en una trona junto a la mesa. Después de tomar al niño en brazos para calmarlo, la mujer los invitó a sentarse.

—Señora Barrett —dijo Mamie—, le presento al señor Tripp, el abogado de Bridget, y al señor Rosen, que está reuniendo información del caso.

La señora Barrett asintió con la cabeza, todavía distraída por el niño, que seguía inquieto.

—¿Tiene noticias sobre su caso?

—No exactamente —dijo Frank—. Esperamos reunir información de sus vecinos para ayudarla.

—¡Ah! —exclamó la mujer, que empezó a mover al niño para tranquilizarlo—. Lo siento. Tiene hambre.

Mamie estiró los brazos.

—Me alegrará sujetarlo mientras usted le prepara la comida.

—¿No le importa? —La señora Barrett parecía contenta por la esperanza de ganar un par de brazos extra.

—En absoluto. —Mamie se acercó y tomó al pequeño de manos de la señora Barrett, tras lo cual empezó a mecerlo.

El niño dejó de llorar para mirarla fijamente, aturdido de repente por el cambio de paisaje. Frank lo entendía a la perfección. Él también se sentía aturdido muchas veces en su presencia.

Mamie lo arrulló con suavidad mientras la señora Barrett preparaba algo en la encimera. Frank observaba la escena, hipnotizado. Nunca había querido hijos (de hecho, siempre tomaba precauciones para evitar engendrarlos cada vez que mantenía relaciones sexuales), pero le resultaba imposible apartar la mirada de esa faceta tierna y cariñosa de Mamie. Era una mujer muy independiente y fuerte; sin embargo, manejaba a esa personita como si ya hubiera tenido hijos propios.

Eso le recordó las capitulaciones matrimoniales, y sintió un nudo en el estómago. Desde que redactó el maldito contrato era incapaz de pensar en Chauncey Livingston sin desear darle un puñetazo a algo. «Un nieto cada dos años durante los próximos ocho años». Chauncey sería el encargado de acariciar a Mamie y de complacerla. La llevaría al orgasmo y plantaría su simiente en ella. La vería engordar mientras en su vientre crecían niños de la alta sociedad. La mera idea lo enfermaba. Chauncey no la merecía.

—Tal vez le convenga no apretar tanto el sombrero —susurró Otto, que se había inclinado hacia él—. Y dejar de mirar.

Frank relajó la mano con la que sostenía el bombín y se percató de que el ala ya no tenía remedio. ¿Sería posible? Menos mal que Mamie seguía pendiente del niño y no se había percatado de su falta de control.

La señora Barrett volvió con la comida, y Frank respiró aliviado. Al fin podrían ponerse a trabajar. Por desgracia, Mamie le pidió a la madre que le permitiera darle de comer al niño, algo que la señora Barrett estuvo encantada de que hiciera. Frank se apartó, decidido a no mirar.

Otto abrió su libretilla.

—Señora Barrett, ¿hasta qué punto conocía a los Porter?

—No mucho. A ella mejor que a él. Era un bruto que se pasaba el día gritando.

—¿A quién le gritaba? ¿A la señora Porter? ¿A los niños?

—Sobre todo a ella, parecía. Discutían de mala manera.

—¿Con palabras? ¿O hubo alguna paliza?

La señora Barrett apretó los labios y pareció retraerse, encogerse. Frank lo había visto muchas veces con testigos que se sentían incómodos con el derrotero que tomaban los interrogatorios. Sin embargo, antes de que pudiera abrir la boca, Mamie se le adelantó.

—Señora Barrett —dijo, sin apartar los ojos del niño—, necesitamos saberlo. Podría ayudar al caso de Bridget.

—Sí —contestó la señora Barrett—. Solía haber palizas.

—¿La señora Porter se quejó alguna vez o le mostró algún moratón? —preguntó Otto.

—No, desde luego que no. Bridget no es de esas. Una mujer casada no... En fin, además, ¿quién iba a ayudar?

—¿Alguna vez acudió a la policía?

La señora Barrett resopló de forma despectiva.

—La policía vino una vez. Debió de avisarlos algún vecino. Pero solo le dijeron al señor Porter que durmiera la mona y a Bridget le ordenaron que dejara de llevarle la contraria.

Frank apretó los puños. La policía le había dicho lo mismo a su propia madre hacía años, que la culpable era ella. Como si la mujer pudiera controlar la situación cuando el hombre decidía ponerse violento.

—¿Con qué frecuencia? —masculló—. ¿Con qué frecuencia ocurría?

—Casi todos los fines de semana, diría yo. El señor Porter recibía el jornal el viernes por la tarde y se iba directamente a beber ginebra. Volvía a casa por la mañana temprano. Y entonces empezaba la gresca.

—Además de lo que oyó a través de la pared, ¿vio usted algo? —le preguntó Otto.

—No, pero hay algo que sí puedo decirles: ella quiere mucho a sus hijos. Haría cualquier cosa para mantenerlos a salvo.

El trío salió del edificio bastante desanimado. Habían interrogado a varias familias más, pero nadie había oído ni visto nada útil. Mamie también había comprobado el estado de los niños de los Porter (que echaban de menos a su madre, pero que por lo demás estaban bien atendidos) y, después, los tres bajaron con cuidado la empinada escalera hasta la planta baja.

En la brisa del atardecer flotaba el olor de las salchichas y el pescado, aderezado con el de las boñigas de los caballos. Sin embargo, Mamie apenas se dio cuenta, ya que seguía demasiado alterada por la conversación con la señora Barrett. Conocer el día a día de Bridget Porter le había roto el corazón. «Casi todos los fines de semana. El señor Porter recibía el jornal el viernes por la tarde y se iba directamente a beber ginebra», había dicho la mujer. Con qué ansiedad y miedo debía de haber vivido la señora Porter a diario, con el temor a los horrores que se avecinaban. Horrores con los que nadie la había ayudado, ni la policía ni sus vecinos. Así que se había encargado de solucionar el asunto con sus propias manos.

Mamie se juró que haría todo lo posible para que la mujer quedara absuelta. No dejaría piedra sin levantar, seguiría todas las pistas. Encontraría la manera de pagar el anticipo de Frank y los honorarios de Otto, contrataría a cien investigadores más..., lo que fuera necesario.

Miró fijamente a Frank.

—Deberíamos hablar con los bares de ginebra de la zona, para confirmar...

—Más despacio. Otto se encargará de eso —la interrumpió él, tras lo cual se volvió hacia el investigador—. Ya sabes lo que tienes que hacer. Mantenme informado.

—Por supuesto. —Otto se llevó una mano al ala del bombín para despedirse de ella—. Encantado de conocerla, señorita Greene.

—Lo mismo digo, señor Rosen. Gracias por todo lo que está haciendo para solucionar este caso.

—No hace falta que me dé las gracias. Los policías pueden hacer la vista gorda ante este tipo de cosas, pero los jueces no. Conseguiré suficientes pruebas para la defensa. Además, tiene al mejor abogado de la ciudad listo para defender su caso. No se preocupe por nada, señorita Greene.

El investigador se alejó después de decir eso, y los dejó a ella y a Frank en la acera. La multitud había disminuido, ya que se acercaba el atardecer y la hora de la cena, y se percató de lo solos que estaban. Hasta ese momento, no había pensado mucho en Frank, desde que la abordó en el vestíbulo. Pero a esas alturas le resultaba imposible apartar la mirada de él y sintió un escalofrío de repente. Una especie de hormigueo que le recorrió la piel. ¡Por Dios, qué guapo era! Su rostro era la perfección hecha carne.

Sin embargo, había algo más. Irradiaba autoridad y encanto, parecía un hombre capaz de salir airoso de cualquier situación. Era una cualidad muy seductora. Su corazón estaba de acuerdo, y el pulso parecía latirle en todos los recovecos del cuerpo.

Lo vio meterse las manos en los bolsillos mientras la miraba por debajo del ala del bombín.

—Supongo que estaré perdiendo el tiempo si le echo un sermón por haber venido sola.

¿Por qué sentía la boca tan seca de repente?, se preguntó, tras lo cual tragó saliva.

—Ya hemos hablado del tema.

—Me lo imaginaba. Entonces, ¿qué hacemos ahora, señorita detective?

—¿Qué quiere decir?

—Tengo la impresión de que debo vigilarla para que no visite más barrios peligrosos.

Mamie frunció el ceño. Justo cuando empezaba a ablandarse, él tenía que irritarla.

—Por si le interesa, mi idea es regresar a casa. Esta noche hay una fiesta y debo arreglarme. ¿Va a regresar usted al bufete?

—Sí, pero no antes de dejarla en esa casa que acaba de mencionar.

¿Un paseo en carruaje con Frank hasta la zona alta de la ciudad? Estuvo a punto de tragar saliva.

—No hace falta. Puedo volver en un carruaje de alquiler.

—Tonterías. ¿Qué clase de jefe sería si permitiera algo así?

—¿Uno razonable?

La sujetó del codo y la guio hacia Canal Street.

—Mamie, casi ha oscurecido y es una mujer sola en el Distrito Sexto. El cebo perfecto para buscarse problemas.

—El único problema que parezco encontrar es usted, Frank.

—¡Por favor, Mamie! No podré disfrutar de la noche si me la paso preocupado por si ha llegado a casa sana y salva.

En fin. Eso extinguió la furia por su prepotencia. No supo bien qué decirle, salvo preguntarle por los planes de esa noche con los que esperaba disfrutar. ¿Se referiría a una mujer?

¡Por Dios! La idea la golpeó por detrás de las costillas con la fuerza de un puñetazo.

Guardó silencio, molesta por esos celos irracionales. Oír hablar de la amante que Chauncey llevaba mucho tiempo manteniendo no le había importado en lo más mínimo, pero la simple idea de que Frank tuviera a alguien le sentaba como una patada en el estómago.

¿Qué le estaba pasando?

Ella era la responsable, la hija que se aseguraría de mantener el orden establecido. La primogénita, la que continuaría el legado familiar en ausencia de un varón. No era aventurera como Florence ni ambiciosa como Justine. Su padre había dicho que se casaría con Chauncey y uniría a las dos familias, y ella había aceptado siempre que sus hermanas tuvieran la opción de elegir a sus propios maridos.

Durante años, eso había bastado. Hasta ese mismo mes, de hecho. Antes de la noche en la Casa de Bronce, nunca se había planteado renegar del acuerdo con su padre.

Sin embargo, Frank Tripp había aparecido en su vida y la había puesto patas arriba.

Y en ese momento se encontraba buscando la manera de zafarse de la inminente boda y fantaseando con Frank. Unas fantasías muy inapropiadas que habían convertido el fuego en un infierno. Una dama de la alta sociedad jamás hablaba de lo que ocurría en su dormitorio cuando estaba a solas bajo las sábanas por la noche, pero lo que debería haber satisfecho dichos anhelos solo había avivado el intenso deseo de conseguir mucho más.

Sospechaba que Frank era ese «mucho más».

Llegaron a su berlina, y él la ayudó a subir. Mamie se acomodó en el extremo más alejado del asiento, tratando de poner la mayor distancia posible entre ellos.

No funcionó. Frank acabó pegado a su costado. Mamie inspiró una rápida bocanada de aire.

«Solo faltan noventa manzanas», se dijo.

No sobreviviría.

El calor se extendía allí donde sus cuerpos se rozaban y cada uno de los movimientos de Frank reverberaba hasta sus extremidades. No podía evitar sentirlo, ya que todas sus terminaciones nerviosas estaban pendientes de esa corpulenta figura. Se veía afectada incluso por el movimiento de ese torso masculino al respirar, hasta el punto de endurecérsele los pezones por debajo de la ropa.

Soltó el aire.

«Has hecho caso omiso de esta atracción durante semanas. Sobrevivirás a una noche más», se dijo.

—Está muy callada —señaló él—. ¿Debería preocuparme?

«Sí. Creo que estoy perdiendo la cabeza», contestó para sus adentros.

Acto seguido, añadió en voz alta tras carraspear:

—¿Por qué no me habló de la existencia de esas cláusulas inusuales en las capitulaciones matrimoniales?

—¡Ah! —Frank miró por la ventanilla de la berlina y agarró con fuerza la empuñadura de su bastón—. Me preguntaba cuándo iba a surgir el tema.

—¿Y bien?

—Mamie —dijo con un suspiro—, no puedo hablar del trabajo que desempeño para su padre. Ya lo sabe.

—¿Ni siquiera cuando ese trabajo me concierne a mí?

—Sobre todo en ese caso.

—¿Por qué?

En vez de responder, él se limitó a sacudir la cabeza.

—Frank, contésteme. ¿Por qué no me advirtió de lo que iba a pasar?

—No me correspondía a mí. Su padre, o Chauncey, son quienes deberían velar por sus intereses.

—Lo que me faltaba. Lleva usted meses persiguiéndome por la ciudad de Nueva York, velando por mis intereses. Es imposible que doble una esquina sin encontrarme con usted velando por mis intereses y, de repente, ¿se lava las manos?

Frank se volvió para mirarla de frente y atisbó algo en su mirada, algo misterioso y embriagador. Una emoción que normalmente mantenía bien controlada. Se le puso la piel de gallina.

—Estoy tratando de hacer lo correcto —adujo en voz baja y ronca—. ¿Acaso no lo ve?

¿Hacer lo correcto? ¿Qué quería decir?

—Pensé que éramos amigos.

En vez de responder, él apretó los labios y apartó la mirada.

La decepción la abrumó de repente; una avalancha de guijarros afilados que le aplastaron el pecho. Cada vez que creía entenderlo, sucedía algo que la hacía cambiar de opinión. Ese hombre la desquiciaba.

—Bien. Estoy cansada de no saber a qué atenerme con usted. Un día me abruma y al siguiente ni me mira. Muy bien pues, guárdese sus acuerdos y sus atenciones. No me interesan en absoluto.

—Debería casarse con Chauncey.

Ella parpadeó al oírlo.

—¿Por qué? ¿Para que pueda cobrar los honorarios que le corresponden por haber redactado el contrato prematrimonial?

—No. Yo cobro mis honorarios tanto si se firman las capitulaciones como si no. Debería casarse con Chauncey porque así podrá ocupar el lugar que le pertenece.

Seguía sin mirarla a los ojos. ¿Intentaba convencerla a ella o estaba convenciéndose a sí mismo?

«Estoy tratando de hacer lo correcto».

La opresión que sentía en el pecho se esfumó. ¿Frank se sentía atraído por ella? Sus hermanas llevaban días diciéndoselo, pero ella no las creía. En ningún momento lo había oído decir una verdad abiertamente.

Quizá la verdad estaba en lo que él no decía. Quizá existía la posibilidad de no ser solo ella la que experimentaba esa atracción. Tal vez, después de todo, podría tener el futuro que quería, el futuro que deseaba para sí misma. No un matrimonio sin amor basado en el orden social establecido.

Solo había una forma de averiguarlo.

El corazón le martilleaba contra las costillas y la sangre le atronaba los oídos. Soltó lo primero que se le ocurrió.

—No quiero casarme con Chauncey.

Frank parpadeó. ¿La había oído bien? Volvió la cabeza para enfrentar su mirada.

—¿Cómo?

—Que no quiero casarme con Chauncey.

—Pero ¿es por culpa de las capitulaciones matrimoniales?

—No. Nunca quise casarme con él, pero nuestros padres lo dispusieron hace tiempo. Las capitulaciones solo han sacado a la luz ciertos detalles.

—¿Como cuáles?

Se produjo un largo silencio. ¿Sería sincera con él? Deseaba fervientemente que lo fuera. Quería conocerla mejor.

«Pareces un colegial», se dijo en silencio. Hizo una mueca y volvió a recordar su propósito. Duncan Greene era uno de sus principales clientes. Mamie tal vez revelara algo, algún obstáculo para el matrimonio, que él se encargaría de suavizar por el bien de su cliente. Ni más ni menos.

—Como la amante de Chauncey y que no piensa renunciar a ella después de la boda.

—¿Cómo? —La palabra restalló como un látigo en el reducido interior del carruaje, pero le resultó imposible contenerla—. ¿De verdad le dijo eso?

Ella asintió con la cabeza.

—Y me alegro de que lo haya hecho. Prefiero haberlo descubierto ahora en vez de hacerlo después de la boda.

Ese cabrón malnacido. Lo único que Chauncey tenía que hacer era casarse con Mamie, esa mujer tan sociable, vivaracha e impresionante. ¿Y él prefería a otra? ¿Acaso era un imbécil?

Sabía la respuesta a esa pregunta.

Sacudió la cabeza y se mordió la lengua para no soltarle lo que pensaba de su prometido.

—Esos arreglos no son infrecuentes en los matrimonios de clase alta.

—Cierto, pero no significa que lo desee para mi matrimonio.

Eso tenía sentido. Seguramente pocas esposas lo toleraban. El deseo de hablar le quemaba la lengua. Quería decirle que merecía algo mejor. Quería decirle que esos tristes matrimonios de la clase alta eran arcaicos. Quería decirle que daría su brazo derecho por besarla en ese momento.

Sin embargo, mantuvo los labios firmemente cerrados y se guardó sus pensamientos. No era una mujer a la que debiera llevarse a la cama. Era una mujer peligrosa, la hija de un cliente importante, una mujer que podría derribar todo aquello por lo que había trabajado desde que salió del cuchitril de Worth Street.

Él no podía casarse con Mamie. La simple idea era ridícula. Y si no podía casarse con ella, no podía tocarla. Ni besarla. Ni lamerla...

¡Por Dios!

Se le puso dura solo al pensar en meterle la cabeza entre los muslos. Se movió en un intento por aumentar la distancia que los separaba, pero no había espacio. ¿Por qué no había sacado ese día el carruaje más grande?

—De todos modos —dijo ella, todavía pegada a su costado—, le hablé a mi padre de los planes de Chauncey y me dijo que no me preocupara.

¿Duncan lo sabía? ¡¿Qué demonios?!

—Pero eso violaría la cláusula sobre la infidelidad.

—Exactamente. Sin embargo, mi padre cree que Chauncey entrará en razón. Y en caso de que no lo haga, dice que seré yo quien recibiré el montante de la sanción.

Frank se frotó la parte posterior de los dientes con la lengua. Nada de aquello le parecía correcto. Duncan Greene debería ponerle fin al compromiso, llevar a Chauncey al callejón abandonado más cercano y darle una paliza. En cambio, estaba utilizando a su hija como si fuera... mercancía. ¿Qué le habían ofrecido para que arriesgase de esa manera la futura felicidad de su hija? ¿Por qué tenía tantas ganas de que se celebrara el matrimonio?

«Deseo saber cuáles son tus intenciones con mi hija».

Duncan inició los trámites del contrato prematrimonial después de enterarse de que su hija había cenado con él. ¿Tanto le preocupaba que intentara ganarse a Mamie que estaba dispuesto a arriesgar la futura felicidad de su hija?

«Mi hija no es para ti».

Por supuesto. Había que casar a la muchacha antes de que la escoria de los barrios bajos la arruinara. Apretó los dientes y rechinó las muelas. El hecho de que se ganara la vida con hombres como Duncan Greene no impedía que el resentimiento hiciera mella en él de vez en cuando.

Sin embargo, estaba su pasado; unas circunstancias que debían seguir enterradas. No podía permitir que toda la ciudad descubriera su historia.

—Su padre tiene razón —se obligó a decir—. Es una cantidad obscena de dinero, mucho más de lo que Chauncey podría pagar por sí solo. —Claro que ese razonamiento no impediría que Chauncey hiciera lo que le apeteciese. La lógica y Chauncey no jugaban precisamente en el mismo equipo—. No me cabe duda de que entrará en razón.

—Habla como mi padre —murmuró Mamie, y él tuvo que hacer un gran esfuerzo para contener una mueca de dolor.

—Porque ambos tenemos razón.

—Pero ¿y si se equivoca? Me he pasado toda la vida haciendo lo que se esperaba de mí...

Se le escapó una carcajada.

—No me lo creo.

Mamie se llevó una mano a los labios para ocultar la sonrisa autocrítica que había esbozado.

—Solo he sido así durante el último año, más o menos. Antes, estaba dispuesta a cumplir mi promesa. —Apretó los labios de repente y dejó de hablar.

Frank no puedo evitar preguntarle:

—¿Qué promesa?

—La de casarme con Chauncey —respondió ella sin entrar en detalles, aunque sospechaba que había mucho más. Acto seguido, Mamie suspiró—. ¿Alguna vez ha sentido que anhelaba más de lo que se esperaba de usted?

Frank clavó la mirada al otro lado de la ventanilla del carruaje. En la zona norte de la calle Treinta y cuatro las casas eran mucho más elegantes y las aceras, más limpias. Esa imagen hizo que la tensión que se había apoderado de su pecho, y en la que no había reparado hasta entonces, se disipara.

Sí, sabía lo que era querer más de su futuro. Se recordó con doce años haciendo cuentas en la taberna, rodeado de ginebra, orina y sangre. En las calles del Lower East Side solo lo esperaban la corrupción y la muerte. Escapar había sido su salvación.

Se le ocurrió una respuesta simplista, pero estaba hablando con Mamie. No podía mentirle sobre eso.

—Sí, sé lo que es eso.

—¿Y se arrepiente de haber tomado su propio camino?

—En lo más mínimo. Pero nuestras situaciones no son similares.

—¿Porque soy una mujer?

—No. —Se inclinó hacia ella. ¡Por Dios! Verla tan cerca casi le robaba el aliento. Su alma podrida ansiaba abrazarla y demostrarle lo divertido que podía ser lo inesperado. En cambio, se obligó a ceñirse al tema que estaban tratando, que era por qué debía casarse con Chauncey—. Porque es Marion Greene, la hija de Duncan Greene, una princesa de la Quinta Avenida. Su padre es uno de los hombres más poderosos de la ciudad de Nueva York, y su linaje se remonta a la época del dominio holandés. Un matrimonio entre usted y Chauncey es lo más lógico. De hecho, es lo único lógico que puede esperarse en su vida.

—¿Está intentando convencerme a mí de todo eso o se está convenciendo a sí mismo?

La pregunta lo pilló desprevenido, y su cuerpo se tambaleó un poco por el impacto.

—A usted, por supuesto. —«Mentiroso», se dijo para sus adentros.

—Si de verdad cree que el matrimonio entre Chauncey y yo es de lógica, entonces no me conoce en absoluto. —Frunció el ceño—. ¿O acaso está tan comprometido con mi padre que no puede darme una respuesta honesta?

Lo mismo daba porque, en cualquier caso, el perdedor siempre era él. El hombre que llevaba dentro deseaba reclamarla, pero hacerlo le costaría todo lo que había construido.

—Mamie...

Ella levantó las manos.

—Entiendo. No quiera Dios que molestemos al gran Duncan Greene.

—No, no es eso —mintió automáticamente.

—¿Ah, no? —Lo miró con los ojos entrecerrados y torció el gesto—. Demuéstrelo.

Frank resopló. Aquello era ridículo. Era Frank Tripp, el rey de los tribunales de Manhattan. El abogado que tenía a los jurados y a los jueces comiendo de su mano. ¿Y esa mujer quería desafiarlo?

—¿Y cómo sugiere que lo haga?

Ella se inclinó más hacia él, envolviéndolo con su aroma a azahar y a especias, una mezcla dulzona y potente que lo excitó al instante. Apretó las manos en un esfuerzo por contenerse al verla lamerse los labios con la punta de la lengua para humedecérselos. Esos labios carnosos se separaron y la oyó susurrar:

—Recuperando tu dólar.

9

No debería disfrutar sorprendiéndolo, pero le encantó su reacción. Se quedó boquiabierto y clavó la mirada en sus pechos, allí donde ella se había guardado antes el billete. Lo vio inspirar el aire con fuerza y tuvo que disimular la sonrisa.

«Ahora no puedes mentir, Frank Tripp», se dijo.

—No estás hablando en serio —replicó él, tuteándola y con la voz quebrada.

En la vida había hablado tan en serio. Acababa de confirmar sus sospechas sobre la atracción que Frank sentía por ella; una atracción que parecía decidido a combatir. Si no tenía miedo de su padre, ¿por qué no darle alas? Al fin y al cabo, sabía de buena tinta el tipo de matrimonio que Chauncey y ella iban a tener. ¿Por qué era Chauncey el único que tenía permitido disfrutar de una amante, una mujer a la que se negaba a renunciar después de la boda?

¿Por qué era Chauncey el único al que se le permitía encontrar la felicidad con otra persona?

Frank era uno de los caballeros más codiciados de la ciudad. Los periódicos estaban llenos de sus aventuras y devaneos, las mujeres lo rodeaban allá donde iba. La atracción que sentía era mutua, así que, ¿cuál era el problema? De esa manera, no le guardaría rencor a Chauncey.

Frank era una opción segura, la elección perfecta. Lógica, incluso. Era un pícaro aventurero, no un hombre con el que una mujer quisiera casarse. Por tanto, era imposible que desarrollaran sentimientos más profundos el uno hacia el otro. Solo sería una aventura alegre y despreocupada antes de casarse. Una relación puramente física.

Ojalá pudiera convencerlo de aceptar.

—Hablo muy en serio. De hecho, no le veo el problema.

—¿El problema? —Frank puso los ojos como platos—. ¿No ves el problema de que te meta la mano por el corpiño?

—¿No deseas hacerlo? —Se mantuvo inmóvil, a la espera de su respuesta. Tal vez no se sentía atraído por ella. Tal vez lo había interpretado todo mal.

Sin embargo, no lo creía.

Lo vio cerrar los ojos un instante.

—Sí, quiero hacerlo, pero no debería.

—¿Por mi padre?

Era una acusación mezquina, que seguro que lo enfurecía, pero no iba a rendirse. Se había esforzado hasta dominar la ruleta, los dados y otros juegos de azar. Sabía lo que significaba arriesgar un poco con la esperanza de ganar mucho.

Estaba dispuesta a apostar por Frank.

—Porque es inapropiado, Mamie. No estás casada. Esas cosas deberías guardarlas para tu marido.

—¿Para Chauncey?

Lo vio estremecerse y la inundó una oleada de satisfacción porque le pareció lo más correcto. ¿Se la estaba imaginando con Chauncey?

—Si te casas con él, pues sí.

—Es absurdo. ¿Por qué debo reservarme para el matrimonio? No existen tales restricciones para Chauncey. Se espera que tenga amantes.

—Porque así es como funciona el mundo. En tu caso, existen consecuencias de las que los hombres no tienen que preocuparse.

—Sin embargo, las mujeres con las que están sí deben preocuparse por ellas.

—Esas mujeres no son hijas de Duncan Greene.

Otra vez habían vuelto a su padre. ¿Acaso no podía olvidar su apellido, aunque fuera por un segundo?

—Así que las mujeres como la señora Porter o como la cantante de Chauncey no importan, ¿es eso? ¿Merecen las consecuencias?

—No tergiverses mis palabras. Me estás pidiendo que me involucre en un comportamiento inmoral contigo, y me niego a hacerlo.

Las mansiones más grandes empezaban a vislumbrarse al otro lado de la ventanilla de la berlina. La mansión de estilo francés de los Vanderbilt. La de los Bostwick. La de los Astor. Eran lugares en los que había cenado y bailado. Donde se había codeado con los residentes más ricos e influyentes de la ciudad. Una vida construida sobre el dinero, la codicia y manteniendo las reglas creadas hacía casi un siglo.

Una existencia que le resultaba agotadora.

En los barrios bajos de la ciudad, las mujeres marchaban por las calles, exigiendo el derecho al voto. Exigiendo leyes que regularan el consumo de alcohol. Exigiendo un mejor trato para los desfavorecidos de la sociedad. En la zona alta de la ciudad, sin embargo, las calles estaban tranquilas. Limpias y espaciosas. Allí no había manifestantes que invitaran a entrar en acción, ni turbas furiosas. Las visitas sociales se hacían entre las dos y las cuatro de la tarde; los paseos en carruaje por el parque, a las cinco. Había que arreglarse para la cena a las ocho y se bailaba hasta las dos de la madrugada. Tal vez si nunca se hubiera aventurado hasta los barrios bajos, si se hubiera quedado en su burbuja dorada, se habría casado tan contenta con Chauncey, tuviera o no una amante.

Sin embargo, el mundo era más grande que esas cuarenta manzanas. Lo había visto con sus propios ojos, y ya no había vuelta atrás.

Y por eso sabía que Frank debía de estar de acuerdo.

—No eres ajeno al comportamiento inmoral —le dijo—. He leído sobre tus conquistas durante años. Si no te sientes atraído por mí, no te pediré que...

—¡Por Dios! No me puedo creer que estemos manteniendo esta conversación —murmuró mientras se frotaba los ojos con las manos—. Debería haber dejado que cogieras un carruaje de alquiler.

—Pues sí, deberías. —Encogió un hombro—. El culpable eres tú.

—No tengo ningún problema con el comportamiento inmoral cuando ambas partes consienten de forma voluntaria. Sin embargo, tú estás comprometida...

—Todavía no. No se ha firmado nada, como bien sabes.

—Técnicamente hablando. Tú misma me has dicho que el compromiso es firme desde hace años. Si saliera a la luz algo de esto, tu reputación acabaría hecha trizas. Tu padre se pondría furioso. Chauncey sufriría una humillación. Lo que sugieres es el colmo de la irresponsabilidad.

—No soy ajena a la irresponsabilidad. Quizá deberías permitirme que yo misma me preocupe por las consecuencias que esto puede acarrearle a mi futuro.

—¿Y qué pasa con el mío? Llevarte a la cama pone en peligro mi carrera profesional.

—¿Por culpa de mi padre?

—Y de todos sus amigos de la Quinta Avenida a los que represento. Tu padre es un hombre muy influyente, Mamie. Los hombres así siempre se mantienen unidos.

Sabía que eso era cierto. Su padre había arruinado la posición social de una familia porque el primogénito había ofendido a Florence. Había puesto a hombres y mujeres de la alta sociedad en contra de la familia, para asegurarse de que fueran eliminados de todos los eventos importantes, de manera que acabaron trasladándose a Albany hacía tres años.

Quizá Frank no era el mejor hombre para ese trabajo. Si la deseara más allá de lo razonable, de forma apasionada como los hombres de las novelas que Florence escondía debajo de su cama, pasaría por alto a su padre y las posibles consecuencias que pudiera sufrir su carrera profesional. Pero parecía que no la deseaba de esa manera. Al fin y al cabo, podía conquistar a mujer que se le antojara. Que ella se sintiera atraída por él con tanta desesperación no significaba que fuese algo recíproco.

Una conclusión decepcionante, pero no demoledora.

Había otros hombres en Nueva York que no estaban vinculados a su padre de ninguna manera. Solo necesitaba encontrar uno que cumpliese con sus criterios. Guapo, exitoso, generoso, amable y divertido. Un hombre con el que se sintiera segura. Que la animase a ser ella misma, no solo la primogénita de Duncan Greene.

—De acuerdo. —Se volvió para ver por la ventanilla cómo dejaban atrás el familiar barrio.

—¿Qué significa eso, «de acuerdo»? —le preguntó él al cabo de un rato.

—Significa que encontraré a otra persona. Mi compañero de conducta inmoral no tienes por qué ser tú.

Lo oyó soltar un resoplido incrédulo.

—No lo dices en serio.

—¿De verdad crees que eres el único hombre atractivo de Manhattan? Por favor. Los hombres guapos son tan abundantes como las boñigas de los caballos.

—No sé muy bien en qué lugar me deja esa comparación pero, ¿gracias?

Mamie soltó una carcajada.

—No voy a permitir que los cumplidos se te suban a la cabeza. Además, eres perfectamente consciente de tu efecto sobre el sexo femenino.

—Estás intentando distraerme y no pienso dejar pasar el tema. No puedes mantener una aventura.

—Soy una mujer joven, soltera y rica que vive en la mejor ciudad del mundo. Puedo hacer lo que me plazca, y lo que haga no es de tu incumbencia.

—¿Ya hemos vuelto a lo de siempre?

—Supongo que sí. No puedes seguirme todo el tiempo, Daniel Boone —bromeó, aludiendo al afamado pionero.

—No, pero eres mi empleada. Quizá contrate a unos cuantos Pinkerton para que te vigilen.

¿Estaba celoso? Se inclinó para verle mejor la cara.

—¿Qué más te da si me acuesto con un hombre antes o después de casarme con Chauncey?

Lo vio apretar los labios hasta que se le quedaron blancos y se percató de la tristeza oculta en el fondo de su mirada.

—¿Qué más te da a ti que yo tenga razones para objetar?

—Estás respondiendo a una pregunta con otra pregunta. Deja de usar tus trucos de abogado conmigo.

—Estoy usando la razón. Me disculpo si no eres capaz de distinguir entre ambas cosas.

Muy bien. Sería directa en vez de andarse por las ramas. Esa parecía ser la única manera de tratar con él.

—¿Te sientes atraído por mí?

—Mamie...

—Responde a la pregunta, Frank. Si mi padre no fuera Duncan Greene, ¿intentarías acostarte conmigo?

—Sí —masculló—. Ya te he dicho que te deseo.

—He pensado que necesitaba oírlo de nuevo.

—¿Por qué?

El carruaje redujo la velocidad al llegar al exterior de la mansión de piedra donde vivía con su familia.

—Para cuando intente seducirte.

«Para cuando intente seducirte».

«Seducirte».

Las palabras con las que Mamie se había despedido poco antes lo tenían tan distraído que Frank estuvo a punto de tropezarse mientras subía los escalones de su casa. Esa mujer era peligrosa. ¿Cómo iba a concentrarse en algo después de oírla decir algo tan escandaloso?

Además, la erección que sufría en ese momento evidenciaba que su miembro encontraba fantástica la idea, por molesto que le resultara.

Claro que su cuerpo era algo más que un pene y dos testículos. Era el mejor abogado del estado. Quizá incluso el mejor de la Costa Este. Había salido de un estercolero y era el dueño de una mansión diseñada por el estudio de arquitectura de McKim, Mead y White, ¡por el amor de Dios! Su tesón sería capaz de resistir los envites de una mujer inteligente, hermosa, voluptuosa y atrevida.

—Buenas noches, señor —lo saludó su mayordomo cuando entró en el vestíbulo.

Soltó el aire de golpe y se zafó de las persistentes garras del deseo.

—Buenas noches, Barney.

El mayordomo torció levemente el gesto al escuchar la versión abreviada de su apellido, que era Barnaby. Frank no podía evitarlo; le gustaba mantener en vilo a ese hombre tan estirado.

—Llega pronto a casa —señaló Barnaby mientras le quitaba de las manos el bombín y el bastón—. ¿Ordeno que preparen el carruaje para sus planes de esta noche?

—No, me quedaré en casa. Tengo que ponerme al día con el trabajo. Que me envíen la cena al gabinete si no te importa.

—Por supuesto, señor.

Frank levantó el maletín de cuero y siguió hacia el gabinete situado en la parte posterior de la casa. Las vistas y los sonidos le resultaban familiares, así como el olor a cera y limón que el personal de servicio usaba para pulir los muebles. Le encantaba esa casa.

Horas más tarde, las llamas de la chimenea del gabinete empezaban a extinguirse cuando Barnaby llamó a la puerta.

—Señor, el superintendente Byrnes ha venido para verlo.

Frank golpeó la mesa de palisandro con el extremo de su pluma estilográfica. ¿Qué hacía Byrnes en su casa? No llevaba ningún caso importante que pudiera haber atraído la atención del superintendente.

—Hazlo pasar.

Thomas Byrnes, un hombre corpulento de ascendencia irlandesa, era considerado por muchos como un tirano. Sí, había reorganizado y pulido a los detectives de la policía de la ciudad, pero algunos de los métodos de interrogatorio que utilizaba eran crueles y violentos. A veces, golpeaba a un sospechoso hasta que confesaba, una técnica que llamaba «el tercer grado». En dos ocasiones distintas, Frank le había prohibido interrogar a un cliente si él no estaba presente. Tal vez eso no le había granjeado la simpatía del superintendente, pero le importaba un comino.

Byrnes llevaba un traje a medida azul marino de cuadros. Un mostacho impresionante le cubría la parte inferior de la cara.

—Buenas noches, Tripp. Espero que no le moleste la interrupción.

Frank ya estaba de pie con la chaqueta puesta. Le tendió una mano.

—Superintendente, me sorprende su visita. Desconocía que tuviera algún asunto pendiente con usted.

Byrnes se desabrochó la chaqueta y se sentó en el sillón emplazado frente a la mesa de Frank. De su chaleco de seda colgaba la cadena de un reloj de oro. De no ser por su acento, el superintendente podría pasar por cualquier ricachón neoyorquino.

—No es eso, al menos no directamente. Sin embargo, resulta que hay un asuntillo que necesito hablar con usted sobre un caso.

—¿Ah, sí?

—He oído que representa usted a una residente del Distrito Sexto en un caso de asesinato.

Frank guardó silencio. Solo uno de sus clientes se ajustaba a esa descripción.

—¿Bridget Porter?

—Sí. Ella.

—La señora Porter es mi clienta, sí. Aunque no entiendo qué tiene usted que ver con este asunto.

—Más bien con su difunto marido. Y con uno de mis detectives.

—¿Quién es el detective?

—Edward Porter.

—Porter, ¿familiar del...? —preguntó al tiempo que sentía un nudo en el estómago.

—Primo del fallecido, Roy Porter.

Frank suspiró y golpeó su agenda con el extremo de la estilográfica. Empezaba a entender el porqué de la visita de Byrnes... y no le gustaba.

—A ver si lo adivino. Al detective Porter no le cae demasiado bien la viuda de su primo.

Byrnes se metió un pulgar en el bolsillo pequeño de su chaleco.

—En fin, todos sabemos que los matrimonios tienen sus más y sus menos, Tripp. No es una cuestión en la que deban inmiscuirse la policía ni los tribunales de justicia. Estas cosas se deben tratar con discreción, de forma privada.

—En ese caso, ¿por qué no intervino Edward para evitar que su querido primo Roy le diera una paliza a su esposa todos los fines de semana?

—No podría decirle. Pero Roy está muerto y hay una mujer responsable. Ella lo asesinó a sangre fría y merece pagar las consecuencias.

—No fue a sangre fría ni mucho menos, y lo sabe.

Byrnes levantó las palmas de las manos.

—Si era un problema tan grande, ¿por qué no denunció a su marido? Hay muchos jueces a los que no les gustan los hombres que cometen estos delitos. Algunos incluso mandan azotar a los maridos para meterlos en cintura.

Frank también había oído historias similares y aplaudía a esos jueces.

—Eso solo ayuda si arrestan al marido. Sin embargo, empiezo a entender por qué las quejas de la señora Porter caían en saco roto.

—Es cierto que miramos por los nuestros, pero nuestros agentes son hombres honestos y buenos. Nunca le darían la espalda a un ciudadano en apuros.

Como buen conocedor de la expresión, Frank entendía por qué Byrnes había elegido esas palabras en concreto. ¿Quién decidía si el apuro de una persona era urgente o no?

—Usted mismo ha dicho que las disputas matrimoniales no son asunto de la policía, que se deben manejar de forma privada. ¿A quién debía pedirle ayuda entonces la señora Porter?

—Vamos, Tripp. Sabe usted que el departamento no tiene ni tiempo ni recursos para interrumpir cada discusión que se produzca entre un marido y su mujer. Sin embargo, si su vida hubiera estado realmente en peligro, la policía habría intervenido.

Lo dudaba mucho, sobre todo con el primo de dicho marido en el cuerpo. Roy Porter podría haber solapado cualquier delito menor o grave, borrando el nombre de su primo. La corrupción era algo tan habitual en el cuerpo de policía (sobornos, chantajes, torturas) que deberían llevar grabada en las placas la frase: «Hacemos la vista gorda».

—¿Qué quiere usted que haga?

—Que el tribunal nombre a otro abogado. No puede despreciar su talento en un asunto tan trivial como este.

En otras palabras: «Deje que la señora Porter acabe en el cadalso».

Tiempo atrás, Frank habría estado de acuerdo. Enemistarse con Byrnes era una idea terrible, porque era un hombre vengativo y mezquino con aquellos que lo perjudicaban. Además, ese tipo de trato de «Hoy por ti, mañana por mí» eran habituales en la ciudad de Nueva York. Ni siquiera recordaba el número exacto de personas que le debían un favor a esas alturas.

Sin embargo...

Recordó la cara de Mamie, el feroz brillo de su mirada cuando insistió en que ayudase a la señora Porter. Su imagen mientras mecía en brazos al niño para ayudar a la señora Barrett. Su afán por robar dinero y repartirlo entre los habitantes de los barrios bajos.

«El señor Tripp es el mejor abogado de la ciudad. Conseguirá que la absuelvan, se lo prometo».

¡Mierda!

No podía defraudar a Mamie.

Empezó a mecer una pierna por debajo de la mesa mientras sopesaba todas las repercusiones de lo que iba a decir. Dejarse llevar por la conciencia era un fastidio.

—No puedo hacerlo, Byrnes. Quiero seguir con el caso y conseguir que absuelvan a la señora Porter.

El superintendente apretó los labios, y la furia apenas contenida hizo que le temblara el mostacho.

—Siempre lo he tenido por un hombre inteligente, que sabe cómo funcionan estas cosas. No me dé motivos para reconsiderar esa opinión.

Frank retiró el sillón de la mesa y se puso en pie.

—Supongo que es una noche de sorpresas para los dos.

Byrnes se levantó del sillón y se abrochó la chaqueta. No dijo nada más. Se limitó a mirarlo con frialdad antes de darse media vuelta y de salir a grandes zancadas del gabinete.

Las cosas no habían acabado bien.

Acababa de enemistarse con todo el departamento de policía de Nueva York.

—Florence, necesito tu ayuda.

Era casi medianoche cuando Mamie entró en los aposentos de su hermana. Florence se pasaba la noche despierta y después se levantaba tarde. Decía que esa rutina era mejor para su cutis.

«Más bien es mejor para su escandaloso estilo de vida», añadió para sus adentros.

Florence estaba acostada en la cama con el camisón. Al oírla, se apresuró a esconder algo debajo de la almohada y se incorporó con el ceño fruncido.

—¿Se te ha olvidado cómo llamar a la puerta?

Mamie enarcó una ceja mientras se acercaba a la cama.

—¿Qué era eso, una carta de amor?

—No es de tu incumbencia, entrometida. ¿Qué haces levantada tan tarde? Creía que te dolía la cabeza.

Mamie lo había usado como excusa para evitar la fiesta de los Van Alan de esa noche. Tenía demasiadas cosas en la cabeza como para pasarse la noche comiendo canapés y bebiendo champán.

—Prefería no ir. ¿Ha estado bien?

—Un horror, todo lleno de los amigos de papá y sus esposas. No ha asistido ni un solo hombre guapo.

Mamie se sentó en la cama de su hermana.

—¡Qué espanto! Siento haberte abandonado.

Florence se recostó sobre la almohada. Su largo pelo rubio trigueño le enmarcaba la cara.

—Chauncey ha asistido.

—¿Ah, sí?

—Sí. Papá y él estuvieron conversando en un rincón unos minutos. Chauncey parecía descontento con lo que le decía papá.

¿Habrían hablado de la cláusula sobre la infidelidad?

—Precisamente por eso necesito tu ayuda.

—¿Por quién, por Chauncey o por papá? Me temo que tengo poca ayuda que ofrecerte con cualquiera de los dos. Los hombres me desconciertan.

—Es peor de lo que crees. —Y se dispuso a contarle toda la historia del contrato prematrimonial, de su padre y de la amante de Chauncey.

Florence estaba colorada como un tomate cuando Mamie terminó y tenía los tendones del cuello tensos.

—¿De verdad te dijo que se niega a renunciar a su amante? ¿Te lo dijo así, con todas las palabras? Espero que le cruzaras la cara.

Mamie esbozó una sonrisa. Florence siempre había sido la más agresiva de las Greene.

—No, le dije que hablaría con papá para que se eliminara esa cláusula de las capitulaciones matrimoniales.

—¡Por Dios, Mamie! No comprendo cómo puedes adoptar esta actitud tan práctica en este tipo de asunto.

Porque no tenía elección. Era la primogénita, la más responsable. Proteger a sus dos hermanas, permitirles que encontraran la felicidad, era su deber. La determinación de su padre era legendaria, un rasgo que ella había visto en más de una ocasión. Y estaba empeñado en que ese matrimonio se celebrara.

Recordaba aquel verano, cuando tenía doce años y escuchó a su padre hablar con el señor Livingston sobre Chauncey y ella.

—Los chicos parecen llevarse bien —dijo el señor Livingston en aquel entonces.

—Sí, aunque eso es lo de menos —replicó su padre con dureza—. Ya acordamos que se casarían cuando nacieron, y no pienso retractarme.

—¿Aunque ella no lo quiera? Las muchachas de hoy en día son mucho más independientes que en nuestra época.

—Marion no es así. Ella hará lo que yo le pida.

—Tienes otras dos hijas, Duncan.

—No, debe ser Marion. Ella es la primogénita, y todo el mundo está al tanto de nuestro pacto. Quedaríamos en muy mal lugar si lo canceláramos a estas alturas.

—En fin, pues me alegro. Y ten por seguro que Chauncey no discutirá conmigo por este tema. Le tiene mucho cariño a Marion.

—Ella cumplirá con su deber cuando llegue el momento. Las otras dos pueden casarse con quienes quieran, siempre que Marion se case con Chauncey.

De vuelta al presente, Mamie siguió reflexionando al respecto.

A lo largo de los años, su padre le había repetido prácticamente lo mismo cada vez que expresaba sus dudas sobre el matrimonio con Chauncey. Él se mostraba inflexible, y ella no deseaba decepcionarlo.

Así que había dejado de quejarse.

—¿De verdad hablaste con papá? —le preguntó Florence, devolviéndola al presente.

—Sí. Se negó a eliminar la cláusula del contrato prematrimonial y me acusó de ser la interesada en la infidelidad.

—¡¿Cómo?! Eso es absurdo. Tú nunca... —Dejó la frase en el aire al mirar a Mamie a la cara—. Espera... Lo estás, ¿verdad? Estás interesada en otro hombre. Lo veo en tu cara. ¿Quién es?

—Eso no importa. Lo que necesito saber es cómo.

—¿Cómo, qué?

—Cómo puedo sacar provecho de ese interés.

Florence agachó la mirada y alisó el cobertor.

—¿Qué te hace pensar que tengo experiencia en estos asuntos?

—Si hay alguien en esta familia que sabe de comportamientos escandalosos, eres tú. Vamos a ver... —Empezó a estirar los dedos de una mano—. Mamá te pilló con aquel juego de cartas eróticas. Escondes libros picantes debajo de la cama. Y luego están todas esas visitas a los casinos y a los salones de baile.

—Visitas que en su mayoría hemos hecho juntas, debo añadir. Y no pienso ayudarte hasta que me digas quién es.

—Prefiero no decirlo. Dime qué debo hacer y ya está.

Florence se llevó un dedo a los labios.

—Mmm... —murmuró—. Sé que no es Chauncey. No tiene ni un ápice de seductor. —De repente, jadeó y abrió los ojos de par en par—. Es Frank Tripp. ¡Lo sabía! Primero te siguió por la ciudad y luego compartisteis una cena íntima en Sherry's.

—No fue íntima, cenamos en el comedor principal.

—Si tú lo dices... Reconócelo, tienes algo con él.

—¡No tengo nada con él! Es solo... —No podía expresar con palabras, ni siquiera con Florence, sus sentimientos por Frank. Ni ella misma los entendía. Lo mejor era que todo se quedara en una aventura inofensiva previa a su boda. Así sería más fácil dejarlo cuando llegase el momento—. Si tengo que casarme con Chauncey, ¿por qué solo puede divertirse él?

—No podría estar más de acuerdo. Así que, ¿cómo están las cosas con el señor Tripp?

—Dice que acostarse conmigo arruinaría su carrera profesional.

—Veo que lo has hablado con él. —Florence esbozó una sonrisa—. Mi hermana sensata que jamás se deja llevar por el calor de la pasión. Estoy impresionada.

—¿Eso es malo? ¿La falta de pasión en estos asuntos?

—No. Frank es un hombre, Mamie, no un niño como Chauncey. No se deja dominar por su... —empezó antes de guardar silencio mientras se señalaba entre los muslos—, como los hombres más jóvenes. Está claro que te desea. Me quedó claro la noche de la Casa de Bronce. Pero intenta resistirse para proteger su modo de vida.

—A veces, me da miedo lo mucho que sabes de estos asuntos.

Florence echó la cabeza hacia atrás y se rio.

—¿Cómo quieres que me contenga si la clase alta me aburre soberanamente?

Ella era de la misma opinión, pero no tenía alternativa. No hasta hacía poco tiempo.

—Bueno, ¿qué hago entonces?

—Sorpréndelo cuando menos se lo espere, cuando haya bajado sus defensas. Muéstrate seductora. Enséñale tus mejores atributos. —Le señaló el pecho—. Un vestido escotado y los labios pintados. Eso es lo único que necesitas para que se le haga la boca agua.

—¿Y si se resiste?

—Pues insistes e insistes. Un roce por aquí, una caricia por allá. Te muerdes el labio. Lo miras fijamente con los párpados entornados. Eso es lo que hacen las protagonistas de las novelas eróticas.

—¿Y funciona?

—Siempre.

Mmm... El fracaso sería humillante, pero estaba dispuesta a intentarlo.

—Gracias. Intentaré armarme de valor.

Su hermana resopló con incredulidad.

—Jamás te ha faltado valor, Mamie Greene. ¿Tanto te gusta el señor Tripp que tienes miedo?

—No seas ridícula. Lo que pasa es que nunca he seducido a un hombre.

—Algo que trae a colación otro detalle: si tan poco te interesa Chauncey, ¿por qué casarte con él? ¿Por qué no intentas descubrir si hay otro hombre más adecuado, como el señor Tripp, por ejemplo?

Porque la vida le había repartido una mano de cartas distinta. Tal vez podría evitar casarse con Chauncey, pero no sería por culpa de Frank.

—Papá me advirtió que me alejara de Tripp y me dejó claro que jamás aprobará una relación entre nosotros. —Florence abrió la boca para discutir, así que se apresuró a añadir—: Y este acuerdo entre ambas familias viene de hace mucho tiempo. Prácticamente he crecido con Chauncey. Sé con exactitud lo que voy a encontrarme.

—Al parecer, no. Acabas de descubrir que también vas a encontrarte a una amante cuando te cases.

Cierto, pero parecía poco probable que Chauncey ocultara algo más.

—Salvo por eso, es un libro abierto.

—Según mi experiencia, esos son de los que debes preocuparte.

Mamie soltó una carcajada ronca, hasta que recordó el comentario de Frank sobre Chauncey y los fumaderos de opio. Tal vez no conocía a su futuro prometido tan bien como creía. Sin embargo, no se le había escapado la elección de palabras de Florence.

—¿Según tu experiencia?

—No eres la única que sale a divertirse por las noches.

Mamie frunció el ceño, preocupada por la idea de que Florence corriese peligro. Sin embargo, sabía que no debía intentar detenerla. Las hermanas Greene podían ser muy testarudas cuando les apetecía.

—Espero que tengas cuidado.

—Siempre lo tengo. Bueno, ¿cuándo vas a seducir a Frank Tripp?

El cuándo no se le había ocurrido.

—No lo sé. La próxima vez que lo vea, supongo.

—No, no y no. ¿Es que tengo que dártelo por escrito? —Florence se enderezó y la señaló con un dedo—. Debes pillarlo desprevenido. Supongo que tratará de evitarte para resistirse. Lo más probable es que tardes un poco en verlo de nuevo.

¿Cómo podía evitarla cuando estaban tratando de salvar a la señora Porter? ¿No había asuntos relacionados con el caso que discutir o más detalles que investigar?

—Creo que deberías colarte en su casa —sugirió Florence—. Escóndete en su dormitorio y sorpréndelo.

—Eso es una locura. En primer lugar, no me va a evitar porque lo he contratado para que defienda a una amiga. Y en segundo lugar, lo que estás sugiriendo es un allanamiento de morada. ¡Podría hacer que me arresten!

—Pero no lo hará. Ya lo verás. Te evitará y no te quedará más remedio que colarte en su casa.

10

Vaya semanita llevaba...

Frank dejó la pluma y se puso en pie para estirar los doloridos músculos de la espalda y de los hombros. Era casi medianoche y había estado trabajando en su gabinete desde que concluyó la larga y aburrida cena en Delmonico's. El grupo había estado compuesto por otros socios del bufete y varios clientes importantes, de manera que hubo muchas palmaditas en la espalda y bromas subidas de tono. Normalmente le encantaban esos eventos, pero esa noche en concreto la futilidad de la velada lo había puesto de los nervios. Había cientos de asuntos urgentes que requerían su atención, pero los socios habían insistido en que asistiera.

De manera que allí estaba, trabajando en su gabinete sin ver el momento de acabar. Tenía resúmenes que leer, alegatos que preparar, documentos que firmar. Informes de investigaciones que leer.

Eso le recordó a Mamie.

Incapaz de quedarse quieto, se acercó al aparador, se sirvió un buen vaso de *whisky* y lo apuró de tres tragos. Apenas notó la quemazón del licor en la garganta. Los recuerdos de Mamie lo perseguían, una constante tentación que lo volvía loco lentamente.

Se había mantenido ocupado esos últimos cuatro días, intentando no pensar siquiera en su promesa de seducción; lo había intentado y había fracasado. Cada vez que bajaba el ritmo o cerraba los ojos, la veía tumbada en su cama, con esa melena oscura extendida sobre la almohada y las piernas un poco separadas para dejar entrever el paraíso que lo esperaba.

¡Por Dios!

Sintió una oleada de calor y se sirvió otro vaso de *whisky*. Tal vez la embriaguez fuese la clave para olvidarla.

Acababa de apurar el segundo vaso cuando lo distrajo el sonido de la puerta. Se dio media vuelta y vio a una figura envuelta en una capa que entraba en su gabinete.

«Pero ¿se puede saber qué es esto?», pensó.

Agarró el pesado vaso de cristal, dispuesto a utilizarlo como arma, si era necesario.

—¿Quién es usted y qué está haciendo?

En cuanto vio que el intruso levantaba los brazos para bajarse la capucha, supo quién era. ¡Por el amor de Dios, claro que lo supo!

Era Mamie. En su casa. Sola, en su casa.

Miró con los ojos entrecerrados el vaso vacío que tenía en la mano. ¿La estaba viendo realmente o el *whisky* lo había afectado más de lo que pensaba?

—Hola, Frank.

Esa voz. Baja y suave. El sonido lo rodeó y lo acarició como si fuera miel caliente. Se le paralizó el cerebro cuando se bajó la capucha. El pelo oscuro le enmarcaba la cara y contrastaba enormemente con el intenso color rojo de sus labios pintados. Era apabullante. Una diosa. La tentación hecha mujer. La necesitaba tanto como el aire que respiraba, pero debía mantener el control.

Soltó el aire con brusquedad e hizo el gran esfuerzo de quedarse donde estaba.

—No deberías estar aquí. ¿Te has vuelto loca?

Vio el asomo de una sonrisa en las comisuras de sus labios justo cuando echaba a andar hacia él. Eso lo hizo retroceder al instante.

—He venido por dos razones —dijo ella.

Por su mente pasaron varias, todas ellas indecentes y cada cual más deliciosa que la anterior. Tragó saliva.

—No hay razón en el mundo que justifique que te cueles en mi casa a estas horas.

Mamie se sirvió un vaso de *whisky* al llegar al aparador.

—Me has estado evitando.

Sí, lo había hecho.

—Eso es absurdo —replicó en cambio—. He estado ocupado. No me he olvidado de ninguna cita ni nada por el estilo.

—Sin embargo, has obviado los dos telegramas que te envié, pidiéndote información actualizada sobre el caso de la señora Porter.

¿Aquello era un juicio?

—No hay ninguna novedad, por eso no te respondí. Otto está buscando información para usarla en el caso. Cuando tenga noticias, me pondré en contacto contigo.

—Bien, pero esa es solo la primera razón por la que he venido. —Se llevó el vaso de cristal a los labios y bebió un buen trago.

La observó lamerse los restos de *whisky* de los labios, y la visión de su lengua hizo que el corazón le palpitase con fuerza.

—¿Cuál es la segunda razón? —Su propia voz le sonó rara, pero era incapaz de concentrarse en la conversación. Su boca lo distraía demasiado.

—El torneo de billar. ¿O se te había olvidado?

—¿Qué torneo de billar?

—El que acordamos para que te hicieras cargo del caso de la señora Porter. El mejor de siete partidas, aquí en tu casa. Si mal no recuerdo, me prometiste que sería la noche más memorable de mi vida.

¿Por qué había hecho semejante tontería? Debería haber aceptado el caso sin condiciones, en vez de intentar coquetear e inventarse una manera inteligente de pasar el tiempo con ella. *Non compos mentis...* Sí, señor, estaba desposeído de sus facultades mentales. No cabía duda de que con esa mujer era incapaz de dejar de hacer el tonto.

—He cambiado de opinión. No es necesario compensación alguna.

La vio levantar una de esas cejas oscuras.

—¿Vas a ayudarla por la bondad de tu corazón?

—En fin, soy un hombre muy magnánimo.

—Más bien tienes miedo de jugar conmigo.

Resopló sin poder evitarlo.

—Ni mucho menos. En realidad, solo trato de proteger tu reputación. A saber cuánta gente puede haberte visto entrar en mi casa.

—No me ha visto nadie. Tu discreto y eficiente personal del servicio se olvidó de cerrar la puerta principal. No me he bajado la capucha en ningún momento desde que detuve el carruaje de alquiler que me ha traído.

—Bien, pero tu familia se preguntará dónde estás si te quedas mucho tiempo.

—Esta noche, no. Mis padres están en Boston para asistir a una boda. Solo estamos mis hermanas y yo en casa.

Era lógico que tuviese una justificación para cada uno de los argumentos que le presentaba. Esa mujer habría sido una excelente abogada.

—Eso no cambia el hecho de que tu presencia aquí es de lo más inapropiada.

Mamie dejó el vaso en el aparador y se acercó. En ese momento, captó su olor, esa mezcla tan especial, dulzona y especiada, un aroma que a esas alturas asociaba con la obstinación y el anhelo. Se acercó lo suficiente como para que él pudiese ver las arruguitas de las comisuras de sus labios. Una especie de corriente eléctrica le recorría la piel de todo el cuerpo provocándole un hormigueo, desde las puntas de los dedos de las manos hasta los de los pies. Que el Señor lo ayudara si ella le ponía las manos encima. Podía acabar estallando en llamas.

Mamie echó la cabeza hacia atrás y sus miradas se encontraron.

—Un torneo de billar, Frank. Nada más, lo prometo.

Ansiaba creerla. Sin embargo, en el fondo esperaba que no hubiera renunciado a seducirlo.

«Basta ya. No tienes derecho a tocar a esta mujer».

Lógicamente, era consciente de todas las razones por las que su presencia era una idea terrible. Sin embargo, no se atrevía a pronunciar las palabras que la obligarían a marcharse. Esperó, mudo, con la mente atrapada entre el sentido de la responsabilidad y el deseo.

—¿Quieres que me vaya?

Parpadeó al oír esa pregunta tan sencilla y tan directa. Por primera vez con ella, no pensó en las palabras ni en su significado. En esa ocasión, se limitó a ser sincero.

—No.

En sus labios apareció una sonrisa satisfecha.

—Bien. Pues llévame a la sala de billar —dijo, tras lo cual se dio media vuelta y echó a andar hacia la puerta, arrastrando la capa tras de sí como la protagonista de una novela gótica.

Mientras la seguía, Frank se recordó que aquello no era una novela ni un romance de ficción. Mamie era la hija de un cliente, una mujer rica y soltera que estaba comprometida con otro. Debía conservar el buen juicio y mantener las distancias.

«Un torneo de billar y la mandaré a su casa», se dijo.

Sí, eso haría. Él era mucho más fuerte que esa versión débil de sí mismo, afectada por unos labios rojos y el olor a azahar. Podía resistir la tentación y concentrarse en el juego. Cuanto antes terminasen de jugar, antes podría meterla en un carruaje de alquiler y enviarla a su casa.

Era la mar de sencillo.

Mamie había mentido.

No tenía intención de jugar un torneo de billar e irse a casa. Si todo iba bien, se quedaría más tiempo.

En realidad, no las tenía todas consigo. Frank se había opuesto rotundamente a la visita, preocupado como siempre por su padre y su reputación. ¿Acaso no se daba cuenta de lo cansada que estaba de ser Marion Greene, la hija que debía continuar con la tradición y la responsabilidad? Jamás lo admitiría en voz alta, pero Frank le parecía en muchas ocasiones la única persona, aparte de sus hermanas, que la trataba con normalidad, que le hablaba mal y discutía con ella sin tener en cuenta su rancio abolengo.

Solo por esa noche intentaría que se olvidara de su padre, de su familia y de su inminente boda.

La sala de billar era una estancia elegante, empapelada de color verde a juego con el tapete de la enorme mesa de roble. Una lámpara de gas colgaba del techo y proyectaba un cálido resplandor sobre las alfombras orientales y las superficies de madera oscura. A lo largo de las paredes, se alineaban sillas más pequeñas junto con unas cuantas consolas, asientos para espectadores e invitados. Se lo imaginaba perfectamente en ese lugar, entreteniendo a sus amigos con sus anécdotas y deleitando a las mujeres hasta enloquecerlas.

Claro que en ese momento no era necesario que pensase en otras mujeres.

Se desabrochó la capa, se la quitó de los hombros y arrojó la pesada prenda sobre una silla. Cuando se volvió, Frank dejó el brazo a medio camino de la lámpara que iba a encender y clavó la mirada en el escote de su vestido. Excelente. Se había puesto un revelador vestido de seda azul de Justine. La ropa de su hermana menor era una talla más pequeña que la suya, lo que significaba que los pechos casi se salían del vestido.

Al parecer, el señor Tripp no era inmune a su busto.

Se quitó los guantes y se acercó a la hilera de tacos emplazados junto a la pared. Pasó la punta de un dedo por la suave madera.

—Bueno, ¿a qué jugamos?

Frank le pasó la mano por encima de un hombro y agarró un taco.

—Al quince, si te parece bien. ¿Conoces las reglas?

—Sí, las conozco. —Disimuló la sonrisa mientras seleccionaba un taco. Sin duda, Frank creía que ganaría con facilidad. No sabía lo bien que ella jugaba.

Lo vio señalar la mesa.

—Un tiro para ver quién rompe.

Colocaron sus respectivas bolas una al lado de la otra en un extremo de la mesa. Tras levantar los tacos, golpearon a la vez, enviando las bolas a toda velocidad hacia el otro extremo, donde rebotaron antes de volver al lugar de partida. Cuando por fin dejaron de rodar, la suya se quedó más cerca del punto inicial. Frank frunció el ceño y le ofreció la bola blanca.

—Bien hecho.

Mamie le rozó la mano con los dedos mientras sujetaba la bola y se vio recompensada al verlo tomar aire con brusquedad.

«Un roce por aquí, una caricia por allá». Quizá Florence tuviera razón.

—Ha sido cuestión de suerte.

Él se encargó de colocar las bolas dentro del marco triangular mientras ella se preparaba para su tiro de apertura. Entornó los párpados y observó con disimulo cómo se contraían y se relajaban los maravillosos músculos de sus hombros por debajo de la camisa. Esa noche no llevaba chaqueta, y se había remangado la camisa, de manera que sus antebrazos quedaban expuestos. Tenía la piel cubierta por una fina capa de vello oscuro, y descubrió que se le marcaban las venas y los tendones con cada movimiento que hacía. ¿Por qué le resultaba tan atractiva esa imagen?

—¿Has trabajado mucho esta noche? —preguntó.

—Sí, durante unas horas después de volver de la cena.

—¡Ah! ¿Has cenado con alguna amiga?

Frank estaba a punto de colocar el marco en la pared, pero se detuvo.

—¿Eso te molestaría?

—No. Dada tu reputación, me lo esperaba.

—Las reputaciones se exageran para vender periódicos, Mamie. —Echó a andar hacia una mesita en la que se alineaban varias licoreras—. ¿Otra copa?

El vaso que se había servido en el gabinete aún seguía medio lleno. No había necesidad de emborracharse, no cuando esperaba ser más lista que él esa noche.

—No, gracias.

Se inclinó sobre la mesa, apuntó, echó el brazo hacia atrás y golpeó. La bola blanca chocó contra las otras bolas, que salieron disparadas en todas direcciones. Fue un golpe limpio, y dos bolas rayadas desaparecieron en las troneras.

Cuando alzó la mirada, Frank tenía los ojos clavados en su escote con las pupilas dilatadas. Se enderezó, y él pareció estremecerse. Acto seguido, le dio la espalda y bebió un largo sorbo de *whisky*.

—¿Tienes una amante? —le preguntó ella de repente, porque era lo que había intentado averiguar antes.

En cuanto pronunció la pregunta, Frank empezó a toser y a balbucear. Lo vio inclinarse hacia delante, mientras trataba de recobrar el aliento.

—¡Maldita sea, Mamie! —Se señaló el pecho. Se había manchado la corbata y el chaleco de *whisky*—. ¿Estás contenta?

Intentó no sonreír.

—Bastante, aunque no pretendía destrozarte la ropa. Solo tenía curiosidad.

—No tengo ninguna amante. He descubierto que atarme a una sola mujer solo funciona por cortos períodos de tiempo. Por eso sé que nunca me casaré. No tengo intención de ser infiel.

Ella embocó otra bola.

—Tal vez no lo seas.

—Todo el mundo acaba siendo infiel en un momento dado. Siempre tengo no menos de seis casos de divorcio a la vez, en ocasiones más. Esposas que engañan, maridos que engañan. ¿Recuerdas a la señora Phillips, la mujer que vimos aquella noche en Sherry's? Las mujeres como ella son más comunes de lo que crees.

Bueno, lo que creía era que las mujeres solían acercarse a él con la esperanza de llamar su atención. ¿No era eso lo que estaba haciendo ella en ese momento, jugando al billar a medianoche? Mmm... La comparación no le gustó mucho. Se concentró en la partida. Ya había embocado cuatro bolas, más las dos del tiro inicial.

Ganar esa partida sería pan comido. Se inclinó hacia delante y echó el brazo hacia atrás.

—¿Has intimado con Chauncey?

Su cuerpo se estremeció, y el taco golpeó el borde de la bola, enviándola en un ángulo imposible. Había errado el tiro.

—¡Caramba! Lo has hecho a propósito.

Lo vio esbozar una sonrisa torcida y le pareció tan apuesto y pecaminoso que sintió un hormigueo en la parte inferior del cuerpo.

—Me acojo a la quinta enmienda —replicó él al tiempo que levantaba las manos.

Mamie resopló y se apartó para darle acceso a la mesa, aunque no se alejó mucho. Tenía un plan...

Frank frotó el extremo del taco con la tiza, sin apartar la mirada de la mesa.

—Creo que has subestimado tus habilidades en el billar —murmuró—. Al parecer, debo prepararme para un buen enfrentamiento esta noche.

¡Ah, igual que ella!

Una vez que se decidió por la bola a golpear, se colocó en la posición adecuada. Mamie lo siguió y apoyó una cadera en el borde de la mesa, a unos quince centímetros de su taco. Justo cuando estaba a punto de golpear la bola, le dijo:

—Chauncey y yo nos hemos besado, por supuesto.

A Frank le tembló el brazo y el taco se le escurrió de la mano. En vez de golpear la bola, el extremo se clavó en el tapete.

—¡Por el amor de Dios! —exclamó, tras lo cual se enderezó para mirarla.

Mamie estaba lo bastante cerca como para ver que la barba le oscurecía el mentón y la zona alrededor de los labios. Eso le otorgaba un aspecto de pirata, el pícaro más apuesto de Nueva York. Sintió una repentina tensión en las entrañas.

Frank la miró con los ojos entrecerrados.

—¿Cuándo?

—Hace años. Cuando éramos jóvenes. —En realidad, fue decepcionante. Chauncey le metió la lengua en la boca sin rastro de delicadeza. Por el bien de la cantante, esperaba sinceramente que su técnica hubiera mejorado con los años. Contuvo una sonrisa satisfecha y se alejó, dispuesta a reanudar su dominio sobre el juego. Tenía claros cuáles serían sus tres siguientes tiros antes de hacerlos. En esa ocasión esperó, convencida de que Frank se vengaría.

Él guardó silencio, pero se acercó a ella. Acto seguido, se inclinó y puso las manos en la mesa a su lado, con los dedos apoyados sobre la banda como si tal cosa. Su presencia era evidente, pero no la agobiaba. Había estirado esos largos brazos y tenía el torso un tanto encorvado.

Mamie descubrió que era incapaz de concentrarse en otra cosa que no fuera su visión periférica. Sin chaqueta que lo cubriera, distinguía perfectamente el contorno de su espalda y de sus costillas, de su cintura y de esas estrechas caderas. Por no mencionar lo bien que se le marcaba ese trasero tan firme contra los pantalones...

Tragó saliva. ¡Qué barbaridad! Se le iba a salir el corazón del pecho. Apenas podía respirar, porque tenía los pulmones oprimidos por el corsé al llevarlo más ajustado de la cuenta para poder entrar en el vestido de su hermana. La rodeaba el olor a *whisky* y a sándalo, un aroma en el que estaría feliz de ahogarse.

¿Qué le estaba haciendo ese hombre?

Era casi como si quisiera distraerla con su presencia física.

Y funcionó. Su cercanía le provocó un hormigueo en la piel y le resultó imposible sostener el taco con firmeza.

Eso no formaba parte de su plan. ¡Se suponía que era él quien debía desearla a ella y no al revés! ¿Cómo iba a seducirlo si no lograba alterarlo?

Las cosas no iban bien.

—¿Me ayudas a colocarme para el siguiente tiro? —le preguntó con su voz más ronca y gutural—. Yo sola no alcanzo.

Frank se aferraba al sentido común por un hilo. Un hilo tan fino que era casi aire, pero seguía siendo un hilo al fin y al cabo. Aún mantenía el control. Aunque fuese a duras penas.

Estaba medio empalmado desde que Mamie se quitó la capa. Ese vestido era indecente. Escandaloso. Los pechos se le salían prácticamente por el escote, y solo veía piel sedosa y perfecta allá donde mirase. Ansiaba lamer y chupar toda esa deliciosa piel, dejarle marcas con la boca.

¡Por Dios! Unos centímetros de piel del pecho, y lo había convertido en un animal esclavizado.

No esperaba que ella procediera tan audazmente con ese plan de seducción. Por supuesto, todo lo que hacía Mamie era audaz e inesperado así que no debería haberlo sorprendido.

En ese momento, esperaba tentarlo pidiéndole ayuda con un tiro. Interesante. ¿Lo creía tan imbécil como para ponerse detrás, pegarse a su espalda e inclinarse sobre ella? ¿Para presionarle el trasero con las caderas? Solo lo harían si estuvieran follando, y no pensaba tirarse a Mamie Greene ni esa noche ni ninguna otra.

Ganaría esta batalla de voluntades. No se salía de Five Points y se acababa siendo un abogado de primera línea en la ciudad de Nueva York sin tener una voluntad de hierro. Que intentara doblegarlo. Nunca lo conseguiría, ni siquiera con ese vestido.

—Por supuesto. —Metió la mano debajo de la mesa y sacó la cabeza de puente de latón, diseñada para tiros difíciles—. Aquí tienes.

Mamie disimuló bien la sorpresa. La vio adaptarse a la situación y replantearse la estrategia.

—¿Me enseñas a usarlo?

Inteligente. Admiraba su capacidad de improvisación. Le vinieron a la mente varias respuestas. Debería negarse. Tocarla, aunque fuera de la forma más inocente, sería el colmo de la locura. Ella le había rozado la palma de la mano con las yemas de los dedos y le había provocado un estremecimiento; un deseo tan intenso en las venas que se mantuvo en pie a duras penas.

Mientras él reflexionaba, ella enarcó una ceja a modo de desafío. Esa mujer no retrocedía jamás... ¿Por qué le resultaba tan atractivo ese rasgo de su carácter?

—De acuerdo —dijo antes de pensárselo mejor—. ¿Qué bola?

—La siete, allí en aquella tronera.

Frank colocó el puente sobre la mesa, delante de la bola blanca.

—A ver, introduce el extremo de tu taco por una de las muescas. Apunta y golpea.

—¿Así? —Ella siguió sus instrucciones, pero lo hizo con evidente torpeza y saltaba a la vista que iba a errar el tiro. No embocaría la bola.

—No. —Gesticuló con la mano—. Tienes que colocarlo dos muescas más allá. Ahora, sujeta la parte inferior del taco usando el pulgar y los dos primeros dedos. Como si fueras a lanzar un dardo.

Ella lo intentó, pero no conseguía hacerlo bien. Sin pensarlo, Frank le rodeó el antebrazo con los dedos y le elevó un poco la mano.

—Ahí está. Firme y alineado. —Juntos golpearon la bola blanca, que acabó embocando la bola siete—. Bien hecho.

Sus ojos lo miraron resplandecientes.

—Gracias por la ayuda.

—Un placer —murmuró él, hipnotizado por esos labios pintados de rojo. El arco del labio superior y ese carnoso labio inferior eran de un rojo intenso, del color de un buen burdeos. Ansiaba quitarle el color a besos. Borrárselo con la boca hasta dejarle su color natural.

—Ya puedes soltarme.

Todavía la sujetaba por el antebrazo. Hundió los dedos en esa carne cálida y suave, y sintió los delicados huesos que había debajo.

—No.

—¿Has... has dicho que no?

Había hablado antes de poder contenerse. Estaban separados por centímetros y parecía haber echado raíces a su lado. Le estaba rozando el bajo del vestido con las puntas de los zapatos. A esa distancia, percibía todas sus curvas, todos sus valles, y necesitaba examinarlo todo más a fondo. Para memorizarlo.

—Parece que no puedo moverme.

Mamie se volvió un poco para colocarse de frente a él, y sus pechos quedaron a un suspiro de su torso.

—Esto puede impedirnos acabar el torneo —señaló ella.

—¿Te importa?

Ambos sabían que el billar no era el propósito de esa noche para ninguno de los dos.

Esos labios pecaminosos temblaron.

—No, no me importa.

Aquello era una locura. Cualquier tipo de intimidad con Mamie resultaba peligrosa para él. Sin embargo y aunque debería resistirse, la deseaba tanto que le dolía. Estaba indefenso ante esa atracción, ante la poderosa fuerza que lo arrastraba hacia ella. Quizá si satisfacía su deseo, solo en esa ocasión, podría superarlo. Satisfacer esa obsesión para recuperar la concentración y la resolución. Y después Mamie se casaría con un hombre de su círculo social, y las cosas volverían a ser como siempre.

Sí, desde luego. ¿Por qué no lo había pensado antes?

Su taco cayó al suelo, olvidado, y le acarició la mejilla con la mano libre.

—Has venido esta noche para seducirme.

Ella asintió con la cabeza, sin molestarse en negarlo.

—Pues sí.

—Parece que lo has conseguido.

Sus labios se separaron y la vio sacar la lengua para humedecérselos.

—¿Ah, sí?

En vez de responder, le quitó el taco de la mano y lo tiró al suelo. Acto seguido, le rodeó la cintura con las manos y la sentó en el borde de la mesa. Ella se agarró a sus hombros para estabilizarse, pero no dijo nada. Se limitó a mirarlo sin flaquear con esos ojos oscuros.

En la vida había deseado nada como la deseaba a ella en ese momento. Tal vez escapar de la chabola de su infancia, pero desde entonces, nada. Nada lo había consumido como ese vertiginoso deseo por Mamie.

—Quiero que estés segura —dijo—. Si en algún momento cambias de opinión...

—No lo haré. Estoy segura. —Le rodeó el cuello con las manos y, tras agarrarlo por la nuca, lo acercó a ella—. De hecho, estoy muy segura.

Frank se inclinó despacio a fin de ofrecerle la oportunidad de detenerlo.

—Bien, porque voy a besarte ahora mismo.

—Por favor —susurró ella, que echó la cabeza hacia atrás para encontrarse con sus labios.

Al principio, fue un beso suave. No hubo mordiscos ni labios aplastados. Fueron caricias tiernas de dos bocas que se acercaban para conocerse y saborearse. Una y otra vez. Después, le frotó la nariz con la suya, y sus alientos se mezclaron. En ese instante, nada importaba salvo explorarse.

Sintió que Mamie le tiraba del pelo y se acercó más a ella. A partir de ese momento, el beso fue más feroz, más insistente, y ella empezó a moverse con más avidez, respondiendo a su urgencia con la propia. Lo besaba sin titubear, de forma atrevida, tal cual era ella misma. Y, de repente, sintió que la dulce corriente lo arrastraba mar adentro. Mamie sabía a *whisky* caro y a pasión, y no podía saciarse de ella. Sus lenguas se encontraron, húmedas y calientes, y aunque no supo quién fue el primero en atreverse a tanto, decidió que jamás quería dejar de besarla. Lo estaba volviendo loco con sus movimientos. Esos dedos que le tiraban del pelo. Esos pechos pegados a su torso. La ropa le molestaba y sentía que hasta la piel le sobraba. Daría cualquier cosa por llevarla arriba, desnudarla, desnudarse él y venerarla hasta el amanecer.

Sin embargo, eso no sucedería. Ni esa noche, ni nunca. Pese a su audacia y sus súplicas, Mamie era una muchacha inocente. Al menos, eso suponía. Chauncey la había besado. ¿Se habría atrevido a llegar más lejos? La idea no le gustó nada, y tuvo que recordarse que le pertenecía a Chauncey, no a él.

«No es tuya. Nunca lo será».

Así que se apartó y la besó algo más separado de su cuerpo a fin de evitar rozarla con las caderas. Tenía una erección palpitante y no quería asustarla. No, contendría su propio deseo y se concentraría en ella. Mamie había logrado su objetivo de seducirlo y se aseguraría de que no se arrepintiera, aunque eso acabara matándolo.

Ella se inclinó hacia él y se pegó de nuevo a torso, y le resultó imposible seguir conteniendo el deseo de tocarla.

—¿Quieres que pare? —le preguntó contra su boca.

—Desde luego que no. —Mamie lo besó de nuevo y separó los labios para ofrecerle la lengua.

¡Maldición! Esa mujer siempre lo sorprendía.

Se interrumpió para dejarle un reguero de besos por el mentón y por la suave extensión de su cuello, saboreándola con los labios, los dientes y la lengua. Ella echó la cabeza hacia atrás para facilitarle el acceso, y sintió el ritmo acelerado de su pulso bajo la delicada piel. La oyó gemir por el deseo cuando le mordisqueó con delicadeza el lugar donde el cuello se unía a un hombro.

Acto seguido, se inclinó hacia delante para acercar la boca a sus pechos. Esos atributos femeninos normalmente no lo fascinaban de esa forma, pero la figura de Mamie tenía algo, esas curvas tan voluptuosas en las caderas y en el busto, que sumado a su audaz personalidad lo enloquecía. Dejó una lluvia de besos sobre ellos al tiempo que le colocaba las manos en las costillas, justo por debajo. Percibió que ella le suplicaba más arqueando la espalda hacia atrás, de manera que le dio un chupetón y después un suave mordisco, saboreando esa piel tan sensible.

—¡Ay, Dios! —exclamó ella con un hilo de voz—. ¿Qué me estás haciendo?

—¿Quieres que pare? —le preguntó con voz ronca, tras lo cual alivió el mordisco con un lametón.

—No te atrevas. —Mamie le tomó la cara entre las manos y se lanzó a por su boca.

Sus labios se chocaron y sus lenguas se enzarzaron en un duelo. El beso se transformó y explotó hasta convertirse en una llamarada de pasión y deseo. Soltó como pudo el aire que había contenido en los pulmones y se percató de que estaba jadeando mientras intentaba mantener la cordura. Cierta parte bastante dura de su cuerpo le pedía atención, porque se sentía abandonada bajo los pantalones. Daría casi todo lo que poseía por introducirse en el cuerpo cálido y acogedor de Mamie.

«No se te ocurra pensar en eso. Estás empeorando las cosas».

Tenía que ocuparse de ella. Su placer podía esperar hasta después de que ella regresara a su casa. Una vez que Mamie llegara al clímax y él la oyera y la viera (la saboreara incluso) en las garras del placer. Tenía que descubrir todo eso. Era el comienzo de una larga lista de cosas que quería descubrir sobre ella, como qué le gustaba desayunar y qué lado de la cama prefería. Por desgracia, esos detalles jamás los descubriría. Eran un privilegio de su marido. Así que se conformaría con lo poco que pudiera tomar, solo esa noche.

Sin embargo, no quería forzarla. Mamie debía desearlo también. ¿Admitiría esa intrépida y atrevida mujer que deseaba la liberación del orgasmo?

Le tomó la cara entre las manos y la miró fijamente a los ojos, que tenía entrecerrados.

—¿Alguna vez te has tocado para darte placer?

La confusión se convirtió rápidamente en vergüenza. Desvió la mirada.

—No creo que eso sea de tu incumbencia.

—¿Crees que te voy a juzgar? Yo me toco todos los días para darme placer. ¿Eso te facilita la respuesta?

—¿De verdad lo haces?

Frank asintió con la cabeza.

—Una vez por lo menos, a veces dos.

La vio morderse el labio inferior.

—De acuerdo, sí. A veces lo hago. ¿Por qué?

Tragó saliva y decidió apartar de su mente la imagen de Mamie acariciándose entre los muslos. De momento.

—Porque quiero tocarte así. ¿Me dejas que lo haga?

11

Sus besos debieron de derretirle el cerebro, porque tardó un momento en procesar su pregunta.

«Planeabas seducirlo. ¿Qué creías que significaba eso?», se dijo. Era evidente que no había tenido en cuenta todos los detalles.

—¿Te refieres a...?

Él le acarició la zona superior de los pechos con los nudillos y le provocó un estremecimiento.

—¿Puedo darte placer? ¿Hacer que te corras?

Parpadeó varias veces al oírlo.

—¿Aquí? —¡Por el amor de Dios! Estaban en su sala de billar, donde cualquiera podría entrar.

—Mi personal de servicio ya se ha retirado. De todas formas, saben que no deben molestarme. Aquí estamos tranquilos.

—¿Siempre eres tan directo cuando hablas de intimidades?

Lo vio esbozar una sonrisa torcida, un libertino en todos los sentidos de la palabra.

—Sí, intento serlo. Siempre se deben tener claras las expectativas en cada encuentro. Las cosas son más sencillas así, menos complicadas.

Mmm... Cuando empezó todo eso, supuso que los consumiría la pasión. Que el momento les haría perder la cabeza. Como había sucedido mientras se besaban hacía un instante. ¿No podían volver a ese punto y ver qué sucedía?

—Así que, ¿puedo tocarte? —Le deslizó un dedo por el escote del vestido y encontró con pericia un pezón, que procedió a acariciar. Ella jadeó.

«¡Por Dios, sí! Más, por favor».

—Esta noche mi propósito era seducirte —confesó mientras él jugueteaba con su cuerpo—. No creo que te vaya a negar nada ahora.

Frank se inclinó hacia delante y pegó los labios a su oreja al tiempo que deslizaba el pulgar dentro de su corpiño. Acto seguido, le acarició el pezón entre los dos dedos.

—Te equivocas —susurró él—. Esta noche has venido para que yo te sedujera. Te has puesto este vestido para enloquecerme, y ahora ya tienes lo que deseas. Pero no lo dudes ni por un segundo: puedes detenerme en cualquier momento. Si cambias de idea, lo entenderé.

A esas alturas, estaba jadeando, ya que todas las sensaciones se concentraban allí donde él le estaba acariciando el pecho.

—No cambiaré de idea.

—Mmm... ¿Ni aunque te afloje el corpiño, lo justo para chuparte estos preciosos pezones?

El calor la abrasó, una oleada de deseo muy potente que le corrió por las venas.

—Ni aun así cambiaré de idea.

—¿Y si te levanto las faldas, te acaricio con los dedos y te los meto en ese sitio tan mojado que tienes?

Se agarró a sus hombros, mareada por la simple idea. Sintió que se mojaba entre los muslos, que su cuerpo ansiaba con desesperación sus atenciones.

—No cambiaré de idea. No.

—¿De verdad? —Frank le pellizcó el pezón, y gritó por el abrumador deseo que la recorrió. Era como una corriente eléctrica que iba desde su pecho hasta su sexo. A continuación, él le mordisqueó el lóbulo de la oreja—. ¿Y si meto la cara entre tus piernas y uso la boca, te lamo y te chupo, hasta que te corras con mi lengua?

—¡Ay, por Dios! —La simple imagen (ese pelo oscuro entre sus muslos mientras le acariciaba con la boca la zona más íntima de su cuerpo) resultaba escandalosa, erótica y excitante al máximo. Sintió que el anhelo y el deseo cobraban vida en su estómago. No tenía ni idea de si era un acto habitual de alcoba, pero le daba igual. Confiaba en Frank. No le haría daño, y había prometido parar cuando ella se lo pidiera. Ansiaba sus besos secretos con toda su alma—. Sí. Digo, no. No cambiaré de idea.

Él soltó una carcajada ronca y muy satisfecha.

—Mi valiente Mamie. Eres un regalo del cielo.

Al sentir que sacaba los dedos del corpiño, casi lloró por la pérdida. Si se lo pedía por favor, ¿volvería a metérselos para acariciarle el pecho? Sin embargo, antes de poder abrir la boca, sintió el aire en las piernas. Abrió los ojos y lo descubrió observando con detenimiento sus faldas. Tenía los dientes apretados y la cara colorada. Mmm... Tal vez no estuviera tan tranquilo como ella creía.

—Preciosa mía... —Ya tenía las faldas por las rodillas, y el volante de encaje de los calzones y las medias de seda quedaban a la vista. Sus miradas se encontraron, y vio el deseo reflejado en esos ojos azules entornados—. Separa las piernas para mí.

Separó los muslos un poco y vio que su mano desaparecía debajo de las capas de ropa. Esos dedos le rozaron la cara interna de la rodilla, siguiendo por el muslo hasta llegar a la abertura de los calzones. Dio un respingo cuando él le tocó la piel desnuda.

—Si es demasiado, dímelo y me detendré.

En vez de hablar, ladeó la cabeza y lo besó en el mentón, donde sintió la aspereza de sus patillas bajo los labios. Él se detuvo mientras respiraba con dificultad, y Mamie disfrutó de su reacción. Tal como él había hecho antes, usó los dientes para acariciarle la piel. Frank emitió un gemido ronco y se apoderó de su boca con un beso apasionado. La delicadeza había desaparecido. Fue un beso crudo y violento. Le metió la lengua en la boca en busca de la suya.

Y eso le encantó.

Los dedos de Frank continuaron explorándola hasta dar con el centro de su cuerpo. Sin embargo, no tuvo tiempo para sentir vergüenza, porque empezó a acariciarla con movimientos firmes y deliberados, haciendo que una miríada de escalofríos le recorrieran las piernas. Cuando le rozó ese lugar tan sensible y escondido, estuvo a punto de perder la cabeza. Era muy distinto de cuando ella lo hacía.

El placer fue aumentando mientras él la acariciaba en ese punto. No le dio la menor tregua, la besó con ferocidad y siguió acariciándola entre las piernas hasta que ella gimió y se tensó. A continuación, le introdujo un dedo, llenándola, mientras le presionaba ese lugar tan sensible con la palma de la mano. Se apartó de su boca en busca de aire. Era demasiado. Demasiado rápido, demasiado intenso. Demasiado glorioso como para resistirse. El orgasmo la abrumó en ese momento; empezó por los pies y fue subiendo hasta consumirla por entero. Vio luces tras los párpados cerrados mientras le temblaban las extremidades y sus propios gritos resonaban en sus oídos.

Cuando dejó de estremecerse, Frank apartó la mano y volvió a besarla, pero con ternura. Bebió de sus labios y se los mordisqueó con suavidad.

—Ahora mismo eres preciosa —dijo—. Y solo acabo de empezar contigo.

Antes de que pudiera preguntarle qué pensaba hacer, se arrodilló entre sus piernas. Le levantó más las faldas y contempló esa parte de su cuerpo como un hombre hambriento miraría una tarta. ¿Iba a..., con la boca? Debería sentirse avergonzada, pero en ese momento solo se sentía muy poderosa. Ese hombre tan guapo la deseaba. Deseaba complacerla. ¿Cómo podía tener tanta suerte?

Frank le deslizó las manos por los muslos mientras se inclinaba hacia delante.

—¿Has cambiado de idea?

Estaba lo bastante cerca como para que su aliento le rozara la sensible piel. Se le erizó el vello, y tuvo que agarrarse al borde de la mesa. No sabía qué la esperaba, pero no deseaba plantarse a esas alturas, no hasta haber experimentado todo lo que eso implicaba.

—No.

—¡Gracias a Dios!

Pegó la boca a su cuerpo y la exploró con la lengua. Frank cerró los ojos y gimió, casi como si le doliera.

—¡Joder, me encanta!

Casi no se percató del lenguaje soez, porque seguía dándole vueltas la cabeza por el lametón. ¡Por el amor de Dios! Había sido intenso. Apenas tuvo tiempo de recuperarse cuando él repitió la caricia, y el placer la dejó sin aliento. Se echó hacia atrás y apoyó los codos sobre la mesa. Frank cambió un poco de postura, acomodándose mejor, y le colocó las manos bajo el trasero para sujetarla. A continuación, usó los labios y toda la boca para saborearla mientras le lamía la sensible piel con la lengua. Mamie perdió la capacidad del habla. En cambio, gimió y jadeó, apenas capaz de concentrarse por ese placer tan abrumador. Hubo momentos en los que se creyó incapaz de sobrevivir.

Cuando le chupó el clítoris, casi saltó de la mesa. Frank la sujetó y no la soltó mientras seguía torturándola con consumada habilidad. La vibración en su interior fue creciendo cada vez más, expandiéndose con más rapidez que antes, y pronto gritó con un segundo clímax.

Se quedó como flotando sin ser consciente de lo que la rodeaba, envuelta en una candente dicha, durante lo que se le antojó una eternidad. Después de regresar a la tierra, se encontró tumbada de espaldas, mirando el techo de paneles de estaño. ¡Qué barbaridad! Aquello no se parecía en nada a lo que había imaginado.

«He hecho bien al confiar en él».

Frank se enderezó, con el cuerpo tenso y los ojos cerrados con fuerza. Tenía los labios muy apretados. ¿Estaba bien? Preocupada, se incorporó.

—¿Te duele algo?

Él hizo una mueca.

—Estoy bien. Solo... —Agitó una mano hacia la parte inferior de su cuerpo, y lo comprendió al percatarse del gran bulto que presionaba contra la tela de sus pantalones—. Dame un momento.

—¿Debería...? —No tenía la menor idea de qué hacer, pero ¿no debería disfrutar él también del encuentro?

—No, desde luego que no. Esta noche ha sido para que recibieras placer. Espero haber tenido éxito.

¿Éxito? Estaba desmadejada, casi no era capaz de hablar.

—Sí, he disfrutado mucho.

Él se sacó un pañuelo del bolsillo y lo usó para limpiarle los muslos. Mamie intentó cubrirse las piernas con las faldas, avergonzada.

—No es necesario.

—Tal vez no esté preparado para perder la vista todavía.

El comentario la hizo sonreír.

—Puedes verla de nuevo. No tiene por qué ser nuestra única partida de billar.

La besó en la frente.

—Permíteme ir en busca de un carruaje de alquiler.

Se dirigieron a la puerta principal, aunque Frank se mantuvo demasiado callado. ¿Estaba lidiando con su frustración? Echaba de menos sus bromas y sus pullas. ¿Había empeorado su relación por la intimidad de esa noche? Ojalá no fuera el caso. Al menos, deberían seguir siendo amigos.

Después de ponerse la capa, Frank la dejó en el vestíbulo para detener un carruaje en la calle. Entrelazó los dedos y esperó mientras el placer del encuentro desaparecía a toda velocidad. ¿Había pasado algo? ¿Su inexperiencia lo había ofendido? En los encuentros que habían tenido hasta la fecha, no habían pasado de los besos. ¿Esperaría Frank algo más de ella?

No, había dicho que esa noche era para ella. Así que, ¿qué había pasado?

A lo mejor eran imaginaciones suyas.

Una vez que él regresó, ni siquiera la miró a la cara mientras sostenía la puerta para que saliera.

—Vamos.

Un carruaje negro de alquiler esperaba junto a la acera. La acompañó hasta el vehículo y la ayudó a subir los escalones. Una vez dentro, tomó su mano y la besó en los nudillos.

—Gracias por esta noche. Sin embargo, no puede haber más partidas de billar. Dejémoslo en tablas.

Antes de que pudiera replicar, Frank cerró la portezuela con brusquedad y golpeó el lateral del carruaje para indicarle al cochero que se pusiera en marcha. Las ruedas se pusieron en movimiento, alejándola de su casa y haciendo que se preguntara qué había hecho mal.

Frank entró corriendo en el cuartel general de la policía. Había recibido el soplo apenas media hora antes de que Byrnes pensaba interrogar a la señora Porter. Por experiencia, sabía que el superintendente no esperaría a que su abogado estuviera presente para interrogarla, de modo que lo dejó todo y corrió a la comisaría. Tenía que ponerle fin a aquello antes de que la señora Porter dijera algo de lo que se arrepentiría más adelante o de que le hicieran daño físicamente.

Pasó corriendo delante del mostrador de recepción e hizo caso omiso de los gritos del agente encargado de atender al personal para ir directo a las salas donde se llevaban a cabo los interrogatorios. Tras equivocarse varias veces de puerta, por fin encontró a la señora Porter esperando en una sala sola, con las manos encadenadas a la mesa.

La mujer alzó la mirada; tenía los ojos desorbitados y aterrados, y el pelo, alborotado. Al reconocerlo, se dejó caer sobre la mesa. ¿Cuánto tiempo llevaba allí?

Frank cerró la puerta, cruzó la estancia y se arrodilló a su lado.

—¿Está bien? ¿Le han hecho daño?

—No —susurró ella, sin despegar la frente de la madera—. Pero llevo aquí mucho tiempo.

—¿Cuánto?

—No lo sé. Me trajeron desde la cárcel esta mañana.

¡Dios! Era por la tarde.

—¿Y no ha venido nadie para ver cómo estaba?

Ella negó con la cabeza.

—Me dijeron que tenía que esperar a que Byrnes llegara. ¿Quién es, otro abogado?

La furia lo abrumó al punto.

—Es el superintendente. Espera intimidarla, sin duda. Dejarla aquí para asustarla hasta que confiese.

—No he dicho una sola palabra. Lo juro, señor Tripp.

—La creo. Ahora, deje que vaya en busca de una gobernanta para que, al menos, le traiga comida y la lleve a los aseos.

Vio que se le escapaba una lágrima por el rabillo del ojo.

—Gracias, señor Tripp.

Frank salió al pasillo y llamó al primer agente que encontró.

—Traiga una gobernanta ahora mismo, antes de que...

—Señor Tripp, ¡qué agradable verlo por nuestra central hoy!

El superintendente Byrnes acababa de doblar la esquina e iba flanqueado por varios policías. Sus colegas, sin duda, policías tan corruptos que a su lado el Jefe Tweed parecía un angelito.

Frank señaló a Byrnes.

—Está violando los derechos de mi cliente. Quiero que una gobernanta venga a por la señora Porter en menos de dos minutos, o traeré a un juez aquí, a uno honesto.

—Vamos, no hay necesidad. Solo me estaban esperando. Debido a unos urgentes asuntos policiales, no he podido llegar hasta ahora.

Mentiroso de mierda. Byrnes había aparecido corriendo nada más enterarse de que él había llegado.

—Una gobernanta, Byrnes. Ya.

El silencio se alargó mientras Byrnes lo observaba con mirada dura e inmisericorde. Pero no se echó atrás. Tenía razón, y Byrnes lo sabía.

Fue el superintendente quien cedió. El hombre apartó la mirada y le hizo un gesto con la barbilla a uno de los agentes más jóvenes, que se alejó a toda prisa hacia el ala de las mujeres.

—Ya está, he mandado llamar a la gobernanta. Déjeme hablar con su clienta y la devolveremos a Las Tumbas.

—No va a entrar hasta que la señora Porter haya comido y haya usado los aseos.

—No dirigimos un hotel. —Los agentes que rodeaban a Byrnes se rieron al oírlo—. Es una asesina, Tripp, no la reina de Inglaterra.

—Está acusada de asesinato, Byrnes. Aun así, no tiene derecho a tratarla peor que a un animal.

El superintendente se acercó a él unos pasos, tanto que pudo captar su apestoso aliento.

—Seguro que por esto es por lo que lo adoran las damas de alcurnia. Entran y salen de su mansión a todas horas. Me pregunto si esos padres tan ricos que tienen lo aprobarían.

Frank se quedó helado, aunque intentó ocultar la sorpresa. ¿Se refería Byrnes a Mamie? ¿Estaba la policía vigilando su casa?

¡Maldición! Si habían visto a Mamie salir de allí la noche anterior, el desastre que causaría dicha información sería infinito. Aunque nunca volviera a permitir que lo visitara, tenía que proteger su reputación. ¿Una mujer soltera visitando su casa de noche? Si se hacía público, estaría arruinada y su padre montaría en cólera. Chauncey renegaría del compromiso, sin duda, poniendo en peligro el futuro de Mamie. Llegados a ese punto, él desde luego que podría despedirse de su carrera como abogado. Seguramente tendría que mudarse a Colorado o a California para evitar la venganza de Duncan. Cambiarse de apellido de nuevo y empezar de cero.

La idea le revolvió el estómago.

«No voy a amedrentarme. Nueva York siempre ha sido mi hogar, y prefiero que me cuelguen antes de que me echen de la ciudad».

Tenía que echarle valor. No admitir nada. Era imposible que estuvieran seguros de la identidad de la mujer que salió de su casa. Se encogió de hombros y replicó:

—Yo tendría cuidado a la hora de hacer acusaciones. Las cosas no suelen ser como parecen.

—Y otras veces son justo lo que uno sospecha.

Un movimiento detrás del superintendente le llamó la atención. Había llegado una gobernanta, con las llaves tintineando mientras avanzaba deprisa por el pasillo. Frank se apartó de Byrnes.

—La segunda puerta de la derecha —le dijo a la mujer—. Comida y aseos, ahora mismo.

La mujer asintió con la cabeza antes de seguir hasta la puerta de la señora Porter.

Frank se dirigió al grupo de uniformes azules que tenía delante.

—Una vez que la señora Porter esté lista, se lo haré saber. Después, y solo en ese momento, podrá hablar con ella.

Sin esperar respuesta, se dio media vuelta y entró a ver a la señora Porter. La gobernanta la estaba ayudando a ponerse en pie, ya que se le habían dormido las piernas después de llevar tanto tiempo sentada.

Media hora más tarde, la señora Porter estaba debidamente atendida y había comido. Frank la preparó para lo que debía esperar de Byrnes mientras comía. Cuando terminó, llamaron al superintendente. La gobernanta se marchó, dejándolos a ellos dos a solas.

—Estoy nerviosa —dijo la mujer mientras esperaban.

—No dejaré que le pase nada. Haré todo lo que esté en mi mano para protegerla, y no tenemos que contestar todas las preguntas. Confíe en mí, ¿de acuerdo?

—Confío en usted. La señorita Green no lo habría recomendado si no fuera de confianza. Es muy lista.

Sí, lo era. Admiraba la amistad que Mamie había trabado con la señora Porter. ¿Se había hecho amiga de las demás mujeres a las que ayudaba? Pese a su espinoso exterior, era evidente que Mamie Greene tenía un corazón enorme y generoso.

La puerta se abrió, y Byrnes entró en tromba. Otro policía, un sargento llamado Hamm, se unió a ellos. La señora Porter se enderezó, con la espalda muy tensa, pero Frank intentó conservar la apariencia de relajación. Un abogado nervioso era lo peor para clientes asustados y lo mejor para policías envalentonados.

—¿Podemos hablar ya con ella, Tripp? —Byrnes cruzó los brazos por delante del pecho—. ¿O regresamos en otro momento?

—Ahora está bien. —Señaló las sillas emplazadas al otro lado de la mesa—. Estamos encantados de cooperar.

Los dos se sentaron.

—Señora Porter, soy el superintendente Byrnes. Me gustaría hacerle unas preguntas sobre la muerte de su marido. ¿Le parece aceptable, señora?

Ella asintió con la cabeza. Durante la siguiente media hora, le preguntó al detalle por todo lo ocurrido durante el día de autos. La señora Porter contestó con claridad y cuidado, y sus respuestas encajaron con todo lo que había dicho hasta el momento. Se ratificó en que actuó en defensa propia y en defensa de sus hijos.

—¿Conoce a Edward Porter? —preguntó el sargento Hamm.

—¿El primo de mi marido?

—Difunto marido, pero sí, su primo. ¿Lo conoce?

—Lo he visto varias veces.

—¿Sabe lo que nos dijo? Que según su difunto marido, usted se enfurecía cada vez que salía y se gastaba el dinero en ginebra. Que los dos discutían mucho por eso.

—Eso es un rumor —terció Frank—. Y no es una pregunta. Si tiene una, hágala.

Byrnes tamborileó con los dedos sobre la mesa.

—¿Sabe cómo se gana la vida Edward Porter, señora Porter?

La mujer miró a Frank antes de mirar de nuevo al superintendente.

—Es detective de policía.

—Así es. Y está dispuesto a testificar lo que sabe en su juicio. ¿De verdad cree que un jurado creerá lo que usted diga por encima del testimonio de un detective de policía? —Hizo una pausa—. No lo hará. Ni por un instante. Ahora, ¿le gustaría repensar su historia? Díganos lo que le sucedió de verdad a su marido.

—No conteste —le dijo Frank a la señora Porter antes de clavar la mirada en Byrnes—. Si solo va a amenazarla con el testimonio del primo de su marido, hemos terminado. Nuestra declaración no ha cambiado, y la versión de los hechos de la señora Porter está bien documentada.

Byrnes lo miró con los ojos entrecerrados.

—Tal vez a la señora le gustaría hablar por sí misma, Tripp.

—Ya lo ha hecho, varias veces. A menos que haya algo nuevo sobre lo que interrogarla, la entrevista ha terminado.

Byrnes se puso en pie y mandó llamar a la gobernanta, que llegó enseguida para llevarse a la señora Porter. Frank esperó hasta que la mujer estuvo a salvo antes de hacer ademán de marcharse.

El superintendente se plantó delante de él, bloqueándole el paso.

—No le está haciendo ningún favor a su clienta al no permitirle hablar con nosotros. No es más que escoria de Five Points que va a perder en el juzgado.

Frank apretó los dientes con fuerza. La señora Porter no era escoria. Era una mujer decente que se había visto obligada a usar la violencia para defenderse y defender a su familia.

—Ya lo veremos, ¿no le parece?

Byrnes se inclinó para escupir en el suelo, junto a los zapatos de Frank.

—Sí, supongo que lo veremos. Estoy seguro de que las próximas semanas van a ser muy interesantes para todos los involucrados. Interesantísimas, sin duda.

Los dos hombres lo golpearon al pasar junto a él y se marcharon, dejando que se preguntara qué había querido decir con ese último comentario.

Mamie contuvo un bostezo aunque sus pies se seguían moviendo sobre la pista de baile. ¡Por el amor de Dios! Ese baile no se acababa nunca. Había intentado quedarse en casa, pero su madre insistió en que asistiera y le dijo que Chauncey y ella debían hacer acto de presencia como pareja en todos los eventos sociales de relevancia.

Estar casi comprometida era agotador.

—¿Qué pasa? —le preguntó Chauncey mientras ejecutaban un giro perfecto—. Creía que te encantaban los valses alegres.

En circunstancias normales, sí. Pero no después de haber trasnochado el día anterior mientras estaba ocupada con actividades indecentes. Se estremeció al recordar todo lo sucedido en la sala de billar.

Sin tener en cuenta el extraño comportamiento de Frank al final, la noche había sido sorprendente. Trascendental. Distinta de cualquier cosa que se pudiera haber imaginado. Con razón era habitual que los hombres y las mujeres se escabulleran de esas fiestas para encontrar momentos robados de placer. Por fin lo entendía.

—¿Mamie?

Salió de su ensimismamiento y se dirigió a su pareja.

—Lo siento. No dormí bien anoche. ¿Te parece que tomemos un poco de aire en vez de bailar?

—Por supuesto. —Siempre caballeroso, Chauncey la condujo hacia las cristaleras del salón de baile. El aire fresco los recibió en la terraza, y se le puso la carne de gallina por el frío—. ¿Así mejor?

—Sí, gracias. —Echó a andar hacia la balaustrada—. No estaba de humor para bailar.

Él apoyó un brazo en la piedra, a su lado.

—No te culpo. Dentro hace mucho calor. Además, deseaba hablar contigo en privado.

—¿Sí? ¿De qué?

Chauncey echó un vistazo a su alrededor, sin duda para asegurarse de que estaban solos. Tras asegurarse de que lo estaban, dijo en voz baja:

—Las capitulaciones matrimoniales. Tu padre no está dispuesto a eliminar la cláusula de la que hablamos. Me dijo que algún día le agradecería que hubiera insistido en incluirla. ¿Tienes idea de a qué se refería?

Mamie frunció el ceño. ¿Eso quería decir que su padre estaba convencido de que ella sería infiel?

—Pienso respetar nuestros votos matrimoniales —le aseguró ella. «Lo que haga antes de la boda es harina de otro costal», añadió para sus adentros.

—Sí, pero ¿qué pasa conmigo? ¿La situación del otro día?

Ya. Su amante.

—Se lo he pedido, Chauncey, pero no ve motivos para eliminar la cláusula. De verdad que lo he intentado.

—No puedo pagar la penalización, Mamie. No hasta que herede. Tienes que hacer algo.

¿Por qué tenía ella que solucionar el problema?

—Pues no firmes el contrato prematrimonial.

La miró como si acabara de salirle un cuerno en la frente.

—¿Estás diciendo que no deseas casarte?

—Yo no he dicho eso. Pero es evidente que tú tienes otras prioridades. ¿Por qué hacernos desdichados el uno al otro?

—¿Crees.que te haré desdichada? —A esas alturas, estaba escandalizado y había enarcado tanto las cejas que casi le llegaban al nacimiento del pelo—. Mamie, no sabía que eso era lo que sentías.

No lo había sentido, al menos no hasta la noche anterior. Antes de su «partida de billar» con Frank, estaba más o menos resignada a casarse con Chauncey. En ese momento, ya no estaba tan segura. Chauncey no la emocionaba. Era aburrido e infantil. Justine y Florence no querrían que sacrificase su felicidad por ellas, ¿verdad? Y tal vez podrían hacer entrar en razón a su padre con los tres matrimonios. Le había prohibido que tuviera una relación con Frank, pero había hombres de sobra en Nueva York que podrían excitarla.

«Mi valiente Mamie. Eres un regalo del cielo».

¿Olvidaría alguna vez cómo la miró Frank la noche anterior, con los ojos rebosantes de pasión y veneración? Como si fuera la criatura más hermosa y sensual del mundo. Y las cosas que le había hecho... Ningún otro hombre la excitaría de la misma manera.

Por desgracia, Frank no la deseaba. Lo había dejado bien claro al despedirse.

«Gracias por esta noche. Sin embargo, no puede haber más partidas de billar».

Eso la desanimó un poco. ¿Le habría disgustado la experiencia? Habría jurado que estaba excitado. ¡Maldito fuera ese hombre tan complicado y desconcertante!

Chauncey esperaba una respuesta, de modo que dijo:

—¿Por qué no casarnos con alguien por amor en vez de con alguien con quien nos comprometieron por obligación?

—¿Amor? —Casi escupió la palabra—. Te creía más práctica. Ya sabes que las personas como nosotros no nos casamos por amor. Continuamos nuestras tradiciones y nuestros valores. Vamos a fusionar dos grandes familias. El amor es... En fin, es para las clases bajas.

¡Dios! Semejante esnobismo la asqueaba. ¿Alguna vez había sido tan estrecha de miras?

—A lo mejor merecemos algo más que una vida llena de responsabilidad y de fusiones. ¿No te gustaría ser feliz con tu...?

—No puedo casarme con ella. —Sacudió la cabeza—. No lo entiendo. Siempre has aceptado nuestra situación. Ahora pareces una... sufragista de esas con pantalones. ¡Lo próximo será que montes en bicicleta!

Las bicicletas le parecían muy divertidas, pero ni se molestó en decirlo en ese momento.

—¿Por qué no puedes casarte con ella? ¿Quién te lo va a impedir?

—Mi padre, en primer lugar. Me desheredaría si no me caso contigo. ¿Cómo voy a vivir sin dinero?

«Busca trabajo», quiso decirle. Pero eso solo lo desconcertaría más. No tenía ni idea de lo que era el trabajo duro ni de cómo vivir por su cuenta. A diferencia de Frank, que a todas luces disfrutaba trabajando.

—Muchas personas se las apañan sin fondos fiduciarios. Yo soy voluntaria en varias organizaciones benéficas en la zona sur de la ciudad, y deberías ver lo mucho que trabajan esas familias...

—Un momento... No me dirás que vas a esa zona, ¿verdad? Mamie, es demasiado peligroso para una mujer como tú.

Una mujer como ella. En fin, si tenía alguna esperanza de que Chauncey apoyara las obras de caridad que realizaba en el Distrito Sexto, acababa de esfumarse en ese momento.

—No corro peligro alguno, te lo prometo.

—¿Eso quiere decir que sí vas a los barrios bajos? ¡Por el amor de Dios! Piensa en el escándalo si se descubriera.

—En ese caso, tal vez deberías casarte con otra.

—No puede ser nadie más que tú. O me caso contigo, o estoy arruinado.

—¿Así que te casas conmigo solo para conseguir tu herencia?

Chauncey se pasó las manos por el pelo, más alterado de lo que lo había visto nunca.

—Menuda locura. Tengo la sensación de que te ha sustituido una desconocida, alguien que es ajeno por completo a cómo se han hecho siempre las cosas.

«Porque soy distinta. Lo de anoche me cambió. Sé lo que me perderé si renuncio a la pasión».

—Solo intento asegurarme de que no cometamos un tremendo error.

—No sería un error. —Chauncey se irguió y estiró las manos—. Preferiría eliminar la cláusula del adulterio, pero si tengo que poner en suspenso mi relación unos cuantos años mientras formamos nuestra familia, estoy dispuesto a hacerlo. Creo que deberíamos formalizar el compromiso antes de que te confundas más.

¿Confundida? Todo lo contrario. Por fin veía las cosas con claridad.

—¿Merece la pena todo esto? —Señaló con una mano hacia la enorme mansión de piedra que tenían a la espalda—. ¿Las casas, las fiestas? ¿El yate? ¿Merece la pena renunciar a tu felicidad por todo esto?

Él se metió las manos en los bolsillos y clavó la mirada en los jardines, envueltos en la oscuridad a esa hora. Tardó tanto tiempo en hablar, que Mamie creyó que no iba a hacerlo. Justo cuando estaba a punto de tirar la toalla, él dijo en voz baja:

—Si no tengo todo esto, ¿quién soy?

—¡Eres tú! —Le puso una mano en el brazo—. Sigues siendo la misma persona, Chauncey. Con o sin estos oropeles.

—No, no lo soy. Sin esto no soy nadie. Absolutamente nadie. —Se dio media vuelta de repente y regresó al salón de baile, al mundo de relucientes joyas y caros vestidos. Al mundo del privilegio y la exclusión.

Mamie se quedó en la terraza, sin saber dónde encajaba a esas alturas.

12

Había un hombre en la ciudad de Nueva York, un hombre poderoso y peligroso; uno que asustaba incluso a los criminales más curtidos. Ese hombre supervisaba gran parte de los bajos fondos de la ciudad desde su trono en el Lower East Side, no muy lejos de donde vivían los Porter. Muchos conocían su nombre porque las legendarias historias de su astucia y de su brutalidad se contaban como si fueran parte del folclore. Los padres invocaban su nombre para evitar que los niños pequeños se portaran mal, un hombre del saco que se llevaba a los niños desobedientes.

Jack Mulligan.

Frank lo conocía. En una ocasión, Jack le pidió ayuda para que representara a su hermano cuando lo acusaron de contrabando. Habían pillado al menor de los Mulligan descargando en los muelles seda y encaje francés robado por un valor de más de un millón de dólares. Todos los abogados que Mulligan había consultado le habían dicho que su hermano debería declararse culpable y cumplir condena, algo a lo que Jack se negaba. Frank aceptó el caso, aunque perderlo suponía ponerse en peligro.

Sin embargo, no se ganaba nada sin arriesgar, al menos en su opinión. Era joven y estaba ansioso por demostrar su valía. Por dejar huella. Aceptar un caso perdido y ganarlo... Fue una oportunidad demasiado buena para dejarla escapar.

Al final, convenció al jurado de que el hermano era sonámbulo y que, por tanto, no se le podía hacer responsable de sus actos mientras estuviera dormido, todo corroborado por un médico. Habían absuelto al hermano. Tal vez ese fue el momento en el que vendió su alma por riquezas y fama, pero nunca se había arrepentido. Su reputación como solucionador de problemas estaba establecida. Además, un agradecido Mulligan le prometió un favor a cambio.

Y en ese momento pensaba cobrárselo.

—¿Está seguro de esto? —le preguntó Otto. El investigador había insistido en acompañarlo al enterarse de su destino—. Si necesita algo, puedo ayudar...

—No se me ocurriría pedirte algo así. —Frank rodeó la cola que había alrededor de un carro de ostras—. No cuando aspiras a entrar en el cuerpo de policía algún día.

—¿De verdad cree que Byrnes está vigilando su casa?

—Sé que es así.

—Entiendo que se ha percatado de que ha tenido usted una invitada cuya identidad parece haber reconocido.

Frank se mantuvo en silencio y siguió andando. Era difícil saber si Byrnes sabía con certeza que Mamie había estado en su casa, pero no podía arriesgarse. Duncan Greene le arrancaría las pelotas si averiguaba lo que había sucedido en la mesa de billar, pero solo después de poner en su contra a toda la ciudad.

¡Por Dios! Cuando cerraba los ojos, la veía con la cabeza hacia atrás y la boca abierta por el placer más absoluto. Con el cuerpo tembloroso mientras su esencia le llenaba la boca. Mientras viviera, jamás olvidaría lo preciosa que estaba y lo atrevida que se mostró.

Aunque debía olvidar. Pertenecía a otro. Aunque no se hubiera firmado todavía el contrato prematrimonial, lo harían en breve.

Enfilaron Great Jones Street, donde se encontraban las instalaciones del club New Belfast Athletic, el cuartel general de Mulligan. Se trataba de un edificio grande, anodino, con un salón de boxeo, una taberna y una sala de baile en la parte posterior. En dichas instalaciones se encontraban los hombres más peligrosos de la ciudad a cualquier hora del día.

Jack Mulligan dirigía la clase criminal de la ciudad con facilidad. Diez años antes consiguió algo que nadie creía posible: unir los restos de las poderosas pandillas en una sola organización. Se habían unido a él incluso enemigos acérrimos como los Dead Rabbits y los Whyos tras firmar la paz. Era poco más que un milagro, y Mulligan lo supervisaba todo.

En la puerta del club, dos jóvenes que no tendrían más de veinte años montaban guardia.

—No parecéis miembros —comentó uno de ellos tras mirarlos de arriba abajo con expresión fría y desapasionada—. Será mejor que os larguéis.

—Mulligan me está esperando. Soy Frank Tripp.

—Espera aquí. —Entró y los dejó en la puerta.

El otro guardia apenas si parpadeaba y tenía una expresión seria. Por la cinturilla de sus pantalones asomaba un arma. Frank sospechaba que no era la única arma que llevaba encima.

Pasó un buen rato antes de que el otro volviera.

—Tommy os llevará a la tercera planta.

Tommy abrió la puerta e hizo pasar a Frank y a Otto. En un cuadrilátero muy grande tenía lugar un combate de boxeo sin guantes, alrededor del cual varios hombres se congregaban para gritarles a los púgiles. Alguien había anotado unas cuantas apuestas en una pizarra en la pared. Al final de la estancia, había una estrecha barra de madera, con cientos de botellas de licor y unas cuantas mesas de madera vacías.

Siguieron a Tommy por las escaleras. Dos plantas más arriba, el guardia se dirigió a una recargada puerta de roble con un picaporte de latón. Llamó dos veces.

—Adelante —dijo una voz desde dentro, y Tommy abrió la puerta.

Jack Mulligan se puso en pie al otro lado de una enorme mesa de nogal y echó a andar hacia ellos.

—Hola, Tripp. Me sorprendió recibir tu nota. —Le tendió una mano, que Frank le estrechó al punto.

—Gracias por recibirme. Te presento a mi investigador...

—Otto Rosen. —Los dos se dieron un apretón de manos—. He oído hablar de ti.

Otto frunció el ceño, como era normal. A pocos hombres les alegraría saber que Mulligan los conocía.

—Señor Mulligan.

—Jack a secas. Sentaos. —Le hizo un gesto de la cabeza a Tommy, que salió y cerró tras él. Mulligan era famoso por vestir con elegancia, y ese día no era una excepción, ya que llevaba un elegante traje azul que encajaría a la perfección en cualquier club de prestigio, como el Union o el Metropolitan. La cadena de oro de un reloj de bolsillo brillaba a la luz del candelabro de gas—. ¿Os apetece una copa?

—No, gracias —dijo Frank, y Otto también la rechazó.

Frank había estado allí en varias ocasiones, siempre a petición de Mulligan. Su mesa siempre estaba llena de documentos, como sucedía en ese momento. Dirigir un imperio criminal debía de requerir mucho tiempo y organización.

—Deberías contratar a una secretaria. —Señaló el montón de papeles.

A Mulligan le temblaron los labios.

—No he encontrado ninguna en la que pueda confiar. Si se te ocurre alguien, dímelo.

¿Un trabajo en el que se estaba al tanto de los secretos de Mulligan? Era la mejor manera de acabar muerto o secuestrado. Muchos hombres darían lo que fuera por saber lo que sucedía entre esas paredes.

—Lo haré. Gracias por recibirnos, sé que estás ocupado.

—Nunca lo bastante ocupado para ti. Tu nota me ha dejado intrigado. Algo sobre Byrnes.

Mulligan tenía una memoria incomparable. Sin duda, recordaba cada una de las palabras que le había escrito.

—Byrnes y yo estamos enfrentados por un caso. Está vigilando mi casa y a cualquier invitado que llega, con la esperanza de intimidarme.

—Cabrón de mierda. —Mulligan torció el gesto—. Se cree que está por encima de la ley, que puede acobardar y sacarle a golpes una confesión a cualquiera porque lleva placa. Las malas noticias son que ahora mismo es intocable.

Frank levantó una mano.

—Más bien he venido por un detective de policía. Represento a una mujer acusada de matar a su marido...

—La señora Porter —dijo Mulligan—. Me he enterado de que has aceptado el caso. Conocía al marido, pura escoria. ¿Y?

—¿Sabías que el primo de Porter es detective de policía?

—No. —Mulligan enarcó las cejas—. ¿Dónde estaba ese dechado de virtudes mientras su primo se endeudaba hasta las cejas y le pegaba a su mujer?

—Buena pregunta. Aunque da igual, el asunto es que Byrnes quiere que el primo testifique en el juicio para hacer que la señora Porter parezca una bruja y una asesina. Necesito algo con lo que desacreditarlo. Necesito información sobre el detective Porter.

Otto asintió con la cabeza, ya que por fin comprendía por qué no le había pedido que hiciera él el trabajo. Se trataba de difamar a un detective de policía, y a Byrnes por asociación. Involucrarse en algo así no le granjearía amigos en el departamento de policía.

—Entiendo. —Mulligan se frotó la barbilla con gesto pensativo—. Sabes que me encanta fastidiar a los maderos cada vez que puedo, sobre todo a Byrnes. Además, detesto a los hombres que maltratan a las mujeres. Son todos una panda de cobardes. Veré qué puedo averiguar.

Frank suspiró aliviado. Si alguien era capaz de desenterrar los secretos necesarios para desacreditar a un policía en un tribunal, era Mulligan.

—Gracias. Te lo agradezco. —Se puso en pie y le tendió la mano—. Considera que estamos en paz.

Mulligan también se levantó y le estrechó la mano.

—No del todo. Esta corre de mi cuenta. Como te he dicho, voy a disfrutar de cada minuto. Ven. Quiero enseñarte algo abajo.

El grupo descendió la escalera y entró en las instalaciones del club New Belfast Athletic. El ruido cesó en cuanto entró Mulligan, y todos los ojos se clavaron en él. Era como si los hombres se hubieran puesto en posición de firmes, por si les pedía algo. Caballeros dispuestos para servir a su señor.

Mulligan agitó una mano y les indicó que prosiguieran con el combate. Los dos boxeadores empezaron a golpearse de nuevo, y Mulligan le dio una palmadita a Frank en el hombro.

—¿Tomamos una copa?

Era más una orden que una sugerencia. Aunque ansiaba marcharse, Frank asintió con la cabeza.

—Por supuesto.

Otto observó con detenimiento a los hombres de la estancia mientras se acercaban a la barra. Era posible que conociera a muchos, ya fuera de las calles o de sus investigaciones, algo que explicaría por qué los dedos del investigador estaban cerca de la pistola que llevaba metida en el bolsillo.

Al llegar a la reluciente barra de roble, Mulligan le pidió al camarero que les sirvieras tres vasos de cerveza alemana.

—Te va a gustar —le prometió Mulligan a Frank por encima del ruido del combate de boxeo—. La hacen a pocas manzanas de aquí.

Y le daban una parte de los beneficios a Mulligan, sin duda alguna.

—Me sorprende que no bebas algo más fuerte —replicó él—. Como *whisky* o ginebra.

Mulligan negó con la cabeza.

—Me gusta poder pensar. Es mejor beber cerveza.

Tenía sentido. Mulligan debía de dormir con un ojo abierto, teniendo en cuenta sus numerosos enemigos.

Les llevaron tres vasos altos de cristal con cerveza de color claro y una densa y gruesa capa de espuma. Brindaron y bebieron. La cerveza estaba muy buena. Con fuerte sabor a lúpulo y el toque ácido del limón.

—Ya veo por qué te gusta —comentó Frank.

—Te mandaré un barril.

—No es...

Demasiado tarde. Mulligan ya se había dado media vuelta y estaba hablando con el camarero. Frank miró a Otto, que se encogió de hombros.

—Uno de los chicos te lo llevará a casa —dijo Mulligan cuando los miró de nuevo—. ¿Os apetece a alguno hacer una apuesta? —Señaló el cuadrilátero con la barbilla.

Frank miró a los boxeadores, que estaban exhaustos. Uno contaba con la ventaja de la superioridad física, pero el otro era más bajo y rápido.

—No sabría a quién elegir. Son muy distintos, pero parecen igualados.

Mulligan esbozó una sonrisa mientras observaba el combate.

—Llevan casi cuatro horas. A veces, no se trata de fuerza, sino de aguantar más que los demás.

¿Hablaban de boxeo o de cómo Mulligan se había hecho con el control de las pandillas de Five Points?

—¡Ah! Aquí viene mi cervecero.

Al oír esas palabras, Frank se dio media vuelta y se quedó sin aliento. Hacia ellos se acercaba un hombre con una leve cojera, y era un hombre que reconocía. Llevaba más de quince años sin verlo, pero reconocería a Patrick Murphy en cualquier parte.

Su hermano.

¡Por Dios! Patrick era la viva imagen de su padre. El parecido era tan marcado y desconcertante que Frank retrocedió un paso. La dura coraza que había erigido alrededor de su pasado se rajó, y los recuerdos de su infancia salieron en tropel. La diminuta chabola en la que vivían en Worth Street que fue el hogar de demasiada violencia y sufrimiento. El hambre y el miedo. No quería recordar gran cosa de aquellos años, pero parecía incapaz de olvidar.

Patrick, que era dos años mayor que él, había empezado a trabajar en una fábrica en cuanto cumplió los nueve. Eso lo dejó a él en casa solo con sus padres casi todo el tiempo, hasta que aprendió a escapar a las tabernas del final de la calle.

Stone's Saloon había sido su refugio. El dueño, el señor Stone, le pagaba por hacer recados, por limpiar y por llevar los libros de cuentas. Cuando demostró ser bueno con la contabilidad, el señor Stone lo organizó todo para que fuera a un internado. Eso le permitió salir de Five Points. Así nació Frank Tripp.

Patrick se acercó para hablar con Mulligan, y Frank sintió el sudor entre los omóplatos. Así que su hermano trabajaba allí. Hacía unos años, habían arrestado a Patrick por robo con allanamiento. Frank había pagado la fianza y había convencido a la fiscalía de que retirase los cargos. Insistió en hacerlo de forma anónima, para que Patrick nunca descubriera su participación. Una parte de él esperaba que el arresto asustara a su hermano lo suficiente para enderezar su camino.

Al parecer, no había sido así.

—Tripp, me gustaría presentarte a Patrick Murphy, el genio que hay detrás de la cerveza alemana que estás bebiendo.

Frank parpadeó. ¿Su hermano, un genio? ¿Detrás de la cerveza?

Miró la mano tendida de su hermano antes de mirarlo a los ojos. Poco a poco vio que la cara de su hermano reflejaba que lo reconocía, y eso lo dejó boquiabierto. Patrick retiró la mano al punto y torció el gesto.

—¡Vaya! Pero si es Frankie, y bien crecidito. ¿Has venido para codearte con los barriobajeros?

—Hola, Patrick. Tienes buen aspecto.

Su hermano resopló.

—Como si te importara. —Se volvió hacia Mulligan—. Hablaré contigo más tarde, Mulligan. Ahora mismo, necesito aire fresco.

Patrick se alejó cojeando, y eso le recordó a Frank el accidente en la fábrica que casi le costó la vida a su hermano cuando tenía once años. La pérdida de ingresos hizo que su padre se emborrachara durante dos días seguidos, y en su rabia golpeó a su madre hasta dejarla al borde de la muerte. En vez de preocuparse por su hijo herido, a Colin Murphy solo le preocupaba que se esfumase el dinero para su ginebra.

Frank soltó el aire y miró de reojo a Mulligan. En sus ojos no vio sorpresa por la conversación, solo curiosidad. ¿Estaba al tanto de su historia? Parecía poco probable, ya que él se había esforzado por distanciarse de su pasado. Había enterrado esos secretos muy hondo.

Sin embargo, Mulligan tenía formas de averiguar información vedada para otros hombres. Al fin y al cabo, ¿acaso no había recurrido a él por eso?

—¿Todavía quieres la cerveza? —le preguntó Mulligan—. Te daré un barril antiguo, para que te la bebas con la seguridad de que Pat no ha escupido dentro.

A partir de ese momento, le fue imposible sacarse de la cabeza que se estaría bebiendo el escupitajo de su hermano.

—Gracias, pero paso. —Dejó el vaso en la barra—. Tengo que irme. Agradezco tu ayuda, Jack.

—No te preocupes —repuso Mulligan con una sonrisa torcida—. Al fin y al cabo, casi eres de la familia.

Mientras esas palabras le resonaban en los oídos, Frank salió a toda prisa del club, con Otto a su lado. De modo que Mulligan lo sabía. ¿Cómo? Frank había enterrado con sumo cuidado su pasado y se había distanciado de la familia Murphy. Nunca le había contado a nadie la historia real de su infancia, no desde que salió de Five Points.

Mulligan había organizado esa reunión entre su hermano y él. ¿Por qué? ¿Por las risas? ¿O había un motivo más sibilino detrás?

Sintió un nudo en la garganta al pensar en las horribles posibilidades.

Habían recorrido una manzana antes de que fuera capaz de hablar de nuevo.

—Necesito un favor —le dijo a Otto—. El cervecero.

—Deduzco que lo conoces —repuso el investigador.

—Sí, pero de hace mucho tiempo. Casi quince años. —Se paró y se acercó al borde de la acera, donde Otto y él podrían hablar—. Averigua todo lo que puedas de él. Me gustaría saber qué hace con Mulligan, si lo de la cerveza es legal o no.

—Muy bien. Puedo hacerlo si está seguro.

Frank se pasó una mano por el pelo. ¿Deseaba hacerlo? Se había marchado de casa y nunca se había arrepentido. Le mandaba dinero a su madre, pero nada más. ¿Por qué le importaba de repente?

La imagen de Mamie mientras acunaba al hijo de la señora Barrett acudió a su mente, así como su disposición a ayudar a esas mujeres, prácticamente unas desconocidas. «Se gastaba el dinero en ginebra y mujeres. Volvía a casa y la trataba a puñetazos. ¿Qué clase de hombre es ese? No el que la cortejó, se lo garantizo».

El presente de Frank estaba lleno de zonas grises, de líneas borrosas entre el bien y el mal. De pantanosas aguas legales que solo él era capaz de navegar. Sin embargo, en sus recuerdos, su infancia fue cosa de blanco y negro, con villanos evidentes. No había tenido necesidad de reevaluar esas impresiones como adulto; no hasta que conoció a Mamie.

Ella era toda compasión y generosidad, arriesgaba su seguridad y su posición social para llevarles dinero a esas familias. Luchaba por ellas, incluso con él, y empezaba a comprender que tal vez su juicio se había nublado en ciertas áreas.

Tal vez no siempre había sido justo.

No, no trabajaba con clientes de clase media o baja. En cambio, ayudaba a los más ricos de Nueva York a esquivar los problemas, legítimos o no. Su bufete así lo exigía, ya que no trabajaba gratis. Salvo por la señora Porter y cuando pagó la fianza de su hermano para sacarlo de Las Tumbas hacía tantos años, había evitado cualquier caso que no le reportara pingües beneficios.

Así que, ¿era mala persona por eso?

Se frotó la nuca por la repentina tensión que sintió en el cuello. ¡Maldita fuera Mamie Green y su terquedad de buena samaritana! No necesitaba sentirse culpable por las decisiones que había tomado en la vida. Además, ya era demasiado tarde para cambiarlas. Una vez que Otto averiguara todo lo que pudiese sobre Patrick, se olvidaría de los Murphy para siempre.

—Tú averigua lo que puedas y házmelo saber. Te pagaré el doble de tu tarifa habitual.

Otto enarcó las cejas, pero no replicó. Se limitó a llevarse los dedos al ala del bombín a modo de despedida y se alejó caminando, dejándolo solo en esas calles tan conocidas que tanto lo atormentaban.

Mamie estaba en su habitación, contando dinero, cuando su madre llamó a la puerta.

—Marion, ¿estás ahí?

Guardó a toda prisa los pocos cientos de dólares que había ahorrado, una cantidad que redistribuiría al cabo de una semana entre las amas de casa de las familias a las que ayudaba. Una vez que ocultó toda evidencia de su alijo secreto, dijo:

—Entra, mamá.

Catherine Greene era una belleza rubia. Florence, su hermana mediana, era la viva imagen de su madre, aunque su carácter no podía ser más distinto. Su madre seguía las normas, nunca se saltaba las tradiciones. Hacía visitas y organizaba cenas, nunca se quejaba de las horas que trabajaba su padre y se aseguraba de que los Greene hacían acto de presencia en todos los eventos importantes.

En una ocasión le preguntó a su madre si alguna vez había ansiado ser en la vida algo más que una esposa de la alta sociedad. «¿Por qué iba a querer abandonar la cima para tener que escalar la montaña de nuevo?», fue la respuesta de su madre.

Mamie dejó de hacerle preguntas después de aquello.

—Aquí estás —dijo su madre mientras se acercaba a la cama—. Tu padre desea verte en su gabinete.

—¡Ah! —El miedo le provocó un escalofrío en la espalda. Después de la conversación que mantuvo con Chauncey dos noches antes, no sabía muy bien cómo estaban las cosas. Tenía la sensación de que podría llegar un golpe en cualquier momento—. ¿Sabes por qué?

—Nada terrible, seguro. Si estuviera enfadado, no me habría enviado a mí.

Cierto. Su padre no era de los que delegaban las reprimendas.

Mamie se bajó de la cama, se sacudió las faldas y se colocó bien el polisón. Cuando se sintió preparada, bajaron la escalera. Su madre no dejó de hablar de los planes de boda todo el trayecto y, cuando llegaron al gabinete de su padre, Mamie tenía un nudo en el estómago.

Entraron sin llamar. Cuando entró, casi se tropezó. De pie junto a la mesa de su padre estaba Frank Tripp.

Evitó adrede mirarlo más de un instante, pero su cerebro guardó cada detalle. Guapo, alto y de mentón firme. Llevaba un traje marrón que resaltaba sus anchos hombros y su cintura estrecha. Se había peinado el pelo oscuro hacia atrás con pomada, algo que enfatizaba sus pómulos. Unos labios carnosos que había sentido en la boca, en el cuello... y en otras partes.

¡Ah, sí! Había captado muchos detalles en ese vistazo, los suficientes para que se le aflojaran las rodillas mientras se acercaba a la mesa de su padre.

«No te desea, Mamie», se recordó.

Cierto. Por más maravillosa que hubiera sido aquella noche, él le dejó claras sus intenciones. Alzó la barbilla y eliminó todo atisbo de expresión de su cara. Aunque las palabras con las que él se despidió aquella noche le dolieron en el alma, se negaba a que se diera cuenta. Al fin y al cabo, también tenía su orgullo.

—Hola, papá. Señor Tripp.

Frank le hizo una elegante reverencia.

—Señorita Greene.

Su padre le indicó uno de los sillones delante de la mesa.

—Marion, tenemos que hablar del contrato prematrimonial.

Mamie entrelazó los dedos e intentó que no la dominara el pánico. Solo era una conversación, no tenía sentido dejarse llevar por la histeria.

—Me quedaré de pie si no te importa. ¿Qué pasa con el contrato prematrimonial?

—Ya tenemos noticias de los Livingston. Chauncey lo ha firmado.

El aire abandonó sus pulmones, y fue incapaz de respirar por un eterno segundo. Daba la sensación de que el gabinete se había congelado mientras asimilaba el peso de esas palabras. Chauncey había firmado. En ese momento, solo faltaba una firma para que el contrato fuera vinculante. La suya.

Se tambaleó, mareada de verdad, y se preguntó si iba a desmayarse. Todos la miraban fijamente, de modo que enderezó la espalda e intentó aparentar tranquilidad.

—¿Con las cláusulas tal cual o ha hecho cambios?

—Con las cláusulas tal cual. Ha pedido cierto margen en el tiempo permitido para pagar las sanciones en caso de ser necesario, y he accedido.

—Entiendo. —Se clavó las uñas en las palmas de las manos y agradeció el dolor. La sensación evitó que saliera corriendo de la estancia, presa del pánico.

Las reservas de Chauncey sobre las cláusulas acerca de la infidelidad y de los hijos debían de haber desaparecido, tal vez cuando ella sugirió que se olvidaran de la boda.

«¡Por Dios! ¿Por qué tuve que abrir la boca?».

—¿Eso quiere decir que necesitas que firme?

Su padre se encogió de hombros.

—No exactamente. Soy tu tutor legal y, por tanto, puedo firmar en tu nombre.

¡Ah! Entonces, ¿ya estaba hecho? Con dos trazos sobre un papel, toda su vida estaba patas arriba.

«Sabías que este día iba a llegar. No tienes motivos para quejarte», pensó.

Sí, pero había esperado encontrar una escapatoria. Después de la otra noche, después de Frank, era evidente que sería desdichada en un matrimonio sin amor.

Intentó no mirar al hombre responsable de su epifanía.

—Entiendo. En ese caso, no sé muy bien para qué me necesitas.

Su padre se sentó y le hizo un gesto a su abogado.

—Frank, tal vez sería mejor que lo explicaras tú.

El aludido carraspeó. En sus ojos no había ni rastro de picardía, ni de abrasadora lujuria. Lucía una expresión pétrea, casi rayando en el hastío.

—El señor Livingston ha pedido su expresa participación. Legalmente, su padre puede representarla, lo que haría vinculante el contrato. Pero el señor Livingston prefiere que usted firme personalmente. Que indique que entiende las cláusulas y que acepta el compromiso usted misma.

—¿Por qué? —quiso saber su madre, que hizo la pregunta antes de que ella pudiera.

—Dijo que se habían expresado ciertas dudas. Se está asegurando de que dichas dudas están resueltas.

La conversación de la otra noche. No sabía si darle las gracias a Chauncey o enfadarse con él por haber sacado el tema.

—¿A qué se refiere con esas dudas? —Su padre la observó con detenimiento—. ¿Dudas por tu parte?

—Pues claro que no —terció su madre—. Los dos se conocen desde siempre. ¿Por qué iban a dudar sobre el enlace?

Mamie era incapaz de contestar. No se fiaba de que le saliera la voz. Una parte de ella se temía que acabaría confesando la verdad si empezaba a hablar, como una presa que se derrumbara por la presión.

El silencio era tan palpable que se podría cortar, y en el aire flotaba todo lo que no se había dicho. No se atrevía a mirar a Frank. En cambio, clavó la mirada en su padre, que no parecía muy complacido por ese giro de los acontecimientos.

Lo vio inclinarse hacia delante en el sillón de cuero.

—Mamie, te he hecho una pregunta. ¿Por qué cree Chauncey que tienes dudas sobre el matrimonio?

—Lo hablé contigo hace unos días —mintió—. Las cláusulas del contrato.

—Eso era problema de Chauncey, y ya ha cedido.

—También me incumben a mí. No deseo tener hijos según tu agenda.

Su padre frunció el ceño y empezó a tamborilear con los dedos sobre la mesa.

—Muy bien. Tripp, elimina esa cláusula de las capitulaciones.

Frank tomó una pluma de la mesa, buscó la página indicada y tachó la cláusula con una línea.

—Solo necesito que ponga su inicial para darle validez al cambio. —Le ofreció la pluma a su padre—. El señor Livingston también tendrá que poner su inicial en el cambio, pero no creo que vaya a poner impedimentos.

Su padre escribió sus iniciales y le ofreció la pluma a ella.

—Ya está. Ahora estamos listos para tu firma, y así podremos olvidarnos de este asunto.

Lo dudaba mucho. Eso parecía el inicio de un largo e infeliz camino, no el final. Miró la pluma que su padre tenía entre los dedos mientras se dilataba el momento. Intentó pensar en todos los motivos para acercarse a la mesa y firmar.

La promesa que le había hecho a su padre.

Sus hermanas.

No decepcionar a su madre ni a Chauncey.

La tradición y el orden establecido.

Sin embargo, nada de eso consiguió que sus pies se movieran. Siguió anclada en el sitio. «Deseo algo más que un matrimonio sin amor con un hombre enamorado de otra persona».

—Marion —dijo su padre con voz seca e impaciente—. Fírmalo ahora mismo.

—No.

La palabra brotó de su boca antes de poder impedirlo. Su madre jadeó mientras Frank se pellizcaba el puente de la nariz con dos dedos. No obstante, Mamie no apartó la mirada de los ojos de su padre, ni siquiera cuando lo vio ponerse colorado por la rabia. Su padre se levantó despacio y puso los brazos en jarras.

—¿Acabas de negarte?

«Piensa, Mamie». ¿Cómo podía lograr que lo entendiera? En ese momento, se hizo la luz. No lo entendería. Para él, su matrimonio era una transacción de negocios, una forma de unir a la familia con el hijo de su mejor amigo.

Necesitaba a su madre.

Se dio media vuelta y miró a su madre a los ojos.

—Mamá, necesito más tiempo. Es que... ¡Por favor!

Mamie rara vez le pedía algo a su padre; había sido la hija dócil desde hacía mucho tiempo. No era como Florence, exigente y problemática. Ni tampoco era callada y obstinada como Justine. Ella nunca había sido rebelde, no con sus padres. Rezaba para que su madre entendiera la desesperación que había tras la súplica.

La mirada de su madre se suavizó mientras se acercaba a ella a toda prisa para abrazarla.

—¡Ay, cariño mío! Pues claro. No hay prisa, ¿verdad, Duncan?

Mamie aspiró el olor a agua de rosas tan conocido de su madre mientras esperaba la respuesta de su padre. «Por favor, dame más tiempo para encontrar la forma de librarme de este embrollo».

—Catherine —dijo su padre—, ha tenido años. Ya es hora de acabar con esto.

—Uno o dos meses más no supondrán nada. ¿Verdad, señor Tripp?

Mamie miró de reojo a Frank, que sacudió la cabeza.

—No, señora. Puede firmar cuando esté preparada.

—Ya está, arreglado. —Su madre la soltó para entrelazar sus brazos—. Dos meses más...

—Uno —masculló su padre—. Un mes más, Mamie. Después firmarás, aunque tenga que obligarte a hacerlo.

Mamie soltó el aire que estaba conteniendo. Un mes. No era mucho, pero cuatro semanas eran mejor que nada.

—Muy bien.

—Y ni que decir tiene que, como haya otro hombre tras ese retraso, lo destruiré. Destrozaré todo lo que le importa como se atreva a impedir esto.

Ella tragó saliva y se limitó a asentir con la cabeza. No se creía capaz de hablar.

—Hemos terminado. Podéis marcharos —añadió su padre—. Tripp y yo todavía tenemos que hablar de algunas cosas.

Mamie le dio las buenas noches y salió a toda prisa, antes de que cambiara de parecer. No se atrevió a dirigirse a Frank, por si eso cimentaba la creencia de que el motivo de su reticencia era él.

Además, de todas formas pensaba ver a Frank más tarde esa misma noche.

13

Un silencio incómodo se impuso en el gabinete de Duncan Greene después de que Mamie y su madre se marcharan. A Frank le daba vueltas las cabeza; tenía tan enmarañados los pensamientos que no entendía lo que acababa de suceder. Antes de marcharse, Mamie había desafiado a su padre y, de alguna manera, había convencido a su madre de que la apoyara. Además de estar impresionado por su competencia, sentía un alivio tremendo. Claro que era una ridiculez, teniendo en cuenta cómo estaban las cosas.

«Veamos: la policía vigila mi casa. Byrnes podría chantajearme en cualquier momento, o peor, podría contarle a todo el mundo lo que vio. De alguna manera, Mulligan ha averiguado mi mayor secreto, uno que llevo ocultando quince años. Puede que declaren culpable a la señora Porter y que la electrocuten después».

Sin embargo, pese a todas esas terribles noticias, el nudo que tenía en el estómago se había reducido considerablemente cuando Mamie pospuso su compromiso un mes.

No cabía duda de que estaba loco por esa mujer.

—Siéntate, Frank. —Duncan le indicó uno de los sillones al otro lado de la mesa.

Frank la rodeó, se sentó y se preparó para una conversación desagradable.

Duncan se sentó y entrelazó las manos sobre la mesa.

—Nos conocemos desde hace mucho. Te he confiado algunos de mis asuntos más personales, y nunca me has defraudado. Te pido que seas totalmente sincero conmigo. —Hizo una pausa y lo miró a los ojos—. ¿Sabes de algún motivo por el que mi hija se muestre reacia a casarse con Chauncey Livingston?

—No.

La rápida negativa debió de calmar los mayores miedos de Duncan, porque se relajó un poco.

—Te creo.

Menos mal. No quería acabar embrollado en una discusión familiar. Si tenía que mentir para protegerse, que así fuera. Eso era mejor que arruinar la vida de Mamie además de la suya propia.

—De todas formas —continuó Duncan—, ¿te ha hablado de lo que piensa de la boda?

Sopesó su respuesta con cuidado. En ninguna circunstancia admitiría la verdad, pero había aprendido que una migaja de verdad podía otorgarle tiempo cuando estaba acorralado.

—Durante la cena, habló de sus obras benéficas y de que había conocido a muchas mujeres distintas en la ciudad. Creo que está descubriendo que hay un mundo ahí fuera mucho mayor que la zona alta de la Quinta Avenida.

—¿Y eso qué quiere decir?

—Las jovencitas de hoy en día son más independientes, trabajan y viven solas. La cantidad de casos de divorcio que he llevado durante el último año...

Duncan levantó una mano.

—No quiero oír hablar de tus casos de divorcio. Y no entiendo qué tienen que ver esas dependientas de clase baja con mi hija.

—Está en el aire, Duncan. Las mujeres marchan por las calles de la ciudad y las sufragistas presionan a los legisladores para que haya cambios. Seguramente Mamie se haya involucrado en las causas de su generación, lo que hace que el matrimonio quede muy relegado en la lista de prioridades.

—No, no lo creo. —Tamborileó con los dedos sobre la mesa—. Casarse y tener una familia no significa que no pueda dedicarse a una causa. Si esa fuera su preocupación, yo se la quitaría.

«Buena suerte con eso», pensó. Mamie era terca a más no poder.

—Tal vez —repuso—, pero es muy...

—Se trata de otro hombre, estoy seguro.

Frank tragó saliva.

—¿Cómo puede estar seguro?

—Por esto. —Se señaló el estómago—. Las tripas. No se equivocan nunca. Y las tripas me dicen que se ha fijado en algún hombre que le ha estado llenando la cabeza de mentiras.

—En fin, solo ha pedido más tiempo, no cancelar la boda. Tal vez solo desea disfrutar de algunas semanas más de independencia. Ya sabe lo agobiantes que pueden ser las fiestas de compromiso y las pruebas de vestuario.

—No es eso. Le preocupaba la cláusula de infidelidad. Creo que voy a hacer que la sigan, como que no voy a...

El pánico hizo que dijera:

—No, no debería hacerlo.

—¿Por qué no si se puede saber?

Intentó pensar en un motivo convincente, uno que evitase que Duncan llevara a cabo esa idea. Desde luego que el dinero no era impedimento para contratar a un equipo de detectives de Pinkerton, así que se decantó por la moralidad.

—Porque le guardará rencor si se entera. Su hija es obstinada y orgullosa, lista y competente. Se dará cuenta de que la está espiando, y eso solo contribuirá a que se aleje más. Sabe que siempre ha sido su favorita, pero eso podría arruinar su relación. Para siempre.

—Me estás diciendo que debería confiar en ella.

—Pues sí. Si le da el mes, firmará el contrato. Livingston y ella hacen una pareja perfecta. Todo el mundo lo sabe.

Duncan se frotó la barbilla.

—Estás muy seguro de lo que piensa mi hija, sobre todo después de una sola cena.

—La mayoría de las jovencitas son iguales —adujo al tiempo que se encogía de hombros, con la esperanza de vender la mentira más descarada del mundo. Ninguna otra mujer que conociera se parecía a ella.

Robar dinero para redistribuirlo en los barrios bajos, entablar amistad con mujeres de familias que vivían en condiciones pésimas y ayudarlas con sus hijos, aprender a apostar en los antros de juego de Tenderloin... ¿Quién podría compararse con su preciosa ladrona?

«Estás enamorado de ella».

Se quedó paralizado. ¿Enamorado? ¡Por el amor de Dios! ¿De dónde había salido esa idea?

No, no era amor. Era lujuria. Sin duda era lujuria. Eso era todo, y cualquier otro análisis de sus pensamientos y sentimientos estaba fuera de toda cuestión, ¡joder!

Aun así, esa sorprendente idea resonó en su cabeza, como si estuviera en el estrado de los testigos y su cerebro lo estuviera interrogando.

«Teniendo en cuenta que has estado persiguiéndola por toda la ciudad durante meses».

«Teniendo en cuenta que estás celoso de Chauncey Livingston, un hombre más inútil que un martillo de cristal».

«Teniendo en cuenta que has puesto en peligro tu carrera para ayudar a su amiga».

«Teniendo en cuenta que te tomaste libertades en una mesa de billar y no te puedes sacar su sabor de la cabeza».

«Teniendo en cuenta que harías cualquier cosa que te pidiese, cualquiera, con tal de verla sonreír».

¡Maldita fuera su estampa!

—Pues sí que conoces a las jovencitas... —masculló Duncan, como si intentara convencerse a sí mismo—. Muy bien. Lo dejaré estar. De momento. Sin embargo, si descubro algún comportamiento fuera de lugar, firmaré el contrato por ella. Chauncey tendrá que vivir con eso.

—Entendido.

Los dos se pusieron en pie, y Frank suspiró para sus adentros, aliviado. De alguna manera había evitado el desastre ese día. Recogió las copias del documento sin firmar y las guardó en su maletín mientras intentaba no pensar en lo que todo eso implicaba.

—¿Informo a los Livingston del retraso?

Duncan hizo una mueca tras su impresionante mostacho.

—No, será mejor que me encargue yo. De todas formas, se supone que voy a reunirme con el padre esta noche.

—Excelente. Pues que tenga un buen día. —Levantó el maletín y se preparó para marcharse.

—Una cosa más. —Duncan puso los brazos en jarras—. Mi hija se casará con Chauncey Livingston aunque tenga que arrastrarla por el pasillo de la iglesia pataleando y chillando.

¿Seguía sospechando Duncan que él le había echado el ojo a Mamie? Al parecer, no se había mostrado tan convincente como había esperado.

Agachó la cabeza y se obligó a decir:

—Por supuesto. Haré todo lo que esté en mi mano para asegurarme de que la boda se celebra.

—Más te vale.

Hacía mucho que había anochecido cuando Mamie salió de puntillas de su dormitorio y avanzó por el pasillo. Su hermana y ella siempre se habían escabullido por la escalera de servicio, ya que estaba muy alejada del dormitorio de sus padres y no se usaba a esas horas. Era cuestión de atravesar la cocina, salir por la puerta trasera, rodear la casa y allí estaba la libertad.

Había descendido la mitad de la escalera cuando oyó un ruido a su espalda. ¿Un criado? ¿Su padre? Aterrada, se pegó a la pared y contuvo el aliento. Era evidente que iba vestida para salir, no en busca de algo para comer en la cocina. ¡Maldición!

Pasos en la escalera. No tenía más alternativa que bajar y rezar para que la oscuridad le proporcionase un escondite. Con todo el sigilo del que fue capaz, descendió el resto de los escalones. A continuación, rodeó una esquina e intentó calmar los latidos de su corazón. Un minuto después, quienquiera que bajase había llegado a la planta baja. Mamie echó un vistazo... y vio a su hermana, también vestida para salir, dirigiéndose de puntillas hacia la cocina vacía.

—Florence —masculló—, ¿qué haces?

Su hermana se dio media vuelta y se llevó una mano al pecho.

—Casi me das un susto de muerte —susurró Florence—. ¿Qué haces tú?

Mamie se adelantó y agarró a su hermana del brazo. Una vez en la cocina, le preguntó:

—¿Vas a salir?

—Sí. ¿Y tú?

Mamie asintió con la cabeza.

—¿Compartimos carruaje?

—Si vas al sur, sí.

Las dos hermanas salieron juntas, de la mano, por la puerta trasera y rodearon la mansión. Una vez en la Quinta Avenida, cruzaron la calle y pararon a un carruaje de alquiler que pasaba. No habían tardado ni cinco minutos.

—Ahora —dijo Mamie en cuanto se sentaron en el interior—, dime adónde vas.

—A la Casa de Bronce. Creo que ya sé adónde vas tú. Vas a ir a ver a Frank Tripp, ¿verdad?

¿Era tan transparente? No confirmó su destino. En cambio, le preguntó a su vez:

—¿Cómo vas a entrar? Nos prohibieron la entrada al casino para siempre.

—Tengo mis métodos. —La sonrisa astuta de Florence quedó a la vista incluso a la tenue luz del interior—. Digamos que el dueño y yo hemos trabado una especie de amistad.

—¿El señor Madden?

Florence asintió con la cabeza.

—Estoy aprendiendo muchísimo. Recuérdame que te dé mis ganancias para las mujeres a las que ayudas. Creo que he conseguido reunir unos seiscientos dólares, que tengo en mi habitación.

—¿Seiscientos dólares? —Eso daría de comer a muchas familias—. ¿Cómo has ganado tanto?

—Talento. Y no has dicho si he acertado con tu destino de esta noche. Has dado la dirección del señor Tripp, ¿verdad?

—Sí. —Mamie se colocó las faldas, alisando la tela—. Voy a ver a Frank.

—¡Ja! Lo sabía. Supongo que mi consejo sobre la seducción dio sus frutos.

Mamie no dijo nada al respecto. En cambio, se dijo que tal vez fuera el momento para hablar con su hermana sobre las consecuencias de negarse a casarse con Chauncey Livingston.

—Chauncey ha firmado hoy el contrato prematrimonial. Papá sigue empecinado en que se celebre la boda, pese a mis objeciones.

—¡Ah! Nunca te obligaría a casarte con alguien en contra de tus deseos. Siempre has sido su favorita.

Porque siempre había hecho lo que él le había dicho, había interpretado el papel de hija perfecta de la alta sociedad.

—Me dijo que acabaría firmándolo aunque tuviera que obligarme a hacerlo.

—Va de farol.

Florence parecía muy segura, pero ella no compartía su optimismo.

—¿Y si no es así?

—Pues escápate de casa.

—¿Que me escape de casa?

—¿Para quién vives, para ti o para papá? ¿Qué es lo peor que puede pasar si te niegas?

Se le escapó un gemido estrangulado al oírla.

—En el mejor de los casos, me desheredaría.

—Pues cásate con quien quieras. ¿En qué sentido es un detrimento?

—Lo dices a sabiendas de que me echaría de la familia.

—Mamie, siempre serás mi familia, pase lo que pase con papá. Desde luego que no pienso dejar que me elija marido. ¿Seguirías siendo mi hermana si me desheredase?

—Por supuesto —contestó sin pensar—. Nunca te daría la espalda.

Florence estiró las manos como si dijera «¿Ves?».

Claro que estaba la promesa que ella había hecho...

—Hay otro problema. Si me caso con alguien que no sea Chauncey, papá podría obligarte a casarte con él o con algún otro hombre de su elección.

Florence echó la cabeza hacia atrás y se rio.

—Antes me iría de casa y me uniría a un espectáculo ambulante que casarme con Chauncey. Ser una Greene con todos los privilegios de la alta sociedad no significa nada para mí.

Mamie la creyó. Si alguna de ellas era capaz de empezar una nueva vida en otro lugar, era Florence. Era muy sabia para su edad, autosuficiente y temeraria a más no poder.

Su hermana se puso seria y la observó con detenimiento.

—¿Te ha preocupado esa posibilidad? ¿Por eso accediste a casarte con Chauncey, para que yo no tuviera que hacerlo?

—No, claro que no. —No del todo, en realidad—. Es que no me importaba tanto la idea de casarme cuando se habló en un principio.

—Quieres decir antes de Frank Tripp. Hay otro motivo por el que me gusta tu caballero de brillante armadura. Ojalá te haga perder el sentido.

—No lo hará. Sigue insistiendo en que me case con Chauncey.

—Sin duda le preocupa lo que haga papá cuando averigüe lo vuestro. Convéncelo de que mereces la pena, hermanita.

No, no podía hacerlo. Su padre arruinaría a cualquier hombre que tuviera una relación con ella. La culpa la mataría si la carrera de Frank y su posición social se veían afectadas por su amistad. Tal vez al cabo de cinco o diez años su padre se mostrase más comprensivo, aunque no creía que Frank esperase tanto.

Además, Frank había repetido que no podía haber nada entre ellos, que no le interesaba el matrimonio. Desde luego que no estaba enamorado de ella, no le escribía sonetos de amor ni le mandaba regalos. Nunca conseguiría que cambiase de idea, pero sí disponía de un mes para disfrutar de lo que fuera que tuvieran en secreto.

Mientras tanto, buscaría la manera de anular el compromiso con Chauncey. En ninguna circunstancia se casaría con ese hombre. Sería totalmente desdichada en el papel de mujer casada de la alta sociedad, y todo le indicaba que Chauncey sería un marido espantoso. Ya le había advertido de que no sería fiel. No había demostrado poseer el menor carácter, se había mostrado como un pusilánime frente a sus padres y había accedido a las cláusulas de las capitulaciones matrimoniales en cuanto ella expresó dudas sobre la boda.

Por no mencionar que un hombre como él nunca entendería las causas que ella apoyaba. La otra noche casi le dio un patatús cuando le habló de las obras benéficas en los barrios bajos. La verdad, sin duda, le provocaría un ataque.

Lo más importante de todo era que no sentía nada por él. Su corazón no se desbocaba cuando lo tenía cerca, ni su pecho se tensaba como la cuerda de un arco. No anhelaba los feroces besos de Chauncey ni sus promesas susurradas. No ansiaba sus caricias rudas, aunque tiernas a la vez, ni deseaba explorar cada centímetro de su cuerpo. Solo un hombre le provocaba ese deseo, y no se trataba del que era prácticamente su prometido.

El matrimonio con Chauncey sería una vida entera de días nublados tras haber experimentado por primera vez la luz del sol.

Así que esa noche pensaba hablar con Frank sobre qué formas había de librarse del acuerdo. Debía de haber alguna. Y si había algún beso...

El carruaje aminoró la marcha.

—Ten cuidado —le dijo a Florence—. No me gusta que salgas sola.

Su hermana puso los ojos en blanco.

—Jack el Calvo no se separa de mí cuando estoy allí. Madden no dejará que me pase nada.

Su forma de decirlo, con tanta seguridad...

—¿Tienes una relación con Madden?

—No. No creo que le interesen mucho las mujeres. No puedo... En fin, no soy capaz de entenderlo.

—¿No es peligroso? Florence, una cosa es visitar su casino, y otra muy distinta relacionarte con él.

El carruaje se detuvo junto a la acera. Florence abrió la puerta.

—No te preocupes por mí. No corro peligro con Madden, ni con cualquier otra persona en ese lugar.

—Estarás en peligro si papá se entera de estas escapadas —le advirtió mientras pasaba sobre su hermana para salir del carruaje—. No dejes que nadie te reconozca allí dentro.

—No lo haré. —Florence le hizo un gesto con las manos para que se fuera—. Deja de darme la tabarra. Ve y diviértete. Dale recuerdos a Frank de mi parte.

La puerta del carruaje se cerró, y las ruedas empezaron a girar. Mamie no sabía qué pensar sobre el hecho de que su hermana fuera a la Casa de Bronce y entablara amistad con Madden. Nada bueno podría salir de eso, seguro.

Aunque no era el momento de pensar en ese tema. Estaba demasiado expuesta allí en la Quinta Avenida en plena noche. Recorrió la acera a toda prisa hacia la casa de Frank, subió los escalones de entrada e intentó abrir la puerta. Cerrada con llave. ¡Maldición! Debía de haber hablado con su personal después de la última vez que se coló en la casa.

Seguro que había una puerta trasera o una ventana que no estuviera cerrada. Rodeó la casa en silencio y buscó la forma de entrar. Al doblar la esquina, se acercó a la terraza. Tal vez las puertas de la terraza estuvieran abiertas.

Sus pasos apenas hicieron ruido sobre los escalones de piedra. Se sujetó las faldas para evitar el frufrú de la tela y se acercó a la puerta. Justo cuando había puesto la mano en el pomo, oyó un ruido a su espalda.

Sorprendida, dio media vuelta, y una silueta salió del rincón más oscuro de la terraza.

—¿Qué haces aquí?

¡Frank! ¡Ay, gracias a Dios! Por desgracia, no parecía contento de verla. Sus largas piernas avanzaban hacia ella; iba ataviado solo con la camisa y los pantalones. Estaba descalzo, algo que le resultó muy excitante por raro que pareciera.

—Mamie, es plena noche.

Soltó el aire y se apoyó en las cristaleras.

—He venido para hablar contigo de lo de antes.

—¿En serio?

Una luz del interior de la casa iluminaba esas facciones tan marcadas. La miraba a los ojos y no apartó la vista ni un segundo mientras se acercaba a ella. Se estremeció al ver la intensidad en esos ojos entornados, en el rictus serio de su boca. Frank parecía haber decidido un plan de acción, pero no parecía hacerle mucha gracia.

«Por favor te lo pido, Señor, que ese plan de acción incluya besos».

Siguió acercándose a ella hasta plantarse delante y, una vez que se detuvo, se metió las manos en los bolsillos, como si intentara no tocarla.

—Tu padre ya sospecha más de la cuenta. ¿Tienes que tentar a la suerte al venir aquí?

—¿Qué te dijo después de que saliera del gabinete?

—Lo convencí de que no contratara a los Pinkerton para que te siguieran por la ciudad.

Estupefacta, Mamie se tambaleó un instante y tuvo que apoyarse en el cristal. ¡Por Dios! Eso sería poco más que un desastre.

—¿Por qué quiere que me sigan?

—Porque, mi querida hedonista, cree que hay otro hombre. Uno que intenta seducirte para que dejes a Chauncey.

—Menuda ridiculez.

Frank colocó los brazos a cada lado de su cabeza, atrapándola contra la puerta. Mamie sintió que le ardía la piel y que un ramalazo de deseo la recorría mientras aspiraba su aroma. Olía a tabaco y a primavera, una embriagadora combinación de hombre y tierra. Era real y masculino, y poseía una capa muy superficial de elegancia sobre un núcleo de acero. Quería inclinarse hacia él, sentir todo ese calor y esa fuerza en torno a ella.

—¿Lo es? —susurró él—. Porque yo diría que es justo lo que está pasando aquí.

Se humedeció los labios secos al oírlo.

—¿Eso quiere decir que intentas seducirme?

—Si entras, a lo mejor lo averiguas.

En contra de lo que le decía el sentido común, Frank la llevó a la planta alta.

Nunca llevaba mujeres a la segunda planta de su casa. Era su espacio privado, uno que no le gustaba compartir. Mientras crecía nunca había tenido una habitación para él solo, mucho menos una cama. Con tantas personas en un espacio tan reducido, no había habido un lugar solo para él. En cuanto pudo permitirse vivir solo, se había acostumbrado a usar habitaciones de hotel o la casa de la mujer en cuestión para sus relaciones.

Y en ese momento allí estaba Mamie, de pie en su dormitorio, como si fuera su lugar.

«Me gusta verla aquí».

Tal vez nunca se recuperara. Tendría que vender la casa y empezar de cero para erradicar el recuerdo de ella en esa estancia.

«O tal vez la retenga para siempre».

—Creía que estabas enfadado conmigo —dijo ella, que se dio la vuelta para ver la habitación—. Como dijiste que no habría más partidas de billar la otra noche, me dejaste preocupada.

No estaba enfadado, solo decidido a resistirse a ella. Después de su reunión con Duncan, se juró olvidarla. Guiarlos a Chauncey y a ella para firmar el contrato prematrimonial y después pasar página.

Eso fue antes de que apareciera en su terraza, escabulléndose en plena noche para verlo.

Y también fue antes de que se pasara las últimas seis horas pensando en ella, en que jamás volvería a besarla o a tocarla. En que se encontraría con Chauncey y con ella por la ciudad, los vería sonreír y reír en Delmonico's o en la ópera. En que siempre se arrepentiría de haber perdido la mujer más inteligente, fuerte y amable que había conocido.

Y en cuanto la vio esa noche, supo que no podía hacerlo.

No podía dejarla marchar, no sin pelear.

Se miraron el uno al otro durante un buen rato, mientras la tensión crecía a su alrededor, enroscándose como un muelle, y los dos esperaban. Había perdido la cabeza por ella, se ahogaba en el anhelo y en el deseo, y la fuerza de sus sentimientos lo aterraba. La necesidad de cruzar la estancia, de arrancarse la ropa y de penetrarla era tal que le temblaban las manos.

No, necesitaba un momento para tranquilizarse. No podía asustarla a ella también.

En ese momento, la vio esbozar una sonrisilla torcida y le hizo un gesto con un dedo para que se acercara.

«¡Dios, sí!».

Acortó la distancia que los separaba en cuatro zancadas y le tomó la cara entre las manos mientras le acariciaba la delicada piel de la barbilla con los pulgares.

—¿Eso quiere decir que esta noche quieres jugar otra vez al billar... o prefieres quedarte aquí?

—Depende. —Ella le rodeó las muñecas con las manos—. ¿Vamos a jugar a otra cosa?

Las palabras, junto con la mirada cargada de pasión de sus ojos entornados, se le clavaron en el pecho como una flecha. El deseo le retorció las entrañas y lo empalmó al instante.

—Tal vez. ¿Te gustaría eso?

—Si me dejas ganar...

Agachó la cabeza para susurrar:

—En este juego en concreto, los dos ganamos.

La oyó tomar aire justo antes de apoderarse de su boca. Sus labios eran suaves y carnosos, tan deliciosos como recordaba, de modo que la besó con más ansia. La frustración y el anhelo de esos últimos días se mezclaron, y de repente lo invadió una feroz desesperación. Le encantaba cómo lo besaba, con esos labios ávidos y ardientes, mientras emitía gemidos de placer como si no pudiera contenerse. Con algunas mujeres, los besos eran un rápido preludio a otros actos más íntimos. Con Mamie, sería capaz de pasarse así toda la noche y morir feliz.

Ella le rodeó el cuello con los brazos y se pegó a él, de modo que sus pechos quedaron aplastados contra su torso, y tuvo que tocarla en ese momento. Abrió los labios y le metió la lengua en la boca en busca de la suya, mientras le deslizaba las manos por los costados. Mamie respiraba con tanta dificultad como él; sus pulmones parecían haber participado en una carrera. Le acarició las costillas hasta que llegó a la curva de un pecho. La quería desnuda y debajo de su cuerpo mientras se introducía en ella, mientras sus pechos se agitaban con cada una de sus embestidas... ¡Joder! Esa imagen estuvo a punto de hacerle perder la razón.

Sin embargo, no era decisión suya. Era de Mamie.

Y tenían que hablar del tema con la cabeza despejada.

Se apartó de su boca y apoyó la frente en su sien.

—¡Dios, Mamie! Pierdo la cabeza cada vez que estoy contigo.

—A mí me pasa lo mismo. Es como si tuviera que meterme debajo de tu piel para acercarme lo suficiente. —Le metió los dedos en el pelo—. Casi no me reconozco.

—Tenemos que hablar de esto.

—¿No hay más remedio? —Ladeó la cabeza y lo besó en el mentón, acariciándole con los labios esa zona por la barba. Si seguían así, acabaría con la piel irritada.

—Me habría afeitado si llego a saber que venías —susurró.

—Pues me alegro de que no lo hicieras. Me encanta. Es como sentir al hombre real que se oculta tras el abogado.

Su imaginación conjuró al instante otros puntos en los que podría sentir al hombre real.

«Ya basta. Esto no te ayuda en nada», se dijo. Soltó un trémulo suspiro. Retrocedió y puso algo de distancia entre ellos.

—Deberíamos hablar de lo que quieres que pase.

—¿No está claro? Porque había supuesto que subir a tu dormitorio era una señal clara de lo que me gustaría que pasara.

¡Ah! Su preciosa inocente... No tenía ni idea de la cantidad de actos depravados que podían tener lugar en su dormitorio.

—No del todo. Por ejemplo, ¿esperas una repetición de lo que hice la otra noche... o esperas más?

—Más —contestó ella al punto, y sintió que el pene le daba un respingo mientras el deseo le corría por la mitad inferior del cuerpo.

¡Por Dios! Esa mujer...

Se acercó a él.

—Tú eres un hombre de palabra, pero yo soy una mujer de acción. Hay veces en las que las palabras sobran. —Le puso las manos en el torso y se las deslizó por las costillas y los pectorales. Una llamarada le recorrió la piel allí donde lo tocaba.

Tragó saliva e intentó recordar de qué estaban hablando.

—No quiero hacerte daño.

—Si haces algo que no me gusta, te lo diré.

Sin dejar de mirarlo, le quitó el botón que le sujetaba el cuello rígido a la camisa y arrojó ambas cosas al suelo. Se quedó sin aliento mientras ella empezaba a desabrocharle los botones. Cada caricia de esos dedos sobre su pecho y su abdomen era una tortura. Parecía que había perdido la capacidad de moverse. Solo era capaz de respirar y de intentar mantener el control mientras ella se esforzaba por destrozarlo.

La vio morderse el labio mientras contenía una sonrisa.

—Estás disfrutando —le dijo.

—Por una vez estás callado. ¿Cómo voy a quejarme?

Soltó una carcajada. No recordaba la última vez que se había reído mientras estaba con una mujer. Las engatusaba, sí. Las halagaba y les daba placer. Pero nadie lo atormentaba y lo excitaba como Mamie. Ni lo llevaba al borde de la locura, como ella hacía en ese momento.

Le deslizó los tirantes por los hombros y le sacó los faldones de la camisa de los pantalones. Con un rápido movimiento, se sacó la prenda por la cabeza. Ella no perdió el tiempo y le desabrochó los pantalones para bajárselos por las caderas, dejándolo con la finísima tela de la ropa interior que no ocultaba nada a sus ávidos ojos. Si Mamie bajaba la mirada más allá de su cintura, no podría pasar por alto la erección que tensaba el algodón.

—¡Qué barbaridad! —susurró ella mientras le acariciaba los hombros y los bíceps con un dedo.

—¿Paso el examen?

—Como si te preocupara no hacerlo.

Pues la verdad era que sí. Acostarse con una mujer sin experiencia era una novedad para él. ¿Había visto antes a un hombre desnudo? ¿La asustaría? Por eso, cuando ella buscó los botones de la ropa interior, le sujetó las manos.

—Creo que me toca.

Mamie levantó las manos en señal de rendición, retrocedió un paso y esperó. Desvestir a una mujer era una lección de paciencia. Había muchos corchetes y botones diminutos, cintas y tapetas que protegían toda esa voluptuosidad de las miradas indecentes. Por norma, llevaba a cabo ese proceso de una manera lógica y directa, con la pasión controlada mientras avanzaba con seguridad.

Sin embargo, sentía los dedos torpes mientras se ponía manos a la obra con la ropa de Mamie. Se sentía desmañado y ansioso. La idea de tenerla desnuda en cuestión de momentos lo atontaba. Rompió tres botones con las prisas, y ella tuvo que ayudarle con las faldas porque enredó las cintas. El corazón le latía más fuerte a cada prenda de ropa que caía al suelo, a cada trozo de piel que quedaba al descubierto. Sentía un deseo palpitante en su miembro, ya erecto y listo.

«No pierdas la cabeza. Tienes que conseguir que la experiencia sea perfecta para ella».

—¡Maldición! —dijo cuando se enredaron los cordones del corsé por las prisas.

—¡Ay, vaya por Dios! ¿Necesitamos tijeras?

Se dejó caer de rodillas para ver mejor el problema.

—Espero que no. No recuerdo haber sido nunca tan torpe.

—Un consejo —le dijo ella por encima del hombro—: nunca le recuerdes a la mujer que tienes en tu dormitorio cuántas han pasado por aquí antes que ella.

Soltó los cordones y empezó a aflojarle el corsé. Cuando consiguió abrirlo lo suficiente, se colocó delante de ella.

—Ninguna otra mujer me ha afectado tanto. Me has puesto patas arriba, y como no te bese pronto, puede que...

Mamie, esa maravillosa y aventurera mujer, se abalanzó sobre él, y sus bocas se fusionaron. Fue un beso desmedido, pero estaba demasiado desesperado como para preocuparse por la técnica. ¿Por qué había pensado alguna vez que la audacia de Mamie era un defecto?

Le soltó el corsé tan rápido como pudo y dejó caer la pesada prenda al suelo. Unos pechos voluptuosos y suaves se pegaron contra su torso, y sus caderas se encontraron cuando ella se acercó más. Gimió, abrumado por la sensación. Desde luego que la noche iba a matarlo antes de que terminase.

Y en ese momento, ella tomó su mano y lo condujo a la cama.

14

Su pobre abogado.

Estaba nervioso, y nada la complacía más. Su reacción hizo que se sintiera especial, no como una cara más en una larga lista de mujeres que habían pasado por su cama. Se había percatado de que se estaba conteniendo, de que iba despacio por ella. Esa consideración, si bien muy agradable, era innecesaria. Ardía por él, lo deseaba con desesperación. Deseaba con desesperación volver a experimentar la dicha abrumadora que le había regalado la otra noche.

Había llegado el momento.

Sin dejar de besarlo, lo condujo a la enorme cama de nogal con dosel emplazada en el centro de la estancia. Todavía llevaba puesta la camisola, los calzones, las medias y los zapatos, y Frank solo llevaba la ropa interior, una prenda enteriza que lo cubría por completo. ¡Por Dios! Todos los artistas del mundo deberían fotografiar, pintar o esculpir su cuerpo casi desnudo. La prenda se amoldaba a cada recoveco y a cada músculo, resaltando sus duros planos y sus largas piernas, con bultos en unos lugares muy interesantes.

De hecho, quitarle esa última prenda era su prioridad.

El acto en sí no la ponía nerviosa. Al menos, no con Frank. Confiaba en él, sabía que compartían algo extraordinario: una chispa que desde luego le faltaba con Chauncey o con cualquier otro hombre. Además, estaba convencida de que la trataría con sumo cuidado, de que se aseguraría de que disfrutaba de cada segundo.

Cuando tocó el colchón con las corvas, Frank la levantó como si no pesara nada y la subió a la cama. Acto seguido, comenzó a quitarle los zapatos y las medias con rapidez, antes de subirle la camisola y quitársela por la cabeza. Volvió a besarla y la invitó a tumbarse en la cama mientras la cubría un poco con el cuerpo. Antes de que pudiera protestar porque no se había desnudado, él le colocó una mano en un pecho desnudo y se lo acarició despacio. Apartó la boca de la suya.

—He soñado con esta preciosidad —susurró él antes de inclinar la cabeza para meterse el pezón en la boca.

Jadeó al sentirlo. La presión no se parecía a nada que hubiera experimentado antes; sintió los nervios a flor de piel, como cables eléctricos, mientras el placer la recorría por entero. Cuando Frank pasó al otro pecho, le resultaba imposible contener los estremecimientos mientras movía las caderas con impaciencia.

—Frank —susurró—. Por favor.

Él le lamió la zona inferior del pecho, acariciándole la piel con los dientes mientras buscaba con los dedos las cintas de sus calzones. Lo ayudó para bajárselos por las piernas, tras lo cual los apartó de un puntapié. Antes de que la prenda de seda hubiera llegado al suelo siquiera, él la colocó mejor en la cama y se tumbó entre sus piernas. A continuación, agachó la cabeza, y sintió su boca allí, lamiendo y chupando su zona más íntima con un ritmo erótico que la hizo volar. Arqueó la espalda y se le escapó un gemido mientras cerraba los ojos y separaba los muslos en señal de rendición.

Una mano grande le agarró la muñeca y le indicó que se tocara un pecho.

«Sí, esto es todavía mejor», se dijo. Sin pensar siquiera, se acarició y masajeó el pecho, y se pellizcó el pezón con los dedos. Tocarse nunca había tenido resultados semejantes, nunca había hecho que le temblaran las piernas ni que el clímax se acercara a una velocidad de vértigo.

Sintió la punta de un dedo en la entrada de su cuerpo antes de que la penetrara. Alzó las caderas para salir al encuentro de esa invasión, ansiándola, exigiéndola, y él la complació. Sintió que le rodeaba el clítoris con los labios y, acto seguido, el calor de su lengua. Después, la penetró con otro grueso dedo, ensanchándola, y el orgasmo la asaltó como un rayo por las piernas, como una descarga eléctrica que le robó la razón.

Cuando recuperó el sentido, Frank seguía entre sus piernas, gimiendo mientras lamía su esencia y le susurraba lo guapa que era, lo mucho que le gustaba su sabor y lo maravillosa que era su respuesta. Se relajó mientras flotaba en una nube de dicha y oía su ronca voz. Empezó a acariciarla con más ternura, pero no se apartó.

Al cabo de un momento, la penetró con facilidad con dos dedos. Se estremeció, ya que tenía el cuerpo demasiado sensible, pero sus hábiles dedos giraron y se curvaron hasta dar con un punto secreto que hizo que sus caderas se estremecieran de nuevo.

—¡Ay, Dios! —dijo, sorprendida.

Frank la observó con expresión ardiente mientras repetía el gesto en su interior. El deseo surgió de nuevo, con más fuerza y rapidez..., y sintió que se le cerraban los ojos. Cuando él empezó a mover los dedos en su interior, experimentó un dulce anhelo cada vez que los retiraba. La penetró con un tercer dedo mientras seguía acariciándola con la lengua. Sentía que su cuerpo empezaba a contraerse, que el fuego se extendía por su interior, mientras esa boca y esos dedos tan habilidosos seguían torturándola.

Cuando estuvo loca de deseo y jadeante, Frank se colocó a un lado de la cama. Tenía la cara y el cuello sonrojados. Esos ardientes ojos azules admiraron su cuerpo desnudo mientras se desabrochaba a toda prisa los botones de la ropa interior. Lo vio liberar los brazos, tras lo cual se bajó la prenda hasta la cintura y una vez allí siguió por las piernas. Cuando se enderezó, y antes de que se acercara gateando hasta ella, Mamie pudo atisbar su grueso miembro, que se erguía desde una mata de vello negro. Era la primera vez que sus cuerpos desnudos se tocaban, y el roce del vello de su piernas y de su torso la maravilló.

Frank se apoyó en los codos, y dejó casi todo el peso del cuerpo en la cama. Sentía su pesado miembro contra el muslo.

—Podemos parar si lo prefieres.

—No quiero parar.

—Sabes lo que esto quiere decir, ¿verdad?

Ella frunció el ceño.

—No, ¿qué quiere decir?

Frank le puso una mano en una cadera y tiró de ella al tiempo que se tumbaba de espaldas, de modo que quedó sobre él, sentada a horcajadas sobre sus caderas. Sentía su erección, dura e insistente, justo bajo su cuerpo. Él le tomó la cara entre las manos y la miró con más seriedad que nunca.

—Significa que eres mía.

Se apoderó de su boca y la besó, robándole la capacidad de réplica. Le recorrió el cuerpo con las manos allí donde llegaba. Acariciándola. Tocándola. Para ser un hombre que acababa de quitarse lo que le quedaba de ropa, parecía tener una paciencia infinita y contentarse con volverla loca.

Ella, en cambio, ardía de deseo. Conocía el mecanismo básico de la intimidad entre un hombre y una mujer (Florence tenía un juego de cartas erótico, al fin y al cabo), pero no había esperado sentir un anhelo tan enloquecedor, una desesperación tan intensa por otra persona. Sus caricias se le antojaban necesarias. Su cuerpo tenía vida propia, buscaba la culminación, de modo que movió las caderas para frotarse contra su miembro.

Frank se estremeció bajo ella.

—¡Dios, Mamie! Tengo que estar dentro de ti. Permítemelo, ¡por el amor de Dios! Por favor.

¡Ah! Por fin lo entendía. ¿Era con ella encima?

—Sí, preciosa mía. Así. Se supone que así es mejor para ti.

Con qué facilidad había comprendido lo que ella se estaba preguntando. Claro que ya pensaría en eso en otro momento. Introdujo una mano entre sus cuerpos, agarró su miembro con firmeza y él siseó y apretó los dientes. Lo soltó e hizo ademán de apartarse.

Él la sujetó por la cadera.

—No, Mamie. Eres perfecta. Esto es perfecto. Haz que sea más perfecto todavía, por favor.

Ella lo intentó de nuevo. En esa ocasión, él no apartó la mirada, sino que observó, con la cabeza gacha, cómo lo agarraba con la mano y se colocaba de rodillas.

—Eso es —dijo—. Métete la punta y después baja poco a poco, lo que puedas...

Apretó los dientes y dejó la frase en el aire, porque ella había seguido su consejo y empezó a introducírselo. La húmeda punta se coló en su interior, y a partir de ahí fue cuestión de respirar y esperar cada pocos segundos. No sintió dolor, solo una presión, y sospechaba que los dedos de Frank habían ayudado mucho a preparar el camino. Él siguió inmóvil, cubierto por una fina capa de sudor, y su glorioso torso subía y bajaba mientras ella controlaba el ritmo.

Pronto lo tuvo dentro por completo, y los dos jadearon. Lo sentía enorme y duro, ocupando todo el espacio que tenía en su interior. Casi era demasiado, estaba dilatada al máximo a su alrededor. Después, descubrió que no era suficiente. Se retorció un poco, sin saber qué hacer, pero preparada para algo más.

Las enormes manos de Frank le guiaron las caderas, instándola a moverse. No tardó en seguir el ritmo y en maravillarse mientras él la observaba con una mirada ardiente y los párpados entornados. Cualquier timidez por la postura o por cómo se le movían los pechos desapareció. Se movieron juntos como una sola persona, los dos en busca de algo, agarrados el uno al otro, clavándose las uñas. Cada movimiento le provocaba una fricción en el clítoris, que él ya había venerado con los labios y sentía hinchado, y lo único que deseaba era más y más y más...

—Sí, Dios, más deprisa. —Frank se incorporó para meterse un endurecido pezón en la boca.

Sintió un ramalazo de deseo, y el placer la consumió. Se le tensaron los músculos, aprisionándolo en su interior, y Frank se hizo con el control cuando perdió el ritmo. Siguió embistiendo con las caderas mientras el orgasmo la asaltaba, y después se tensó y gruñó. Apenas fue consciente de que su miembro se hinchaba más antes de que se derramara en su interior.

Se dejó caer sobre Frank e intentó recuperar el aliento. ¡Qué barbaridad! Aquello había sido... inesperado. Pensaba que su primera vez sería algo incómodo y doloroso, pero esa noche había sido todo lo contrario. Había sido algo tierno y apasionado. Vigorizante y agotador. Todo por culpa de ese hombre tan guapo, enloquecedor y maravilloso.

Lo sentía duro en su interior mientras le acariciaba la espalda con las manos de forma lánguida. El fuego que crepitaba en la chimenea creaba un resplandor anaranjado en el dormitorio que encajaba con su estado de ánimo. La calidez se apoderó de su cuerpo, y cerró los ojos, encantada de quedarse así toda la noche.

—Lo que dije antes iba en serio —le susurró él contra el pelo—. Ahora eres mía.

Sonrió y le pegó los labios al pecho.

—Al menos, durante las próximas semanas.

Él cambió de postura, de modo que quedaron tumbados de costado.

—No, mi terca florecilla. Me refiero a que eres mía, pero para siempre.

Lo miró parpadeando, preciosa en su desconcierto. Sin embargo, después de lo sucedido esa noche, ¿cómo podía dudar de él?

No pensaba renunciar a ella. No en ese momento, no después de haber sido su primer y único amante. Acababa de correrse en su interior, ¡por el amor de Dios! Bien podría haberse quedado embarazada esa noche.

«¿Y por qué no se la has sacado como haces siempre? ¿Intentas obligarla?».

No, nunca le haría eso. La verdad, había sido incapaz de contenerse. El orgasmo lo había pillado por sorpresa, lo había abrumado con tanta ferocidad que fue incapaz de sacársela a tiempo. Era algo que nunca le había pasado, ni una sola vez. Después de presenciar las infidelidades de su padre, siempre había tenido cuidado de no engendrar ningún hijo. Esa noche había fracasado con Mamie, pero tendría más cuidado en el futuro.

Además, pensaba casarse con ella.

La idea había cobrado vida y enraizó en cuanto ella apareció esa noche. No renunciaría a Mamie. ¿Una vida repitiendo lo sucedido esa noche? ¡Joder, sí! Pagaría gustoso el precio que tuviera que pagar, ya fuera con su carrera profesional o con su posición social, con tal de tenerla.

Aunque tampoco renunciaría a eso fácilmente. Tal vez Duncan Greene intentara destruirlo, pero él era más duro de roer que esos hombres. Recordaba lo que era no tener nada, y que lo partiera un rayo si alguien intentaba arrebatarle algo en ese momento.

¿Acaso no era famoso por encontrar soluciones imposibles? Aquella situación no era distinta. Se le ocurriría algo para apaciguar a Duncan, para mantener en secreto su pasado, para conservar su posición y para casarse con Mamie.

Sería el hombre más afortunado de toda la ciudad.

Ella frunció el ceño.

—No lo entiendo. ¿Para siempre?

La miró con su sonrisa más seductora.

—Sí, Mamie. No creerías que iba a acostarme contigo y que después no íbamos a casarnos, ¿verdad?

Ella se incorporó, mientras intentaba cubrir sus voluptuosos pechos con una mano y varios mechones de pelo le caían por los hombros.

—¿Casarnos? ¿Casarte conmigo? ¿Qué se te ha metido en la cabeza? ¿Te has dado un golpe?

Su sonrisa se flaqueó un poco.

—¿A qué viene tanto escepticismo? ¿No puedo casarme o qué?

La vio salir de la cama, boquiabierta. Acto seguido, se inclinó, tomó su camisa y se la puso. La prenda era demasiado grande y ancha, pero el deseo lo asaltó de nuevo. ¡Por Dios! Nunca había visto nada más incitante que Mamie con su ropa, con los pezones visibles bajo la delgada tela y las piernas desnudas por debajo de los faldones.

Se moría por quitársela.

Ella puso los brazos en jarras.

—En primer lugar, me dijiste que nunca te casarías, que no tienes intención de ser infiel.

Volvió a mirarla a la cara.

—Que sepas que puedo cambiar de idea.

—Pues claro que sí, pero no conmigo. Ya has oído a mi padre. Te arruinará la vida. Te destruirá a ti y se negará a darle su bendición a nuestro matrimonio.

—Tengo dinero ahorrado, inversiones. No puede arrebatármelo todo.

—No puedo permitir que eso suceda. Nunca me lo perdonaría, y algún día acabarías echándomelo en cara.

—Imposible. —Se tumbó en la cama y entrelazó las manos detrás de la cabeza—. Nunca te echaría en cara nada de eso.

—Esto es increíble —masculló ella—. No estaba previsto que cambiaras de idea.

—Creía que serías feliz. Ya no tienes que casarte con Chauncey.

Mamie se tapó la boca, volvió la cabeza y clavó la mirada en la pared.

—¿A qué viene todo esto? ¿Ha sido por lo de esta noche? Si te sientes culpable por mi virginidad, no es necesario. No tienes la obligación de casarte conmigo, sobre todo cuando te arriesgas a perderlo todo.

¡Ah! Empezaba a comprender por qué su cambio de opinión la alteraba tanto. Rodó por el colchón, puso los pies en el suelo y se levantó. En dos zancadas llegó hasta ella.

—Cariño —le tomó la cara entre las manos y la miró a los ojos—, no se trata de tu virginidad ni de ninguna obligación. Se trata de ti y del hecho de que no puedo dejarte marchar. Me he dado cuenta esta misma noche, después de pasar unas horas espantosas sin dejar de pensar en el dichoso contrato prematrimonial.

—Es una locura. Estás loco. Deberían encerrarte.

—Te juro que estoy perfectamente cuerdo. —La besó en la frente—. Ahora vuelve a la cama para que pueda demostrarte lo mucho que me gustas con mi ropa.

—Ha sido un error. —Mamie hizo una mueca y se señaló el cuerpo—. Y estoy chorreando. —Se inclinó para recoger su ropa.

—Lo siento. He perdido la cabeza.

—Bien. Me alegra oírte decir eso. Ahora ya podemos dejar el tema del matrimonio.

—No. Siento haberme corrido dentro de ti. Suelo hacerlo siempre fuera. Pero he dicho en serio lo de casarme contigo.

—En ese caso, prefiero desentenderme del asunto.

Sacudió la cabeza al oírla. No tenía sentido. El matrimonio lo solucionaría todo.

—No lo entiendo. Ya no tienes que casarte con Chauncey y te he dicho que las amenazas de tu padre no me preocupan. ¿Qué otra cosa más te preocupa?

Con la ropa interior pegada al pecho, Mamie se dio media vuelta para mirarlo al tiempo que alzaba la barbilla.

—El motivo de que no desee casarme con Chauncey es que prefiero decidir yo mi futuro, no que lo dicten los hombres de mi vida. Ni una sola vez me has preguntado lo que quiero. Has supuesto que aceptaría encantada casarme contigo porque te has dignado a escogerme. Pues no, muchas gracias.

—¿Eso quiere decir que te casarás con Chauncey?

—¿Por qué tiene que ser Chauncey o tú? ¿Por qué tengo que escoger marido?

—Porque tu padre lo hará por ti a menos que te cases conmigo.

—Así que, ¿qué hacemos? ¿Nos fugamos?

—Si quieres. —No tenía especial interés en las bodas; había asistido a muy pocas. El ayuntamiento estaría bien para él.

—El romanticismo de tu proposición es abrumador. Creo que será mejor que me siente antes de que me desmaye —repuso ella con evidente sarcasmo.

Se pasó una mano por el mentón.

—Mejor que Livingston, que te ha dicho que piensa seguir manteniendo a su amante una vez que estéis casados. No dirás que eso es romántico, ¿verdad?

—Claro que no.

—En ese caso, ¿qué problema hay?

—No puedo casarme contigo. No puedo casarme con nadie ahora mismo.

Sintió una opresión en el pecho al oírla, como si le apretaran los pulmones hasta dejárselos sin aire. La situación no se había desarrollado como él pensaba.

—Es por tu padre.

—Ese es uno de los motivos. —Recogió el vestido y los zapatos—. Por no mencionar el hecho de que no me lo has pedido en ningún momento.

Mamie se fue con la ropa al cuarto de baño contiguo a su dormitorio. ¡Maldición! Había metido la pata. La primera mujer que consideraba como su esposa y se alejaba de él.

«Haz algo, imbécil», se dijo.

—¿Quieres casarte conmigo? —le preguntó a su espalda.

—No —contestó ella al punto antes de entrar en el cuarto de baño y cerrar la puerta. El chasquido del pestillo resonó como un disparo en la habitación.

El fracaso le pinchaba la piel como un sinfín de agujas. Detestaba la sensación, esa impotencia que burbujeaba en su interior. No esperaba que lo rechazase.

Su argumento, pensó, era bueno. Casarse con él evitaba la necesidad de que se casara con Chauncey, y él conseguiría a la mujer más entusiasta y hermosa de Nueva York por esposa. Duncan sería un problema al principio, pero ya se las apañaría.

Seguiría mintiendo sobre su pasado, aunque añadiría una historia trágica para explicarle la falta de familiares vivos a Mamie. No era una situación perfecta, pero ¿cuál era la alternativa? ¿Que se casara con Chauncey en cuestión de un mes?

No, por supuesto que no.

Mamie era suya, no de ese estúpido fantoche. Tenía que encontrar la manera de convencerla. «El romanticismo de tu proposición es abrumador». Cierto, había sido más una proposición práctica. Menos mal que sabía cómo engatusar a las mujeres...

Pues la cortejaría. Le demostraría que iba en serio, que le tenía cariño y que deseaba casarse con ella de verdad. Y no se detendría hasta haberla conquistado.

Al fin y al cabo, había escapado de aquella chabola y se había convertido en el mejor abogado de Nueva York. Tenía una mansión en la calle más cotizada de la ciudad. Podía cenar en los restaurantes de moda cualquier noche que quisiera, asistir a actuaciones cuyas entradas se habían agotado o relajarse en cualquier club exclusivo. No había llegado a obtener semejante éxito esperando de brazos cruzados a que pasaran las cosas. No, había trabajado con tesón, y después se había esforzado más si cabía, hasta conseguir lo que deseaba.

Y deseaba a Mamie Greene.

—¡No dejaré de pedírtelo! —le gritó a la puerta cerrada.

—¡Y yo no dejaré de rechazarte! —replicó ella también a voz en grito.

Recogió sus pantalones con una sonrisa torcida.

—Acepto el desafío —masculló—. Ya veremos quién gana, Marion Greene.

A la mañana siguiente, Frank salió más tarde de lo habitual. Después de acompañar a Mamie a su casa, para su enfado, había sido incapaz de dormir. No dejaba de darle vueltas a cómo conquistarla. Las flores eran demasiado tibias. Las joyas, demasiado tradicionales. Mamie era única, distinta de otras mujeres que necesitaban cosas materiales. A una mujer que salía a robar para darles el dinero a familias de los barrios bajos no le resultarían halagadoras ni una baratija ni un ramo de flores.

Debía pensar a lo grande.

Y también debía hacerlo deprisa. Tenía menos de cuatro semanas para convencerla. No era mucho tiempo.

Su carruaje estaba parado junto a la acera. Después de saludar a su cochero con un gesto de la cabeza, subió. Tal vez leería algunos informes de camino al centro financiero.

Se sentó y dio un respingo por la sorpresa. Un hombre lo esperaba dentro, uno al que solo había visto una vez en los últimos quince años.

—¿Qué haces aquí?

Patrick torció el gesto.

—¿Te parece bonito saludar así a tu hermano pródigo?

Frank frunció el ceño antes de inclinarse hacia la ventanilla.

—Espera un momento —le dijo a su cochero—, no te pongas en marcha hasta que te lo diga.

Smith, su cochero, se tocó el ala del sombrero, pero no replicó. Frank tenía que averiguar cómo se había colado su hermano en el carruaje, pero eso tendría que esperar.

Intentó relajarse y fingir que la presencia de Patrick no lo había enervado.

—¿Y bien?

Su hermano estiró las piernas y entrelazó las manos. Era increíble lo mucho que se parecía a su padre, con ese mentón afilado y los ojos azul oscuro. Era una cara que todavía lo atormentaba en sueños.

—¿Te importa decirme por qué tienes a un hombre siguiéndome?

Disimuló la reacción. ¡Qué torpe Otto al dejar que Patrick lo viera!

—No sé de qué hablas.

—No me mientas, Frankie. El hombre que te acompañaba en el club me ha estado siguiendo y ha estado husmeando en mi vida. La única persona que le habría pedido que lo hiciera eres tú. Así que dime: ¿a qué viene el repentino interés por tu familia?

—¡Qué ridiculez! No se me ocurriría ordenar que te siguieran con las compañías que frecuentas.

Patrick entrecerró los ojos, a los que había asomado la rabia antes de que la controlara.

—¡Qué engreído! Siempre fuiste un sabelotodo, y veo que no ha cambiado en todos estos años.

—Pues ilústrame. Dime que no eres uno de los matones de Jack Mulligan.

—Te he observado desde lejos. —Patrick agachó la mirada y se quitó un hilo de los pantalones, que estaban limpios aunque un poco desgastados—. Un abogado importante y elegante con una mansión en la Quinta Avenida. Siempre me pregunté por qué no te mudaste después de irte de casa. Por qué te quedaste en Nueva York cuando es evidente que podrías vivir donde quisieras. Luego me trincaron y me encerraron en Las Tumbas. Imagina mi sorpresa cuando alguien consigue que me suelten, paga mi fianza y se las apaña para que retiren los cargos. No muchos serían capaces de esa hazaña, ni siquiera Jack. Entonces me di cuenta de que eras tú.

—No, yo no...

—Y luego está el dinero —siguió Patrick, interrumpiéndolo—. Mamá recibe doscientos dólares todos los meses, sin nota, sin recibo. Solo un sobre con billetes. Me lo ocultó un tiempo, no me dijo nada. El viejo ya lleva muerto ocho años, así que, ¿por qué ocultarme el dinero a mí, el único hijo que se ha preocupado de no largarse?

Frank no replicó. Tenía un nudo enorme en la garganta. ¿Adónde quería llegar Patrick con todo aquello?

—No podías dejarnos tranquilos, ¿verdad? Por eso no te fuiste. Crees que te necesitamos, que somos unas pobres criaturas dignas de lástima que estamos por debajo de ti. Como si fueras un caballero al rescate en un cuento de los hermanos Grimm.

Frank sintió que la rabia crecía en su pecho y que eclipsaba la sorpresa que le había causado lo que acababa de decir su hermano.

—Te arrestaron por robar, Patrick. ¿Tanto deseabas acabar en la cárcel?

—Me arrestaron mientras recuperaba algo que me pertenecía, algo que muchos hombres han intentado quitarme estos últimos años. Solo que lo hice en el momento equivocado, y el sereno se dio cuenta. Pasar unos meses en Las Tumbas habría merecido la pena, ya que pude recuperar lo que era mío.

—Así que debería haber dejado que te pudrieras en la cárcel, rodeado de enfermedades y plagas, por no hablar de los enemigos de Mulligan.

—Sigues sin entenderlo. No te necesitamos. Los Murphy nos olvidamos de Frank Murphy hace mucho, cuando quedó claro que te avergonzabas de tus orígenes. ¿Qué clase de apellido es Tripp? —Soltó una carcajada desdeñosa—. No tienes mucha imaginación, ¿verdad?

—¡Que te den! —masculló Frank, incapaz de contenerse.

—No, que te den a ti, Frank Tripp. —Patrick se inclinó hacia delante, con expresión intensa—. Que te den por mangonearnos con tu riqueza y tus privilegios, como si tuviéramos que dar las gracias por cada migaja que nos tiras.

—Mi intención no es esa. Solo intento ayudar.

Patrick hizo una mueca amargada y cínica.

—Pues te voy a explicar un par de cosas sobre tu «ayuda». ¿Sabes qué pasa cada mes cuando mamá recibe el sobre con dinero? —Hizo una pausa para darle tiempo a contestar, pero Frank se mantuvo en silencio—. Se pasa horas llorando. Horas, Frank. Nunca ha gastado un solo centavo del dinero, lo guarda en el colchón. Cuando le pregunté por qué, me dijo: «Es el dinero de Frankie. Se lo devolveré cuando vuelva a casa».

Frank sintió un nudo en la garganta provocado por la emoción. Carraspeó. Dos veces.

—Quería ayudarla con sus problemas.

Patrick sacudió la cabeza.

—Ahora que vives aquí, con tu elegante casa y tus mujeres más elegantes todavía, con un montón de criados, crees que el dinero es lo más importante. Lo que no entiendes es que le rompiste el corazón al marcharte. No necesita tu dinero. Preferiría ver a su hijo antes que tener cien mil dólares.

—Te equivocas. Se alegró cuando me fui.

—Porque ibas a estudiar. Quería una vida mejor para ti, todos la queríamos, pero no sabía que no ibas a volver.

Frank apretó los dientes y clavó la vista al otro lado de la ventanilla. ¿Sería verdad? Todavía la recordaba el día que se marchó...

Estaba en la cocina, con su padre dormido en la habitación del fondo. Sabía que no debía hacer ruido, que no debía despertar a su padre, mucho menos tan temprano. Colin había llegado dando tumbos casi al amanecer, ayudado por una de las chicas de la calle. Hicieron mucho ruido e iban los dos borrachos, apestando a ginebra. Frank había echado un vistazo desde un jergón en el otro extremo de la habitación y había visto que su padre le metía mano al corpiño de la mujer y que se besaban en la boca. Se dio media vuelta para mirar a la pared y metió la cabeza debajo de la almohada.

En ese momento, decidió que aceptaría la oferta del señor Stone.

—Mamá, el señor Stone dice que puedo ir a un internado que conoce en New Jersey.

Su madre dejó de remover la sopa que estaba cocinando.

—¿Y quién va a pagar el colegio ese?

—Él.

Su madre lo miró con expresión adusta.

—¿Y qué espera que le des a cambio?

—Nada. Dice que se me dan bien los libros, que debería haberme pagado más todo este tiempo. Creo que es su forma de saldar esa deuda.

—Frankie, nadie hace nada bueno por pura bondad. Seguro que quiere algo de ti.

—No, no es eso. Dice que debería ir y sacarme un título. Salir de este barrio.

Se oyó una voz que gritó desde el fondo.

—Cierra la boca, vaca estúpida. ¿No ves que intento dormir?

Frank dio un respingo y miró hacia el lugar donde estaba su padre.

—¿Por qué dejas que te hable así? —susurró.

Su madre lo adentró en la cocina, lo abrazó y siguió hablando en voz baja:

—Vete, cariño mío. Vete a conquistar el mundo y nunca mires atrás.

De vuelta en el presente, Frank repuso:

—Pero me dijo... —Dejó la frase en el aire. Poco importaba ya, después de tanto tiempo.

—Deja de seguirme y de mandarle dinero. Llevas lejos quince años. Déjanos tranquilos. Nos va muy bien sin ti.

—Y tan bien... —replicó sin intentar ocultar el sarcasmo—. Estás con la gente de Mulligan, y nuestra madre sigue viviendo en la chabola de Worth Street. Os va de lujo.

—Serás hijo de... —Patrick apretó los dientes—. Trabajo para Mulligan, pero no formo parte de su organización. Soy cervecero, ¡por el amor de Dios! Soy dueño de mi propia cervecería. Y si alguna vez te dignaras a ver el interior de la casa de Worth Street, te darías cuenta de que han cambiado muchas cosas. Pero no te has dignado a hacerlo, ¿verdad?

Frank se quedó callado. Los dos conocían la respuesta.

Su hermano se inclinó hacia delante y abrió la portezuela. Puso un pie en el escalón y se volvió.

—No necesitamos que nos rescaten. Ni tú. Ni nadie. Déjanos tranquilos de una vez.

15

El primer regalo llegó a la tarde siguiente.

Mamie estaba tomando el té con sus hermanas y su madre cuando apareció Williams, el mayordomo.

—Señorita Marion, ha llegado un paquete para usted. Lo hemos dejado en el vestíbulo.

—¡Oooh! —Florence miró a Mamie con expresión elocuente antes de levantarse de un salto y correr hacia la puerta—. ¿Qué será?

Mamie le había contado algunos detalles poco precisos sobre las actividades de la noche anterior a su hermana, que pensaba que estaba loca por rechazar la proposición de Frank. Daba igual las veces que le explicara sus motivos, Florence decía que estaba dejando ganar a su padre.

Ella prefería creer que estaba salvando a Frank de la ira de Duncan Greene.

Desterró esos pensamientos y salió en pos de su hermana. Su madre y Justine las siguieron, todas con la intención de ver qué había en la puerta principal. ¿Qué clase de regalo había llegado? ¿Flores? Chauncey nunca le había enviado un regalo, pero tal vez le preocupaba que no firmase el...

Se detuvo en seco. En el vestíbulo había una bicicleta, de reluciente metal y con un diminuto sillín de cuero. Con unas ruedas enormes y un manillar plano. Le habían atado un precioso lazo rojo en la parte delantera.

Parpadeó e intentó encontrarle sentido. Desde luego que Chauncey no se la había enviado. Consideraba las bicicletas como un acto de rebeldía femenina. Eso quería decir que...

—Mira, hay una tarjeta —anunció Justine, que se adelantó cuando ella se detuvo—. Ábrela, Mamie, y dinos de quién es. —Sacó la tarjeta de la cinta y se la entregó.

Mamie tragó saliva y la abrió.

Para mi pequeña rebelde.

Una sensación cálida se extendió por su interior, una ternura que jamás había experimentado con tanta intensidad. Solo una persona podía haber escrito esa tarjeta. ¿Cómo lo sabía Frank? No le había contado su conversación con Chauncey, que creía que las bicicletas eran algo que solo les gustaban a las mujeres problemáticas. Sin embargo, de alguna manera él había elegido el regalo perfecto, algo con significado además de divertido.

Le encantaba.

«No dejaré de pedírtelo».

¿Intentaba ablandarla con regalos? De ser así, se iba a llevar una decepción. Era la primogénita de Duncan Greene y disfrutaba de todo lo que eso conllevaba. Para él, eso significaba el final de su posición social, de su carrera y de su riqueza. No podía permitir que le sucediera algo así.

Además, había supuesto que iba a aceptar casarse con él en cuanto sacó el tema. Ni anillo, ni proposición. Ni siquiera un «Te quiero». Solo la lógica y serena decisión de que su vida la incluiría a ella a partir de ese momento.

No, gracias. No quería que su futuro se decidiera así.

—Chauncey es muy listo —dijo Justine—. Es un regalo extraordinario.

Mamie miró de reojo a Florence, que se limitó a esbozar una sonrisilla torcida. Después, se metió la tarjeta en un bolsillo del vestido. No tenía sentido corregir a la benjamina acerca de quién había enviado el regalo en ese momento. No podía decirle a su madre que Frank Tripp la estaba cortejando.

La puerta se abrió de golpe. Apareció su padre, cuyo semblante se suavizó en cuanto las vio a todas reunidas en el vestíbulo.

—¡Vaya! Desde luego que es mi día de suerte. Todas mis chicas en el mismo lugar.

—¡Papá, mira! Chauncey le ha enviado a Mamie una bicicleta. —Justine se acercó para besarlo en la mejilla—. ¿A que es fantástico?

Su padre le dio el maletín, el bastón y el bombín al mayordomo antes de pasarse una mano por el pelo.

—Desde luego que es listo. Bien hecho, Chauncey —dijo mientras observaba la bicicleta—. Que sepas que las he visto en el parque, pero no he montado en ninguna todavía. ¿La has probado ya, Mamie?

—No, todavía no. —Tenía cierta idea sobre cómo funcionaban, pero nunca había montado en una.

—Tus hermanas y tú deberíais sacarla. Hace un tiempo estupendo. Pero cuidado con los tranvías.

Su madre estuvo de acuerdo y las animó a que salieran a disfrutar del día primaveral para probar el nuevo juguete. Fue un momento maravilloso. Tanto Florence como Justine pensaban pedirle a su padre que comprara más bicicletas para la familia.

—A Chauncey le daría un patatús si te viera montada en eso —susurró Florence mientras observaban a Justine pedalear por un sendero—. ¿Cómo puede creer alguien que sea un regalo suyo?

Costaba saberlo. Debía de tratarse de las ganas que tenían de que fuera cierto, dado que Chauncey no se había molestado en enviarle un regalo en la vida. Ni una nota, ni una solitaria flor. Nada en todos los años que hacía que se conocían.

No le mandó un telegrama ni una nota a Frank para darle las gracias. Para ser sincera, la bicicleta era preciosa, y un regalo muy considerado, pero no cambiaba nada. Encontraría una forma de librarse del matrimonio, con Chauncey o con cualquier otro hombre, y la solución no implicaría su creciente predilección por cierto abogado de Manhattan.

A la noche siguiente llegó otro regalo.

Tras regresar de una cena se encontró un libro en la almohada, con una página marcada por una cinta roja. Supuso que una de sus hermanas le había dejado el ejemplar, seguramente porque querían que leyera algún pasaje en concreto. Nunca se le olvidaría la vez que Florence coló una carta erótica en su ejemplar de *Cumbres borrascosas*. Jamás una sota de tréboles había sorprendido tanto a una mujer.

¿Le estaría gastando otra broma su hermana?

Después de llamar a su doncella, se quitó los zapatos y dejó el chal en la banqueta del tocador. Acto seguido, se quitó una a una las horquillas con piedras preciosas del pelo, ansiosa por olvidar la velada. La cena había sido un evento largo y formal con varios amigos de sus padres. Tener que esquivar repetidas preguntas sobre Chauncey la había agotado. Ninguna de sus hermanas estaba obligada a asistir, de modo que no contó con ninguna defensa contra el torbellino de curiosidad.

Su doncella llamó a la puerta y entró. Mientras empezaba a prepararla para que se acostara, le preguntó:

—¿Ha dejado mi hermana ese libro? —Señaló la almohada.

—No, al menos no lo creo. La señorita Florence se marchó poco después de que empezaran los cócteles, y yo subí después para recogerlo todo. No había ningún libro en la cama.

¡Qué raro! Tal vez la culpable era Justine.

Una vez que se quitó la ropa, se peinó y se aseó, el asunto del libro casi se le había olvidado. Se metió en la cama y buscó el ejemplar.

Cómo dominar los trucos de manos.

El significado no le pasó desapercibido, y ni se molestó en contener la sonrisa. Frank la estaba ayudando a mejorar su técnica para sisarles a los ricachones. Era un detalle muy considerado, y la aprobación tácita de sus actividades benéficas. Bien sabía Dios que Chauncey nunca alentaría semejante comportamiento.

«¿Ves? Es perfecto para ti», se dijo.

Desterró esa ridícula idea y se acomodó en la cama. Daba igual lo perfectos que fueran el uno para el otro o que la idea de besarlo de nuevo hiciera que el deseo le corriera por las venas.

O lo preciosos que eran sus ojos.

O lo diestro que era con la lengua y los labios cuando...

¡Ejem!

Debía olvidar todo eso. Frank tenía mucho que perder si se enfrentaba a la ira de su padre. No permitiría que lo arruinaran por su culpa. No, quienquiera que fuese su futuro marido, si acaso se casaba alguna vez, debía ser ajeno a la alta sociedad neoyorquina y no tener ningún vínculo con la familia Greene. Alguien que la quisiera y le permitiera tomar sus propias decisiones. Frank no era dicha persona.

Ojalá no le doliera tanto.

Se frotó el pecho en un intento por aliviar el dolor que sentía en ese punto. El dichoso dolor que no había cesado desde que abandonó su casa dos noches antes. ¿Desaparecería alguna vez?

Suspiró y miró el libro que tenía en las manos. ¿Le había escrito una nota? Hojeó hasta llegar a la portada.

Para mi pequeña carterista.

Se le escapó una carcajada al leer la dedicatoria.

«¡Qué listo es!».

¿Cómo se las había apañado para dejar el libro en su habitación? A menos que hubiese usado una escalera, era imposible que se colara por la ventana. Tampoco se lo imaginaba colándose por las estancias de los criados. ¿Alguna vez conseguiría entenderlo?

«Nunca. ¿Ya se te ha olvidado? Frank y tú no tenéis futuro», se recordó.

Debía seguir recordándoselo una y otra vez.

Llamaron a la puerta a la hora exacta. Menos mal que todavía había personas que respetaban la puntualidad.

Frank soltó la pluma en la mesa y se desentumeció los hombros. Tras una larga jornada de reuniones, le esperaba una atareada noche de trabajo.

—Adelante —dijo.

La puerta se abrió para dejar paso a Otto Rosen. Se levantó de su asiento mientras Otto cerraba la puerta a su espalda.

—Buenas noches. Gracias por venir.

Otto asintió con la cabeza y se quitó el sombrero.

—No hay de qué. Creo que tengo toda la información que necesitamos.

—Excelente. Siéntate. Quiero hablar contigo un momento antes de que llegue la señorita Greene.

—¡Ah! —Otto enarcó las cejas—. No sabía que iba a reunirse con nosotros.

—Pues sí, pero necesito hablar de ciertas cosas sin ella presente. Empecemos por Patrick Murphy, el cervecero de Mulligan.

Otto se revolvió, inquieto.

—Por desgracia, no hay mucho que decir. Lo estuve siguiendo unos días, pero creo que me vio.

—Sin duda te vio.

—¿De verdad? ¿Cómo lo sabe?

—Me lo dijo. Así que no hay necesidad de que sigas investigando su vida. —Patrick había dejado muy claro lo que quería la otra mañana. Frank no tenía intención de inmiscuirse más en los asuntos de su hermano.

—¿Cómo lo encontró?

—No sabría decirlo —mintió—. Sospecho que es más listo de lo que aparenta, teniendo en cuenta que es uno de los matones de Mulligan.

—No pertenece a su organización si es lo que cree. Sí, Mulligan y él son socios en lo referente a la cerveza, pero no es un criminal, al menos no por lo que he podido averiguar.

Mmm... Eso encajaba con la versión de Patrick. Sin embargo, no encajaba con lo que él sabía de los Murphy. ¿Su hermano había enderezado su camino?

—¿Descubriste algo interesante antes de que te viera?

Otto se sacó un cuadernillo del bolsillo y lo hojeó.

—Veamos... Vive en Worth Street con su madre y su familia. La mujer es mayor, y parece que él la cuida.

Frank contuvo una mueca. ¿Patrick estaba cuidando de su madre? ¿Estaba enferma? No le gustaba la idea de que envejeciera tanto que no pudiera valerse por sí misma. ¿Por qué no usaba el dinero que le mandaba todos los meses para contratar a alguien que la ayudase?

«Es el dinero de Frankie. Se lo devolveré cuando vuelva a casa».

Sintió una punzada en la nuca con lo que sospechaba era culpa. Se desentendió de esas emociones, ya las analizaría después.

—¿Qué más?

—Trabajó en una metalúrgica de niño y se le clavaron unas esquirlas en una pierna. La herida se le infectó y lo obligaron a dejarlo.

Fue mucho peor. De hecho, Patrick estuvo a punto de morir. El cirujano quería cortarle la pierna, pero su madre insistió en que ella curaría a su hijo.

«No voy a darlo por perdido», le dijo su madre al cirujano.

¿De dónde había salido ese recuerdo?, se preguntó. Hacía mucho que no pensaba en aquel día.

—¿Y la cervecería?

—Se gana bien la vida con ella. Murphy empezó como aprendiz y con el tiempo acabó comprándole su parte al dueño. Se casó con una muchacha alemana del barrio. La cerveza es muy apreciada en Five Points y en otros lugares, y van a expandirse hacia Brooklyn.

¡Por Dios! ¿Cómo era posible que hubiera pasado todo eso sin que él se enterase?

«Porque nunca te has molestado en saber nada», se contestó.

—¿Hermanos? —se oyó preguntar con voz quebrada.

—Dos hermanas. Ambas casadas. Una vive en New Jersey y la otra, en Astoria, Queens.

Frank se levantó de un salto, demasiado estupefacto con las noticias como para quedarse sentado. Se pasó una mano por el pelo y se volvió hacia la pared. Sus hermanas, ¿vivas y casadas? Cuando él tenía nueve años, Laura y Sarah, que eran gemelas y ya tenían quince años, se fueron de casa para trabajar en un elegante burdel de la zona alta de la ciudad. Había oído discutir a sus padres por eso. Las chicas no volvieron, y él supuso que... En fin, supuso que a sus hermanas podía haberles pasado un montón de cosas, todas malas.

¿Las veía Patrick? ¿Eran felices? Él quiso a sus hermanas con locura. Eran listas y guapas, y lo habían cuidado durante gran parte de su infancia. Cuando se marcharon, se sintió perdido. Abandonado. Como si Five Points lo arruinara todo y arruinara a todos los que vivían en esas mugrientas y peligrosas calles.

¿Se había equivocado?

—¿Está bien? —Otto lo miraba con el ceño fruncido.

Asintió con la cabeza mientras se tragaba la sorpresa y recuperaba la compostura. Se le daba muy bien hacerlo, ocultarse tras una máscara de amabilidad y encanto cuando le convenía.

—Por supuesto. Solo me ha dado un calambre en la pierna por haber estado demasiado tiempo sentado. ¿Algo más sobre Murphy o cambiamos de tema? —Volvió a sentarse en el sillón de cuero y entrelazó las manos. «Relajado. Calmado. Tranquilizador».

—Nada más. Como he dicho, me descubrió pronto.

«Los Murphy somos listos, hijo. Mucho más listos que los demás».

Su padre repetía tanto esa frase, que Frank había perdido la cuenta. Nunca lo creyó, no cuando le apestaba el aliento a ginebra. A esas alturas, seguía sin poder oler la ginebra sin que le dieran arcadas.

—¿Has descubierto algo que podamos usar contra el detective Porter?

—No, pero sigo investigando. Tal vez Mulligan tenga más suerte.

Era la respuesta que él esperaba. La gente era reacia a hablar mal de la policía de la ciudad, sobre todo por miedo a las represalias. Consideraban que los policías eran agentes corruptos al servicio de Tammany Hall, la maquinaria política del partido demócrata, egoístas y parciales.

—Ve a hablar con Jack mañana, ¿quieres?

Otto asintió con la cabeza y lo anotó en su cuadernillo.

—Encantado, pero tal vez no quiera hablar con nadie que no sea usted.

—Lo veré si es necesario, pero prefiero centrarme en la vista preliminar. Tengo cinco días para organizarme.

—Podría renunciar.

—No. Los hijos de la señora Porter se merecen que todo se solucione lo antes posible.

—Veo que está seguro de que puede hacer que retiren los cargos.

—Desde luego. Si no lo estuviera, ya habría aceptado que se declarara culpable para reducir su condena.

Otto apretó los labios y cerró el cuadernillo.

—Detestaría ver la cara de la señorita Greene si pierde el caso.

Él también.

—No vamos a perder.

Alguien llamó a la puerta y después apareció la cara de la señora Rand.

—Señor, la señorita Greene ha venido para la reunión.

—Hágala pasar, por favor. —Se levantó y se enderezó los puños de la camisa.

Otto se puso en pie más despacio, con una sonrisilla en los labios.

—Ha caído usted con todo el equipo. ¿Sabe ella lo que siente?

—Cierra el pico —masculló él mientras Mamie entraba.

Iba vestida de forma práctica, con una blusa blanca y una chaquetilla azul marino que se ceñía a su torso. Una falda a juego se agitaba sobre la parte superior de sus botines de cuero. Frank pensó en la sedosa piel que ocultaba la ropa y en cómo le encantaría acariciarla. Colocarla sobre la mesa e introducirse en su cálida humedad...

¡Joder! Tenía que cortar de raíz esas fantasías eróticas o se pondría en ridículo delante de Otto.

—Hola —dijo Mamie.

Su secretaria no se retiró.

—Señor, ¿necesita que me quede hasta tarde? —Le dirigió una mirada elocuente a Mamie.

A menudo trabajaba hasta altas horas de la madrugada y prefería estar solo. Aunque no fuera el caso, la señora Rand tenía a su marido enfermo en casa y debía reemplazar a la enfermera que lo cuidaba durante el día.

—No, no es necesario. Buenas noches, señora Rand.

La mujer se fue y cerró la puerta tras ella, dándoles privacidad.

—Gracias por venir —le dijo al tiempo que señalaba a Otto—. ¿Se acuerda del señor Rosen?

—Por supuesto. —Mamie se acercó para estrecharle la mano a Otto—. Encantada de volver a verlo.

—Lo mismo digo, señorita Greene.

A Frank no le pasó desapercibido que a él no le había estrechado la mano.

—Siéntese para que podamos empezar. El motivo de que haya requerido la presencia de ambos es porque la vista preliminar se celebrará dentro de cinco días.

Mamie se alisó las faldas.

—¿Qué pasa en la vista preliminar?

—La fiscalía intentará demostrar que tienen pruebas suficientes para ir a juicio. Yo intentaré desmontar sus argumentos. El juez es quien decide si se celebrará un juicio con jurado.

—Que podría tener lugar dentro de meses.

—Así es, pero estoy haciendo todo lo que está en mi mano para que dejen en libertad a la señora Porter lo antes posible.

—Lo sé. —Ella se mordió el labio y pareció ensimismarse—. Solo estoy pensando en sus hijos. Debe de ser espantoso para ellos.

—Hablaré con la señora Porter —siguió él—, para prepararla sobre lo que le espera. Sin embargo, tengo noticias inquietantes. Katie Porter está en la lista de testigos de la fiscalía.

—¡Ay, no! —musitó Mamie—. ¿Cómo pueden hacerle algo así a una niña de cinco años?

—Es la única testigo, Mamie. Si testifica que vio a su madre golpear a su padre con la sartén, la fiscalía verá reforzado el caso. De momento.

—Los niños son testigos poco fiables —terció Otto.

—Cierto. —Tendría que pensar la mejor manera de interrogar a la niña—. Mamie, usted conoce a estos niños. ¿Katie es capaz de testificar en un tribunal?

—Sí. Es tímida, pero muy lista. Aunque no sé bien qué dirá. No le he preguntado sobre lo que vio esa mañana.

—Necesitaré su ayuda con esto. Los niños la conocen, y usted podrá calmar los miedos de Katie mejor que Otto o que yo. Necesitamos que diga la verdad, pero de tal forma que deje a su madre en el mejor lugar posible.

—¿Quiere que mienta?

—Desde luego que no. Pero necesitamos saber qué vio. —Y había llegado el momento de contarle las malas noticias—. Esto quiere decir que tendrá que actuar como apoyo. Tendrá que asistir a la vista.

Mamie no lo entendía. Frank parecía preparado para lo peor, para discutir con ella, pero no entendía por qué sería un problema ayudar a Katie durante la vista. Estaba dispuesta a hacer lo que fuera para sacar lo antes posible a la señora Porter de la cárcel.

—De acuerdo.

—No creo que se dé cuenta de lo que esto significa.

Ladeó la cabeza y miró a Frank, consciente de la presencia de Otto a su lado. Intentó ocultar la frustración que sentía al hablar.

—Pues ilústreme si es tan amable.

—Su presencia causará revuelo. En todos los presentes.

—¿Y...?

—Y saldrá en la prensa. Y la policía tomará nota. Y todo el que la reconozca lo comentará.

¡Ah! Eso quería decir...

La recorrió un escalofrío, y parpadeó varias veces con la mirada clavada en la desnuda pared del despacho de Frank.

—Otto —dijo él al tiempo que se ponía en pie—, te mandaré un telegrama más tarde para ponerte al día de los detalles.

Sus voces se alejaron, pero no les prestó atención. Estaba pensando en su padre y en su reacción a las noticias de que estaba involucrada en ese caso. ¿Cómo creía que iba a reaccionar? No demasiado bien.

«Estabas dispuesta a aparecer en el tribunal antes de acostarte con Frank Tripp. La reacción de papá no debería importarte», se dijo.

Sin embargo, sabía a qué conclusión llegaría su padre al enterarse de la vista. Una conclusión reforzada por lo que ya sospechaba: su hija tenía una relación con Frank Tripp.

¡Maldición!

En fin, no había más remedio. Si Katie iba a testificar, ella era la persona indicada para ayudarla. Había visitado a los niños varias veces y siempre les había llevado algo, y Katie incluso empezaba a sonreírle. Si tenía que aguantar la ira de su padre y su decepción para liberar a la señora Porter, lo haría. De buena gana.

Su padre se recuperaría. Ella no iba a casarse con Frank. Tal vez hubieran entablado una... amistad especial, pero no era una relación que llevara al matrimonio y a la ruina de Frank. Tampoco se casaría con Chauncey. Solo era cuestión de no flaquear y de no permitir que su padre la acobardase para hacer lo que él quisiera.

Lo mismo se aplicaba a Frank. Daba igual lo mucho que se esforzara, tenía que resistirse a él y a esos regalos tan perfectos.

Se le erizó el vello de la nuca apenas un segundo antes de que él apareciera. Frank se apoyó en su mesa y la miró con expresión inquieta. Le dio un vuelco el corazón mientras admiraba esas largas piernas enfundadas en los caros pantalones de paño. Llevaba un chaleco de seda amarilla con el traje gris oscuro, y el color resaltaba el intenso azul de sus ojos. ¿Alguna vez sería inmune a su presencia? Lo dudaba, sobre todo teniendo en cuenta los recuerdos de la otra noche.

«Eres perfecta. Esto es perfecto. Haz que sea más perfecto todavía, por favor».

Aquella noche la convirtió en una temblorosa masa de deseo. Su forma de hablarle, lo que le había dicho... La caricia de esos labios contra los suyos, sus manos... El cuidado con el que la tocó y la complació. Todo fue perfecto.

Aunque el atractivo de Frank iba más allá de su aspecto. Tenía mucho que ver con su inteligencia y su voluntad. La seguridad en sí mismo, la facilidad con la que se movía y respiraba.

«Se llama "privilegio". Es rico y se mueve en los mismos círculos sociales que tú», concluyó.

Un privilegio que su padre le arrebataría si descubría su secreto. No podía permitir que eso sucediera.

—Veo que por fin lo entiendes —dijo él finalmente.

—Es inevitable. Mentiré y le diré a mi padre que la señora Porter es amiga mía.

Él cruzó las piernas a la altura de los tobillos.

—Querrá saber cómo os conocisteis.

—A través de mis obras benéficas en los barrios bajos.

—¿Qué obras benéficas?

—Ayudar a las familias necesitadas.

—Sabes que montará en cólera.

Intentó disimular una mueca al oírlo.

—Con los dos, sin duda. Querrá saber por qué has permitido que yo me involucre en esto.

—Me ocuparé de tu padre cuando llegue el momento.

Lo observó con los ojos entrecerrados. ¿Qué estaba tramando?

—No me gusta cómo suena eso. ¿Qué quieres decir?

—Quiero decir que me encargaré de él. —Se encogió de hombros—. Le dejaré claras mis intenciones.

—Perdona, pero ¿intenciones de qué?

—No de qué, sino en relación con quién. Concretamente, en relación contigo.

De haber estado bebiendo, se habría atragantado al oírlo.

—¿Conmigo? ¿Te has vuelto loco? No puedes contarle lo nuestro.

—No se lo contaré todo, solo le diré que siento algo por ti. —Apretó los dientes y la miró con expresión decidida—. Lo dije en serio, Mamie. No cejaré hasta casarme contigo.

Otra vez con eso.

—Ya he dejado claras mis objeciones. Me gustaría que las respetaras.

—En cuanto convenza a tu padre de que nos apoye, sé que cambiarás de opinión.

Gimió por la incredulidad.

—Nunca aceptará tu proposición por encima de la de Chauncey. Jamás. El padre de Chauncey es su mejor amigo. Pactaron el matrimonio hace años.

—Ya veremos. —Esbozó una sonrisilla apenas visible, como si supiera algo que ella desconocía.

—¿Qué estás planeando? Espero que no vayas a hacerle daño a Chauncey.

—¿Te parece que sería capaz de algo así?

—Si te conviene, sí.

—¡Qué mala opinión tienes de mí! —Sacudió la cabeza con pesar—. Y yo que creía que mis regalos ayudarían con eso. Los has recibido, ¿verdad?

Sintió que empezaba a ruborizarse bajo la ropa. Había sido muy descortés no darle las gracias por los regalos.

—Pues sí. Son estupendos. La bicicleta ha causado sensación.

—¿Y qué me dices del libro? —Descruzó las piernas, se apartó de la mesa y se acercó a ella—. ¿Has estado estudiando?

—Tal vez. —Sí, aunque no pensaba decírselo.

—Mentirosa. Sé que has estado practicando. —Se inclinó, le puso las manos bajo los codos y la levantó de la silla. Cuando quedaron cara a cara, siguió sujetándola, aunque le deslizó las manos hasta las caderas.

El corazón se le aceleró; el muy tonto se había excitado por tenerlo cerca. Sintió el calor de sus manos en la piel, como una marca que le recordaba todas las cosas escandalosas que habían hecho la otra noche. Algo que no podría olvidar por más que lo intentase.

—Te he echado de menos —dijo él en voz baja mientras le acariciaba las caderas con los pulgares a través de la ropa—. ¿Has pensado en mí?

La ridiculez de la pregunta, formulada con esa voz anhelante e insegura, no le pasó desapercibida. No era típico de él.

—No —mintió.

—Mmm... —No pareció creerla. Le colocó una mano en la garganta y le acarició con suavidad el punto donde el pulso le latía desaforado—. Algún día, admitirás la verdad.

«Jamás».

—¡Qué terca eres! —susurró él. Después la miró con los párpados entornados mientras le acariciaba el labio inferior con el pulgar—. Yo apenas he podido dejar de pensar en ti. Mi rutina diaria ha aumentado a tres veces, por si te lo estabas preguntando. Pronto, seré incapaz de apartar la mano de mi pene.

Contuvo una carcajada al oírlo, aunque sintió que se acaloraba.

—¿Y en qué piensas durante esas tres veces?

—En el placer. El tuyo, el mío. El de ambos.

Le acarició el pecho con los dedos, desesperados por contar con una nueva oportunidad de acariciar esos duros músculos.

—Eso suena muy genérico. ¡Qué pena de imaginación!

—¿Crees que me falta imaginación? Mi preciosa inocente, tengo unos pensamientos tan depravados que, si te los dijera, te harían salir corriendo de aquí.

Apenas podía respirar, el deseo se podía cortar en el ambiente. ¿Salir corriendo? Ni en sueños. Además, a esas alturas se moría por saber qué consideraba «depravado» su abogado de la alta sociedad.

—Ponme a prueba.

Frank esbozó una sonrisa y la pegó a su cuerpo. Su dura erección palpitaba entre ellos. Le acercó la boca a la sien y sintió la caricia de su aliento en la piel.

—Ahora mismo, fantaseo con hacer que te inclines sobre la mesa. Después, y con todo el mundo al otro lado de esa delgada puerta, te levantaré las faldas. Podría follarte a través de la abertura de los calzones, hacer que todo fuera muy pulcro. Pero quiero más. Te quiero gimiendo y suplicando. Así que te desabrocharé los calzones y los dejaré caer al suelo, y tu glorioso y desnudo trasero quedará bien expuesto. En ese momento me arrodillaré a tu espalda, te separaré las piernas y te lameré a placer. Te besaré el clítoris hasta que estés húmeda y lista, hasta que te restriegues contra mi cara. Después, me incorporaré, me desabrocharé los pantalones...

Mamie se abalanzó sobre él y se apoderó de su boca con voracidad. ¡Por Dios! Todo lo que había dicho... La había derretido, la había convertido en una ardiente masa de deseo. ¿Dónde había aprendido a hablar así, a usar de esa manera las palabras? Sin embargo, no la había escandalizado, la había excitado a más no poder. Sentía un anhelo palpitante entre las piernas; el cuerpo le vibraba al compás de los latidos de su corazón.

Unos dedos fuertes se le clavaron en la piel mientras la besaba con desesperación y abandono. Se mostraba muy distinto del hombre de modales exquisitos que había presidido la reunión. Le encantaba verlo tan descontrolado. Le metió las manos en el pelo y lo agarró con fuerza al tiempo que se pegaba más a él. Era una locura; lo estaba besando a primera hora de la noche, con toda la oficina al otro lado de la puerta, pero era incapaz de controlarse. La boca de Frank era firme e incitante; sus caricias, una droga sin la cual no podía vivir.

Cuando él le puso fin al beso, gimió en protesta. Se quedaron de pie, jadeando durante un buen rato, hasta que él cerró los ojos.

—No debería haber empezado esto. Aquí no.

—¿Porque la puerta no está cerrada con llave?

—No. Eché el pestillo cuando Otto se fue. No debería haberlo empezado, porque no puedo concentrarme en el trabajo contigo aquí y tengo mucho que hacer antes de irme. —Retrocedió un paso y se señaló la erección visible bajo los pantalones.

—¿Eso quiere decir que habrá una cuarta vez hoy?

Él se pasó una mano por la cara y soltó un gemido mezclado con una carcajada.

—Eso parece, a menos que tengas planes para visitarme en casa más tarde.

—Tengo que asistir a un evento con mi familia. El baile de los Kirkland. —Seguramente no terminaría hasta la una o las dos de la madrugada.

Frank la miró apenado al oírla.

—Eres peligrosa para mi tranquilidad mental, Marion Greene.

Una embriagadora sensación de poder se adueñó de ella, la certeza de que él estaba igual de afectado, de que la deseaba tanto como ella a él. La situación era novedosa para ella, de manera que fue un alivio darse cuenta de que Frank también sentía esa abrumadora lujuria. Desvió la mirada de la parte inferior de su cuerpo a la mesa. El anhelo y el deseo le corrían por las venas; era una sensación que exigía satisfacción por parte de ese hombre, uno con quien no podía casarse. Sin embargo, sí podían disfrutar al máximo del poco tiempo del que disponían.

Además, ¿qué había de malo? Eran dos adultos responsables que se deseaban, y el bufete estaba casi desierto cuando llegó. ¿Lo que él había dicho era posible siquiera?

¿La gente hacía eso... en una mesa? En ese momento, recordó las cartas eróticas de Florence. Si cambiaba un sofá por una mesa, de repente comprendió cómo funcionaba. Y la postura parecía muy placentera a juzgar por las caras de la pareja representada.

«Te quiero gimiendo y suplicando».

Sí, pero ella conseguiría que Frank también gimiera y suplicara.

—Esa fantasía tuya —dijo al tiempo que se acercaba a la mesa—, ¿lo has hecho alguna vez?

—¿Aquí? —Pronunció la palabra con voz quebrada. Una señal inequívoca, pensó ella.

—O en casa. En cualquier mesa.

—No, no lo he hecho. —Lo vio tragar saliva—. Es un poco atrevido, Mamie. Espero que no creas que podemos hacerlo ahora.

¿Atrevido? ¿Eso quería decir que ella no lo soportaría? Un fogonazo de rabia cobró vida en su espalda.

—Que sepas que cada vez que me dices que no puedo hacer algo, solo me entran más ganas de hacerlo.

—Lo sé, pero, ¡maldita sea!, eres la hija de Duncan Greene y no puedo.

—Ya está bien. Estoy cansada de ser únicamente la hija de Duncan Greene. —Se sujetó las faldas, se sentó en el borde de la mesa y se deslizó por la madera. Oyó que arrugaba papel con el trasero—. ¿Cuándo vas a verme a mí?

—¡Bájate de la mesa! —Se le había puesto coloradísimo el cuello bajo la camisa, y el pecho se le movía con rapidez por la respiración agitada.

Mamie contuvo una sonrisa. Le gustaba verla allí.

—No, creo que me voy a quedar donde estoy. Además, tampoco hay tanta diferencia con una mesa de billar.

—A lo mejor puedo sacar tiempo para un hotel. Vayámonos ahora mismo. Hay uno a unas pocas manzanas de aquí. Eso sería más adecuado para ti.

—Otra vez tomando decisiones sobre lo que es apropiado para mí. Empiezo a cansarme mucho, Frank. —Se fue levantando las faldas muy despacio, centímetro a centímetro, revelando las pantorrillas hasta que quedó a la vista el volante de encaje de los calzones, por debajo de las rodillas—. ¿Cuándo vas a aprender? Yo decido lo que quiero, nadie más. Ningún hombre, ya sea marido, padre u otra cosa, decidirá nada en mi lugar.

—¡Ay, Dios! —masculló él con esos intensos ojos azules clavados en sus piernas.

Separó las rodillas todo lo que pudo, aunque sus muslos seguían cubiertos por las faldas, y Frank tomó una entrecortada bocanada de aire.

—¿Sigues queriendo que me baje? —le preguntó con voz ronca.

—¡Dios, no! —Echó a andar mientras se quitaba la chaqueta. La prenda cayó al suelo justo antes de que se abalanzara sobre ella y le tomara la cara entre las manos para besarla con pasión.

«Una dulce victoria», pensó ella, que le devolvió el beso.

16

Seguramente iría al infierno por seducir a la hija de Duncan Greene en su despacho, sobre su mesa, pero no podía evitarlo. Mamie era demasiado tentadora, demasiado obstinada, y él era demasiado débil para resistirse.

«Siempre he sido demasiado débil para resistirme», pensó.

Colocó las caderas entre sus muslos y se acercó todo lo que le permitía la postura. Acto seguido, la besó con frenesí mientras la recorría con las manos, ya que su cerebro era incapaz de decidirse por un lugar concreto. El deseo le corría por las venas y la lujuria acabó desterrando el sentido común.

«Estoy empalmadísimo. Desesperado».

Le introdujo la lengua en la boca, porque necesitaba saborearla, y ella lo recibió con avidez, devolviéndole el gesto. Eso le arrancó un gemido y, sin pensarlo, se frotó contra ella. Mamie se separó de sus labios para jadear con la cabeza echada hacia atrás en señal de abandono.

—Hazlo otra vez —le suplicó con esa voz ronca que tanto le gustaba.

Que Dios lo ayudara, porque eso hizo. Frotó su erección contra esa parte de ella que tanto anhelaba y alargó el movimiento. El resultado fue tan celestial que le hizo ver las estrellas.

«¡Joder!», pensó.

Le quitó la chaquetilla de los hombros y se la bajó por los brazos. Aun así, Mamie seguía demasiado tapada, demasiado cubierta por la ropa como para poder acariciarla con las manos y la boca.

—Te quiero desnuda —dijo al tiempo que besaba la suave piel de su garganta—. Tumbada en mi cama otra vez como si fueras un festín. —Las sábanas habían estado oliendo a ella durante días, y eso se la ponía tan dura como una piedra.

—A mí también me gustaría. Ni siquiera tuve la oportunidad de explorarte la otra noche.

Imaginarse tumbado en la cama, desnudo, mientras ella lo acariciaba y lo lamía por todas partes se la puso más dura si cabía. Le asustó lo mucho que lo deseaba.

—Estoy a su disposición, señorita.

La oyó soltar un gemido ronco.

—¿Ah, sí? —replicó mientras tanteaba con los dedos la pretina de sus pantalones para desabrochárselos—. Entonces, ¿puedo explorarte ya?

¿Podría soportarlo? Estaba al borde del orgasmo después de unos cuantos besos y caricias. No quería que aquello terminara demasiado rápido, no cuando ella le había concedido esa increíble fantasía.

—Mamie... —dejó la frase en el aire mientras observaba sus dedos. Necesitaba que se apresurara y que a la vez fuese más despacio.

«Esta mujer me enloquece».

Le desabrochó la bragueta y le sacó los faldones de la camisa para apartarlos. Sin embargo, con el chaleco y los tirantes todavía puestos, el efecto era un montón de tela en lugares incómodos.

—Podrías ayudar —la oyó decir mientras se la rozaba con un dedo.

La caricia estuvo a punto de postrarlo de rodillas por el placer que le provocó.

El momento de jugar y de bromear había quedado muy atrás. En cuanto Mamie le colocó los dedos en la pretina del pantalón, perdió la capacidad para formar palabras. Con gestos rápidos y seguros, se quitó la corbata y el chaleco, se bajó los tirantes y se pasó la camisa por la cabeza. Ella lo observó en silencio, mientras se mordía el labio, con una expresión seria e intensa en los ojos. Cuando estuvo en ropa interior, le pasó los dedos por el esternón, por encima de la prenda.

—Que el Señor se apiade de mí, porque eres el hombre más guapo que he visto en la vida.

Quiso devolverle el cumplido, pero ella bajó la mano en ese momento, y eso lo hizo cerrar la boca al instante. Unos delicados dedos le desabrocharon los diminutos botones de la ropa interior, que era lo único que la separaba de su piel desnuda. Contuvo la respiración, y la expectación le provocó una descarga eléctrica que le recorrió la piel, de manera que se apresuró a ayudarla con la tarea de desabotonar la prenda.

Una vez que su pene estuvo libre, Mamie se lo rodeó delicadamente con una mano, con suavidad, como si temiera hacerle daño.

—Es... Parece distinto de cerca —susurró—. Suave y duro al mismo tiempo.

Respiraba con dificultad, de forma entrecortada, mientras ella lo exploraba con suaves caricias.

—Agárralo fuerte, cariño. Sé todo lo brusca que quieras. No puedes hacerme daño.

—¿Así? —Le dio un apretón y movió la mano. Con brusquedad.

—¡Joder! —masculló mientras el placer le recorría el cuerpo—. Sí, justo así.

Mamie repitió el movimiento, y él cerró los ojos mientras disfrutaba del puro deleite. Le apoyó la frente en un hombro y trató de no correrse como un adolescente después de unas cuantas caricias. Pero no era fácil. Nada era fácil con Mamie, y eso le encantaba.

Empezó a mover las manos por la tela amontonada en sus caderas.

—¿Puedo tocarte?

—Ya me estás tocando —se burló ella—. Además, estoy disfrutando de tenerte a mi merced.

—¿Así que no quieres que te haga el amor en la mesa? ¿No quieres correrte mientras te la meto hasta el fondo?

El ritmo de sus caricias flaqueó y usó la mano libre para ayudarlo a apartarse las faldas.

—¡Dios, sí! Por favor.

Frank tardó apenas unos segundos en dar con la abertura de sus calzones para poder acariciar esa piel ardiente y húmeda.

—Estás empapada. Creo que disfrutas seduciéndome.

Ella respondió mordiéndole con suavidad el lóbulo de una oreja.

—Creo que tienes razón —le susurró al oído.

El deseo le provocó un ramalazo de placer en los testículos, y se le escaparon unas gotas de semen.

«Estoy a punto de caramelo. ¡Más rápido, joder!».

La penetró con un dedo y añadió otro más a fin de prepararla para la invasión. Acto seguido, la besó, tragándose sus jadeos y gemidos mientras le acariciaba el clítoris con la palma de la mano hasta que ella tiró de él para acercarlo todavía más.

—Ahora, Frank. Por favor.

Ella se lo colocó en el lugar exacto, y él presionó con delicadeza para ir despacio. No se le había olvidado que esa solo era su segunda vez y que esa noche iban más rápido de la cuenta dadas las circunstancias. Que lo partiera un rayo si ella no lo disfrutaba.

«Tan estrecha, tan caliente. No te corras todavía», se dijo.

La penetró muy despacio, tanto que cada centímetro era una agonía. El sudor le cubrió la frente. El deseo de introducirse hasta el fondo en ella era abrumador.

Hasta que, de repente, sintió que Mamie le clavaba las uñas en las caderas, y esa fue su perdición. Se la metió sin más dilación, llenándola por entero, y ambos jadearon al unísono.

—Me encanta estar dentro de ti —le dijo—. No sé si duraré mucho.

—Por favor, muévete. Necesito que te muevas.

El deseo de complacerla superó todo lo demás. Le levantó las rodillas y le separó más las piernas, de modo que ella se apoyó con las manos en mesa. Sus embestidas eran poderosas, hasta el punto de que la levantaban un poco de la mesa.

—¡Dios! —gimió ella—. Más.

Llegados a ese punto, le era imposible parar. Las súplicas de Mamie resonaban en sus oídos, mientras movía las caderas y se la metía una y otra vez, sin pausa. Aquello era el paraíso, distinto de todo lo que había experimentado con anterioridad, seguramente porque deseaba a esa mujer más que cualquier otra cosa que existiera sobre la faz de la Tierra. Si eso era lo que le esperaba durante el resto de su vida, moriría feliz.

Sintió que su cuerpo lo presionaba al tiempo que empezaba a estremecerse y la miró a la cara. Su expresión, al borde del orgasmo, era tan seductora que tuvo que morderse la parte interna de un carrillo para no correrse en ese mismo momento. Movió una mano para poder acariciarle el clítoris con el pulgar.

—Córrete, preciosa. Córrete en mi mesa, en mi oficina, donde cualquiera que pase por delante de la puerta puede oírte gritar...

En ese momento, comenzaron los espasmos, y sus músculos internos se contrajeron en torno a él, atrapándolo con fuerza, de manera que le fue imposible seguir conteniéndose. Cerró los ojos mientras perdía el ritmo de repente al llegar al orgasmo, tan intenso y arrollador que le flaquearon las rodillas mientras se corría con fuerza. Fue puro éxtasis, una oleada tras otra de intenso placer, mientras se derramaba en su interior.

Se quedaron allí, recuperando el aliento, durante un buen rato. Se había corrido de nuevo en su interior, una costumbre que no deseaba que se repitiera, sin discutirla con ella primero. Los niños nunca habían sido parte de su futuro, ni tampoco lo había sido el matrimonio. Hasta que conoció a Mamie. Le gustaba la idea de formar una familia con ella cuando estuviera preparada. Quería experimentarlo todo con esa mujer.

Ella se movió.

—¡Ay!

—¡Vaya, lo siento! —Llevaba allí plantado como un pasmarote, sin salir de ella y diciéndole tonterías sin considerar siquiera su incomodidad. La madera era incómoda por su dureza. Se apartó de ella y volvió a abrocharse la ropa interior, tras lo cual la ayudó a bajarse de la mesa y le apartó unos mechones de pelo de la frente—. ¿He conseguido encandilarte con mi romanticismo?

Ella se echó a reír.

—Un poco más de romanticismo y podría haber muerto.

—Ya sabes a lo que me refiero. ¿Te he seducido lo suficiente como para que aceptes casarte conmigo?

Vio que sus labios esbozaban una reticente sonrisa.

—Frank, no puedo casarme contigo. Cuanto antes lo aceptes, mejor será para ti. —Señaló una puerta cerrada en el otro extremo de su despacho—. ¿Es ese el lavabo?

Frank asintió con la cabeza y dejó que fuera a limpiarse sin discutir. Al final, él sería el ganador de esa batalla de voluntades. Por el momento, se limitaría a disfrutar de la lucha.

Poco después, una vez que Mamie se marchó en un carruaje de alquiler, se abrió la puerta de su despacho. Los demás socios del bufete entraron todos juntos. Frank se percató de las expresiones sombrías y se preparó.

—Buenas noches, señores. ¿Había alguna reunión planeada que se me haya pasado por alto?

—Frank, tenemos un problema —dijo James Howe sin preámbulos.

William Travers, el más ecuánime del grupo, guardó silencio y se limitó a acercarse a las sillas emplazadas frente a su mesa, donde se sentó.

Charles Thomas lo señaló directamente con un dedo.

—Has puesto a la policía en contra de este bufete.

Frank se echó hacia atrás y empezó a mecerse en su sillón.

—Eso es ridículo. ¿Qué demonios te hace decir eso?

—Las pruebas de mi caso de asesinato han desaparecido —le soltó Charles.

—Yo dependía del testimonio de la policía en un juicio la próxima semana para ayudar a mi cliente. Ahora se niegan a declarar. —James puso los brazos en jarras—. Y no consigo que ninguno de los detectives hable conmigo de forma oficial.

—Dos testigos han desaparecido, y anoche golpearon a uno de mis clientes en una celda hasta dejarlo inconsciente. —Charles miró a William—. Esto no puede continuar. Debes abandonar este caso.

William levantó la mano y lo miró de frente.

—Tuviste un encontronazo con Byrnes por el caso Porter.

No era una pregunta, así que sus compañeros ya lo sabían.

—Uno de los hombres de Byrnes era primo del fallecido. El superintendente me pidió que abandonara el caso y dejase que el tribunal nombrara un abogado de oficio.

—Ese fue el consejo que te dimos nosotros hace semanas —repuso Charles—. Nos dijiste que no nos preocupáramos y ahora mira lo que ha pasado.

—Charles, por favor. —William no le quitó la mirada de encima a Frank—. Escuchemos por qué este caso es tan importante.

Frank lo explicó lo mejor que pudo: el abuso, la amiga de Marion Greene, la defensa propia, los niños. Cuando terminó, William se acarició la barba pensativo.

—¿Este caso es una petición de Duncan Greene?

Frank se revolvió en su sillón.

—No, no específicamente.

—¿Qué significa eso, «no específicamente»?

—Duncan me pidió que velara por sus intereses y he interpretado que esa petición incluye a su familia. A Marion, en concreto.

—¿Mantenéis una relación sentimental?

Frank guardó silencio. Ese no era un tema que quisiese discutir, ni siquiera en la intimidad de su oficina, con sus tres socios. Todos eran expertos en guardar secretos, pero admitir la aventura le parecía una traición a la confianza de Mamie.

—¡Por Dios, es cierto! —exclamó Charles—. ¡Pero está comprometida con el primogénito de los Livingston!

—El contrato prematrimonial no se ha firmado todavía —apostilló Frank sin poder evitarlo.

—No me puedo creer que vayas a arruinar a este bufete por una mujer. —Charles lo miraba furioso.

—Un momento... Nadie está arruinando nada —terció William—. ¿Duncan está al tanto de lo tuyo con Marion?

Frank negó con la cabeza.

—Todavía no.

William soltó un suspiro.

—He hablado con Livingston sobre esto. Todo el mundo considera que la boda es una conclusión inevitable.

«Salvo Mamie y yo», quiso añadir él.

—A ver si lo entiendo —dijo James—. Has cabreado a Byrnes y a todos los detectives del departamento de policía, y estás a punto de disgustar a dos de nuestros clientes más importantes y prestigiosos. ¿Me dejo algo en el tintero?

—Estoy haciendo lo correcto por nuestra clienta, la señora Porter —adujo Frank—. Merece que la absuelvan de este crimen.

La cara de Charles adquirió un rojo intenso.

—Estás poniendo en peligro nuestro sustento por una asesina de baja estofa que debería estar encerrada en la isla de Blackwell.

—No está loca. Solo es una mujer que se defendió y defendió a sus hijos de un borracho violento.

—¡A nadie le importa! —exclamó Charles—. Eso es algo que ocurre a diario en Five Points. ¡Allí solo viven animales!

Las palabras lo atravesaron como una navaja. Dos meses antes, podría haber estado de acuerdo, pero después de todo lo que había visto y descubierto (desde la señora Porter y sus hijos, pasando por la señora Barrett, hasta su propio hermano), sabía que no era así. El mero hecho de que sobrevivieran a duras penas en condiciones lamentables no los convertía en malas personas.

Además, había conocido a muchos criminales de sangre azul que habían cometido actos despreciables, y jamás se habían llevado su merecido.

«Porque tú los ayudaste. Ansiabas el dinero y el poder, y les diste la espalda a los menos afortunados», se dijo.

—La señora Porter no es un animal —lo corrigió—. Es una persona que necesita ayuda, y tengo intención de ofrecérsela.

—¿A costa de qué? —replicó James, con la voz quebrada por la indignación—. ¿A costa nuestra? ¿De esta empresa?

Frank miró las caras de los hombres que había considerado colegas y amigos. Eran justo lo que había aspirado a ser cuando escapó de

Worth Street y empezó a estudiar. Ricos hasta un extremo imposible de alcanzar y con acceso a todos los clubes y restaurantes de la ciudad. Reuniones con el alcalde y con los senadores del estado. Mujeres hermosas a su alcance cuando les apeteciera.

Sin embargo, a esas alturas los veía como lo que eran: hombres fríos y calculadores. Elitistas. Mercenarios dispuestos a hacer cualquier cosa por dinero.

«Antes de decidir si ayudo a esta mujer, deseo saber qué saco yo de todo esto».

La vergüenza le provocó un escalofrío en la nuca. ¿De verdad le había dicho eso a Mamie?

—Charles, James —dijo William—, dejadnos un momento a solas, si no os importa.

Los susodichos salieron de su despacho con los dientes apretados por el enfado. La puerta se cerró de golpe y el silencio se cernió sobre la estancia como un nubarrón.

—A ver, Frank —comenzó William—, siempre me he sentido un poco como un padre para ti. Cuando empezaste en el bufete, nada más salir de la universidad, supe que tenías un don especial para tratar con clientes difíciles. Como sabes, fui yo quien te recomendó como socio. Y aunque tus intenciones con la señora Porter son nobles, la nobleza no forma parte de este bufete. Si quieres salvar el mundo, estoy seguro de que alguna asociación que preste ayuda legal estaría encantada de tenerte.

—¿Qué me estás diciendo?

—Si te enemistas con Duncan Greene, ¿crees que te contrataría algún otro hombre de su talla? ¿Que contrataría a este bufete? ¿Por qué iba a hacerlo si sabe que no nos preocupamos por sus intereses?

—No tengo intención de enemistarme con Duncan. Lo que suceda entre su hija y yo...

—Te equivocas. Sabes muy bien lo que piensa de su hija y de su inminente boda con Livingston. Trabajar en este caso, perseguirla, lo que sea que estés haciendo ahora mismo, todo eso lo indignará. Y eres demasiado inteligente como para no darte cuenta.

Frank apretó los dientes. Por supuesto que se daba cuenta. El asunto era que había llegado a un punto en el que no le importaba. Mamie valía la pena.

—E igual de alarmante es esta situación con Byrnes. Tienes que arreglar las cosas, y cuanto antes. No sé exactamente si para lograrlo tendrás que cerrar el caso Porter, disculparte con Byrnes o enviar una caja de *whisky* al cuartel general de la policía. Pero será mejor que lo arregles antes de que este bufete sufra por tu imprudencia.

—¿O qué? —Quería que los socios le expusieran las consecuencias. ¿Qué pensaban hacer si seguía por ese camino?

William negó con la cabeza.

—No te interesa que responda.

—La verdad es que sí. ¿Me estás diciendo que me obligarás a dejar el bufete?

—Sí, ya que estamos hablando claramente, eso es lo que te estoy diciendo. No me he pasado los últimos cuarenta y seis años construyendo esta empresa de la nada solo para perderla porque a uno de mis socios se le ha olvidado el lugar que ocupa. Puestos a elegir entre el bufete o tú, siempre elegiré el bufete. Así que, en tu caso, yo seguiría siendo una baza importante en esta empresa y haría todo lo posible para no convertirme en un lastre.

Frank estampó un puño en la mesa.

—Más de la mitad de los ingresos del año pasado procedieron de mis casos, William. Me necesitáis más que yo a vosotros.

—Lo de los ingresos es cierto, pero solo porque los demás redujimos las horas y te dejamos cargar con el peso extra. Si te vas, compartiremos la responsabilidad entre todos. —Se levantó y se metió las manos en los bolsillos—. Además, debes tener en cuenta que si se corre la voz de que te has enemistado con Byrnes, con el departamento de policía, con Livingston y con Greene (algo que sin duda ocurrirá), ningún otro bufete de esta ciudad querrá tenerte cerca. Más vale que te vayas a California y empieces allí de cero, porque tu carrera en la Costa Este habrá acabado.

Los árboles del parque de Washington Square empezaban a brotar; el olor de la primavera flotaba en el aire. Mamie caminaba por el sendero con los hijos de los Porter y los Barrett. Había ido al sur de la ciudad de visita y se había ofrecido a llevar a los mayores al parque para darle un respiro a la señora Barrett. Los niños estaban entusiasmados con la excursión después de haber pasado encerrados la mayor parte del día.

Los Barrett le pidieron permiso para explorar por su cuenta y Henry se acercó a ellos, con una expresión esperanzada en la cara que le dejó claro que también deseaba explorar.

—Henry, Katie, ¿os apetece ir con ellos?

Katie negó de inmediato con la cabeza.

—Preferiría quedarme contigo si no te importa.

El semblante de Henry perdió la alegría. Consciente de que debía hablar con Katie en privado, Mamie le preguntó:

—Entonces, ¿no te importa que Henry se vaya con ellos?

La niña titubeó, pero acabó asintiendo con la cabeza.

—Mientras no se pierda...

Mamie la comprendía. Su familia estaba hecha añicos y solo le quedaba su hermano.

—Chicos, permaneced juntos. No os alejéis y no os perdáis de vista. Katie y yo os esperaremos junto a la fuente.

Los niños echaron a correr, sin molestarse siquiera en despedirse. Mamie tomó a Katie de la mano y echaron a andar hacia la gigantesca fuente de piedra, que en ese momento estaba seca. La niña guardó silencio, así que intentó buscar la manera de empezar la difícil conversación.

—¿Sabes que esta fuente proviene de Central Park?

—¿Ah, sí?

—Sí, estaba en la entrada de la calle Cincuenta y nueve. La trasladaron aquí para sustituir la vieja fuente que se rompió. ¿A que es muy bonita?

A finales de primavera y durante el verano, el agua brotaba a gran altura desde un surtidor situado en el centro y caía en forma de lluvia en la enorme pila redonda. En el interior de dicha pila, había varias filas de asientos para que los neoyorquinos se refrescaran durante los meses de calor.

—¿Nos sentamos?

—¿Podemos hacerlo?

—Sí, claro. En verano este lugar se llena de gente.

Katie se sentó muy tiesa a su lado en el último escalón. Mamie respiró hondo y decidió seguir adelante.

—¿Cómo os va a tus hermanos y a ti?

—Bien. Las familias con las que nos alojamos son agradables.

—Sé que es un momento difícil para todos vosotros, pero os prometo que estoy haciendo todo lo que está en mi mano para ayudar a vuestra madre.

Katie clavó la mirada en los dedos de los pies.

—La echo mucho de menos.

Mamie rodeó con un brazo los delgados hombros de la niña.

—Todo saldrá bien. Ya lo verás.

—Eso espero.

—¿Te ha pedido un hombre que vayas a hablar con el juez?

—Creo que sí. Es posible que lo haya oído hablar con la señora Barrett. ¿Qué tendré que hacer?

¿No le había explicado el fiscal todo eso a la niña? Intentó disimular la irritación que sentía.

—Tu madre se reunirá con un juez dentro de unos días. En ese momento, todos dicen si hay o no suficientes pruebas para enviarla a la cárcel durante mucho tiempo. Si el juez cree que hay suficientes pruebas, se iniciará un juicio.

—No quiero que vaya a la cárcel.

—Yo tampoco. El problema es que puede que no se crean lo que tu madre afirma que pasó con tu padre.

—¿Por qué?

—Porque están acostumbrados a que la gente mienta, incluso delante de un juez. Así que tienes que decirle al juez la verdad sobre lo que pasó aquel día y sobre lo que pasaba en tu casa.

Katie frunció el ceño, y su expresión se tornó muy seria.

—¿Qué me van a preguntar?

Mamie no podía mentir. La niña tenía que estar preparada para cualquier mal recuerdo que despertara su testimonio.

—Te preguntarán sobre tu madre y sobre tu padre, sobre cómo eran ellos y la relación que mantenían. Te preguntarán sobre el día que murió tu padre, sobre lo que pasó.

—No me gusta pensar en nada de eso.

—Lo sé, cariño. Es comprensible. Pero necesitamos que alguien diga la verdad.

Katie lo pensó un momento, con la mirada perdida en la distancia.

—No me van a creer. El primo de mi padre es policía.

Así que sabía lo del detective Porter.

—Lo único que tienes que hacer es decir la verdad. El abogado de tu madre te ayudará a prepararte para lo que te espera.

—¿Y la señora Barrett? ¿Querrá que me interroguen?

No tenían opción, ya que Katie estaba en la lista de testigos de la fiscalía.

—Hablaré con ella cuando volvamos y se lo preguntaré.

—¿Me acompañarás? —La niña tomó una trémula bocanada de aire—. No quiero ir sola.

—Por supuesto. Estaré allí todo el tiempo, te lo prometo. —Le dio un apretón en los hombros—. Mañana iremos a ver al señor Tripp. Es el abogado de tu madre y es muy bueno en su trabajo. Te explicará exactamente lo que puedes esperar.

Los niños regresaron, y Katie se unió al grupo para pasear por el borde de la gigantesca fuente. Mamie disfrutó observándolos correr y reír. Los dejaría jugar unos minutos más y luego los llevaría a tomar un helado.

De repente, se le erizó el vello de la nuca. Miró por encima del hombro y descubrió a un hombre de pie, prácticamente detrás de ella. Era alto, de tez rojiza y su nariz delataba que empinaba el codo. Llevaba un bombín calado hasta las cejas.

—Me alegro de ver niños en el parque, sobre todo en esta época del año —comentó.

Mamie tragó saliva, alarmada al instante. Un rápido vistazo a su alrededor le reveló que no había nadie lo bastante cerca como para intervenir en caso de que ese hombre tuviera intenciones violentas. Los niños estaban lejos, gracias a Dios.

—¿Lo conozco?

—No, pero yo la conozco a usted. Soy amigo de Edward Porter.

El detective de policía y primo del fallecido. ¿Ese hombre también era policía? Se le aceleró el corazón y le atronó los oídos.

—¿Qué quiere?

—Es bueno que se interese usted por los chiquillos —dijo el hombre, que pasó por alto su pregunta y, en cambio, señaló con la barbilla a los niños que jugaban en la fuente vacía—. La ciudad es muy peligrosa para los niños.

¿Eso era una amenaza? Se le heló la sangre en las venas. Sin embargo, como hija de Duncan Greene que era, había aprendido a mantenerse firme. No dejaría que ese hombre la intimidara ni que les hiciera daño a esos pobres niños.

—No son de su incumbencia. ¿Tiene algo que decirme? Si es así, me gustaría que lo dijera y se marchara.

La expresión del desconocido se tornó tensa y se inclinó hacia ella.

—Usted y su... socio, el señor Tripp, han conseguido unos enemigos terribles de un tiempo a esta parte. Si saben lo que les conviene, se echarán atrás. Deje que los tribunales se encarguen de esto.

Su forma de pronunciar la palabra «socio» le resultó curiosa. ¿Sospechaba que ella y Frank eran amantes? Habían tenido cuidado. ¿Cómo iba alguien a enterarse?

—No me gustan ni su tono de voz ni sus palabras.

—Será mejor que tenga cuidado, señorita Greene. No creo que a su padre le guste cómo pasa los días... ni las noches.

Muda por sus palabras, tomó una bocanada de aire y solo acertó a seguirlo con la mirada mientras él se alejaba por el sendero.

La puerta se abrió y apareció la señora Porter, con las manos unidas por unos grilletes. Tenía ojeras y estaba muy pálida. Frank se levantó, con Mamie y Otto a su lado, mientras la gobernanta hacía avanzar a la señora Porter y la ayudaba a sentarse en una silla.

Habían venido para ver a la mujer y hablar sobre la vista preliminar. Cuanto antes avanzara el caso, antes podría volver a casa. Si iban a juicio, que así fuera. Pero esperaba que desestimaran los cargos lo antes posible.

Sobre todo teniendo en cuenta las amenazas de la policía con hacerles daño a los niños.

Un momento antes, mientras esperaban, Mamie le había hablado de la escena del parque, del hombre que se le había acercado. Enfadado hasta lo inimaginable, había estado a punto de estampar el puño contra una pared. ¿Acaso Edward Porter carecía de vergüenza? ¿Y qué decir de Byrnes? Amenazar a los niños era repugnante, incluso para el superintendente.

—Buenos días, señora Porter —la saludó Frank en cuanto la mujer estuvo sentada. Acto seguido, le dijo a la gobernanta—: Por favor, retire los grilletes.

—Me han dicho que...

—No me cabe duda. Sin embargo, me temo que debo insistir. —Le sostuvo la mirada. La señora Porter no era un peligro para nadie, y él prefería que estuviera cómoda.

La gobernanta refunfuñó algo entre dientes, pero lo obedeció. Después de decirles que esperaría fuera, se marchó.

—¿Cómo está? —Mamie rodeó la mesa para estrecharle una mano a la mujer.

—Cansada. Es difícil dormir aquí.

Frank asintió con la cabeza. La mayoría de sus clientes que acababan en la cárcel aseguraba eso mismo; que el ruido, el entorno desconocido y la preocupación les causaban insomnio crónico.

—Estoy haciendo todo lo posible para que esto avance deprisa. De hecho, por eso hemos venido —dijo mientras señalaba a Otto—. Este es el señor Rosen, el investigador que trabaja en su caso.

—Señora —dijo Otto, que inclinó la cabeza.

La señora Porter le devolvió el gesto, pero no dijo nada.

—La vista preliminar de su caso es dentro de tres días —dijo Frank—. De eso es de lo que tenemos que hablar.

—¿Vista preliminar?

—Sí. Básicamente es el momento en el que la fiscalía le enseña al juez las cartas que tiene. Nosotros vamos a intentar que el juez desestime el caso, y la fiscalía abogará por un juicio con jurado.

La señora Porter cerró los ojos y tragó saliva.

—¿Qué tengo que hacer?

—Nada. Demostrar su culpabilidad es tarea del fiscal del distrito. Usted no va a testificar. Sin embargo, antes de nada quería hablar de nuestra estrategia con usted, para que no se sorprenda en el juzgado.

—Muy bien.

Frank se apoyó en el respaldo de la silla y mantuvo los brazos relajados, sin cruzarlos ni doblarlos. Por regla general, la gente encontraba esa postura digna de confianza y tranquilizadora. Lo último que quería era que un cliente se pusiera nervioso.

—Si llegamos a un juicio con jurado, tenemos la intención de argumentar que usted se vio obligada a golpear al fallecido con una sartén para proteger a sus hijos. Es un caso claro de defensa propia.

—Así es —dijo ella una vez que él guardó silencio.

—Sin embargo, eso no se mencionará en la vista preliminar. La fiscalía argumentará que usted mató a su marido sin causa justificada. Además, pretenden subir a Katie al estrado, ya que es su mejor testigo para decir lo que pasó aquella mañana.

—¡No! —La señora Porter abrió los ojos de par en par y enderezó la espalda, como si hubiera visto un fantasma. Miró a Mamie y luego volvió a mirarlo a él—. No pueden pedirle que lo haga.

—Entiendo que es alarmante —replicó—. Pero no tenemos elección. El fiscal puede llamar a quien quiera a declarar.

—¿Por qué no me lo preguntan a mí?

—Lo harán si vamos a juicio.

La mujer se frotó la frente, con la cabeza gacha.

—No entiendo. ¿Por qué no puedo hablar en esta vista preliminar?

—Porque esto no es un juicio. La defensa no presenta pruebas durante una vista preliminar. Solo sembramos dudas sobre los argumentos de la acusación.

—¿Y mi vecina, la señora Barrett? Siempre he sospechado que sabía lo que estaba pasando. No todo, pero podía adivinar lo que era vivir con Roy. Podría testificar en vez de Katie.

Frank suavizó su voz.

—Le pediremos que testifique en el juicio, se lo prometo. Haremos todo lo posible para demostrar que estaba justificado que usted lo matara. Pero ahora mismo solo necesitamos debilitar el caso de la fiscalía.

La mujer tenía los ojos llenos de lágrimas cuando levantó la cabeza.

—No puedo pedirle a Katie que sufra por mí. Quiero que olvide lo que pasó aquel día, no que lo recuerde.

—Eso es comprensible —replicó Mamie, que le dio un apretón en el brazo—. Sin embargo, he hablado con Katie, y entiende lo que va a pasar en el tribunal. Quiere hacer todo lo posible para que vuelva usted a casa cuanto antes.

—Es muy buena. Sé que esto ha sido duro para ella. —Empezó a temblarle la barbilla—. Si pudiera, le evitaría cualquier mal recuerdo. Nunca quise que supieran cómo era él de verdad.

Sin embargo, pensó Frank, los niños siempre lo sabían. Eran mucho más perspicaces que lo que los adultos creían. Su madre había intentado mentir sobre lo que ocurría con su padre, pero él y sus hermanos eran conscientes de todo hasta un punto doloroso. Y escaparon tan pronto como pudieron, todos salvo Patrick, al parecer.

—La señorita Greene estará en el tribunal para prestarle apoyo a Katie —dijo—. Se asegurará de ayudarla durante el proceso.

—Si me declaro culpable y voy a la cárcel, ella no necesitaría testificar.

—¿Lo haría de verdad? —le preguntó Frank—. ¿Y quién cuidaría de sus hijos entonces?

La señora Porter se secó los ojos y se volvió hacia Mamie.

—¿Qué haría usted, señorita Greene?

La pregunta pareció sorprenderla, porque se sentó y parpadeó varias veces.

—¿Yo? Bueno, yo no tengo hijos. No me encuentro capacitada para responder.

—Pero si tuviera hijos, ¿qué haría en mi lugar?

Mamie sopesó la respuesta y se mordió el labio un momento.

—Creo que la dejaría testificar. Contar su historia podría ayudarla a sentir que tiene cierto control sobre lo que está sucediendo. En cuanto a sus recuerdos, no creo que esta experiencia pueda mejorarlos o empeorarlos. Los recuerdos ya están guardados en su mente.

La señora Porter tomó una honda bocanada de aire.

—Seguramente tenga razón. Es que no quiero que le hagan daño.

—Yo tampoco —dijo Frank.

—El señor Tripp y yo la cuidaremos. —Mamie cruzó los brazos por delante del pecho y ladeó la cabeza, pensativa—. Pero antes de que acepte usted, creo que debe estar al tanto de lo que sucedió...

—Señorita Greene —la interrumpió Frank, cuyo cuerpo se puso en alerta de inmediato—. ¿Puede reunirse conmigo un momento en el pasillo?

Mamie le dirigió una mirada confusa.

—¿Ahora?

—Sí, ahora mismo. —Enarcó las cejas con un gesto elocuente y se puso en pie—. Por favor.

Ella se excusó y lo siguió hasta el pasillo. Frank cerró la puerta al salir mientras Mamie le preguntaba, furiosa:

—¿Se puede saber qué te pasa?

—¿Pensabas contarle lo del hombre del parque? —le preguntó en voz baja.

—Sí, ¿por qué?

Sus sospechas eran ciertas.

—No debes decírselo. Solo conseguirás alterarla y que decida declararse culpable.

—Pero es decisión suya, Frank. Debería contar con toda la información antes de decidirse.

—No cuando se trata de información que no puede controlar y que solo le causará dolor.

Mamie cruzó los brazos por delante del pecho.

—No podemos ocultarle esto. Un policía ha amenazado a sus hijos. Debe estar al tanto de lo que le está pasando fuera de estas paredes a sus seres queridos.

—No, ni hablar. Créeme, he tratado con gente que está encarcelada. Puede ser muy difícil para ellos enterarse de los problemas de los amigos y la familia, sobre todo cuando no pueden ayudar. Darle a la señora Porter malas noticias sobre sus hijos podría hacer que se declare culpable y vaya a la cárcel, en cuyo caso perdemos.

—Entiendo que estés preocupado por el caso, pero ¿qué pasa con ella? ¿Qué pasa con sus hijos? Tiene derecho a saber qué está sucediendo. Si Katie testifica, es posible que corra más riesgo.

—Ya se lo diremos más tarde, cuando todo haya terminado.

Mamie lo miró con el ceño fruncido.

—Esa es una actitud bastante insensible.

—Es posible, pero estoy aquí para ganar casos, Mamie. Por eso me pediste que representara a la señora Porter. Solo intento evitar que vaya a la cárcel.

Ni quería perder ni quería que el caso se prolongara durante meses. Dada la situación con Byrnes y con los socios del bufete, necesitaba acabar con eso deprisa, conseguir que se desestimaran los cargos de los que acusaban a la señora Porter y seguir adelante con su vida. Eso significaba convencer a Mamie de que se casara con él y no enemistarse con Duncan Greene. Nada de eso podría suceder hasta dejar atrás el caso de la señora Porter.

—Y yo estoy aquí —replicó ella— para velar por los intereses de la señora Porter, y eso incluye a sus hijos. —Puso los brazos en jarras—. Eres su abogado. Tú también deberías velar por sus intereses.

—Lo estoy haciendo, pero en lo concerniente a sus problemas legales. No a su vida personal.

—¿Sin importar el coste? ¿Aunque eso aumente el peligro que corre Katie?

No le gustaba ni un pelo cómo lo estaba mirando, como si no lo hubiera visto antes. Como si acabara de enterarse de que disfrutaba dándoles puntapiés a los cachorritos. Estiró las manos a modo de súplica.

—Lo dices como si no me importara lo que le ocurra a Katie. Sí que me importa, pero mi principal preocupación es evitar que la señora Porter acabe en la silla eléctrica. La única manera de hacerlo es proceder como está previsto. Así podrá salir de la cárcel y mantener a su familia a salvo.

—Está mal ocultarle esta información. No me importa cómo lo justifiques. Está mal.

—¿Y que la maten es mejor?

Un policía apareció por el pasillo y pasó junto a ellos, haciendo que fuera imposible seguir hablando. Mamie apretó los labios y entrecerró los párpados de forma peligrosa mientras esperaba. Cuando volvieron a quedarse solos, se acercó más a él para decirle:

—Esto no me gusta nada. Estoy totalmente en contra de mantener a la señora Porter en la inopia con respecto a lo que está pasando. —Lo apuntó al pecho con un dedo—. Y te digo más, como le pase algo a alguno de sus tres hijos, te haré personalmente responsable. Y no te gustarán las consecuencias. —Lo rodeó y se alejó por el pasillo acompañada por el frufrú de sus faldas.

—¿Adónde vas? —le preguntó él.

—A algún lugar donde no se me exija mentir.

17

Frank abrió la pesada puerta de madera de la Cervecería de Little Water Street. Esa noche había tenido una reunión con Jack Mulligan, que le había proporcionado un montón de información sobre el detective Edward Porter. Nada bueno, por cierto.

Al parecer, el detective Porter aceptaba sobornos de algunos de los hombres más corruptos de la ciudad. Hombres poderosos que no apreciarían que sus nombres se asociaran a palabras como «soborno, fraude y asesinato». Si era necesario, usaría dicha información para el caso de la señora Porter, sin importar quiénes fueran esos hombres poderosos.

Además, había otra sorpresa que Mulligan había descubierto, algo tan útil que de momento no se lo había contado a nadie.

Hasta que llegase la hora de hacerlo, tenía mucho entre manos. Planes que poner en marcha, una vista preliminar que preparar. Debería estar en una habitación con Otto, discutiendo hechos y estrategias.

O ir en busca de Mamie. No la había visto desde que se marchó furiosa de la cárcel y necesitaba asegurarse de que no estaba enfadada con él. Tal vez a ella no le gustara, pero su postura era la correcta. Preocupar a la señora Porter por cosas que quedaban fuera de su control no era saludable.

Sin embargo, su curiosidad le había llevado a otro lugar completamente distinto después de su encuentro con Mulligan.

La cervecería se encontraba en un edificio de ladrillos sin pretensiones. Nada más entrar, vio los enormes alambiques de cobre, parecidos a los que veía en los callejones para destilar ginebra cuando era pequeño, pero mucho más grandes. En el interior reinaba una temperatura cálida, y en el aire flotaba el olor dulzón de la malta. A lo largo de la pared, se apilaban cajas de botellas, listas para ser entregadas. ¿Patrick era copropietario de todo eso? No alcanzaba a entenderlo. Su hermano, un cervecero.

Varios hombres se encontraban en el otro extremo de la estancia, reunidos en torno a los alambiques. Al acercarse, uno de los hombres le asestó un codazo al hombre más alto que estaba a su lado y lo señaló.

El más alto se volvió. Era Patrick, que llevaba un lápiz y un cuaderno en las manos. Frunció el ceño al verlo y después les dijo algo en voz baja a los dos hombres que estaban a su lado, tras lo cual se marcharon. Su hermano se colocó el lápiz en una oreja.

—Creía haber hablado bien claro la última vez que nos vimos.

Frank levantó las manos.

—No estoy aquí para causar problemas. —Miró a su alrededor—. Lo de la cervecería despertó mi curiosidad. He pensado que podía comprarte una cerveza y hablar.

En el mentón de su hermano apareció un tic nervioso, y su expresión se tornó indecisa.

—¿Por qué?

Que lo partiera un rayo si lo sabía. No había una buena respuesta para esa pregunta. Le había dado la espalda a su familia hacía quince años. ¿Por qué en ese momento? ¿Por qué buscar una relación que solo haría daño? Sin embargo, algo en él necesitaba intentarlo, al menos para obtener algunas respuestas a las preguntas que lo acuciaban.

—Porque me gusta tu cerveza.

Patrick se dio media vuelta y echó a andar. La leve cojera le recordó a Frank la lesión que sufrió su hermano en la infancia.

—Puedes pagar por un vaso en cualquier lugar del sur de Manhattan.

—Patrick, yo... —Se apresuró a seguirlo hasta que lo alcanzó—. Quiero conocer a mi hermano. ¿Puedes concederme unos minutos, por favor?

—No creía que los ricachones de la zona alta de la ciudad conocieran esa expresión, «por favor».

—Si lo digo de nuevo, ¿te sentarás conmigo?

Patrick soltó una maldición y se detuvo.

—¿Te irás si te digo que no?

—No, en absoluto. Si aceptara un no por respuesta, jamás ganaría un caso.

Su hermano esbozó una sonrisa torcida.

—Siempre fuiste el más terco de todos. De acuerdo. Acompáñame.

Frank siguió a su hermano hacia el interior del edificio. Patrick se detuvo delante de una puerta con un tirador metálico y la abrió de un tirón. Una ráfaga de aire frío surgió del interior mientras su hermano se adentraba en la estancia. Regresó rápidamente con dos botellas marrones en la mano. Una vez que la puerta estuvo bien cerrada de nuevo, recorrieron el pasillo y llegaron a un despacho. Patrick se dejó caer en el sillón detrás de la mesa y le señaló a él que ocupara la silla vacía del otro lado. Tras abrir las botellas le ofreció una.

—¿Necesitas un vaso de cristal o soportas beber de una botella?

—La botella me va bien. —Frank aceptó la cerveza y bebió un buen trago—. La verdad es que está muy buena.

—No parezcas tan sorprendido —refunfuñó Patrick, que se acomodó en su sillón—. Ya sé que está buena. Me he pasado cinco años perfeccionándola. —Se llevó la botella a los labios y bebió.

—¿Por qué cerveza? ¿Por qué hacerte cervecero?

Patrick emitió un sonido parecido a la risa.

—Llevamos el alcohol en la sangre, ¿no te parece?

Frank asintió muy a su pesar. Triste, pero cierto.

—¿Estás casado?

—Sí. Se llama Rachel. Tenemos dos hijas.

¡Por Dios, era tío! Por su mente pasó el destello del recuerdo de Mamie con el bebé de la señora Barrett en brazos, y la emoción le provocó un nudo en la garganta.

—Enhorabuena. —Lo dijo en serio. Nunca le había deseado nada malo a Patrick. Nunca le había deseado mal a nadie de su familia, salvo a su padre. Bebió otro trago de cerveza—. ¿Qué le pasó a Colin?

—¿No lo sabes? —Al verlo negar con la cabeza, Patrick añadió—: Imaginaba que lo tendrías vigilado, incluso después de marcharte.

—No. Solo quería olvidar.

Patrick hizo una mueca.

—Como todos. —Bebió un sorbo y suspiró con fuerza—. Se cayó a las vías y lo atropelló el tren. Murió al instante, dijeron. Iba borracho, por supuesto.

—Debió de ser un alivio para ella. —No hizo falta que especificara de quién hablaba.

—Al principio, no. Estaba... perdida. Se había pasado toda la vida bajo el puño de ese cabrón. Su muerte la dejó destrozada. Preocupada por el dinero. Necesitó casi un año para darse cuenta de que podía salir adelante y de que el dolor había terminado.

Él tuvo una experiencia similar en el internado. Siempre se estremecía cuando alguien le tendía la mano. Siempre miraba por encima del hombro en busca de una amenaza. Tuvo que pasar mucho tiempo antes de que lo abandonara la sensación de peligro.

—¿Y qué hay de Laura y Sarah? Creía que trabajaban en algún lugar del Tenderloin.

—Eso fue lo que le dijo mamá. El viejo había empezado a hablar de usarlas como fuente de ingresos prestándoselas a sus amigos, así que mamá le hizo creer que las había mandado a un burdel de lujo. Las protegió.

Atónito, Frank solo acertó a parpadear. Prácticamente todo lo que había creído a lo largo de su vida era mentira. Bebió más cerveza.

—¿Adónde las mandó?

—A una fábrica de ropa en la zona alta. No lo tuvieron fácil, eso seguro, pero debió de ser más fácil que ganarse el dinero tumbadas de espaldas.

—¿Están casadas?

—Sí. Sus maridos son buena gente y las tratan bien. No las veo a menudo, quizá una o dos veces al año. —Se hizo el silencio mientras

Patrick bebía un trago de cerveza. Luego, añadió—: ¿Por qué ahora, Frankie? ¿Por qué demuestras interés por tu familia después de tantos años? En aquel entonces, no veías el momento de largarte de Five Points sin mirar atrás.

¿Cómo podría explicárselo? Su vida había dado un vuelco imprevisto en las últimas semanas. No, había sucedido mucho antes. La primera vez que siguió a Mamie en un intento por mantenerla alejada de cualquier problema. En cuanto le sonrió, lo sintió en las entrañas. Cuando Mamie abrió la boca (para desafiarlo y burlarse de él), experimentó esa misma sensación en una parte de su cuerpo más íntima. Esa mujer era fascinante y enloquecedora. No pensaba renunciar a ella jamás.

Y eso lo había cambiado todo.

Sin embargo, no estaba seguro de cuánto contarle a su hermano.

—Yo... he conocido alguien. Me ha abierto los ojos a algunas cosas. Le gusta señalarme mis equivocaciones. Jamás pensé que saliera algo bueno de aquel lugar. Creí que lo mejor era empezar de nuevo y tratar de olvidar.

—No puedo culparte. A saber lo que te habría pasado antes de que Colin muriera. Es que... no es fácil verte. El abogado elegante con su traje elegante que se codea con todos esos ricachones... —Patrick dejó la botella en la mesa—. Tal vez sea mejor para todos nosotros que sigas lejos.

—¿Le has dicho a ella que me has visto?

—No, no le he dicho nada. No está muy bien de salud, y creo que eso la alteraría.

Frank asimiló la información con la cabeza hecha un lío. Tal vez Patrick tuviera razón. Tal vez lo mejor para todos era que volviera a alejarse de su familia. Había construido toda su vida en torno a la mentira de que procedía de una familia de sangre azul. Si se descubriera la verdad, ya no tendría nada que hacer en esa ciudad. Mamie nunca se casaría con él. Y aunque lo perdonase por haberle mentido, su padre la enviaría a un convento antes que verla casada con un hombre criado en Five Points.

Se puso en pie y le tendió una mano a su hermano.

—Una cerveza muy buena, Patrick. Deberías estar muy orgulloso.

Patrick se levantó y le estrechó la mano con expresión recelosa.

—Cuídate, Frankie.

Mamie salió a hurtadillas por la puerta de la cocina a la fresca noche primaveral. La nota que encontró en la almohada era escueta: «Reúnete conmigo en el cenador a medianoche».

Por muy enfadada que estuviera con Frank, no podía rechazar una cita con él. Quería verlo. A solas, en la oscuridad. Donde pudiera fingir que no existían cien razones por las que no podían estar juntos.

Con él se convertía en una persona diferente, en una mujer confiada y más atrevida. En una mujer que se abría de piernas encima de su mesa al final de la jornada laboral. Sintió que se le acaloraban las mejillas pese al aire frío. ¡Qué barbaridad! Sentirlo en su interior había sido maravilloso.

La gravilla del camino crujía bajo sus pies. No acostumbraba a pasar mucho tiempo en el jardín, aunque su madre insistía en mantenerlo impecable durante todo el año. Un grupo de jardineros se ocupaba de todos los senderos, de los arbustos y de los árboles, como no podía ser menos para los Greene. Sin duda, ese tiempo y ese dinero podrían usarse para hacer algo mucho mejor, teniendo en cuenta todo el sufrimiento que había en el mundo.

Cuando llegó al cenador de la parte trasera de la propiedad, entró con una sonrisa de bienvenida para su irritante y apuesto abogado.

Sin embargo, no era Frank quien estaba allí. En su lugar la esperaba Chauncey.

Su sonrisa se apagó considerablemente mientras cruzaba los brazos por delante del pecho. Menos mal que seguía vestida y no había decidido acudir a la cita en camisón.

—Hola, Chauncey.

—Mamie —replicó él, que se acercó a ella, caminando sobre el suelo de madera, para besarla en la mejilla—. Impresionante, como siempre.

Tenía un aspecto un tanto desaliñado, y olía el alcohol en su aliento. Brandi, si no se equivocaba.

—Gracias. Me sorprendió recibir tu nota. Un poco tarde para una cita, ¿no te parece?

—No te he visto esta semana por la ciudad. ¿Has estado enferma?

—No, simplemente ocupada. —Con Frank, Katie y la señora Porter. No había tenido tiempo para fiestas y bailes.

—¿Con qué? —replicó él, pero su expresión debió de dejarle claro el asombro que le provocaba dicha pregunta porque se apresuró a añadir—: Perdóname, pero nuestras familias desean que aparezcamos juntos en todos los eventos posibles. Has hecho caso omiso de todas mis invitaciones y no has salido. Por eso estaba preocupado.

No sabía si eso la conmovía o la molestaba.

—He estado ayudando a unas amigas que me necesitaban. Mi agenda debería volver a la normalidad dentro de unos días. —Después de la vista preliminar y de que la señora Porter saliera de la cárcel.

Chauncey frunció el ceño.

—¿Y qué se supone que debo hacer mientras tanto?

—No entiendo. ¿Qué se supone que debes hacer? ¿Sobre qué?

—Eso da igual. Vamos a sentarnos y a charlar un rato, ¿te parece bien?

Mamie soltó el aire y sopesó la petición. Aunque estaba agotada, tal vez esa fuera otra oportunidad para insistir en romper el compromiso matrimonial.

—De acuerdo.

Ambos se sentaron en el banco de madera circular que recorría el perímetro interior del cenador. La noche era serena y solo se oía el ocasional crujido de los arbustos. Mamie guardaba buenos recuerdos de las meriendas al aire libre celebradas allí mismo con sus hermanas cuando eran pequeñas. Justine siempre llevaba pan duro para alimentar a los pájaros y a las ardillas.

Chauncey le tomó las manos entre las suyas. El simple contacto la asustó, pero se obligó a relajarse. Solo era Chauncey, un hombre al que conocía de toda la vida. Habían bailado muchas veces, y había ido de su brazo como acompañante. El inesperado gesto la había sobresaltado, nada más.

—Mamie, ¿has pensado en firmar el contrato prematrimonial? Mi padre prefiere zanjar el tema cuanto antes.

Se decantó por una respuesta diplomática.

—Todavía no estoy convencida de que nos convenga.

—Eso es ridículo. Hemos crecido juntos. Nuestras familias pertenecen al mismo escalafón social. Tú y yo habitamos el mismo mundo.

—La compatibilidad es algo más que la calle en la que vivas, Chauncey.

Le dio un apretón en las manos.

—¿Estás preocupada por mi... amiga? Porque te aseguro que no será un problema.

No quería decirlo, pero su amiga le importaba un bledo. Ya era hora de dejar de marear la perdiz. Debía ser honesta con él (o al menos lo más honesta posible, dadas las circunstancias), porque no pensaba firmar el contrato prematrimonial.

—Creo que no estoy hecha para el matrimonio.

—¿Que no estás hecha para el matrimonio? —Chauncey enarcó tanto las cejas que casi le llegaron al nacimiento del pelo—. ¿Por qué no?

«Porque me he enamorado de otra persona», contestó en su fuero interno.

—Me gusta mi independencia. ¿Por qué debería entregarte mi vida solo para hacer felices a nuestras familias?

Él asintió una vez en silencio, con los labios apretados.

—Es lo que decía mi padre. Estás nerviosa por el aspecto físico de nuestro matrimonio.

Mamie lo miró en silencio y parpadeó varias veces.

—Yo... No, no es eso a lo que me...

Dejó la frase en el aire cuando Chauncey se inclinó hacia ella y la agarró por los brazos para acercarla.

—Seremos compatibles. Te lo demostraré. Soy un buen amante, Mamie. Todo el mundo lo dice.

¡Ay, por Dios! ¿No iría a...?

Antes de que pudiera protestar o de que intentara apartarse, Chauncey la estrechó entre sus brazos y la besó con fuerza en los labios. Aturdida, Mamie se quedó inmóvil mientras la besaba. Sin embargo, su falta de respuesta no pareció molestarlo, porque él la forzó a separar los labios para meterle la lengua en la boca. En ese momento, comprendió que aquello estaba mal e intentó apartarlo de un empujón en los hombros. ¿Cómo se le ocurría atacarla de esa forma?

Volvió la cabeza hacia un lado para interrumpir el beso.

—Chauncey, para. Esto no está bien.

Él empezó a lamerle la garganta, sin aflojar su abrazo en ningún momento.

—No, esto es lo que necesitas. —Le cubrió un pecho con una de sus manazas—. Ya lo verás en cuanto te haga mía. Sé cómo funcionan estas cosas. A veces, las muchachas como tú necesitáis un poco de persuasión.

Un miedo frío y punzante le corrió por las venas.

—Te equivocas. No quiero hacer esto. Chauncey, para. —Lo empujó con más fuerza, pero le fue imposible apartarlo.

—Relájate. Deja de forcejear. Será más fácil si dejas de hacerlo. —La empujó para tumbarla en el asiento y se colocó sobre ella—. Sé lo que estoy haciendo, Mamie. Ya lo verás.

Tenía las piernas atrapadas entre las faldas y el cuerpo, en un ángulo incómodo e inmovilizado por el peso de Chauncey. Intentó quitárselo de encima, pero él no se movió. El pánico le atenazó los pulmones y empezó a respirar de forma superficial, jadeante. ¿Estaba planeando tomarla por la fuerza para demostrar su destreza? ¡¿Acaso se había vuelto loco?!

—Por favor, no lo hagas. Suéltame.

—Shhh. Solo es cuestión de acostumbrarse. La primera vez siempre es difícil.

—No, desde luego que...

Chauncey le tapó la boca con una de sus manos, clavándole los dedos en la mejilla, y sintió que empezaba a subirle las faldas con la mano libre. Gritó por debajo de la mano. Pero ese grito ahogado de terror y rabia no lo hizo desistir. Al contrario, la mordisqueó en la garganta mientras ella forcejeaba y le golpeaba los hombros. ¡No podía respirar, no encontraba suficiente aire!

«¡Dios mío, por favor, haz que se detenga!».

Chauncey no parecía darse cuenta de nada.

—No tienes por qué tener miedo —dijo—. Esto te va a gustar, te lo prometo. Yo te enseñaré.

Sintió el impacto del aire frío en las piernas e hizo lo único que se le ocurrió: morderle la palma de la mano con todas sus fuerzas, hincándole bien los dientes. Su reacción fue instantánea. La soltó y aulló de dolor, mientras cerraba la mano herida y se la llevaba al pecho. Mamie retrocedió mientras lo veía caerse al suelo del cenador.

No esperó más. Corrió tan rápido como pudo hacia la seguridad de la casa, sin esforzarse siquiera por no hacer ruido, haciendo que la gravilla saliera disparada bajo sus pies. Una vez en la casa, abrió de golpe la puerta de la cocina, entró y echó el pestillo. Se quedó allí un momento mientras intentaba recuperar el aliento. ¿Qué acababa de pasar? Chauncey y ella estaban hablando tan tranquilamente y, en un abrir y cerrar de ojos, él la había atacado.

Todo le parecía muy impropio de él. «Sé cómo funcionan estas cosas. A veces, las muchachas como tú necesitáis un poco de persuasión». Saltaba a la vista que no conocía a Chauncey tan bien como pensaba. ¿Existía la posibilidad de que hubiera forzado a otras mujeres? La idea le daba asco. Se frotó la frente y se apresuró a regresar a su dormitorio con la mente hecha un torbellino de pensamientos.

«Estás a salvo. Ya ha pasado. Estás a salvo. Ya ha pasado», se repitió una y otra vez mientras atravesaba la silenciosa casa. Sin embargo, el corazón le martilleaba en el pecho, como si no estuviera del todo seguro de que el peligro hubiera pasado de verdad.

Cuando entró en su habitación, tardó un momento en darse cuenta de que la lámpara de su mesita de noche estaba encendida. Y de que había un hombre tumbado en su cama. Parpadeó al verlo.

Frank se incorporó con semblante preocupado.

—¿Qué te pasa? —Se puso en pie y se acercó a ella al instante.

Mamie tragó saliva y trató de relajarse.

—No me pasa nada. Estoy bien.

—Y una mierda. Estás blanca, toda sudada y con la ropa desaliñada. ¿Qué ha pasado? —La estrechó entre sus brazos y la pegó a su torso.

Se había quitado la chaqueta, de manera que solo tenía la camisa y el chaleco, y Mamie le hundió la cara en la cálida piel de la garganta. Respiró su olor, y su calor corporal le llegó hasta los huesos, aliviando los estremecimientos. Frank le acarició la espalda con las manos todo el rato que estuvieron allí de pie, abrazados. Le agradeció muchísimo que no la presionara para obtener información, aunque suponía que el esfuerzo lo estaba matando.

La besó con suavidad en la sien.

—Intento no preocuparme porque es evidente que estás sana y salva. ¿Ha sido la policía otra vez?

—No. ¿Tenemos que hablar de esto?

—Ya deberías conocerme. Me gano la vida analizando hechos y desmenuzándolos. No voy a permitir que me ocultes esto. ¿Qué es lo que te ha asustado tanto?

No quería seguir pensando en lo sucedido. El ataque de Chauncey lo indignaría y prefería evitar más enfados esa noche.

—No ha sido nada. Ruidos en la oscuridad. Creo que hay fantasmas en la cocina.

Frank inspiró hondo y soltó todo el aire, haciendo que el pecho le subiera y le bajara. Acto seguido, la llevó a la cama y se acostó a su lado, tras lo cual la arropó y la abrazó.

—¿Un fantasma, en serio? ¿Es lo mejor que se te ha ocurrido?

—¿Te creerías que he visto un ratón?

Lo oyó resoplar.

—No. Dímelo, amor mío.

El apelativo cariñoso la pilló desprevenida y la derritió, acabando también con su resistencia.

—Recibí una nota pidiéndome que fuera al cenador a medianoche. No estaba firmada, pero pensé que era tuya.

Lo oyó contener el aliento.

—¿De quién era?

—De Chauncey.

—Entiendo.

—Ha bebido y se ha puesto a hablar de un sinfín de tonterías sobre nuestro matrimonio.

—Mmm... —Frank le introdujo los dedos en el pelo y empezó a darle un masaje en la cabeza.

Mamie sintió que la invadía el letargo a medida que su corazón se relajaba.

—Le dije que no tenía el menor interés en casarme con él, y creyó que estaba nerviosa por el aspecto físico del matrimonio. ¿Te lo imaginas? —Se le escapó una suave carcajada y después bostezó. La experiencia la había dejado agotada.

—No.

Cerró los ojos y se acurrucó más contra él.

—Te aseguro que sus habilidades para besar no han mejorado en absoluto en todos estos años.

—¿Qué te dijo exactamente?

«Estoy muerta de cansancio», pensó. Tenía la impresión de que cada extremidad le pesaba una tonelada. Contuvo otro bostezo.

—Que solo necesitaba un poco de persuasión. Que todo el mundo dice que es un buen amante y que iba a demostrarme que no tengo motivos para preocuparme.

Frank no dijo nada, y se percató de que el sueño se estaba apoderando poco a poco de ella.

—Creí que te enfadarías —siguió—. La buena noticia es que le mordí la mano y me soltó. Así fue como me escapé.

—Estoy orgulloso de ti. —La besó en la frente—. Duerme, pequeña guerrera.

—Prométeme que no le dirás nada a Chauncey sobre esto. —Como no replicaba, añadió—: Frank, no puedes mencionarle esto a él ni a nadie más. Si lo haces, todos supondrán que estás celoso, y eso complicará las cosas.

El fuego crepitaba en la chimenea, y se sentía arrullada por el rítmico movimiento de su pecho al respirar. Se dejó llevar, mientras la oscuridad engullía su conciencia. Antes de sucumbir, creyó oírlo decir:

—Desde luego que estoy enfadadísimo, pero no contigo.

Crecer en los barrios bajos significaba muchas cosas. Como poder comprarle una deliciosa mazorca de maíz caliente a la chica que las vendía en la esquina. Saber qué callejones y manzanas evitar para no tener un encuentro con los pandilleros. O jugar en la calle mientras se esquivaban tranvías y carromatos.

Y también aprender a luchar.

Hacía años que Frank no había utilizado esa habilidad. Por regla general, prefería usar las palabras antes que los puños. Sin embargo, ese día planeaba poner en práctica sus raíces de Five Points dándole una buena tunda a Chauncey Livingston.

Mamie le había dado un susto de muerte la noche anterior. Nunca la había visto tan asustada, con los ojos desorbitados y el cuerpo temblando. Chauncey se había atrevido a agredirla, besándola contra su voluntad. ¿Había intentado algo más antes de que ella lo mordiera? Si no le hubiera hecho daño, ¿hasta dónde habría llegado él? En sus esfuerzos por «persuadirla», ¿se habría detenido antes de violarla?

Eso daba igual porque, en resumidas cuentas, la había tocado, aun cuando ella había dicho que no. Sin importar lo que hubiera pasado en aquel cenador, Chauncey iba a lamentarlo.

Le había pedido a Otto que localizara a Chauncey en cuanto ese cretino malcriado saliera de su casa. ¿Y cuál había sido su primera parada? El club Union, donde sin duda trataría de curarse la resaca después del ataque.

Frank llegó a la gran mansión de piedra situada entre la calle Veintiuno y la Quinta Avenida. En las inmediaciones había varias berlinas y otro tipo de carruajes cuyos cocheros de librea esperaban a sus clientes. Él era miembro de todos los clubes de la ciudad a los que merecía la pena pertenecer. El Union era el más antiguo y conservador, donde ni el dinero ni el pedigrí bastaban para ser admitido. Cualquier indicio de escándalo impedía ser miembro. Nunca le había gustado el entorno privilegiado de ese lugar.

El portero lo saludó tocándose el ala del sombrero y le abrió la puerta. Frank le dio las gracias antes de pasar por el mostrador de recepción.

—Buenas tardes, señor Tripp. Bienvenido de nuevo. ¿Me da su abrigo y su sombrero?

Frank le entregó las prendas.

—Buenas tardes, George. Necesito hablar en privado con el señor Chauncey Livingston. Me preguntaba si podrías permitirme usar alguna habitación unos minutos.

—Por supuesto. ¿Quiere que avise al señor Livingston para que se reúna con usted?

—Si eres tan amable... —Metió una mano en el bolsillo de su abrigo y sacó dos crujientes billetes de cien dólares—. Y te agradecería que no le dijeras que soy yo. —Le entregó el dinero al empleado.

—Por supuesto, señor Tripp.

—Y una cosa más, George. Hoy no me has visto por aquí.

El empleado no perdió comba. Asintió con la cabeza y se guardó el dinero en el bolsillo.

—Entendido. Dejaré sus cosas aquí mismo y no anotaré su nombre en el libro.

—Te lo agradezco.

El club mantenía unas cuantas habitaciones bien equipadas en las plantas superiores para los miembros. Algunas se alquilaban a solteros, otras se utilizaban todas las noches. Frank nunca había tenido necesidad de usarlas, pero no podía partirle la cara a Livingston en medio de la biblioteca ni en el comedor del club.

Una vez que estuvo en la habitación, se quitó la chaqueta y la dejó con cuidado sobre una silla. Acto seguido, se desabrochó los gemelos y se remangó la camisa hasta los codos. En ese momento, oyó la voz de Chauncey quejándose desde el pasillo con esa dicción tan elegante.

—No te entiendo. ¿Por qué no puedes decirme adónde vamos? Estaba en mitad de una estupenda partida de *cribbage*.

Frank tensó los músculos, ya preparado.

La puerta se abrió y Chauncey, la viva imagen del niño enfurruñado, entró dando grandes pisotones. Al verlo, frunció el ceño.

—Tripp. ¿Qué quieres?

—Gracias —le dijo Frank al empleado—. Eso es todo de momento.

El hombre asintió con la cabeza en silencio y la puerta se cerró, dejándolo a solas con Chauncey.

—Livingston, esta conversación debería haber tenido lugar hace mucho tiempo.

Chauncey llevaba un elegante traje marrón hecho a medida y el pelo peinado hacia atrás con pomada. Frank lo sabía todo sobre él y su actitud despreocupada. Al heredero de los Livingston le habían dado todo lo que se le había antojado, y eso se notaba en su comportamiento vanidoso y arrogante. La clase baja estaba muy por debajo de él, la clase media estaba para servirlo. Participaba de todos los vicios que ofrecía la ciudad, sin sufrir ninguna consecuencia.

Hasta ese día.

Chauncey lo miró de arriba abajo, como si buscara alguna pista.

—¿Una conversación sobre qué? No tengo ningún asunto legal contigo.

—No es un asunto de negocios. —Se acercó a él—. Es algo personal.

Chauncey retrocedió.

—¿A qué te refieres?

Cuando lo tuvo a su alcance, lo agarró por la corbata y por la pechera de la camisa, y se inclinó hasta que sus narices estuvieron a punto de rozarse.

—Me refiero a Mamie. Más concretamente, a que la toquetees como si tuvieras derecho a hacerlo.

—Oye, un momento. No sé qué te ha dicho, pero no pasó nada. —Chauncey intentó zafarse de él, pero Frank se mantuvo firme.

—Porque te mordió la mano y escapó, fantoche carente de moral. De no ser así, sabrá Dios qué le habrías hecho.

—No le habría hecho daño. Conozco a Marion de toda la vida. No sé lo que te habrá dicho, pero es...

Frank lo sacudió con fuerza.

—No te atrevas a llamar mentirosa a esa mujer. Como lo hagas, te dejo sin dientes.

El miedo y la confusión se reflejaron en el rostro de Chauncey, aunque no tardó en echar mano de una bravata para disimular.

—¡Esto es indignante! ¿Cómo te atreves a criticarme por algo que no es en absoluto de tu incumbencia? Suéltame o te demandaré por agresión.

—Esto es de mi incumbencia. Mamie me incumbe, y cualquiera que le haga daño sufrirá las consecuencias. ¿Lo entiendes?

—No, no lo entiendo... —Sin embargo, abrió los ojos de par en par antes de que su semblante se ensombreciera. En ese momento, se retorció para zafarse de las manos de Frank—. Eres tú. Tú eres quien la pone en mi contra, en contra del compromiso. Tienes una aventura con ella.

—Mamie y yo somos amigos. No la estoy poniendo en contra de nada ni de nadie. Si le prestaras atención, lo sabrías.

—¡Mentira cochina! Su padre lleva semanas diciendo que hay otro hombre, pero no me lo creía. No hasta este momento. —Puso los brazos en jarras—. ¿Te has tirado a mi prometida?

La furia se apoderó del cuerpo de Frank, un fuego candente que le abrasó la piel. Sin embargo, en vez de gritar se echó a reír porque sabía que eso descolocaría a Chauncey.

—¿Lo ves? Justo cuando empezaba a pensar que podía hacerte entrar en razón. —En un abrir y cerrar de ojos, le asestó un puñetazo en la nariz. El cartílago crujió con el impacto, y la sangre empezó a salir antes de que Chauncey cayera al suelo y empezara a rodar con la cara entre las manos.

—¡Maldición! ¡Me has roto la nariz!

Frank se arrodilló y presionó las manos de Chauncey, apoyándose sobre la nariz rota, hasta que lo oyó aullar. Acto seguido, se apartó de él y cuando estuvo seguro de que le estaba prestando atención, masculló:

—No vuelvas a acercarte a ella nunca más. Si descubro que la has tocado, te destruiré a ti y todo lo que te importa.

Se enderezó y sacó un pañuelo para limpiarse la sangre de las manos. Tenía el chaleco de seda azul marino manchado, pero la tela era lo bastante oscura como para que las manchas no se notaran. Sin embargo, tendría que regresar a su casa y cambiarse de ropa antes de volver al bufete. Los clientes preferían que su abogado no estuviera cubierto de sangre. O, al menos, eso suponía.

Se metió el pañuelo en el bolsillo y se fue, mientras Chauncey seguía retorciéndose de dolor en la costosa alfombra.

18

Mamie observó a Frank mientras este le explicaba con mucha paciencia a Katie cómo iba a declarar ante el tribunal. Los tres, además de Otto, se encontraban en una heladería cercana a su bufete a última hora de la tarde. Faltaban pocos días para la vista preliminar de la señora Porter.

Katie no mostró ningún signo de temor, como si se hubiera resignado a hablar y a hacerlo lo mejor posible. Después de explicarle lo que supondría la experiencia, Frank le hizo una serie de preguntas para conocer su versión de lo que sucedió el día de la muerte de su padre.

Katie ya le había hablado a Mamie un poco sobre el hogar donde había crecido, unos detalles horrorosos y terribles que le rompieron el corazón. La niña recordaba los gritos de su padre, las veces que se había escondido porque le pegaba a su madre y el miedo con el que habían vivido a diario.

Mamie no podía decir que lamentara la muerte de Roy Porter.

Para ser un hombre que no tenía hijos propios, Frank se sentía bastante cómodo con Katie. No la trataba de forma paternalista. Algunos adultos trataban a los niños como si fueran bebés. Sin embargo, una niña como Katie había visto demasiado, había oído demasiado, como para que la tratasen como si fuera de cristal. Pese a sus cinco años, mostraba una valentía increíble en opinión de Mamie.

No se esperaba esa actitud por parte de Frank. La verdad, no tenía ni la menor idea de cómo se comportaba con los niños. La semana anterior se mostró incómodo y deseoso de marcharse cuando estuvieron con el niño de la señora Barrett, que tanto lloraba. Pero tal vez había malinterpretado esa incomodidad.

«Dímelo, amor mío».

Se le acaloraron las mejillas al recordar sus palabras. Aquella noche, él la abrazó hasta que se quedó dormida y luego se escabulló de la casa sin que lo vieran. Poco después, apareció un joyero como por arte de magia en su mesita de noche. En su interior descubrió una pulsera de plata con un abalorio consistente en un arco y una flecha. Una referencia a lo de «pequeña guerrera», sin duda.

Se acaloró aún más. ¡Por Dios, a ese ritmo, estallaría en llamas antes de la hora de la cena!

Sin embargo, se preguntaba cómo había conseguido entrar con tanta facilidad en la mansión de los Greene. ¡Qué astuto era!

Un movimiento en la mesa interrumpió sus elucubraciones. Otto se había levantado con Katie y la llevaba al mostrador.

—¿Hemos terminado? —le preguntó a Frank mientras él se sentaba de nuevo.

Lo vio esbozar una sonrisa torcida y traviesa, y el corazón le dio un vuelco bajo su elocuente mirada.

—¿Tiene problemas para prestar atención, señorita Greene?

—En absoluto.

—En ese caso, ¿sabes por qué Otto ha llevado a Katie al mostrador?

—Para pedir otro helado. —Era una suposición, pero no dejaba de ser lógica.

—Pues no. La ha convencido para que pruebe un refresco de nata y chocolate, que no lleva nada de helado.

Decidió dejarlo pasar. Concederle el punto inflaría más su ego.

—Gracias por la pulsera.

—¿Te ha gustado?

—Mucho. —Desesperada por tocarlo de alguna manera, apretó con disimulo su mano enguantada. Al ver que daba un respingo, lo soltó de inmediato—. ¿Qué pasa? ¿Te he hecho daño?

Frank le tendió la mano izquierda.

—Me he pillado la mano derecha con un cajón de la mesa hace un rato y la tengo un poco sensible. Nada de lo que preocuparse.

—¡Gracias a Dios! No puedes estar convaleciente justo antes de la vista preliminar.

—Me encuentro bien.

—¿Estarás preparado dentro de dos días?

—Por supuesto. Siempre lo estoy.

¡Qué fanfarrón era! Sin embargo, la cautivaba de todas formas y era el hombre más guapo de Nueva York.

—Tengo toda mi confianza depositada en usted, señor Tripp.

—Guarda tus cumplidos para después de que pongan en libertad a la señora Porter. —Se inclinó más para susurrarle al oído—: Y para cuando te tenga de nuevo a solas en mi cama.

Sintió una miríada de chispas sobre la piel que acabaron concentrándose entre sus muslos.

«Hablando de cama...», pensó.

—No llegaste a decirme por qué fuiste a verme la otra noche. —No le gustaba pensar en lo sucedido con Chauncey. Todavía la asustaba y la enfurecía.

—Para asegurarme de que no estabas enfadada conmigo. Te fuiste de la cárcel hecha una furia después de la reunión con la señora Porter.

—No me fui hecha una furia. Yo no hago esas cosas. Y me mantengo en mi opinión de que no decirle a la señora Porter lo que está pasando es un error. Debería conocer los riesgos si se trata de su propia hija.

—Prometo mantener a Katie a salvo. —La sinceridad brillaba en esos iris azules, pero ¿cómo iba a vigilar a la niña en todo momento?

—A falta de que te mudes con los niños, no entiendo cómo vas a conseguirlo.

—He contratado a los Pinkerton para que vigilen el edificio las veinticuatro horas del día. ¿Eso ayuda?

La dejó boquiabierta. No había considerado esa posibilidad. Sintió una opresión en el pecho y un nudo en la garganta a causa de la emoción. Frank había contratado vigilancia para los niños de la señora Porter.

Frank Tripp era un granuja con piquito de oro y sangre azul, pero también era un buen hombre. El mejor de todos.

Era su hombre.

«Estás enamorada de él».

Sí, supuso que lo estaba. La idea de renunciar a él, de no volver a verlo, le provocaba un doloroso espasmo en el estómago. De alguna manera, tenía que convencer a su padre de que Frank la hacía feliz y de que no aceptaría a ningún otro. Jamás se casaría con Chauncey, mucho menos después de lo de la otra noche y después de haber reconocido por fin sus sentimientos por Frank. Su padre acabaría entrando en razón y aceptaría no arruinar la carrera profesional de Frank.

Porque iba a casarse con ese hombre.

—Si no estuviéramos en público, te besaba ahora mismo.

Él deslizó una pierna hasta rozar una de las suyas por debajo de la mesa.

—¿De verdad lo harías? ¿Dónde me besarías?

Mamie echó un vistazo en dirección a las mesas cercanas para asegurarse de que los demás clientes no podían oírlos. Después, se humedeció los labios y se acercó a él.

—En los mejores lugares.

Frank soltó el aire despacio sin apartar la mirada de ella en ningún momento.

—¡Maldita sea! Ahora tardaré otros diez minutos en poder ponerme en pie.

—Si se supone que debo disculparme, me temo que no lo haré.

—Nunca te disculpes por excitarme. Podría estar muerto, enterrado a dos metros bajo tierra, y seguiría deseando saborear tu piel.

Se obligó a beber un sorbo de agua porque se le había secado la boca.

—Tal vez podríamos hablar de tu situación más tarde. Digamos, ¿a las nueve en tu casa?

—¿Me estás pidiendo una cita amorosa, Marion Greene?

—No si sigues burlándote de mí.

Él levantó las manos con las palmas hacia fuera.

—Se acabaron las burlas. Digamos mejor a las diez. Así podré disfrutar de mi tiempo contigo sin preocuparme de que el personal del servicio siga moviéndose por casa.

Esa idea le gustó.

—Pues a las diez.

Frank abrió la boca para decir algo más, pero la cerró de inmediato al ver que regresaban Katie y Otto.

—Bueno, señorita Katie —dijo—. ¿Qué te parece el refresco de nata y chocolate?

—Está buenísimo. —Otto le puso el vaso alto delante y ella tomó la pajita—. ¿Sabes que no lleva helado?

Frank se inclinó y susurró:

—Tampoco lleva nata. Lo hacen con leche. —Le guiñó un ojo.

Katie soltó una risita, y el corazón de Mamie acabó derretido en un charquito en el suelo de mármol. Ese hombre era un encanto absoluto.

—Me temo que Otto y yo debemos volver a mi despacho —le dijo a Katie—. Dejaré que la señorita Greene te acompañe a casa. Descansa un poco, ¿de acuerdo? No te quedes hasta tarde bailando y bebiendo.

Katie se rio alrededor de la pajita.

—Lo haré.

—Muy bien. —Frank le revolvió el pelo y luego miró a Mamie—. Hasta luego, señorita Greene.

Un escalofrío sensual le recorrió la columna al captar la promesa que encerraban esas palabras.

—Señor Tripp —replicó, tras lo cual inclinó la cabeza y miró a Otto—. Señor Rosen.

—Que tenga un buen día, señorita Greene. —Otto parecía estar conteniendo la sonrisa, pero no dijo nada más antes de seguir a Frank y salir de la heladería.

Mamie descubrió que, pese a la fresca temperatura del interior del establecimiento, necesitaba abanicarse con desesperación.

El cuerpo de Mamie todavía se estremecía de placer mientras andaba sin hacer ruido hacia la puerta de servicio, situada en la parte trasera de la mansión. Pasaban pocos minutos de la medianoche y todavía sentía la huella de los dedos de Frank sobre la piel. El susurro de su aliento. El calor de su carne.

Con un poco de suerte, lo sentiría durante días.

La cocina estaba a oscuras cuando entró, y en el silencio se oyó el frufrú de sus faldas. No se molestó en echarle el pestillo a la puerta, por si Florence había salido.

Rodeó la enorme mesa de trabajo y agarró una manzana de un cuenco al pasar. Bien sabía Dios que esa noche se le había abierto el apetito con...

En ese momento, se encendió la luz, sobresaltándola. Jadeó, y la manzana se le cayó de las manos mientras el tenue resplandor amarillo iluminaba la cocina.

Su padre estaba junto a la pared.

—¿Te importaría explicarme de dónde vienes?

Mamie se llevó una mano al pecho, intentando calmar su acelerado corazón.

—Papá, me has dado un susto de muerte.

—No me cabe duda. Pues ahora imagínate cómo me sentí yo al descubrir que mi hija se había escapado de casa para ir a Dios sabe dónde.

—He estado dando un paseo por el jardín —mintió—. Hace una noche tan bonita que se me ocurrió...

—No me mientas —la interrumpió su padre con brusquedad—. Estás despeinada y tienes un chupetón. —Hizo un gesto vago en dirección a su cuello.

Se llevó una mano al instante a la garganta como si quisiera palpar la marca. ¿De verdad le había dejado Frank un chupetón?

—No, en realidad no tienes ninguna marca. —Su padre apretó los labios y se le movió el mostacho, algo que sucedía cuando estaba furioso—. Pero el hecho de que hayas pensado que podrías tenerla es más que suficiente.

—Papá, te equivocas. No sé qué estás pensando, pero te juro que no ha sucedido nada.

—¿Quién es?

Odiaba mentirle pero, en ese momento, no veía otra opción.

«Niégalo. Niégalo. Niégalo».

—No hay otro hombre. Estoy casi comprometida con Chauncey.

—Sin embargo, te niegas a firmar las capitulaciones matrimoniales, y el motivo es la cama de la que acabas de salir. ¡Quiero saber quién es, maldición! Ahora mismo, Marion.

No podía decírselo. Pese a lo que sentía por Frank, esa no era la manera de que su familia se enterara. No sujetos a la ira y al engaño. Deseaba la bendición de su padre; necesitaba tiempo para convencerlo de que lo suyo con Frank era posible. Al fin y al cabo, el entorno en el que se había criado Frank no era tan distinto del de Chauncey. Aunque trabajaba como abogado, Frank procedía de una familia prominente de Chicago. Además, la hacía feliz. Seguramente eso le importaría a su padre cuando llegara el momento.

Tras enderezar la espalda dijo:

—Estaba dando un paseo. Eso es todo.

Su padre sacudió la cabeza y agachó la mirada hasta clavarla en sus zapatos.

—No me has dejado otra opción. Sígueme a mi gabinete.

Mamie sintió que se le caía el alma a los pies mientras lo seguía hacia las estancias principales de la casa. Tal vez solo deseaba estar cómodo mientras le gritaba. La verdad, ¿qué otra cosa podía hacer? No tenía pruebas y ella no admitiría nada indebido. Estaban en un punto muerto, así que se limitaría a escuchar su sermón, se disculparía por preocuparlo y se iría a la cama.

Su padre abrió la puerta del gabinete y la sostuvo para que entrase. Cuando lo hizo, estuvo a punto de tropezarse. En el interior descubrió al señor Livingston, a Chauncey y a un desconocido alto y corpulento, que se pusieron en pie y la miraron.

«¡Ay, no, esto no pinta bien!», pensó.

En ese momento, se fijó en los moratones que Chauncey tenía alrededor de los ojos, y en su nariz, roja e hinchada. ¿Qué demonios le había pasado? La estaba mirando con gesto hosco y los brazos cruzados por delante del pecho.

Aquello pintaba fatal, de hecho.

—Siéntate, Marion. —Su padre pasó frente a ella y dirigió su corpulenta figura hasta el sillón emplazado detrás de su mesa.

Ella lo siguió andando más despacio y tomó asiento en uno de los sillones situados enfrente. El señor Livingston se sentó en el que había quedado vacío a su lado, dejando al desconocido y a Chauncey de pie.

Su padre se dirigió a ella.

—A Chauncey y al señor Livingston los conoces. El desconocido es el superintendente Byrnes, de la policía metropolitana. El superintendente tiene cierta información que ha reunido sobre ti, según el señor Livingston.

Mamie jadeó.

—¿Me han estado espiando? —La policía la había seguido. ¡Por Dios! ¿Qué habrían visto? La cárcel, las viviendas de los pobres... Y en ese momento lo comprendió. La casa de Frank.

No, había sido cuidadosa. ¿Verdad? Frank la había devuelto a casa en su berlina esa noche para mantenerla oculta y segura. Su padre podía tener sospechas, pero no podía probar nada. Se enderezó y se tragó el nudo que sentía en la garganta, provocado por el pánico.

—No tenía ningún derecho a espiarme, caballero.

—Estábamos realizando una investigación, señorita —adujo el superintendente. —He creído prudente informar a las partes interesadas de lo que he averiguado.

—Papá, ¿cómo has podido permitir esto?

Su padre la miró con los ojos entrecerrados mientras tamborileaba con los dedos.

—Has cambiado en las últimas semanas, Marion, y debo decir que no para bien. Creo que todos estábamos ansiosos por descubrir qué había ocasionado este cambio en tu personalidad.

—Solo tenías que preguntármelo.

—Si hubiera existido la posibilidad de obtener una respuesta sincera, estaría de acuerdo contigo. Sin embargo, no has sido honesta conmigo y no has sido honesta con Chauncey.

En ese momento, lo miró. Tenía la cara hecha un cisco. Lo que fuera que hubiera ocasionado esas heridas tuvo que dolerle bastante. Claro que no pensaba compadecerse de él. No podía perdonarle que la agrediera en el cenador.

—Bueno —siguió su padre—, Byrnes, ¿ha dicho que tiene información para nosotros?

—Sí, señor. Así es —contestó el superintendente. Sin embargo, en vez de hablar, se dio media vuelta y salió de la estancia.

Nadie habló, y Mamie sintió la mirada furiosa de Chauncey, que parecía capaz de atravesarle la cabeza.

Decidió no hacerle caso e intentó suplicarle a su padre.

—Papá, no entiendo lo que está pasando. Quizá lo mejor sea dejar todo esto hasta mañana, cuando todos hayamos podido descansar.

Su padre guardó silencio, y siguió con la mirada clavada en la puerta. El reloj de la chimenea anunció que eran las doce y media, y su rítmico sonido la sobresaltó. En ese momento, se abrió la puerta y ella miró para descubrir por qué había tardado...

Se quedó helada y el mundo pareció tambalearse durante un breve segundo. Frank entró detrás del superintendente Byrnes. Su abogado lucía una expresión muy seria.

¡Ay, por Dios! Aquello iba de mal en peor. Era un desastre en toda regla.

Tenía que hacer algo, decir algo, pero solo atinaba a mirar la escena, aturdida. Las palabras parecían arremolinarse en su cerebro, fragmentos y piezas con las que le resultaba imposible formar frases. Frank..., en su casa. Chauncey... La policía...

—Tripp, creo que conoces a todos los presentes —dijo su padre sin más preámbulo cuando los recién llegados se acercaron a su mesa—. Byrnes, acabemos con esto.

—Por supuesto, señor. —El superintendente sacó una libretilla y empezó a leer—. En varias ocasiones, se ha visto a la señorita Greene en los barrios bajos de la ciudad, más concretamente en el Distrito Sexto, donde visita a cuatro familias que viven en distintas viviendas de alquiler. Según tengo entendido, les lleva dinero a dichas familias para complementar sus ingresos.

Mamie abrió la boca para explicarse, pero su padre sacudió la cabeza. Vio que tenía un tic nervioso en el mentón, una conocida señal de su extremo desagrado. Cerró la boca y unió las manos sobre el regazo.

—En dos ocasiones, ha visitado el ala para mujeres de Las Tumbas para ver a una prisionera, una tal señora Porter. La familia de esta mujer es una de las que la señorita Greene visitaba con asiduidad, pero está arrestada por asesinato.

El superintendente carraspeó. Nadie movió un músculo en el gabinete, y ella no se atrevió a mirar a Frank.

—El abogado que representa a la señora Porter es un tal Frank Tripp, que aceptó el caso a petición de la señorita Greene, en contra del consejo de sus socios de bufete, debo añadir, que se oponen vehementemente a la idea de que su firma se asocie con semejante asunto.

—Y tanto —murmuró su padre.

Mamie no se lo esperaba. ¿Los socios de Frank le habían pedido que abandonara el caso de la señora Porter? Él no lo había mencionado. Lo miró en ese momento, pero él tenía la vista clavada al frente y las manos metidas en los bolsillos. Le fue imposible adivinar lo que estaba pensando.

—Al parecer, la señorita Greene está ayudando en el caso de la señora Porter, ya que tiene relación con sus hijos. La vista preliminar se celebrará con el juez...

—Eso no importa —lo interrumpió su padre—. Cíñase a los puntos relevantes.

—Discúlpeme. —El cuello del superintendente se sonrojó—. La señorita Greene ha visitado al señor Tripp tanto en su despacho del bufete como en su casa, la última vez esta noche, cuando llegó aproximadamente a las diez y se fue a las doce y cinco.

La vergüenza la invadió. No por su relación con Frank —no se arrepentía de eso en lo más mínimo—, sino porque no era incumbencia de nadie más que de Frank y suya. Chauncey y el señor Livingston no deberían enterarse de una información tan personal. Bastante malo era que su padre estuviese oyéndolo todo.

Vio que Frank cerraba los ojos un instante y su expresión dolorida hizo que la culpa estuviera a punto de abrumarla. Tenía que solucionar aquello antes de que su padre y el superintendente lo arruinaran todo.

—Estábamos discutiendo el caso —adujo, dirigiéndose a los presentes.

—Duncan, esto es un flagrante abuso de confianza hacia mi hijo —dijo el señor Livingston—. Chauncey esperaba que se mantuviera casta hasta la boda, no que corriera desbocada por las calles de Nueva York.

—Que Chauncey no se haya molestado en permanecer casto no importa —replicó Mamie con retintín—. Tiene una amante a la que se niega a renunciar.

—Eso no es relevante —masculló su padre, que la apuntó con un dedo—. Es tu comportamiento el que estamos discutiendo aquí, no el de Chauncey. Y teniendo en cuenta lo mal que va este asunto, yo cerraría la boca en tu lugar. —Señaló al superintendente—. Me han dicho que tiene información sobre el pasado del señor Tripp.

Frank se estremeció y ella se percató de que la nuez le subía y le bajaba al tragar saliva. Acto seguido, esbozó una sonrisa natural y se dirigió a su padre.

—Duncan, no entiendo qué relación tiene mi pasado con la conversación de esta noche. Ya me he ofrecido a hacer lo honorable con Mamie. Deseo casarme con ella.

La oferta no apaciguó a su padre.

—Dejé muy claros mis sentimientos al respecto la última vez que hablamos sobre mi hija. Byrnes, por favor, continúe.

El superintendente esbozó una sonrisa satisfecha que hizo que el miedo se apoderara de Mamie.

—Sí, gracias. Como todos ustedes saben, el señor Tripp dice proceder de una familia prominente de Chicago. Sin embargo, he descubierto que en realidad creció en Worth Street, en Five Points, y que su verdadero apellido es Murphy.

El caos estalló en el gabinete, y ambos Livingston expresaron su enorme disgusto a Duncan, que se limitó a mirarlo a él con desprecio, aunque Frank no le prestó la menor atención porque estaba pendiente de Mamie. Ella había fruncido el ceño en señal de confusión y tenía una mirada vacía. Seguramente ponía en duda la revelación y pensaba que era improbable que semejante mentira pudiera sostenerse durante tanto tiempo.

Sin embargo, se había sostenido. Él se había asegurado de que así fuera a lo largo de los años y había hecho todo lo posible para enterrar su miserable pasado. ¡Maldito fuera Byrnes! El superintendente se había enterado de la verdad de alguna manera y la estaba usando para destruirlo antes de la vista preliminar.

Al ver que él no refutaba la historia ni se defendía, Mamie encorvó los hombros. Conociéndola, se estaría preguntando en qué más le habría mentido. Una pregunta justa, supuso, dadas las circunstancias. Pero nunca le había mentido sobre sus sentimientos ni sobre su deseo de casarse con ella. Ambas cosas habían sido muy reales.

Claro que, a esas alturas, no iba a creerlo.

El dolor le atravesó el pecho, un pánico ardiente que eclipsaba con creces la humillación de que su vergonzoso secreto hubiera salido a la luz delante de Duncan y de los Livingston. No podía perder a Mamie, no en ese momento.

No cuando acababa de descubrir cómo olía a la luz de la luna.

No cuando había descubierto lo sensible que era su cuello, lo mucho que le gustaba que se lo besaran.

No cuando pondría el mundo a sus pies para ver una de sus sonrisas.

¡No en ese momento, maldición!

—¿No tienes nada que decir en tu favor? —masculló Duncan, poniendo fin a sus pensamientos—. ¿Alguna explicación que aclare todo esto?

—Es cierto. —Mantuvo la mirada fija en Mamie mientras se obligaba a pronunciar esas palabras—. Nací como Frank Murphy y me crie en Five Points como el menor de una familia de cinco hijos. Me fui de casa a los catorce años para ir a un internado en el que me aceptaron como caso de caridad. Después, asistí al Allegheny College y luego trabajé con un abogado hasta que pasé el examen para colegiarme.

—¡Lo sabía! —gritó Chauncey—. Sabía que no era más que un matón de baja estofa. Mirad lo que me hizo en la cara.

Mamie frunció de nuevo el ceño al ver la herida de Chauncey. Después pareció salir del trance y empezó a actuar como la mujer decidida que él conocía.

—El señor Tripp golpeó a Chauncey por mi culpa. Chauncey intentó forzarme la otra noche en el cenador y...

—¡No hice tal cosa!

El silencio se hizo en el gabinete cuando todos asimilaron la afirmación de Mamie. Duncan se puso en pie despacio con un semblante temible y la mirada clavada en Chauncey.

—¿Intentaste forzar a mi hija?

El miedo apareció un instante en el rostro de Chauncey antes de que pudiera ocultarlo.

—Nos estábamos besando y nos dejamos llevar. No pasó nada, y no es peor que lo que ha estado haciendo con él —dijo al tiempo que lo señalaba.

—Eres un mentiroso —replicó Frank, con los músculos tensos y listos para la pelea—. Le dijiste que solo necesitaba un poco de persuasión y que ibas a demostrarle lo buen amante que eres.

—¡Un momento! —los interrumpió el mayor de los Livingston—. No puedes culpar a Chauncey por querer adelantarse a los votos matrimoniales. Su intención era la de ayudar en el proceso.

—¡¿Forzándola?! —bramó Duncan—. ¿Qué clase de hombre tiene que recurrir a la violencia física para cortejar a una mujer?

—No le hice daño —protestó Chauncey—. Solo nos besamos, nada más.

—Porque te mordí la mano cuando me tapaste la boca para que no gritara. Por eso conseguí escaparme —apostilló Mamie.

—Enséñame la mano —le ordenó Duncan a Chauncey.

Chauncey tragó saliva y apretó la mano izquierda, cerrando el puño.

—Va a ser mi mujer —repuso—. No veo cuál es el problema de empezar las cosas antes de lo previsto.

—El problema —replicó Duncan, que acortó la distancia que lo separaba del más joven de los Livingston— es que es mi hija y que no permitiré que ningún hombre, ni siquiera uno con el que piense casarse, la fuerce. Enséñame la dichosa mano. Ahora mismo.

Chauncey se acobardó al ver la furia de Duncan, un hombre intimidante en el mejor de los casos; en el peor, era francamente temible. Chauncey estiró el brazo izquierdo con la palma de la mano hacia arriba, en la que tenía una mordedura azulada. Al ver la prueba del terror de Mamie, Frank quiso volver a destrozarle la cara.

La expresión de Duncan se ensombreció aún más. Chauncey debía de temer por su vida porque su voz tembló al decir:

—Solo fue una diversión inofensiva.

—A ver, Duncan —dijo el señor Livingston—. Recuerda cómo son las jóvenes a esta edad. Quieren experimentar, pero deben asegurarse de mantener una reputación respetable. Le sugerí a Chauncey que tratara de influir un poco en ella. Que le diera un empujoncito al asunto. No podemos culparlo. Pensó que era virgen. Nadie sabía que se estaba ofreciendo de buena gana a ese —concluyó al tiempo que lo señalaba a él con la barbilla.

En el ojo derecho de Duncan apareció un tic nervioso al encarar a su amigo.

—¿Tú le dijiste que forzara a mi hija? ¿A mi hija, una muchacha a la que conoces desde que la tuve en brazos por primera vez?

—¡Chauncey no iba a hacerle daño, por el amor de Dios! —exclamó Livingston—. Estás exagerando.

—¿Que estoy exagerando? —replicó Duncan con los ojos a punto de salírsele de las órbitas—. ¡Le dijiste a tu hijo que forzara a mi hija y soy yo quien exagera! ¿Tengo razón?

—El chico no ha hecho nada malo. Ella lo ha hecho esperar, ¡por el amor de Dios!, mientras se paseaba por toda la ciudad con su amante. Y sabes que si tiene uno, es probable que haya más. ¿Qué clase de muchacha estás criando?

Duncan soltó el aire por la nariz con fuerza y su pecho subió y bajó con rapidez. Frank ya estaba a punto de intervenir para calmar los ánimos cuando lo oyó decir:

—Fuera de mi casa. Los dos. Salid y no volváis nunca.

La papada de Livingston se agitó mientras abría y cerraba la boca. Se puso en pie con dificultad.

—No puedes decirlo en serio.

—Pues sí. No sabes cuánto. No habrá boda entre tu hijo y mi hija. De hecho, como lo vea cerca de ella, quedará mucho peor que después de su encuentro con Tripp.

—Te arrepentirás de esto —vaticinó Livingston—. Cuando te hayas calmado, cambiarás de opinión.

—Ni en un millón de años, Richard. Sé que somos amigos desde hace mucho tiempo, pero esto no se me olvidará jamás.

Livingston resopló y le dijo a Chauncey que saliera del gabinete. Ambos se marcharon furiosos, sin molestarse en cerrar la puerta tras ellos.

—Superintendente —dijo Duncan con cansancio mientras se acomodaba en su sillón—, creo que ya hemos terminado aquí.

Byrnes parecía reacio a marcharse, seguramente porque deseaba deleitarse con su caída en desgracia, el muy cabrón.

—Por supuesto, señor. Gracias. —Y con esas palabras se marchó, tras hacer una breve reverencia.

Duncan se pasó una mano por la cara.

—¡Por Dios, qué desastre!

Frank no podía estar más de acuerdo. Y a partir de ese momento todo empeoraría. Livingston y Byrnes se deleitarían contando su pasado por todo Manhattan. El escándalo cambiaría para siempre su vida. Los socios del bufete se pondrían furiosos. Lo expulsarían de todos los clubes. La alta sociedad le retiraría la palabra. Su carrera como el abogado favorito de las clases altas había terminado.

Sin embargo, eso no fue lo que más le dolió.

Lo que realmente le dolía era que Mamie evitaba mirarlo, como si no pudiera soportar verlo. En mitad de semejante calamidad, lo único que quería era ver brillar de nuevo los ojos de Mamie. Si era necesario, le rogaría, le suplicaría e incluso se postraría de rodillas. Haría lo que fuera con tal de arreglar aquello.

No podía perderla. No en ese momento.

—Duncan, me gustaría hablar un instante a solas con su hija si no le importa.

El aludido suspiró.

—Supongo que de perdidos al río a estas alturas. ¿Mamie?

Ella asintió con la cabeza.

—Papá, siento mucho todo esto.

—Yo soy el que lo siente. Creía que Chauncey... En fin, he sido un egoísta, ¿no? —Su semblante se suavizó y tragó saliva con fuerza—. Mamie, aunque ya no acudas a mí porque te has desollado las rodillas o te ha picado una abeja, siempre puedes contar conmigo. Nada cambiará eso.

Ella se enjugó las lágrimas.

—Gracias.

Duncan se puso en pie, rodeó su mesa y le dio un beso en la coronilla.

—Te quiero, Mermelada —le dijo, tras lo cual se acercó a él—. Tú y yo hablaremos mañana —añadió en voz baja—. Espero que respetes mi casa.

—Lo haré, señor.

La respuesta debió de satisfacerlo, porque salió de la estancia sin más y dejó la puerta abierta.

19

Se hizo el silencio en el gabinete de Duncan y lo único que se oía era el crepitar del fuego ya moribundo y el crujido de leña en la chimenea. Frank esperaba que Mamie se enfadara, que le gritara por su engaño. Sin embargo, ella se limitó a esperar en silencio, totalmente inmóvil. Parecía rodearla un caparazón de indiferencia, y él no sabía cómo atravesarlo.

Se sentó en el sillón que ella tenía al lado y carraspeó.

—¿Mermelada?

Ella levantó un hombro.

—El apodo por el que Florence me llamaba cuando éramos pequeñas. Creía que mi padre lo había olvidado.

Más silencio.

—Me gustaría explicarlo. Decirte por qué.

—No importa.

—Sí importa. Mamie, ¿quieres mirarme, por favor? —Ella lo miró a los ojos, con el rostro inexpresivo. Experimentó una dolorosa punzada bajo las costillas, que sospechó que se debía a la culpabilidad—. El mundo, este mundo —añadió, haciendo un gesto para abarcar la estancia—, juzga el origen de las personas con mucha dureza. Sabía que nunca me aceptarían si decía la verdad.

—Sí, pero yo no soy todo el mundo. Tú conoces el trabajo que hago en los barrios del sur de la ciudad, cómo me siento de verdad. No soy de esas personas que critican y juzgan el origen de los demás, sobre todo cuando el mío ha sido tan privilegiado. Sin embargo, seguiste mintiendo, incluso después de...

Después de que se acostaran. Sí, lo había entendido.

—¿Cómo iba a decírtelo después de todo el tiempo que había pasado?

—Pues muy fácil. «Mamie, en realidad nací en Five Points» —dijo con voz grave—. Ya está, ¿ves qué fácil ha sido?

—No bromees...

—No lo hago. —Se puso en pie para distanciarse de él.

Eran solo unos metros, pero a Frank le parecieron kilómetros.

—Me has mentido sobre tu familia, sobre tu lugar de nacimiento. Tus padres en Chicago y la mina de cobre de tu abuelo... Todo es mentira. ¡Ni siquiera sé quién eres!

Frank se puso en pie.

—Sabes perfectamente quién soy. Sigo siendo el mismo que iba a buscarte a los casinos por la noche, el que representa a la señora Porter y el que te abrazó después de que Chauncey te atacara. Un hombre que te quiere por encima de la razón y la lógica.

Mamie se cubrió la boca con una mano, y las lágrimas le humedecieron los ojos.

—Sin embargo, ese hombre no podía ser sincero conmigo sobre su procedencia, sobre las experiencias y las personas que lo hicieron ser quien es. En fin, la noche que cenamos en Sherry's empecé a sospechar que mentías sobre tus orígenes. Debería haber confiado en mi instinto. Soy una imbécil por haber confiado en cambio en ti.

—No eres imbécil. Aunque haya traicionado tu confianza, te compensaré.

Eso no pareció tranquilizarla.

—¿Tienes familia en la ciudad? —quiso saber.

—Sí. Mi madre y un hermano. Mis dos hermanas viven en las afueras de la ciudad.

Mamie cerró los ojos, lo que hizo que dos gruesas lágrimas se deslizaran por sus mejillas.

—¿Los ves? ¿Hablas con ellos?

—He hablado con mi hermano hace poco por primera vez desde que me fui de casa.

Ella dio un respingo.

—¿Y con los demás? —le preguntó, y él negó con la cabeza. Mamie encorvó los hombros—. ¿No has hablado con tu madre o tus hermanas en todos estos años? No puedo... No lo entiendo. ¿Cómo pudiste abandonarlos?

Su crítica lo molestó, y sintió que el rubor le acaloraba el cuello.

—Mamie, mi padre era Roy Porter. No, era peor que Roy Porter. De pequeños, todos sufrimos abusos, y mi madre se llevó la peor parte.

—¿Y eso justifica que te fueras y no volvieras a hablar con ellos? ¡Dios mío, tu madre! Debe de culparse a sí misma.

«Es el dinero de Frankie. Se lo devolveré cuando vuelva a casa».

La emoción le provocó un nudo en la garganta. No, su madre lo había alentado para que se fuera. Ella sabía que no sobreviviría en Five Points. Y el éxito que había obtenido superaba sus sueños más disparatados. Se había abierto camino hasta la cima de la élite de Nueva York, donde había prosperado. Había ganado tanto dinero que jamás sería capaz de gastárselo todo. Trabajaba en un prestigioso bufete de abogados. Su nombre aparecía en todos los periódicos. Tenía a la soltera más deseada de la ciudad en su cama... Frank Murphy jamás habría tenido nada de eso.

Sin embargo, Frank Tripp lo había perdido todo.

No le importaba. No le importaba nada, salvo Mamie. Podía perderlo todo, pero no podía perderla a ella.

—¿Tripp es tu apellido legal, o sigue siendo Murphy?

—Lo cambié legalmente a Tripp cuando cumplí los dieciocho años —le contestó, y ella hizo una mueca de dolor al oírlo, así que le suplicó—: Por favor, Mamie. Deja que te lo explique.

Ella soltó un resoplido burlón.

—Lo que pretendes es librarte de todo esto hablando. Porque eso es lo que haces, ¿verdad, Frank? Pero yo no soy ni un juez ni un jurado. Soy la mujer que se ha preocupado por ti. Que te quería...

Al oírla, retrocedió como si lo hubiera golpeado.

—No uses el verbo en pasado. Por favor. Te quiero con locura.

Más lágrimas resbalaron por las mejillas de Mamie y apartó la mirada.

—No puedo querer a un hombre que no conozco. Y lo peor es que has estado mintiendo durante tanto tiempo que sospecho que ni siquiera te conoces a ti mismo. —Se enjugó las lágrimas—. Me has destrozado el corazón, y no sé a quién culpar.

Antes de que pudiera pronunciar palabra, Mamie corrió hacia la puerta con la cabeza gacha. Detestaba haberle hecho daño, que estuviera enfadada. ¿Por qué se negaba a escucharlo?

—Mamie, espera.

Ella no le hizo el menor caso y desapareció en la oscuridad, llevándose consigo lo que siempre había deseado.

—No puedes quedarte en la cama todo el día.

Mamie se desentendió de la voz de Florence y se escondió debajo de las mantas. No le importaba. Sin duda, se quedaría en la cama todo el día.

De repente, le arrancaron la almohada de la cara y un brillante resplandor la deslumbró. Su hermana había descorrido las cortinas, la muy puñetera.

—¿Qué haces aquí?

—Voy a sacarte de la cama. Vamos, arriba. Levántate y sonríe.

—¿Por qué? —Intentó darse media vuelta, pero la mano de Florence la detuvo.

—Para empezar, porque esta no eres tú. Marion Greene no es una llorona.

—Puedo cambiar si quiero.

—Sí, eso es cierto. Pero las Greene estamos hechas de una pasta más dura. Una pequeña discusión con nuestro prometido no es el fin del mundo.

Mamie se dio media vuelta y miró a su hermana.

—No es una pequeña discusión, y no es mi prometido.

—¡Bah! Ahora lo es, ahora no lo es. Entiendo que estés molesta porque te ocultara su origen, pero seguramente entiendes por qué mintió. Has sido testigo de cómo ve el mundo a la gente de la supuesta zona mala de la ciudad.

—Entiendo por qué les mintió a todos los demás, pero no a mí. —El amor requería honestidad y confianza para prosperar, y Frank no le había demostrado ninguna de esas dos cosas. Así que lo que habían compartido había sido simple lujuria, no algo duradero y real.

¡Y, por Dios, cómo dolía!

—De acuerdo. La segunda razón por la que tienes que levantarte es porque le prometiste a Justine que hoy podría acompañarte al sur de la ciudad.

Mamie gimió. Lo había olvidado.

«No puedes abandonar a la señora Porter y a los niños solo porque Frank te haya destrozado el corazón».

Tendría que parecer alegre todo el día. La idea le provocó unas ligeras náuseas.

—¿Alguna posibilidad de que Justine no se haya enterado de lo que pasó anoche?

—Papá nos lo contó a todas durante el desayuno. Y está en los periódicos.

Mamie se incorporó, con el corazón en la garganta.

—¿Ah, sí? Han publicado que Frank y yo...

—¡No, por Dios! Los orígenes de Frank, su verdadera familia. ¿Sabías que su hermano es cervecero?

—¿Eso es lo que te parece más interesante de toda esta historia? —A veces, no entendía a su hermana—. No, no lo sabía. Frank no me contó ningún detalle sobre ellos.

—Entonces, ¿lo quieres?

—¿Al hermano de Frank?

Florence sonrió.

—Buen intento. Olvidas que fui yo quien te dijo que lo sedujeras.

Mamie se incorporó hasta quedar sentada y se apartó el pelo de la cara.

—Entonces debo culparte por todo este lío.

—Estás siendo demasiado dura con él. No habéis llegado a conoceros y ya lo habéis dejado. Piensa en Chauncey. Lo conoces desde hace años y, sin embargo, trató de forzarte en el cenador. Es imposible conocer del todo a una persona, Mamie. Hay que guiarse por su carácter. Chauncey es un mocoso consentido y arrogante. Se lo han dado todo y no ha tenido que esforzarse en la vida.

—¿Y? —replicó Mamie al ver que su hermana la miraba con gesto elocuente.

—Y Frank no tenía nada y se hizo a sí mismo, hasta convertirse en un hombre poderoso y rico. Él sabe lo que significan el esfuerzo y el trabajo. Tiene integridad.

Sí, suponía que sí. Los orígenes de Frank eran humildes; no debió de ser fácil dejar a su familia y emprender su propio camino a una edad tan temprana.

Sin embargo, debería habérselo dicho. Después de todo lo que habían hecho y se habían dicho el uno al otro, debería haber sido sincero. ¿Cómo iba olvidar el escozor de su traición? Era un dolor que la abrumaba por entero, que surgía del corazón y se extendía hasta llegarle a todos los rincones del cuerpo.

Alguien llamó a la puerta, y ambas alzaron la vista para ver a sus padres entrar. Su madre la miró con los ojos rebosantes de preocupación y su padre parecía despeinado, como si se hubiera pasado varias veces las manos por el pelo.

—Cariño mío —dijo su madre, que se sentó en la cama y la estrechó entre sus brazos—, estoy muy disgustada con tu padre por no haberme despertado anoche. Debería haber estado a tu lado.

Mamie se apoyó en el familiar corsé de su madre.

—Gracias, pero no podías hacer nada.

—Una madre no necesita hacer nada para ser útil. Una madre existe para aliviar el dolor de su hijo. Cuando tu padre me contó lo que pasó, supe que debías de estar sufriendo.

—Creía que te enfadarías conmigo.

Su madre se echó hacia atrás.

—Mamie, eres la más práctica y sensata de mis hijas...

—Si me disculpas un momento —la interrumpió Florence, que puso los brazos en jarras—, me gustaría señalar que yo he estado asesorándola durante todo este asunto.

—Alentando la imprudencia, sin duda —terció su padre—. Fuera de aquí, Florence. Déjanos a solas para poder hablar en privado.

Florence refunfuñó entre dientes, pero se fue de todos modos.

—Como iba diciendo —siguió su madre—, eres la más práctica y sensata de mis hijas. Nunca has sido dada a los arrebatos de fantasía ni a los cambios de opinión. Obviamente, él es la razón por la que pediste más tiempo antes de aceptar casarte con Chauncey.

—Sí. —Negarlo a esas alturas carecía de sentido.

—Bueno, pues me disculpo por no haberlo visto antes. Siempre me pareció que Chauncey encajaba bien contigo, y tú nunca protestaste por el compromiso. Así que pensé que estabas contenta con esa elección.

—Chauncey fue elección de papá —le recordó Mamie a su madre—. Y me prometió que dejaría que Florence y Justine eligieran sus propios maridos si yo aceptaba casarme con Chauncey.

Su madre se quedó boquiabierta y miró a su padre con el ceño fruncido.

—¿Eso es cierto, Duncan?

Su padre tuvo la delicadeza de parecer avergonzado.

—No planeaba obligarla a cumplir la promesa. Es que no quería que se encaprichara de otros hombres y empezara a tener otras ideas.

—Usaste el amor que siente por sus hermanas como un arma. ¿Cómo iba a saber que no hablabas en serio?

—Ella es la mayor, y pensé que Chauncey sería un buen marido. El compromiso se acordó hace siglos, y no quería que apareciera motivo alguno para cancelarlo. ¿Cómo iba a saber cómo es el muchacho de verdad?

—Tú y yo hablaremos dentro de un momento —dijo su madre, con voz acerada—. Mamie, ¿quieres casarte con Frank Tripp? ¡Ah, bueno! Supongo que es Frank Murphy, ¿no? ¿Es él a quien quieres?

Mamie se pellizcó el puente de la nariz con dos dedos.

—No lo sé. No puedo perdonarle que me haya mentido.

—Bueno, debes decidirte. La reputación es un tema delicado y si no te casas con él, te enviaremos a París o a Roma durante un año. Allí capearás el escándalo.

¿París o Roma durante un año? Lejos de su familia y de sus amigos. Lejos de Frank... Sintió un nudo en el estómago. Le parecía totalmente insoportable.

—Si lo que quieres es casarte con él —terció su padre—, te lo conseguiré. Pero antes de hablar con él esta tarde, debo saber qué deseas.

No le gustaba la idea de que su padre le concertara un matrimonio. Otra vez. Además, no estaba preparada para perdonar a Frank, ese desconocido hasta cierto punto con el que había intimado.

—No puedo ofrecerte una respuesta todavía, pero lo que ocurra queda entre él y yo. Te pido que no lo presiones para que se case conmigo.

—Te ha deshonrado —masculló su padre—. Deberíamos obligarlo a hacer lo correcto.

—Duncan, para. Si no decide casarse con él lo antes posible, la enviaremos con algún pariente al extranjero. No consentiré que sea infeliz en un matrimonio forzado. Preferiría que fuera feliz, como nosotros.

Vio que su padre se derretía al oír eso y que esbozaba la sonrisilla que siempre guardaba para su madre.

—De acuerdo —dijo mientras levantaba las manos—. Pero deben decidirse pronto. A la hora del té, Byrnes y Livingston ya habrán propagado el papel que ha interpretado Mamie en esto por toda la ciudad.

Una compungida señora Rand le entregó a Frank dos cajas vacías.

—No puedo creer que nos deje.

Más bien lo habían echado. Sí, Frank había rescindido voluntariamente y de forma oficial su participación en el bufete esa misma mañana, pero los otros tres socios le habían dejado claro que ya no era bienvenido. No podía culparlos, no después de los titulares del día. Los periódicos lo pintaban como una especie de estafador, un hombre que había creado un personaje para engañar a los miembros de la élite social. Jamás volvería a tener otro cliente que residiera más al norte de la calle Cuarenta y dos.

Le gustaría poder enfadarse por lo ocurrido, pero no sentía nada. Estaba entumecido desde que Mamie se alejó de él la noche anterior.

«No puedo querer a un hombre que no conozco. Y lo peor es que has estado mintiendo durante tanto tiempo que sospecho que ni siquiera te conoces a ti mismo».

Esas palabras lo atormentaban. Unas horas antes lo tenía todo en la palma de la mano. En ese momento, no tenía nada.

Agarró las cajas.

—Estoy seguro de que ha leído los periódicos matinales. No es necesario que disimule.

—No me importa si se apellida Tripp, Murphy o Carnegie; es usted el mismo hombre con el que he estado trabajando durante cuatro años. Es un gran abogado y no debe permitir que esos viejos buitres lo echen.

Frank esbozó una sonrisa torcida.

—La echaré de menos, señora Rand.

La mujer agitó una mano y salió a toda prisa de su despacho. Mientras miraba a su alrededor, la oyó sonarse la nariz ya en su mesa. No había mucho en su despacho que tuviera que recoger. No había fotos familiares. Ningún recuerdo. Ni obras de arte ni títulos enmarcados. Solo paredes desnudas y papeles en blanco. ¡Por Dios, qué patético!

No se llevaría ni un solo expediente. Les había entregado todos sus casos a los socios, salvo uno: el de la señora Porter. Ningún abogado del bufete la aceptaría, así que esa mañana había presentado una moción para retirarse del caso. De esa forma, la mujer podría encontrar un nuevo abogado, uno que no estuviera mancillado por el escándalo.

—Bueno, bueno, bueno.

Frank levantó la cabeza al oír esa voz y se encontró con Julius Hatcher, su viejo amigo, que entraba en su despacho. Julius se quitó el bombín.

—Me voy a Londres dos meses y mira lo que me encuentro al volver.

Frank sintió que el rubor le subía por el cuello.

—Cierra la puerta. Si vas a gritarme, prefiero que no lo oiga todo el edificio.

Julius cerró la puerta, pero luego se acercó y le estrechó la mano.

—¿Y por qué iba a gritarte?

Frank miró al hombre al que conocía desde que estudió en la facultad de Derecho y salía por Manhattan durante las vacaciones para divertirse.

—Por no haberte dicho nada durante todos estos años.

Julius sacudió la cabeza y se sentó en una silla vacía.

—Sospechaba que había gato encerrado cuando veía que nunca ibas a visitar a esa supuesta familia y que ellos nunca te visitaban. Pero ya conoces mis orígenes; no se puede decir que sean muy relucientes. ¿Quién era yo para juzgarte?

—Quizá por eso siempre nos hemos llevado tan bien.

—Tal vez. Así que la señorita Marion Greene...

Frank se sentó a su mesa y miró con los párpados entornados a su amigo, famoso por ser un ermitaño.

—Eso no ha salido en la prensa.

—Efectivamente, no ha salido, pero tengo mis recursos para obtener información.

—Tu mujer, supongo. ¿Cómo está lady Nora?

Julius esbozó una sonrisilla.

—De maravilla. Sin embargo, no perdamos el tiempo y vayamos al tema que nos ocupa. Se dice que has deshonrado a la señorita Greene y que por tu culpa el compromiso con Livingston se ha cancelado.

—Yo... —Ni siquiera podía negarlo. Sí, era el culpable de todo eso—. Quiero casarme con ella.

—¿Cuál es el problema, entonces? ¿Su padre?

—No. El problema es ella. Dice que no puede querer a un hombre al que no conoce.

—Está dolida porque le has mentido.

Frank hizo un gesto de asentimiento con la cabeza.

—Ni siquiera me permite que se lo explique. —Se pasó una mano por el pelo. ¿Era demasiado temprano para empezar a beber?

«Lo has perdido todo. Más vale que te emborraches», se recordó.

—No lo entiendo. Por lo que he leído, tenías buenas razones para ocultar tu pasado. Con una familia como la suya, seguro que es consciente de que la sociedad nunca te habría aceptado de otra manera. Tu carrera profesional no habría prosperado si se hubiera sabido la verdad.

—A ella no le importa la sociedad. Si lo hiciera, se habría casado con Livingston. — Frank le explicó la relación de Mamie con las familias de los barrios bajos, con la señora Porter y sus hijos.

Un brillo guasón apareció en los ojos de Julius.

—¿Robarles el dinero a esos idiotas que son tan tontos como para apostar en los casinos? ¡Ah, eso es impagable! Ya la adoro, fíjate.

—No me extraña. Es capaz de las peores imprudencias, como tú lo fuiste en el pasado.

—Y tú. No te hagas el remilgado conmigo. Te conozco desde hace demasiado tiempo.

Tenía razón.

—Bueno, amigo mío —siguió Julius—, ahora que te has pasado toda la mañana regodeándote en tu sufrimiento, ¿qué planeas hacer al respecto?

—No tengo ni idea. Los socios del bufete me han obligado a renunciar a mi participación y Mamie no quiere hablar conmigo. Se me había ocurrido pasarme la tarde bebiendo hasta emborracharme. ¿Te gustaría acompañarme?

Julius inclinó la cabeza.

—Eso no parece propio de ti. ¿Dónde está el hombre capaz de descifrar cualquier rompecabezas legal con su mente? ¿Capaz de litigar y de luchar por sus clientes hasta el último segundo? Tú no eres de los que se rinden. Nunca lo has sido.

Frank hizo girar lentamente un lápiz sobre la superficie de su mesa; de la mesa perteneciente al bufete, más bien.

—Supongo que era así cuando tenía algo que perder. —Resultaba difícil luchar cuando no se tenía nada.

—¡Vaya! Hoy queremos dar pena. —Julius se inclinó hacia delante—. Frank, los clientes que tienes, la empresa para la que trabajas, no te definen. La decoración de tu casa, los clubes que frecuentas... Esas cosas no configuran lo que eres por dentro. Te he visto tratar con el mismo respeto y cortesía a las debutantes de la alta sociedad y a los vagabundos. Esto —añadió al tiempo que hacía un gesto para abarcar el despacho— no es más que el adorno del hombre que ya eres.

—¿Y quién es ese hombre? —le soltó—. ¿El hijo de un alcohólico violento? ¿El niño que creció en la mugre y el terror? ¿El que estuvo a merced de la caridad hasta casi los diecisiete años? No quiero ser ese hombre. Nunca lo he sido.

—¿No lo ves? Todo eso hace que el hombre en el que te has convertido sea más notable. Aunque intentemos huir de nuestro pasado, siempre se las arregla para alcanzarnos. Hazme caso, es mucho más fácil hacer las paces con tus demonios interiores que luchar contra ellos.

La infancia de Julius, con sus orígenes de clase media, había sido violenta y trágica, algo que nunca había ocultado. Frank siempre lo había admirado por ello.

—Nada de eso me ayudará con Mamie. Ella nunca me perdonará.

—Eso no lo sabes. El mayor regalo que ha recibido el mundo es la capacidad de comprensión y perdón de las mujeres, aunque tal vez en esta ocasión te obligue a esforzarte para que te perdone.

—No sé ni por dónde empezar —murmuró.

—Pues empieza por el principio.

Frank frunció el ceño mientras miraba a su amigo.

—¿Qué significa eso?

—No tengo ni idea, pero confío en que lo descubrirás. —Se puso en pie y se colocó el bombín—. Por cierto, ya les he dicho a tus socios que seguirás haciéndote cargo de mis asuntos. Sea cual sea tu apellido, siempre serás mi abogado y mi amigo.

La calle había cambiado considerablemente desde la última vez que estuvo allí. Donde antes había tierra, en ese momento se alzaban edificios. El suelo desnudo estaba pavimentado con adoquines. Y donde antes había una choza de tosca madera se alzaba una casa pintada de blanco. Con un segundo piso.

Frank se detuvo en el extremo opuesto de Worth Street y trató de asimilarlo todo. ¿Cómo lo habían conseguido? ¿Patrick? ¿Sus hermanas? Su dinero habría ayudado, pero su madre no lo había usado, al menos según su hermano.

«Empieza por el principio». ¿No era eso lo que había dicho Julius? Mamie le había dicho que no se conocía a sí mismo. Así que allí estaba, tratando de descubrirse a sí mismo, dado que ya no era Frank Tripp, el abogado de la élite de Nueva York.

Observó la casa durante un buen rato. Había movimiento en el interior, pero no podía distinguir la identidad de las siluetas. Supuestamente, Patrick vivía allí con su familia y con su madre. ¿Habría risas? ¿Serían felices las niñas? No alcanzaba a imaginárselo.

«Me alegro de que estés muerto», le dijo al fantasma del hombre que había aterrorizado ese pedazo de tierra. Al menos Colin Murphy ya no podía hacerle daño a la gente.

De repente, la puerta se abrió. Patrick apareció en el umbral, cerró la puerta a su espalda y puso los brazos en jarras. Clavó la mirada en Frank.

—¡¿Vas a quedarte ahí todo el día o vas a entrar?! —le gritó.

¡Joder! No se había dado cuenta de que su presencia era tan evidente.

Aun así, dudó. ¿Estaba listo para entrar?

«Él no está ahí dentro. Ahora es diferente», se dijo a sí mismo. Pero había recuerdos. Y los recuerdos a menudo no mejoraban con la realidad.

A veces, la realidad era peor.

La voz de Mamie resonó en su cabeza: «Me has destrozado el corazón, y no sé a quién culpar». Si quería ganarse su perdón, debía empezar por allí. Patrick lo esperó con paciencia, como si fuera consciente de su lucha interna. Después de tragar saliva, se metió las manos en los bolsillos y echó a andar. Cuando llegó a los escalones, Patrick le salió al encuentro y lo detuvo levantando una mano.

—Si has venido para molestarla, no permitiré que entres.

—No sé por qué he venido, pero no es para hacerle daño a nadie.

La mirada de Patrick se clavó en su cara.

—Procura que sea así. Tal vez tenga una pierna mala, pero todavía soy capaz de darte una tunda, picapleitos.

Frank resistió el impulso de reírse de su hermano mayor.

—Entendido.

Patrick se volvió y abrió la puerta para entrar en primer lugar, dejando que Frank lo siguiera.

—Está en la cocina —le dijo por encima del hombro—. Sígueme.

La casa era pequeña, pero estaba limpia. Decorada con toques femeninos y objetos personales. Era acogedora. Cálida. Con señales de que vivían bien en ella. No se parecía en nada a la anterior construcción, con sus tres estancias pequeñas y destartaladas.

Atravesaron un salón y luego un comedor. El olor a pan recién horneado se hacía más fuerte a medida que avanzaban. Patrick se detuvo en el marco de la puerta de lo que debía de ser la cocina.

—Espera aquí.

Acto seguido, desapareció en el interior, y Frank respiró hondo varias veces. Al cabo de un momento, oyó una silla que se arrastraba sobre el suelo y una mujer mayor con los rasgos de su madre apareció en la puerta. Tras mirarlo de arriba abajo, puso los ojos como platos y después se le llenaron de lágrimas.

—¡Válgame Dios, si es mi niño! —Se abalanzó hacia su torso y lo abrazó, de manera que Frank no tuvo más remedio que corresponderla. Estaba más delgada de lo que recordaba, y su pelo castaño se había vuelto canoso, aunque no cabía duda de que era su madre—. Sabía que volverías —susurró con la cara contra su chaleco.

Frank la abrazó durante un buen rato, mientras ella lloraba y a él se le llenaban los ojos de lágrimas. Había pasado muchísimo tiempo.

—La última vez que nos abrazamos era más bajo que tú.

—Y ahora mírate. Un hombre hecho y derecho. —Su madre se apartó y se enjugó las lágrimas. Acto seguido, estiró un brazo y le puso una mano en una mejilla—. Pero sigues igual de guapo. ¡Y ese traje! Debe de haberte costado una fortuna.

—Mamá —dijo Patrick—, deja de piropearlo y venid los dos aquí.

Su madre esbozó una sonrisa torcida.

—Siempre me está dando la murga. Bueno, ven para que conozcas a Rachel. Es la mujer de Patrick.

Frank asintió con la cabeza y la siguió. La estancia era limpia y luminosa, con una hilera de ganchos de los que colgaban las ollas y las sartenes en la pared cercana a la cocina negra de hierro. Había un fregadero con un grifo, lo que implicaba que tenían agua corriente en el interior, e intentó no recordar cuando iba al pozo para sacar agua de pequeño. Con temperaturas gélidas, el trayecto era un espanto.

Y mejor no pensar siquiera en el retrete del exterior...

—Hola —lo saludó una mujer alta de ojos oscuros que se acercó con una mano tendida—. Rachel Murphy, la mujer de Patrick.

—Encantado de conocerte. Soy Frank, su hermano —dijo mientras se daban un apretón.

—Lo sé. He oído hablar mucho de ti.

—¿Ah, sí? —replicó al tiempo que miraba de reojo a su hermano.

—Gracias por ayudar cuando lo detuvieron hace unos años —dijo—. Estuvimos muy preocupados hasta que lo dejaron en libertad. Hiciste magia. —Sonrió de oreja a oreja.

—O soltó mucho dinero —repuso Patrick en voz baja.

—No le hagas caso —dijo Rachel—. Está agradecido, pero le puede el orgullo.

—Un rasgo común de los Murphy, me temo. Y fue un placer ayudar.

—Ven a sentarte —lo invitó su madre—. Quiero que me cuentes todo sobre tu vida como abogado de la gran ciudad. Según Patrick, a los periódicos les encanta hablar de ti.

Sobre todo ese día. ¿Habría visto su madre las ediciones matinales? Ya no era un abogado de la gran ciudad. Más bien un hombre caído en desgracia con conocimientos jurídicos inútiles.

Rachel fue a remover algo que se estaba cocinando a fuego lento.

—¿Preparo el té?

—Me temo que nos hemos quedado sin champán —le dijo Patrick—. ¿Te viene bien el té?

—Patrick —lo regañó su madre—, esos modales.

Frank tuvo que contener una sonrisa. Algunas cosas nunca cambiaban.

—El té me parece bien.

Pronto lo sirvieron, y Frank se enteró de los nombres de sus dos sobrinas (ambas en el colegio esa mañana), de cómo se conocieron Patrick y Rachel (en Brooklyn) y de la reconstrucción de la casa (realizada por Patrick y algunos amigos). Les hizo un sinfín de preguntas, en parte por curiosidad y en parte por la necesidad de no hablar de su triste vida.

—Ya está bien de hablar de la cervecería —dijo su madre cuando Patrick empezó a hablar sobre sus planes de expansión—. Quiero oír hablar de Frankie. Déjalo hablar para variar. Dinos, ¿estás casado? ¿Tengo más nietos?

—No y no. Yo... —Suspiró—. Bueno, hay alguien con quien planeo casarme, pero ella no está precisamente interesada en este momento.

—¿Y por qué no? —Su madre soltó la taza en la mesa—. Eres guapo y tienes éxito en la vida. ¿Qué más quiere ella en un marido?

—¿Has visto los periódicos de hoy?

Ella negó con la cabeza.

—Nunca me molesto en leerlos. Patrick y Rachel me dicen todo lo que necesito saber. ¿Por qué? ¿Qué ha pasado?

Patrick se inclinó y le susurró algo al oído a su mujer. Rachel asintió con la cabeza y salió de la estancia, con Patrick pisándole los talones.

Frank empezó a girar la taza sobre la mesa, trazando lentos círculos, mientras decidía la mejor manera de empezar.

—Dejé mi trabajo hace poco más de dos horas. Bueno, más bien era una cuestión de renunciar o de que me despidieran.

—Sea cual sea la razón, han sido tontos al dejarte marchar.

El apoyo inquebrantable y sin fisuras de esa mujer a la que le había dado la espalda hacía media vida lo hizo tambalearse. No se merecía ese apoyo incondicional, ni siquiera de su madre.

—Mamá, cuando me fui, me cambié el apellido. Nunca le dije a nadie de dónde procedía. Me inventé una infancia en Chicago, con padres ricos y todas las ventajas que el dinero podía comprar. La verdad se descubrió hace poco y ha salido en la prensa, así que toda la ciudad está al tanto. Ha provocado un gran escándalo.

Ella le puso una mano en el brazo.

—¿Pensabas que eso me molestaría? Me enteré de lo de Frank Tripp cuando Patrick salió de la cárcel. Él estaba enfadado, pero yo me sentí muy orgullosa. Mira todo lo que has hecho. Lo lejos que has llegado. Y ayudaste a tu hermano cuando lo necesitaba. ¿Cómo iba a culparte por haberte cambiado de apellido? Ansiabas marcharte de aquí con desesperación, deseabas estar en cualquier otro sitio.

Eso era cierto. En aquel entonces, deseaba estar en cualquier lugar menos allí.

—Todavía me sentía culpable, por haberte dejado a ti y a los demás aquí con él. Me... —Soltó un largo suspiro—. ¿Por qué te quedaste con él? ¿Por qué no te fuiste?

El dolor se reflejó en su mirada un instante.

—¿Adónde iba a ir? ¿Cómo iba a mantener a la familia? ¿Y si él os apartaba de mí? No lo entiendes. A las mujeres nos dejan sin alternativas todos los días de muchas maneras, aunque sean insignificantes. Así es más sencillo convencernos de que no tenemos ninguna alternativa cuando llega el momento.

Frank tenía la mirada perdida y clavada en la pared.

—Yo te habría ayudado. Patrick, Laura, Sarah... Todos te habríamos ayudado.

—¿Y que corrieras todavía más riesgo? No, jamás te habría puesto en esa posición. —Le tembló la barbilla—. No me arrepentí en ningún momento de haberte dejado ir al internado. Te dejé marchar porque eras demasiado inteligente para quedarte aquí, atrapado en las pandillas y los problemas de estas calles. Te eché de menos, sí. Y hubo momentos en los que te necesitábamos. Pero verte llegar tan alto y todo lo que has logrado... ¡Válgame Dios! ¡Si Patrick dice que vives en una mansión en la Quinta Avenida! Ninguna madre podría arrepentirse de que hayas tomado un camino que te ha llevado a lo que te has convertido.

—Pero es que no hay más que eso. Ya no sé quién soy. Lo he perdido casi todo y no sé cómo arreglar las cosas.

—Todo esto es por una mujer. La que no está interesada en casarse contigo ahora mismo.

Bebió un sorbo de té tibio.

—Sí. Detesta que le haya mentido.

—Cariño mío, las palabras suelen mentir, pero los actos no. Tu padre me confesaba su amor a diario, pero sus actos decían otra cosa bien distinta. Así que, ¿qué has hecho para demostrarle que la quieres?

—Le he enviado regalos —contestó él, porque no se le ocurrió otra respuesta.

—Pero eso es solo dinero —señaló su madre, que sacudió la cabeza con tristeza—. Yo me refiero a hacer algo que le importe y le demuestre que a ti también te importa.

—Se preocupa por ayudar a la gente.

—Bien. Entonces, ¿qué puedes hacer para ayudarla a hacerlo?

La idea era tan obvia que lo atravesó como un rayo.

—Tienes razón, y creo que podría haber encontrado la manera. Gracias, mamá.

—De nada.

Tenía ganas de marcharse, de poner en marcha de inmediato los engranajes de su plan, pero no quería acortar la visita. No estaba preparado para despedirse todavía. Semejante resistencia lo sorprendió.

—¿Crees que podría traerla algún día para presentártela?

Su madre tomó una entrecortada bocanada de aire, con los ojos vidriosos por la emoción.

—Me encantaría que lo hicieras.

—Bien. Me gustaría quedarme y conocer a mis sobrinas, pero tengo un caso que preparar y una dama que recuperar. Pero volveré. Lo prometo.

—Lo sé. —Tomó su mano y le dio un apretón—. Estaba segura de que volverías cuando estuvieras preparado. Y veo que ya lo estás.

20

La sala del tribunal estaba llena.

Mamie no se lo esperaba. Había pensado que sería un proceso rápido de unas cuantas horas con los abogados, dos o tres testigos y un juez. En cambio, la sala estaba casi a rebosar.

Eso era lo que ocurría cuando uno de los abogados más famosos de la ciudad provocaba el mayor escándalo del año, supuso.

Desde su asiento, cerca del fondo, podía verlo; podía ver a ese hombre alto y elegante de pelo oscuro, con un traje azul marino a rayas, en la parte delantera de la sala. Tenía las manos en los bolsillos, pero sus hombros estaban tensos, un sutil recordatorio de que era mortal. De que era consciente del espectáculo que había ocasionado y... ¿qué más? De que estaba arrepentido, seguramente. ¿Durante cuánto tiempo más habría seguido adelante con el engaño? ¿Hasta que muriera?

«Me habría casado con un hombre sin conocerlo realmente», se dijo.

La idea le produjo escalofríos.

Lo echaba de menos, sí. Su cuerpo lo anhelaba, al igual que su corazón. Pero su cerebro... Su cerebro le decía que la había engañado, que él no la había querido lo bastante como para decirle la verdad sobre su persona. Y eso le dolía.

Se sentía confundida, enfadada y destrozada. Tal vez un año en Roma la ayudaría a aclararse las ideas y daría tiempo a que el escándalo se calmara. Ser una mujer deshonrada no sería tan terrible. Sus hermanas la perdonarían y sus padres aún la querían. La sociedad neoyorquina podría darle la espalda, pero a ella nunca le había importado demasiado la sociedad. Había jugado a ser la hija obediente para complacer a sus padres, pero eso ya no era necesario.

«Soy libre».

Libre para hacer lo que quisiera. Ir adonde quisiera. Estar con quien quisiera.

Su mirada se desvió de nuevo hacia Frank, solo y tan lejos en el otro extremo de la sala. Podía sentir las miradas de las personas sentadas a su alrededor, las que se habían enterado de que el abogado la había deshonrado. La familia Livingston lo había difundido por toda Nueva York; suponía que a modo de estrategia para preservar su dignidad tras la ruptura del compromiso. Estaba demasiado desolada como para preocuparse por eso.

Un agente de policía situado cerca del estrado les pidió que se levantaran y anunció al juez Smyth, que entró y ocupó su lugar detrás del enorme estrado de madera. Cuando todos estuvieron sentados, entró una gobernanta acompañando a la señora Porter. Su amiga llevaba la ropa que ella le había llevado: una blusa blanca y una falda azul marino. Recorrió con mirada nerviosa la multitud hasta que la localizó. En ese momento, pareció relajarse y asintió con la cabeza en señal de reconocimiento. Frank se acercó para saludarla y la ayudó a tomar asiento en la silla situada junto a la suya.

Mamie apretó las manos y se le aceleró el corazón cuando el juez se dirigió a Frank.

—Señor Tripp, ha presentado una moción para retirarse como abogado en este proceso. ¿Es cierto?

—Sí, señoría. —Esa voz, tan grave y familiar, se coló en su cabeza y le provocó un escalofrío. Le recordaba sus susurros y sus promesas, sus mentiras y sus apodos cariñosos. Todo lo que conformaba a ese hombre tan complejo—. Sin embargo, la defensa desea retirar dicha moción.

—¿Desea retirar la moción?

—Sí, así es. Continuaré representando a la acusada.

—Señora Porter, ¿lo acepta usted?

—Sí, señoría.

¿Frank había tratado de abandonar la defensa de la señora Porter? Eso era una novedad para ella. ¿Por qué había intentado dejar el caso? ¿Por el escándalo?

—En ese caso, se retira la moción —anunció el juez—. Proceda, señor McIntyre.

El fiscal se levantó y llamó a su primer testigo, el sargento que Mamie recordaba de la escena del crimen. Tras prestar juramento e identificarse, el fiscal le preguntó sobre lo que vio el día de autos. El hombre describió los hechos tal y como Mamie los conocía: cuando llegó, encontró un cadáver y a la mujer del difunto, ambos cubiertos de sangre.

—¿Y la señora Porter estaba llorando?

—No, no lloraba. —Pareció bastante ufano al constatar ese hecho.

—¿Molesta de alguna manera por la muerte de su marido?

—No.

—¿Y por qué cree que fue así?

—Protesto —dijo Frank—. Especulación.

—Se acepta —replicó el juez—. Sargento Tunney, no responda a esa pregunta. Señor McIntyre, por favor, prosiga.

El sargento describió la posición del cuerpo y la evidencia de la pesada sartén que se usó como arma. Cuando el fiscal terminó, el hombre parecía bastante satisfecho de sí mismo; como si fuera intocable, la misma actitud que el día del crimen. Por muy enfadada que estuviera Mamie con Frank, contaba con él para que le bajara los humos al sargento.

Frank se levantó y se abrochó la chaqueta. Mamie solo podía verle la nuca y parte del perfil. Aun así, la dejó sin aliento. «Eres perfecta. Esto es perfecto. Haz que sea todavía más perfecto, por favor». La invadió un ardiente deseo, lento y doloroso. ¡Por Dios! No olvidaría esas palabras mientras viviera, aunque le doliera recordarlas.

—Sargento Tunney —comenzó Frank—, acaba de testificar que forma usted parte de la policía metropolitana de esta ciudad desde hace nueve años. ¿Es correcto?

—Sí.

—¿Y hace cuánto que lo ascendieron al rango de sargento?

—Tres años.

—Está destinado en la comisaría veinte, ¿correcto?

—Sí. En la calle Treinta y siete Oeste.

—No es habitual que un sargento de dicha comisaría se desplace hasta la del Distrito Sexto para investigar un caso de asesinato doméstico, ¿no es así?

—Vamos adonde se nos necesita.

—Sin embargo, en sus tres años como sargento jamás se ha ocupado personalmente de ningún caso de la comisaría seis, ¿verdad?

—Cierto.

—¿Así que no han solicitado su ayuda en ningún caso ni en ningún asesinato correspondiente al Distrito Sexto antes del caso que nos ocupa?

—No.

—Debe usted de haber tenido una buena razón para ir a casa de Roy Porter, ¿correcto?

—Como ya le he dicho, vamos adonde se nos necesita.

—Uno de sus compañeros de la comisaría veinte es un tal detective Edward Porter, ¿no es así?

—Sí.

—¿Sabía que el detective Porter era primo del fallecido, el señor Roy Porter?

—Sí.

—¿Y considera usted que el detective Porter es su amigo?

—Protesto —dijo el fiscal—. ¿Cuál es la relevancia de estas preguntas?

Frank se dirigió al juez.

—Señoría, la relevancia es la participación del sargento Tunney en este caso y sus razones personales para hacerlo.

—Denegada. Por favor, responda, sargento.

—Sí, lo conozco.

—¿Diría que son ustedes amigos íntimos?

—Diría que somos compañeros.

—¿No es cierto que fue usted su padrino de boda hace dos años? —preguntó Frank.

Tunney no dijo nada, se limitó a mirarlo en silencio.

—¿Sargento Tunney? —insistió Frank.

—Sí.

—Entiendo. Ha investigado muchos casos de asesinato, ¿no es cierto?

—Sí, efectivamente.

—De hecho, su tasa de condenas es bastante alta, ¿no?

—Me gusta pensar que soy bueno en lo que hago.

—Así que debe de conocer a la perfección cuáles son los elementos clave para el éxito en la investigación de un homicidio.

—No sé a qué se refiere.

Era evidente que Tunney iba a hacer que Frank se esforzara para ganar ese punto.

—Creo que lo que quiero decir está claro. Su sospechoso debe tener la oportunidad de matar a la víctima, ¿correcto?

—Sí.

—Y el motivo es fundamental en cualquier investigación, ¿tengo razón?

—Obviamente.

—Gracias. Y el arma también es esencial. ¿Lo cree usted cierto?

Tunney se revolvió, incómodo.

—Sí.

—Supuestamente, ¿cómo mató la señora Porter a su marido?

—La señora Porter mató a su marido con una sartén de hierro fundido.

—¿Y qué reveló su examen de la supuesta arma?

Tunney miró nervioso al fiscal y luego volvió a mirar a Frank.

—Sargento Tunney, por favor, responda a la pregunta —dijo el juez cuando resultó evidente que Tunney estaba mareando la perdiz.

El sargento carraspeó.

—Por desgracia, no hemos podido examinar el arma tan a fondo como esperábamos.

—¡Ah! —exclamó Frank—. ¿No se encontró el arma del crimen en la escena?

—Sí, estaba allí, tan claro como la luz del sol.

—Me resulta sorprendente que la defensa todavía no haya tenido acceso al arma en cuestión. ¿Podemos verla, sargento Tunney?

—No está disponible.

—¿Y eso por qué?

—La hemos... extraviado.

—¿Han extraviado el arma con la que se cometió el crimen?

—Yo personalmente, no —contestó el sargento, indignado.

—Entonces ha sido el departamento de policía quien la ha extraviado.

Tunney no dijo nada.

—¿Cuándo se dio cuenta de su pérdida?

—Unos días después de la detención.

—¿Y no se molestó en decírselo al tribunal?

—Esperábamos que apareciera. —Tunney se tiró del cuello de la camisa, como si no le llegara suficiente aire.

—¿Y ha aparecido?

—No —contestó el sargento, que desvió la mirada.

—De modo que eso nos deja tan solo con su afirmación sobre su uso en este caso, y sin nada que la defensa pueda examinar. —Frank hizo una pausa para que surtiera efecto. El daño estaba hecho—. No hay más preguntas para este testigo, señoría.

Frank se sentó tras decir que había acabado con el sargento, y el fiscal intentó deshacer parte del daño con una serie de preguntas aclaratorias. No lo consiguió. El público miró al sargento con desaprobación mientras el hombre se retiraba. Punto para Frank.

Acto seguido, llamaron al detective Edward Porter. Juró decir la verdad y evitó en todo momento mirar a Bridget Porter. Se sentó, y el fiscal comenzó a hacer preguntas sobre el carácter del fallecido. Por las respuestas de Edward, se podría pensar que Roy Porter había sido un santo.

Cuando Frank se puso por fin en pie, Mamie se animó. ¿Sería capaz de desacreditar el testimonio del detective?

Tras algunas preguntas preliminares de carácter personal, Frank dijo:

—El sargento Tunney acaba de testificar que usted le pidió que fuera al sur de Manhattan para supervisar la escena del homicidio de su primo. ¿Le pide a menudo al sargento Tunney que supervise casos específicos para usted?

—No, no es habitual.

—¿Cuántas veces diría que le ha pedido a su amigo que se involucre en un caso?

—No lo sé. Quizá una.

—¿Una vez antes del caso de la señora Porter?

—Sí, creo que sí.

—¿Recuerda la naturaleza de ese caso?

—No.

El juez anotó algo con el ceño fruncido por la preocupación mientras Frank continuaba.

—Sin embargo, le pidió a su amigo que fuera a los barrios bajos y examinara la escena del asesinato de su primo. ¿Por qué?

Porter apretó los labios.

—El sargento Tunney es un oficial ejemplar, y mi deseo era que el caso lo llevase el mejor.

—¿Porque el fallecido era su primo?

—Sí.

—Así que debe de creer que los detectives de la comisaría seis no son oficiales ejemplares y que llevarían el caso de una manera que no es de su agrado, ¿correcto?

—Protesto —dijo el fiscal.

Frank levantó las manos.

—Retiro la pregunta, señoría —dijo y después hizo una pausa, como para sopesar mejor su siguiente pregunta—. Se casó usted hace dos años, ¿es correcto?

—Sí —respondió Edward Porter, un poco confundido.

—Pero ya había estado comprometido antes con otra mujer, ¿no es así?

—Protesto —dijo el fiscal—. Irrelevante.

—La pregunta es bastante relevante para la acusada, señoría.

—Lo permitiré. Por favor, responda si ha estado comprometido antes, detective.

—Sí —dijo Edward Porter con frialdad.

—¿Con quién estuvo comprometido?

El detective señaló con la barbilla hacia la señora Porter.

—Con ella.

—¿Se refiere a la viuda de Roy Porter, a la acusada?

—Sí.

Un murmullo recorrió la sala, y el juez usó el mazo para llamar al orden. Mamie parpadeó, aturdida. ¿Cuándo se había enterado Frank de esa información? Bridget y Edward Porter. No acababa de creérselo. ¿Estarían los primos celosos el uno del otro?

Frank esperó a que la multitud se callara.

—¿Y quién canceló el compromiso?

—Ella.

—¿Por qué?

—No lo sé —contestó Edward entre dientes.

—¿No lo recuerda o no lo sabe, señor Porter?

—Nunca me lo dijo.

—¿Cuánto tiempo tardó en casarse con su primo después de cancelar el compromiso con usted?

—No lo sé.

—Vamos, señor Porter. ¿No tiene usted una idea aproximada? ¿Fueron dos años? ¿Tres?

Edward Porter clavó la mirada en la pared durante un largo segundo.

—Tres semanas.

—¿Tres semanas? —Frank hizo una pausa—. Parece que su primo no perdió el tiempo. Esa traición debió de ser difícil para usted, ¿no?

—No. —La ira le había enrojecido el cuello y parecía dispuesto a saltar la barandilla del estrado de los testigos para estrangular a Frank—. Lo engañó, igual que me engañó a mí.

—¿Qué significa eso exactamente?

Golpeó la barandilla.

—Significa que es una puta que se merecía todas las palizas que le dio.

El caos estalló en la sala. El juez volvió a usar el mazo para pedir silencio. Mamie se quedó boquiabierta. Las palabras de ese hombre eran crueles y rebosaban desprecio, teniendo en cuenta que estaban dirigidas a una mujer con la que había estado a punto de casarse.

El juez le pidió al testigo que abandonara el estrado, y Edward Porter lo hizo con una mirada a Frank que prometía venganza. Cuando se fue, el fiscal llamó a Katie Porter, y Mamie contuvo la respiración.

Acompañaron a Katie hasta el estrado y la ayudaron a sentarse. A la niña le temblaron los labios mientras miraba a su madre, y a Mamie se le encogió el corazón. Katie debía de estar aterrorizada, además de desesperada por ver a su madre.

Ya en el estrado, le preguntaron su nombre, su dirección y su edad, a lo que respondió con voz clara, aunque baja. Todos los presentes en la sala guardaron silencio. Todos se inclinaron hacia delante para oírla mejor.

El fiscal hizo preguntas generales sobre la familia y sobre el barrio. Luego le preguntó si había estado presente el día del homicidio.

—Sí —respondió Katie.

—¿Qué pasó aquella mañana? —le preguntó el señor McIntyre.

—Mi padre estaba enfadado. Mamá me dijo que me callara, pero no pude.

—¿No podías callarte?

—No.

—¿Había alguien más en casa aquella mañana?

—Mis hermanos.

—¿Y qué pasó con tus padres?

—Papá entró y me asustó. Luego mi mamá lo golpeó y se cayó.

—¿Se levantó tu padre?

—No.

El fiscal se sentó y Frank se puso en pie. Llevaba en la mano un vaso de agua, que le llevó a Katie. Ella lo aceptó y bebió un sorbo. Frank dejó el vaso a su alcance.

—Katie, has dicho que tu padre entró y te asustó. ¿Cómo?

—Estaba gritando. Tenía la cara roja. Luego le pegó a mamá.

—¿Le pegó a tu madre?

—Sí.

—¿Cuántas veces? ¿Una?

—No. Más de una vez.

—¿Qué hiciste?

—Empecé a dar gritos.

—¿A dar gritos, te refieres a que empezaste a hablar a voces?

—Sí.

—¿Qué gritaste?

—Que no le pegara más.

Mamie sintió una opresión en el pecho. ¡Qué terrible para una niña pequeña ser testigo de tanta violencia hacia su madre y de tanto dolor!

—¿Y se detuvo?

—Sí.

—¿Qué pasó entonces?

—Se acercó mí, con el puño en alto. Me dijo que me iba a callar.

—¿Tuviste miedo?

Katie se mordió el labio y cerró los ojos un instante.

—Sí. Pensé que también iba a pegarme.

—¿Te pegaba a menudo?

—No, nunca. —Sacudió la cabeza—. Solo le pegaba a mamá.

—¿Con qué frecuencia lo hacía?

—Protesto, señoría —dijo el fiscal—. Predisposición.

—Denegada —replicó el juez—. Katie, ¿cuántas veces le pegó a tu madre?

Katie levantó un hombro. No miró a Frank a los ojos.

—Señorita Porter, necesitamos que responda a la pregunta —dijo el juez, con voz suave.

—Muchas —susurró la niña.

—Le pegó muchas veces —confirmó Frank.

—Sí.

—¿Podrías decirnos con qué frecuencia lo hacía?

—Varias veces a la semana.

—¿Y alguna vez le pegó ella a cambio?

Katie levantó las cejas, como si nunca hubiera considerado esa posibilidad.

—No.

—¿Ni una vez?

—No, nunca.

El fiscal y su asistente comenzaron a susurrar, pero Mamie no les hizo el menor caso. Frank y Katie la tenían en vilo.

—Casi he terminado con las preguntas, Katie. Acabas de decir que el día que murió tu padre te asustó, que pensaste que te iba a pegar. ¿Qué hiciste en ese momento?

—¿Qué hice?

—Sí. Cuando te asustaste, cuando se acercó a ti, ¿qué hiciste?

—Corrí.

—¿Corriste?

—Sí. Salí corriendo de la cocina.

—¿Adónde fuiste?

—A la otra habitación. Salí de la cocina.

—¿Podías ver a tu padre desde la otra habitación?

Ella negó con la cabeza.

Frank se inclinó y le dijo en voz baja, pero lo bastante alta para que lo oyeran en la sala:

—Necesitamos que contestes hablando para que el taquígrafo del tribunal pueda anotarlo.

—No —respondió Katie—. No podía verlo desde la otra habitación.

—¿Y a tu madre? ¿La veías desde la otra habitación?

—No.

—Así que no podías ver ni a tu padre ni a tu madre. ¿Qué viste después?

—A mi padre en el suelo.

—¿Lo viste caer?

—No, lo vi tirado.

—¿Viste a alguien golpearlo?

—No, pero...

—Así que, ¿no viste a nadie golpear a tu padre antes de que se cayera, porque estabas en otra habitación?

—Así es.

—No hay más preguntas, señoría. Gracias, Katie.

Después de que Frank volviera a su asiento, el fiscal intentó convencer a Katie de que había visto a su madre golpear a su padre con la sartén, pero la niña se aferró a su historia. Estaba claro que se había escondido en la otra habitación y que no había presenciado el crimen.

Cuando Katie bajó del estrado, un policía la condujo fuera de la sala. Mamie no esperó a ver qué más pasaba en el interior. Se apresuró a salir y se dirigió a la sala de espera exterior. Su único pensamiento era llegar hasta Katie y llevarla a casa.

Ya había caído la noche cuando Mamie regresó de nuevo a la zona sur de Manhattan. Lo hacía acurrucada en la comodidad del cálido interior de un carruaje, contemplando por la ventanilla las calles desiertas. Los alrededores del Ayuntamiento estaban casi vacíos; los comerciantes y los políticos se habían ido una vez concluido el día.

«Debo de estar loca para venir aquí».

Esa misma tarde, después de salir de la sala del tribunal, acompañó a Katie a casa. La niña estaba de buen humor, con la esperanza de que pronto pusieran a su madre en libertad. Mamie también albergaba esa esperanza. Frank había estado magnífico y había destrozado con facilidad el testimonio de los testigos de la acusación. Le había descrito la vista a la señora Barrett con todo lujo de detalles mientras se tomaba el té.

Una hora más tarde, Otto llegó a casa de la señora Barrett acompañado de la señora Porter. Todos rompieron a llorar. Al parecer, el fiscal del distrito había retirado los cargos contra la señora Porter. Dados los testimonios de Katie y de Edward Porter, así como el hecho de que el arma del crimen hubiera desaparecido, el fiscal no creía poder ganarle a Frank en un juicio con jurado.

La señora Porter era una mujer libre.

Le dio las gracias a Mamie con efusividad, entre abrazos y promesas de gratitud eterna. Mamie se alegró de que el calvario hubiera terminado y de que la mujer pudiera volver con sus hijos. Todos podrían dejar atrás el horrible pasado y empezar a sanar.

Frank no había estado presente en el reencuentro de los Porter, y ella no había preguntado por su paradero. Por muy contenta que estuviera con su actuación de ese día en el juzgado, no le había perdonado que le mintiera.

Y esa noche se había encontrado una nota sobre la almohada.

Necesito tu ayuda. Por favor, Mamie. Reúnete conmigo a medianoche. En el número 39 de Nassau Street.

FRANK

No le había sorprendido del todo que quisiera verla, seguramente porque deseaba disculparse de nuevo. Pero ¿esa dirección tan rara?

Se planteó no ir. ¿Qué iban a decirse? El caso había terminado y su amistad (o lo que hubiera sido) estaba reducida a cenizas. Sí, habían sido amantes, pero no podía seguir manteniendo una relación íntima con alguien que la había engañado de esa manera. Si pensaba seducirla para que lo perdonara, se llevaría una gran decepción.

El carruaje se detuvo delante de un edificio de ladrillo en Nassau Street. No había ningún letrero ni placa que diera alguna pista de por qué Frank quería que se vieran allí. Confundida, bajó a la acera y le pagó al cochero.

—Señorita, ¿está segura de que esta dirección es la correcta? —Miró a su alrededor—. No es precisamente un barrio seguro para las damas después del anochecer.

Estuvo a punto de soltar una carcajada. Había estado en barrios mucho peores que ese en la oscuridad.

—No se preocupe. Gracias.

El hombre se llevó una mano al ala del sombrero, pero no se alejó de inmediato. En cambio, la observó acercarse a la puerta del número 39. Una figura surgió de la oscuridad para acercarse a ella. Frank. Reconocería la silueta de esos anchos hombros en cualquier lugar.

Él abrió la puerta y la sostuvo para que ella pasara. Mamie se volvió para hacerle un gesto de despedida al cochero e indicarle que estaba a salvo, y luego entró.

Frank cerró una vez que ella estuvo dentro y se metió las manos en los bolsillos del pantalón. Todavía llevaba el mismo traje de la vista, y su rostro le resultaba tan atractivo que le dolía el corazón. Un asomo de barba le ensombrecía el mentón y le otorgaba un aspecto de pícaro, como si estuviera a punto de secuestrarla y subirla a un barco pirata con destino a las islas del Caribe. Un escalofrío sensual le recorrió la espalda, y trató de desentenderse de la sensación.

—No estaba seguro de que fueras a venir —dijo él.

—Lo he hecho solo para felicitarte por haber ganado el caso de la señora Porter. Estuviste fantástico.

Lo vio esbozar una sonrisa torcida.

—Gracias. Sin embargo, no podría haber ganado sin ti y sin Otto.

Lo dudaba mucho, pero era un detalle que pensara así.

—¿Para qué me necesitas en este lugar, Frank?

—Quiero enseñarte una cosa y pedirte ayuda.

—¿Aquí? —Miró el vestíbulo vacío. El polvo y las telarañas que cubrían el suelo y las paredes. El lugar parecía estar abandonado desde los disturbios de 1863 por los reclutamientos.

—Sígueme. —Le tendió la mano, retándola con la mirada a que la rechazara.

Era una mirada que le había visto a menudo durante sus primeras discusiones, como si supiese que era incapaz de resistirse a un desafío.

En cambio, le tomó el brazo. Una pequeña concesión, pero necesaria.

—No puedo estar fuera mucho tiempo, así que zanjemos esto.

Frank no replicó. En silencio, la condujo hacia una escalera. El edificio albergaba oficinas y estaba en mejor estado de lo que ella había pensado en un primer momento. La escalera de mármol tenía pasamanos de latón y había molduras de escayola en el techo. Los detalles estaban presentes, solo necesitaban un poco de lustre.

Al llegar a la segunda planta, él se detuvo y la miró.

—Cierra los ojos.

—Frank, esto es ridículo...

—Por favor, Mamie —dijo él, con esa voz ronca rebosante de incertidumbre y esperanza.

Fue incapaz de resistirse a ese tono de voz, porque no se lo había oído jamás. Después de que cerrara los ojos, él la ayudó a avanzar.

—Solo unos metros más. Sigue.

En un momento dado, se colocó detrás de ella.

—Ahora, ábrelos.

La tenue luz de una bombilla de techo iluminaba una puerta de cristal en la que se veía un rótulo pintado con grandes letras de imprenta.

ASESORÍA DE AYUDA JURÍDICA DEL LOWER EAST SIDE
FRANK M. TRIPP, ABOGADO

Mamie parpadeó.

—No lo entiendo —dijo.

—Entra. —Giró el pomo y la condujo a una amplia zona de recepción con varias puertas que conducían a despachos pequeños.

—¿Qué es este lugar?

—Mi nueva idea. ¿Qué te parece? —Frank apoyó un hombro contra la pared y cruzó los brazos por delante del pecho.

Ella lo miró a la cara.

—No sé qué pensar. No estoy segura de lo que es.

—Voy a crear un bufete legal que represente a las personas que no tienen medios para pagarse un abogado.

—Pero ya tienes un bufete.

—Nos hemos separado. Jamás me permitirían representar a más clientes como la señora Porter. Ese tipo de casos difícilmente atraen los cumplidos de los miembros del club Union.

—Entonces, ¿cómo va a funcionar esto? Porque no creo que los clientes como la señora Porter puedan pagar las tarifas.

Él negó con la cabeza.

—No les cobraré nada. Conseguiremos fondos para cubrir nuestros gastos, donaciones de los ricachones de la ciudad. Así nadie tendrá que ir sisando por los casinos. Al menos, de forma ilegal.

—Beneficencia. Estoy asombrada. Vas a crear una organización filantrópica. —Estaba perpleja. Ese hombre, al que hasta hace poco tiempo le importaban tanto el dinero y el estatus social se había convertido... ¿en un filántropo?

—Sí, así es. Y espero que me ayudes.

—¿Yo?

Se acercó, despacio, como si temiera asustarla, hasta que la tuvo al alcance de la mano.

—Sí, tú. Necesito a alguien que me ayude a conseguir fondos. Necesito a alguien en la calle que me ayude a atraer a los clientes. Necesito a alguien que sostenga las manos de mis clientes y los tranquilice. —La miró fijamente con esos relucientes ojos azules en los que no vio indicio de engaño ni de locura. Solo sinceridad y anhelo—. Te necesito a mi lado, Mamie. No quiero hacer esto sin ti.

—Frank, esto es... demasiado para asimilar. Y no me necesitas a mí específicamente. Cualquiera se alegraría de ayudar en una causa tan admirable.

—No quiero a nadie más. Te quiero a ti.

—¿Por qué?

Lo vio esbozar el asomo de una sonrisa como si estuviera compartiendo un secreto.

—Porque te quiero. Me encanta que te enfrentes sin miedo a las causas en las que crees. Me encanta que trates igual a todo el mundo, sin importar su origen o su estatus social. Me encanta que te preocupes por las personas que tienes en tu vida, ya sean familiares o alguien que acabas de conocer. Eres apasionada y fuerte, amable y firme. Eres la única mujer con la que quiero asociarme, y sin importar el tiempo que me quede en este mundo, quiero pasarlo a tu lado. Haciendo algo para cambiar las cosas, construyendo un futuro juntos.

Se le hizo un nudo en la garganta, y sintió que la emoción le provocaba una opresión en el pecho. Tragó saliva y se obligó a decir:

—Me cuesta entender a este nuevo hombre que tengo delante.

—Sigo siendo el mismo de siempre, solo que ahora he visto la luz. Me has cambiado para bien. Creía que lo había perdido todo, pero no es así. He ganado una nueva perspectiva, por no hablar de mi familia. Lo único que no tengo eres tú, y lucharé con uñas y dientes para recuperarte. Durante el resto de mi vida, cada caso que gane, cada persona a la que ayude, será en tu honor, con la esperanza de que te sientas orgullosa. Si te vas de aquí y no quieres volver a verme, lo entenderé. Siento mucho haberte mentido. Sí, debería haberte dicho la verdad sobre mí. Pero aunque te vayas, nunca me rendiré. No puedo. Eres lo más importante del mundo para mí.

Aquello era demasiado. El bufete de asistencia jurídica gratuita, la disculpa y la confesión de sus sentimientos. No podía alejarse de él, no ese momento. Su vida no estaba completa sin él. Se arrojó a sus brazos para rodearlo con fuerza, y él la estrechó contra su torso, como siempre lo había hecho. Ese hombre que la había perseguido por toda la ciudad para mantenerla a salvo. Solo que ella no necesitaba que la rescatasen.

Nunca lo había necesitado.

Era él quien necesitaba que alguien lo salvara.

—Deja de hablar —le dijo con la cara contra su chaleco de seda—. No digas más. Te ayudaré. Será un honor estar a tu lado, tanto en este proyecto filantrópico como en tu vida. Jamás me he sentido tan orgullosa de otra persona como me siento ahora mismo. Eres el mejor hombre que he conocido, Frank Tripp.

—Frank Murphy Tripp —la corrigió y le dio un beso en la coronilla—. Y no volveré a defraudarte, te lo juro.

—Te creo. Aunque seas un truhan con un piquito de oro, eres mi truhan con piquito de oro. Y nunca te abandonaré.

Frank se inclinó y le acercó la boca a una oreja.

—Sabía que lo que más te gustaba de mí era el piquito...

La recorrió un fuego líquido mientras el alivio y el deseo le inundaban el pecho como una cascada de estrellas. Inhaló su olor, ese aroma especiado y sensual, y se llenó los pulmones con él.

«Este hombre es la personificación del pecado», pensó.

—No sé, es posible que se me hayan olvidado ciertos detalles. Quizá deberías recordármelos.

—Sígueme. Tengo justo una mesa en mente.

Epílogo

—Eres un cabrón con suerte.

Sin apartar la mirada de su hermosa novia, Frank sonrió al oír la conocida voz de su mejor amigo y padrino.

—Lo soy, ¿verdad?

Julius Hatcher se apoyó en la pared a su lado. Estaban de pie en un lateral del enorme salón de baile de los Greene, horas después de que Mamie y él se hubieran casado.

«Casado». La palabra le parecía muy agradable. De hecho, dudaba de que se cansara de decirla.

Julius le entregó un vaso de cerveza.

—Tu hermano tiene un don —dijo—. Ya he invertido para ayudar a que su cervecería se extienda por todo el país.

Frank bebió un sorbo de la fresca cerveza.

—Puede que tengas que enfrentarte a Mulligan por ese privilegio.

Julius soltó un resoplido burlón.

—Ya me encargaré de Jack Mulligan. Por cierto, ¿ese pequeño favor que me pediste, el de los Livingston?

Frank se animó al oírlo. Julius y él habían hablado sobre varias formas de castigar a Chauncey y a su padre. Se habían decantado por la que tal vez fuera la más humillante.

—¿Sí?

—Están acabados. La mansión, las acciones, todo ha desaparecido. Están en quiebra.

Frank no consiguió sentir ni un ápice de compasión por esa familia.

—Bien. Quizá le ofrezca a Chauncey un trabajo en el bufete.

—Se dice que se ha ido a París. Probablemente antes de zarpar robó la plata de la familia para venderla y sobrevivir con ese dinero.

Al menos Chauncey no volvería a hacerle daño a Mamie, aunque no deseaba que escapara al escándalo.

—Gracias por tu ayuda. Ahora carezco de la influencia que tenía antes en lo tocante a arruinar vidas.

—Jamás pensé que llegaría este día. Frank Tripp, un buen hombre.

—Créetelo. Además, mi mujer me prefiere así. Y yo prefiero su gratitud a la tuya.

Julius se rio.

—Como debe ser.

La multitud del salón de baile ocultó a Mamie a su vista. ¡Maldición! Estaba deseando tenerla a solas. Por un breve instante, había sopesado la idea de fugarse con ella. Sin embargo, no quería verla involucrada en más escándalos. Eso significaba una fastuosa boda delante de toda la alta sociedad neoyorquina y de su propia familia. Por supuesto, a la alta sociedad no había nada que le gustara más que una gran fiesta, y los Greene se habían superado ese día. A fin de no perderse detalle, las familias de sangre azul habían acudido sin falta. Todos, salvo los Livingston.

También habían asistido algunos de sus clientes, tanto de los nuevos como de los antiguos. Al final, no todos los que vivían al norte de la calle Cuarenta y dos encontraban problemáticos sus orígenes. Eso había sido una agradable sorpresa, aunque ya no atendiera a los ciudadanos más acaudalados de la ciudad. El bufete de asistencia jurídica gratuita estaba en marcha y tenían más casos de los que podían atender. Esa misma semana, había contratado a tres abogados más y a seis asistentes para poder descargarse de parte del trabajo.

Nunca había sido tan feliz.

Mamie y él trabajaban codo con codo casi todo el día. Ella tenía una facilidad tremenda para recaudar fondos a fin de que el bufete siguiera funcionando y para convencer a los necesitados de que confiaran en él. Mamie se preocupaba por la gente. Su interés era genuino.

Se moría de ganas de pasar todas las noches con ella.

Catherine y Duncan Greene aparecieron de repente con su madre. Julius se disculpó y le prometió buscarlo más tarde.

—Aquí estás —le dijo Catherine a Frank—. ¿Sabes que tu madre nunca ha salido de la ciudad? Debemos llevarla con nosotros a Newport para pasar el verano.

La expresión de su madre era insegura, como si no tuviese muy claro cómo iba a tomarse él esa noticia. Las miró a ambas con una sonrisa.

—Me gustaría. Mamá, ¿te apetece viajar?

—Estoy perfectamente bien —contestó ella—. No le hagas caso a tu hermano. Un ataque de neumonía, y cree que estoy a las puertas de la muerte.

Frank no lo tenía tan claro, pero la verdad era que parecía más fuerte de un tiempo a esa parte.

—En ese caso, debes venir con nosotros. Patrick, Rebecca y las niñas, también.

—Excelente, entonces está decidido —sentenció Catherine—. Sé que faltan meses, pero la brisa del mar te sentará de maravilla, Genie.

Se alejaron, y Frank se maravilló de que la madre de Mamie llamara a su madre por un diminutivo. «Genie». Siempre había pensado en su madre como Eugenia. Era extraño el vuelco que había dado su vida en los últimos seis meses.

—Lo siento —murmuró Duncan—. Mi mujer es terca como una mula cuando se le mete algo en la cabeza.

—Y yo que creía que Mamie había salido a ti...

Duncan esbozó una sonrisa torcida. Él y Frank habían hecho las paces en cierto modo, por el bien de Mamie. Nunca se tendrían cariño, pero en los últimos meses habían aprendido a dejar atrás el pasado.

—Bienvenido a la familia, Frank. No me lo imaginaba, pero puedo decir con total sinceridad que jamás había visto a mi hija tan rebosante de felicidad.

—Me pasaré la vida tratando de mantenerla así. La quiero, Duncan.

—Lo sé. Lamento mucho haber intentado obligarla a casarse con Chauncey. Es duro pensar que sabes lo que es mejor para tus hijos y que luego se demuestre que te equivocabas estrepitosamente.

Frank odiaba señalar que Mamie jamás dejaría que nada se interpusiera en su camino cuando quería algo, ni siquiera su padre.

—No planeé enamorarme de ella. Al principio, la seguía para mantenerla alejada de los problemas por tu bien.

—Puede que la culpa sea mía. —Se frotó el mentón con gesto pensativo—. He consentido demasiado a mis tres hijas. A Florence, sobre todo.

Frank no podía discutírselo. Mamie le había contado algunas historias de lo más sorprendentes sobre su hermana menor.

—¡Ah! —exclamó Duncan, que acababa de ver a alguien entre la multitud—. Ahí está Teddy. Quiero hablar con él sobre la corrupción a la que os habéis enfrentado Mamie y tú en el departamento de policía. Creo que es el hombre adecuado para enfrentarse a Byrnes y a su calaña.

Duncan se disculpó, y Frank le deseó suerte en silencio. El cuerpo de policía de la ciudad estaba plagado de corrupción. No creía que nadie pudiera enderezarlos, ni siquiera el bienintencionado Teddy Roosevelt, pese a estar relacionado con las altas esferas.

Buscando entre la multitud, por fin dio con Mamie. Llevaba un vestido de satén de color crema que resaltaba la perfección de su piel. Le habían quitado la cola del vestido para la recepción, y él esperaba quitarle aún más tela de encima a su preciosa mujer. Tal vez en ese momento.

Como si hubiera percibido su mirada, sus ojos lo buscaron. Tenía una expresión deslumbrante mientras se reía de algo que le estaba diciendo el hombre que tenía al lado, y verla tan feliz lo golpeó en el pecho con la sutileza de un martillo. ¡Por Dios, qué guapa era! Sin embargo, no solo se trataba de su ropa y de su aspecto físico. Su atractivo era una suma de miles de detalles, como su forma de defender a los menos afortunados. Su capacidad de hacerlo reír siempre, por muy sombrío que fuera su estado de ánimo. Su forma de aceptar a su familia con los brazos abiertos. Y, lo último pero no menos importante, su capacidad de enloquecerlo con la más mínima caricia.

Se acercó a él, atravesando con elegancia la multitud conformada por amigos y familiares, y con una sonrisa especial. Le encantaba esa sonrisa, porque la esbozaba solo para él.

«Esta noche es mía. Para toda la eternidad».

¡Joder! La idea le provocó un deseo palpitante. Intentó respirar hondo para calmarse. Una erección resultaría de lo más inconveniente en ese momento. Llevaba meses esperando que se mudara a su casa de la Quinta Avenida. Por fin lo haría esa noche. Se iría a vivir con él.

—Señor Tripp —dijo cuando se detuvo delante de él. Oyó el frufrú de sus faldas y recordó lo que había debajo de todas esas capas.

—Señora Tripp, hoy está usted impresionante.

—¡Qué zalamero eres! ¿Estás disfrutando de la recepción?

—No mucho. Pero estoy disfrutando de verte a ti disfrutar de ella.

Mamie enarcó una ceja.

—¿Por eso apenas me has quitado los ojos de encima desde que llegamos?

—Tal vez. O tal vez porque te has pasado todos estos meses tratando de alejarte de mí y tengo miedo de que desaparezcas.

—Nunca intenté escapar —murmuró, acercándose más—. A lo mejor solo intentaba causar problemas para que te fijaras en mí.

Frank tomó su mano.

—Bueno, pues por fin te he atrapado, mi astuta mujercita. ¿Qué voy a hacer contigo?

—¿Sería demasiado atrevido si respondiera: «Todo lo que quieras»?

—¿Intentas que me ponga en evidencia en la recepción de nuestra boda?

—No —contestó ella, cuyos dedos le rozaron la muñeca—. Solo intento convencerte de que abandones la recepción de nuestra boda.

El deseo le recorrió la cara interna de los muslos y le subió por la espalda.

—Solo tienes que decirlo, y te llevaré a casa.

—A casa. Me gusta cómo suena.

—¿Ah, sí? —La sujetó del brazo y la sacó del salón de baile—. Yo prefiero otros sonidos. Y espero escucharlos muy pronto. Por ejemplo, tus gemidos en nuestra cama...

—Será mejor que dejes de decir esas cosas o acabaré derretida por el deseo antes de llegar a casa.

—No te preocupes. He traído un carruaje cerrado.

—¿Ah, sí?

—Por supuesto. Me he pasado toda la vida esperándote. No pienso esperar ni un segundo más de lo estrictamente necesario para complacer a mi mujer.

Y, en cuanto se cerró la puerta del carruaje, se dispuso a demostrarle con exactitud lo que quería decir.

Agradecimientos

No voy a mentir. Ha sido increíble escribir este libro. Pero es muy posible que nunca se hubiera escrito de no ser por la cantidad de mensajes que me llegaron por correo electrónico y por otros medios sobre lo mucho que os gustaba Frank Tripp y lo mucho que os gustaría que tuviera su final feliz. ¡Ojalá que os guste la historia de Frank y Mamie!

Lo divertido de documentarse e investigar la historia es que en cada libro aprendo algo distinto. Con este descubrí cosas sobre Otto Raphael, un destacado policía judío de la ciudad de Nueva York que se hizo amigo de Teddy Roosevelt. También sobre Paul Kelly, el capo del crimen organizado que dirigía el club New Brighton Athletic, y sobre Thomas Byrnes, que era el jefe de los detectives de la policía de la ciudad de Nueva York. Además, la Casa de la Puerta de Bronce fue un casino de verdad durante la Edad Dorada para las clases altas de la ciudad. Creo que es evidente qué lugares y qué personajes se han inspirado en ellos.

Ahora bien, ni soy abogada ni he interpretado a uno en la televisión, de modo que muchas personas me ayudaron con las habilidades legales de Frank. Mi más profundo agradecimiento al honorable Leo M. Gordon, a Daniel Campbell, a Tina Gabrielle, a Christina Ponsa-Kraus, a Sarah A. Seo, a Claire Marti, a Felicia Grossman, a Cecilia London, a Lin Gavin y a Erin del pódcast *Heaving Bosoms* (¡Tenéis que oírlo!). Todos los errores son míos, y también tenéis que perdonarme por haber empleado la sensibilidad actual en ciertas partes.

Gracias a mis colegas escritoras Michele Mannon, Diana Quincy y JB Schroeder por sus acertados comentarios y su inagotable apoyo. También debo dar las gracias a las increíbles Sarah MacLean y Sophie

Jordan, que me ayudaron muchísimo con los títulos, con las sinopsis, con las portadas y con todo lo necesario para este proyecto (además de con todo lo relacionado con el mundillo de la escritura en general).

Mi más profunda gratitud a la extraordinaria editora Tessa Woodward por ayudar a que esta historia (y todas mis historias) sean infinitamente mejores. Gracias a todos los que trabajan en Avon Books y en HarperCollins (sobre todo a Elle Keck, a Pamela Jaffe, a Kayleigh Webb y a Angela Craft) por todo su trabajo en mis libros. Y gracias a Laura Bradford, que siempre está pendiente de mí.

¡Un saludo a las Gilded Lilies en Facebook! Gracias por compartir mi entusiasmo por este período de tiempo y por disfrutar tanto de las historias disparatadas.

Como siempre, gracias a mi familia por todo su amor y apoyo.

Por último, la Legal Aid Society de la ciudad de Nueva York es la asociación más numerosa y más antigua que presta asistencia jurídica en Estados Unidos. Se fundó en 1876 y sigue siendo «la voz de los que sufren en silencio, de los que se enfrentan a la opresión y de los que tienen que luchar para obtener justicia a causa de la pobreza». Si queréis hacer una donación, haced clic en www.legalaidnyc.org.

¿TE GUSTÓ ESTE LIBRO?

escríbenos y
cuéntanos tu opinión en

 /Sellotitania    /@Titania_ed

/titania.ed

#SíSoyRomántica

Ecosistema digital

Floqq
Complementa tu
lectura con un curso
o webinar y sigue
aprendiendo.
Floqq.com

Amabook
Accede a la compra de
todas nuestras novedades en
diferentes formatos: papel,
digital, audiolibro
y/o suscripción.
www.amabook.com

Redes sociales
Sigue toda nuestra
actividad. Facebook,
Twitter, YouTube,
Instagram.

EDICIONES URANO